PONME A PRUEBA

«CATRONA»

ExLibric

CHENO G

PONME A PRUEBA

«CATRONA»

EXLIBRIC

ANTEQUERA 2024

PONME A PRUEBA. «CATRONA»
© Cheno G
Diseño de portada: Dpto. de Diseño Gráfico Exlibric

Iª edición

© ExLibric, 2024.

Editado por: ExLibric
c/ Cueva de Viera, 2, Local 3
Centro Negocios CADI
29200 Antequera (Málaga)
Teléfono: 952 70 60 04
Fax: 952 84 55 03
Correo electrónico: exlibric@exlibric.com
Internet: www.exlibric.com

ISBN: 978-84-10297-67-8
Depósito Legal: MA 2339-2024

Impresión: PODiPrint
Impreso en Andalucía – España

Nota de la editorial: ExLibric pertenece a Innovación y Cualificación S. L.

CHENO G

PONME A PRUEBA
«CATRONA»

Cuanto más escribo, más me transformo. Cada palabra que surge en mi mente me invita a descubrir nuevos enfoques de ver el mundo y a habitar en otras realidades.

Es como si cada historia me despojara de mis certezas, revelándome infinitas perspectivas, hasta el punto en que ya no soy únicamente yo, sino también todos mis personajes. En esa metamorfosis, encuentro una libertad inmensa, que me permite explorar los rincones más oscuros y luminosos de mi mente, y convertir lo irreal en una realidad no solo vivida, sino profundamente sentida. Ahí es donde reside la verdadera magia de las palabras: en su poder para crear universos enteros a partir de un simple pensamiento. Así nació *Siempre que quieras,* una trilogía que fue tomando forma poco a poco. Primero, con *31 de octubre;* luego, con *Inevitable;* y finalmente, cerrando el viaje con *Ponme a prueba.* Cada libro ha representado un desafío, una aventura, un fragmento de mi alma que ha cobrado vida hasta llegar a este punto culminante. Tres historias que, al unirse, trazan el destino de un todo que ahora, sí, se siente completo.

Recojo uno a uno los besos que me diste, esos que quedaron tatuados en mi piel. Algunos los guardo en mi pecho, para que su esencia nunca se desvanezca; otros los rescato y los aspiro con fuerza contra mis labios, recordando lo dulce que fue perderme en ti.

CHENO G

La lluvia golpeaba con furia contra los ventanales del apartamento, como si intentara borrar los recuerdos que Katya no podía olvidar. En su mente, se veía a sí misma, sola, de pie en un lugar desconocido, bajo una extraña tormenta, observando cómo las gotas se deslizaban por su piel, formando pequeños ríos que reflejaban la turbulencia de su vida.

Años atrapada en un laberinto emocional, perseguida por la sombra de un amor imposible y las cicatrices de amistades traicioneras, habían dejado marcas imborrables en Katya. Aunque al mundo le mostraba una vida perfecta y una confianza inquebrantable, su corazón seguía encadenado a un pasado que no podía cambiar: ese amor, que alguna vez creyó eterno, se había convertido en una obsesión que la consumía día tras día.

En el fondo, Katya sabía que debía dejar ir, romper las cadenas invisibles que la mantenían prisionera. Pero ¿cómo se supera un amor tan enigmático? ¿Cómo se encuentra la redención cuando el pasado sigue susurrando promesas de lo que podría haber sido o, tal vez, lo que podría ser?

El teléfono sonó, rompiendo el silencio y sus pensamientos. Katya sintió un escalofrío recorrer su columna. Esa llamada despertó en ella una chispa de curiosidad y temor. Era imposible, casi inimaginable, pero… ¿podría ser esta la oportunidad que había esperado para romper el ciclo? ¿O sería otra prueba que la arrastraría aún más hacia el abismo de su obsesión?

No podía seguir viviendo en el limbo, atrapada entre un pasado inmutable y un futuro incierto. Era hora de enfrentarse a sus demonios, de descubrir la verdad y, tal vez, encontrar la paz que tanto anhelaba.

Con el corazón latiendo con fuerza y una nueva ilusión, Katya decidió seguir lo que su corazón le dictaba. No sabía qué le esperaba, pero presentía que este viaje sería el más importante de su vida. ¿Sería esta llamada el inicio de su liberación o la empujaría aún más hacia las sombras de su pasado?

1

ENTRE DOS TIERRAS

«A veces el destino se asemeja a una pequeña tempestad de arena que caprichosamente cambia de dirección sin cesar. Te empeñas en esquivarla, pero la tormenta te persigue adaptándose a tus movimientos. Tú cambias de rumbo intentando evitarla. Y entonces la tormenta, obstinada, vuelve a cambiar de dirección siguiéndote a ti, repitiendo este juego. Cambias nuevamente de rumbo, y la tormenta vuelve a cambiar de dirección, como antes. Y esto se repite una y otra vez. Una y otra vez...».

Me encuentro en un maremoto de extrañas sensaciones que me zarandea por dentro, como si un montón de mariposas revolucionadas me hicieran cosquillas entre mi pecho y el estómago, pero esas malditas se me escabullen justo cuando creo tenerlas atrapadas. Es una sensación de estar a punto de descubrir algo importante, algo que me llama, me incita, pero que, jolines, no consigo alcanzar del todo. Y en ese desbarajuste de sentir y no sentir, me voy como desvaneciendo.

Y de golpe, ¡zas!, me veo ahí, plantada en medio de un concierto de esos que te dejan sin aliento. Frente a mí, Héroes del Silencio; ahora podría decir «los héroes de mi propio silencio». Este grupo siempre consigue sacar mi lado más guerrero. La música me envuelve de tal manera que es como si me absorbiera, y no hay forma humana de despegar los ojos del escenario. Pero hay algo raro, porque siempre que me he dejado caer por sus conciertos, estaba con mis hermanas y amigos, saltando y desgañitándonos juntas, compartiendo esa locura que solo esta banda sabe crear. Sin embargo, aquí estoy, sola, frente a ellos, incapaz de contener la emoción que bulle en mi interior.

Quiero gritar, lo intento con todas mis fuerzas, pero mis labios parecen sellados. Estoy al borde de las lágrimas cuando, en un giro inesperado, alguien se acerca por detrás de mí y susurra en mi oído, rompiendo el hechizo musical: «La tormenta no es algo que venga de lejos y que no guarde relación contigo. Esta tormenta eres tú. Es algo que se encuentra dentro de ti. Lo único que puedes hacer es resignarte, meterte en ella de cabeza, taparte con fuerza los ojos y las orejas para que no se te llenen de arena e ir atravesándola paso a paso».

«Una y otra vez...», resuena la frase, marcando un punto de inflexión en mi deterioro. «Una y otra vez...», se repite de forma más detonante, más intensa, retumbando en mi mente y provocándome fuerte dolor de cabeza.

Un sobresalto me saca de mi letargo, y con ambas manos me aferro fuerte a mi cabeza, como si pudiera evitar que el dolor me estallara dentro, despertándome repentinamente, sacudida de mi trance como si la tormenta en la que navegaba hubiera decidido liberarme de su abrazo furioso, depositándome abruptamente en la calma. Por un breve punto de tiempo, me siento aún atrapada en esa neblina que difumina los límites entre sueño y realidad. Mis párpados pesan como si llevaran encima todo el cansancio del mundo, y me esfuerzo por discernir si sigo soñando o si ya he vuelto al mundo real. Todo a mi alrededor está envuelto en sombras y reina un silencio perturbador, solo interrumpido por un pitido insistente y extraño que no logro localizar. Es como un sonido breve y agudo, un «pi-pi-pi» constante que retumba en mis oídos, generando una incomodidad que parece no tener fin. Se desvanece ese pitido, pero sigo escuchándolo sin pausa, cuando de repente suena una de mis canciones favoritas, *Entre dos tierras*.

Entre dos tierras estás
y no dejas aire que respirar.
Entre dos tierras estás
y no dejas aire que respirar…

Poco a poco, voy abriendo los ojos, y la oscuridad comienza a disiparse como si se alejara con timidez.

Y ahora la melodía vuelve a sonar, esa canción que me ha llevado a través de un viaje sin sentido, apenas unos instantes, segundos —o siglos— atrás. De improviso, caigo en la cuenta: esa canción de Héroes del Silencio es el tono de llamada nuevo de mi iPhone, que puse hace unos días.

Me incorporo lentamente, desconcertada por el desorden temporal invadiendo mi cabeza, y un cansancio agudo preguntándome qué hora sería. El tiempo parece haber jugado al escondite conmigo, dejándome sin pistas sobre cuánto he estado dormida o incluso qué día es hoy. En mi torpe intento por volver al mundo real, el cómic de mi sobrino Enzo se desliza al suelo, una víctima colateral de mi búsqueda desesperada de mi teléfono, que justo decide callarse antes de que logre alcanzarlo.

Los recuerdos empiezan a regresar en ráfagas. «Dios, siento que mi cabeza va a estallar».

Me levanto con el cuerpo pesado, como si cada parte de mí quisiera seguir aferrada al abrazo del sofá, pero mi mente ya ha decidido que es hora de enfrentar la realidad, por difusa que esta sea. Durante unos segundos me detengo y miro hacia la ventana. La lluvia, real como en mi sueño, continúa su danza frenética contra los cristales.

Finalmente, tomo mi teléfono y descubro cuatro llamadas perdidas. Me sorprendo al ver que ya son las seis de la tarde. «¿Cómo es posible?», me pregunto.

1 de noviembre, lunes, es prácticamente lo segundo que logro dilucidar en la pantalla, tras ver la hora. Estoy como anestesiada, pero lo suficientemente lúcida para darme cuenta de la escena del crimen. Tomo rápida conciencia de que soy tanto la autora como la víctima de mi propio delito: en la mesa, junto a mi sofá, reposa una copa de vino, con sus últimas notas rubí aún reflejando la luz tenue de mi salón y el poco elixir que en ella queda, y su cómplice, una botella de Felsina Chianti Classico Berardenga 2015 casi seca (un regalo de Pietro, que trae consigo recuerdos que prefiero mantener difusos por ahora; sé bien su origen, pero elegir no recordar es mi mecanismo de defensa elegido), delatan mi estado actual. Los regalos de los ex también deberían desaparecer junto a ellos. Y como si necesitara más elementos para este cuadro de intriga personal, una tableta de Lexatin, que se posa al borde de la mesa, pretendiendo ser discreta, pero logrando todo lo contrario.

Aquí entre yo y yo, ni siquiera recuerdo haber descorchado el vino. En este estado de confusión, intento atar cabos de una noche que parece un agujero negro en mi memoria. Este vino, guardado celosamente para una ocasión digna de tal descorche, ahora es parte de un escenario que bien podría calificarse de cualquier cosa menos especial. Espero que, en algún punto entre el primer sorbo y el último recuerdo, haya brindado por algo que valiera la pena, que haya habido un motivo, un homenaje, algo más allá de un simple acto de olvido y desesperación, porque, sinceramente, despertarse en este estado de confusión monumental no parece el glorioso destino que había imaginado para un vino de tal estirpe.

Me agacho con pereza sintiendo cómo un leve mareo amenaza mi estabilidad al recoger el cómic. Sus páginas están esparcidas, invitándome a contarme el final que no recuerdo haber alcanzado anoche. Lo ojeo, mientras *flashes* de recuerdos empiezan a asaltarme. Joder, ni siquiera recuerdo por ni para qué lo cogería.

Estaba absorta en sus viñetas cuando, de repente, esa canción vuelve a filtrarse como un eco persistente entre los rincones de mi mente y del salón de mi casa.

Instintivamente, me llevo la mano a la cara, deslizando los dedos hasta pellizcarme el puente de la nariz en un gesto de frustración y nostalgia. En ese momento pasajero, con los ojos cerrados y el mundo exterior bloqueado, me sumerjo en la letra de la canción.

Aturdida y resacosa, contesto.

—¿Sí?

—Hola, le llamo por el anuncio de la máquina para hacer pasta.

La voz del interlocutor, dulce y sugerente, aviva mi imaginación y mi mente se dispara. Me hace pensar por unos segundos que detrás del teléfono solo puede esconderse Bat. Pero vamos a ser realistas, eso sería tan probable como ganar la lotería sin haber comprado un solo boleto, o me cayera un rayo justo después de zafarme de uno en un sueño.

Me quedo en silencio, no digo ni mu.

—¿Hola? Buenas tardes… ¿Me oye? —insiste el chico al otro lado de la línea.

—¿Sí? —respondo, intentando camuflar mis dudas.

—Perdone, estoy interesado en su máquina, ¿la sigue teniendo disponible?

Un escalofrío gélido recorre mi espina dorsal retorciéndome de euforia y tormento, vértebra por vértebra. ¿Es él? Mi mente se sumerge en una vorágine de pensamientos. Esto no puede ser real. ¿Sigo soñando o qué?

—Perdone… ¿Me oye? —insiste.

La inquietud me embarga, y cuelgo, incapaz de asimilar la posibilidad de que sea Bat. El teléfono vuelve a sonar, y esta vez decido enfrentar la incertidumbre.

—¿Sí? —contesto con voz temblorosa.

—Buenas tardes. ¿Me oye mejor ahora?

—Sí, dígame, ¿quién es?

—Disculpe, mi nombre es Batair. Estoy interesado en la máquina de la pasta que tiene publicada en la página de compraventa.

—¿Bat? ¿Eres Bat?

—¡Cat! Sí que eres tú, me había parecido tu voz al descolgar, pero… He dudado, no es posible. ¿Cómo estás?

—¿No tienes mi número? ¿O qué? —le suelto, con un tono molesto, tratando de ocultar mi ofensa.

—No, perdí el móvil en una intervención y ya decidí cambiar de número y hacer limpieza.

La revelación me desconcierta. ¿Lo estará diciendo por mí? La confusión se refleja en mi voz.

—Dime, Bat.

—Joder, Cat, de verdad, perdona. No sabía que eras tú, ¿cómo me iba a imaginar? Puse en la *app* localizador para buscar una máquina cerca. ¿Te has mudado? Me sale que estás en otra parte de la isla.

—Sí, me mudé cerca del restaurante de mis tíos, y, bueno, nunca pongo la dirección exacta en estas cosas. No me fío.

—Haces bien. Entonces…, ¿vendes tú la máquina de la pasta?

—Sí, bueno… Es de mi tío, pero sí, la vende.

—La necesito, Cat. Este domingo tengo a mis enanos y vendrá también mi sobrino a comer. Me han pedido pasta casera y ya se lo prometí. Tengo una máquina, pero al intentar usarla vi que no funciona. Mejor dicho, tenía, ya la deseché esta mañana.

—Está bien. Si quieres verla primero, puedes pasar por el restaurante y hablar con mi tío.

—No, no hace falta verla, la compro. Sobre todo, sabiendo que es vuestra, confío plenamente.

—De acuerdo, hablaré con mi tío y te informo.

Continuamos charlando durante unos minutos más, poniéndonos al día sobre lo que había ocurrido en nuestras vidas y, aun así, me resulta difícil creer en esta casualidad. Han pasado varios meses desde la última vez que supe algo de él, y ya me había resignado a su silencio, algo que terminé aceptando, especialmente considerando que estaba pasando por el proceso de una separación reciente.

Sin embargo, justo anoche me quedé pensando —y celebrando— en que se cumplían catorce años desde aquella noche inolvidable entre nosotros, qué coincidencia. Y ahora que lo menciono, me viene a la cabeza todo el ajetreo del sueño que he tenido hace unas horas con él...

—Muchísimas gracias, Cat —me interrumpe su voz, sacándome de mi ensimismamiento—. Llámame para coordinar cómo y cuándo la recojo. Espero que todo esté bien y hablamos pronto. ¡Ah! Y un consejo importante: nunca respondas con un «sí» a una llamada de un número desconocido.

—No entiendo...

—Hay una estafa, «la estafa del sí». Tú respondes la llamada con un «sí», el presunto estafador puede grabar tu respuesta afirmativa y poner en riesgo tu seguridad de datos personales y económicos.

—¿En serio? ¿Cómo sabes eso?

—Pues porque lo sé. Tú solo tenlo en cuenta siempre.

—Vale, lo haré.

—Vamos hablando, Cat.

Justo después de colgar, mi cabeza ya está en marcha, ideando cómo hacer para que la máquina valga la pena. Llamo a mi tío y descubro que la ha vendido hace dos días a un cliente y que se había olvidado de avisarme para quitar el anuncio.

¡Joder, le he dicho que sí la tenía! Tengo que localizarle otra igual o parecida. Pero antes de sumergirme en la tarea de encontrar una máquina para no fallar a Bat, mi mirada se cruza con la de Mía. Ahí está mi dulce perrita, que no ha abandonado su cama hasta verme levantarme. Parece que mi bajón se le ha contagiado. La pobre está ahí, mirándome con esos ojos que, sin necesidad de palabras, me lo dicen todo.

Esto me hace reflexionar sobre cómo mi estado de ánimo influye en ella. Así que decido dejar a un lado mis preocupaciones y dedicarle un tiempo especial. Nos dirigimos a su lugar favorito, la playa, donde jugamos mientras la hago correr de un lado a otro con la pelota. La compañía y el cariño que me brinda son invaluables para mí, y en momentos como este, son el bálsamo perfecto que necesito para encontrar tranquilidad y reconfortarme. Es todo lo que necesito ahora, a ella.

Después de horas buscando y negociando por páginas de segunda mano sin descanso, localizo una, pero en Es Castell. Aunque no es el mismo modelo, es muy parecida y parece ser una buena opción. Su precio es tres veces mayor que la de mi tío. Contacto con la chica del anuncio y, tras negociar, queda en traérmela personalmente ella mañana.

Antes de coordinar la entrega, le escribo un mensaje a Bat y le envío una de las fotos que he cogido del anuncio.

—Mi tío vendió la que estaba en el anuncio, pero tiene esta que está mucho mejor. ¿Te interesa?

—¿Cuánto cuesta?

—No te preocupes, ya negocié con él para que te salga muy bien de precio. ¿La quieres entonces?

—Sí, voy por ella ahora mismo.

—No. Ahora no puede ser… Tiene que preparártela, la tiene en su casa. —Me invento esto para sacar tiempo mientras llega o no—. Te aviso cuando la recoja y te la llevo en cuanto la tenga en mis manos.

—Vale, avísame y concretamos.

—Sí, claro, te aviso.

—Gracias, Cat.

A la mañana siguiente, la chica me trae la máquina perfectamente empaquetada. La extraigo con cuidado. Destruyo la caja y la introduzco en una bolsa grande y algo mullida, como si intentase borrar cualquier pista de su origen. Aunque trato de quitarle hierro al asunto, no puedo evitar notar que luce impecable, como recién salida de una tienda, sin un ápice de uso. Llamo a Bat inmediatamente para avisarle.

Después de colgar, me quedo inmóvil, sorprendida por el ligero temblor de mis manos, una reacción con la que no contaba. Le acabo de decir que ya tengo la máquina. La conversación ha fluido entre risas muy agradables, que no sabía que me removerían tanto por dentro, y que, por una parte, echaba de menos y, bueno, a esto le sumo también el hecho de que hemos concretado una cita para vernos, que inconscientemente me ha dejado el corazón a mil.

Quedamos en su piso el jueves por la mañana y, mientras me pierdo en los detalles de cómo será todo, no puedo evitar ese hormigueo de anticipación mezclado con una seguridad de mantener la distancia y resistir lo que aún me invade inevitablemente. Lo tengo claro: no. Esta vez no voy a dejarme arrastrar por esa corriente que siempre me envuelve. Me prometo a mí misma, con esa voz interior que suena demasiado a autoconvencimiento, que voy a ir al grano, que no voy a permitir que la cercanía con Bat remueva nada que no deba. Me lo repito como quien recita un mantra, convenciéndome de que puedo mantener el control. Sí, esta vez seré todo sensatez.

Dejo el móvil enchufado en la mesita, como si fuera mi cordón umbilical con el mundo, feliz por la conversación que acabo de tener hace unos minutos con él y, sin más, me arrastro directa al baño. Es uno de esos momentos en los que necesitas una ducha que no solo te limpie por fuera, sino que también intente arreglar el desastre por dentro. Le pido música a Alexa: «Alexa, canciones de Bunbury».

Me voy quitando la ropa sin prisa, pero sin pausa, dejándola formar un camino improvisado de tela hasta la ducha. Me paro un segundo frente al espejo, me observo durante unos minutos. Ahí estoy yo, en todo mi esplendor. Me encuentro con la mirada de una mujer que sabe lo que quiere, una versión de mí misma que parece recargada, lista para comerse el mundo. Y pienso: «Todo en la vida llega por alguna razón, ¿no es así, Katya? Claro que sí. No hay más vuelta de hoja». Pero esta vez no voy a permitir que el pasado se repita, que vuelva a caer en lo mismo de siempre.

Con paso decidido, me adentro en la bañera y siento cómo el agua caliente me acaricia, envolviéndome en una sensación reconfortante y relajante intentando desconectar de todo y no pensar en nada en particular. Pero, de repente, sin previo aviso, me veo invadida por una avalancha de cortos de mis sueños de esta noche. Las imágenes se agolpan en mi mente, esa traidora decide que es el momento perfecto para ponerme el *replay* de todas las imágenes oníricas en mi cabeza de forma desordenada y repetitiva, como si estuvieran luchando por salir a la superficie.

La ansiedad se cuela por cada poro de mi piel, creciendo sin control, y no, nada tiene que ver con aquel sueño descabellado de tormentas y conciertos. Lo tengo tan presente… Aquel *pub*, el mismo escenario de mi encuentro con Bat hace ya catorce años. Su figura en mi sueño era tan palpable, tan viva, que aún puedo sentir el peso de su mirada sobre mí, como si traspasara las brumas del sueño para encontrarme. Y ahí estaba su moto, envuelta en un halo de misterio, su negrura brillante se entrelazaba con el sonido de un cascabel encontrado sobre la barra del bar, un cascabel atado a un hilo rojo que parecía no tener fin y que me guiaba, irremediablemente, hacia él.

Y luego estoy yo, en ese mismo sueño minutos antes o después, no recuerdo bien, pero me veo allí, apoyada en la barra del *pub*, disfrazada de Catwoman. No puedo evitar soltar una carcajada al recordar cómo me sentía poderosamente surrealista y libre en ese sueño. Eso sí, está claro que en mis sueños puedo ser quien yo quiera.

Las imágenes que me asaltan son cada vez más nítidas, se repiten de forma acelerada invadiéndome sin cesar. ¿Tendrán que ver algo mis sueños de anoche con su llamada? No puede ser tanta casualidad. Necesito calmarme, pero es imposible, no puedo evitarlo. Pensar en él me excita con el mismo ardor y la misma intensidad que aquella noche de lujuria. Respiro profundamente y suelto todo el aire de mis pulmones. Cierro los ojos y dejo que el agua caiga sobre mí, llevándose consigo cualquier preocupación o tensión que pueda haber en mi mente a la vez que me doy el capricho de fantasear con Bat, como otras tantas veces.

Mis manos ardientes y habilidosas se deslizan suavemente sobre mi piel mojada, acariciándola con la delicadeza de un susurro. Siento cómo mis dedos provocan respuestas sensuales al detenerse en mis pechos, acariciando mis pezones y generando una ola de placer que se expande por todo mi…, «todo mi ser».

La alcachofa de la ducha se convierte en mi cómplice. Ajusto el chorro de agua para que sea más intenso y dirijo la corriente hacia mis zonas más sensibles. El agua caliente se mezcla con mi excitación, creando una sensación ardiente y embriagadora. Mis manos continúan explorando mi cuerpo, deslizándose por

mi vientre, mis muslos, hasta llegar a mi zona íntima. La estimulación se intensifica y mi respiración se vuelve más agitada. Me
dejo llevar por el éxtasis que me aturde, permitiéndome disfrutar
plenamente de mi propia imaginación. Cierro los ojos de nuevo
y me sumerjo en un mundo de auténtica fantasía. En mi mente,
soy la protagonista de una escena de pura lujuria, donde este
lugar se convierte en el escenario perfecto. La alcachofa, en mi
amante secreto, dibujando sus dedos, acariciando cada parte de
mí con ansia.

Cada gota de agua que cae sobre mi piel se transforma en
una caricia que aumenta mi excitación. Cada movimiento de
mis manos es un acto de amor hacia mí misma, una forma de
conectarme con mi propio cuerpo y a la vez con el de Bat. Es él
quien me está provocando este torrencial de gozo.

Mi imaginación me lleva al borde del éxtasis, mi cuerpo se
tensa. Mis respiraciones se vuelven más rápidas y profundas, y
mi corazón late con fuerza. Aprieto los ojos, esforzándome por
visualizar a Bat con la mayor claridad posible, y me dejo arrastrar
por el puro regocijo que me prende en cuestión de segundos. Una
pulsación comienza a crecer en mi interior. Mis movimientos
se vuelven más rápidos y frenéticos, buscando el punto exacto
de estimulación, y ahí me quedo. Este caudal de agua, ahora más
que nunca, sigue siendo mi perfecto aliado. Aumenta mi gozo
de forma abismal. Y, finalmente, mi cuerpo se rinde al placer y
se desata en un orgasmo intenso y liberador. Siento cómo las
contracciones recorren mi cuerpo, desde mi zona íntima hasta cada extremidad. Mi mente se nubla de placer y no puedo
contener los gemidos que escapan de mis labios. El orgasmo me
envuelve por completo, y mi cuerpo se relaja y se llena de una

sensación de satisfacción total. Soy completamente consciente de mi propia realidad y de la capacidad de mi cuerpo para experimentar el placer más intenso con tan solo pensar en él. Después del orgasmo, me quedo bajo el agua caliente, disfrutando de esta sensación tan deliciosa.

Salgo envuelta en una nube de vapor, con el agua todavía deslizándose por mi piel. Tomo una toalla grande y aterciopelada de uno de mis cajones y me la enrollo alrededor. Me quedo inmóvil, en silencio, sintiendo una extraña quietud que me rodea por completo.

SILENCIO

Me inquieta esta calma. Mientras los acordes de *Entre dos tierras* de Bunbury, ahora desde Alexa, emergen suavemente, casi como un eco desde otra habitación, me encuentro sentada en el borde de la bañera. Los pensamientos fluyen al compás de la música, y cada verso me lleva a reflexionar sobre mi propia búsqueda de identidad y pertenencia en un mundo lleno de contradicciones.

La canción narra la lucha por encontrar un lugar en un universo de caminos divergentes, una lucha que resuena profundamente en mi interior. Cada palabra parece capturar mi estado actual, la dualidad de mi vida: esa tensión constante entre lo que soy y lo que anhelo ser, entre mis sueños y la dura realidad. Estoy atrapada entre dos orillas, incapaz de avanzar o retroceder.

Es en este momento de introspección cuando la verdadera fuente de mi conflicto se revela: un amor imposible que no puedo olvidar. Este amor, que me consume y me define, parece inalcanzable. Desde fuera, todo puede parecer sencillo, pero solo yo conozco la profundidad de mis sentimientos. La batalla interna entre el deseo y la imposibilidad, entre querer y no poder, es una carga que llevo en silencio.

La letra de la canción me enfrenta a la desconcertante verdad de sentirme perpetuamente fuera de lugar, atrapada en un limbo emocional donde la certeza y la pertenencia son ilusiones distantes. La sensación de asfixia es real, una lucha por decidir que parece interminable. Es fácil, para los que no sienten algo así, juzgar sin comprender, pero solo yo conozco la verdadera intensidad de mis sentimientos.

Y sí, así me siento, «entre dos tierras», atrapada en la encrucijada de un amor que no puedo dejar ir.

Ante el espejo, que se ha cubierto de un velo de vaho, dudo. Un lapso fugaz en el que el pulso se me acelera y un remolino de emociones me asalta. Paso la mano por él y encuentro mi reflejo. Entonces me doy un pequeño tirón de orejas mental y me digo: «Katya, a esa cita vas a ir con los ojos bien abiertos, los pies bien plantados en el suelo y el corazón bajo siete llaves». Esta vez las reglas las pongo yo. Porque sí, sé en qué terreno me muevo, y tengo clarísimo que, en esta ocasión, las cosas van a ser diferentes. Y esta determinación que siento no es más que el fruto de todas esas veces que el corazón se me ha ido de fiesta sin invitación. Pero ya está, eso se acabó. Ahora voy armada con la cautela y el encanto de una gatita que sabe exactamente cuándo sacar las garras y cuándo ronronear.

Así que, aunque golpee con fuerza contra su pequeña caja de cristal, mi corazón se queda ahí dentro, bajo llave y candado.

2

ANTE LA DUDA, UN «SÍ»

Jueves 4

Los días previos a la quedada con Bat, me siento como si estuviera en una especie de burbuja de expectativas, dedicándome a organizar cada detalle con un mimo especial, pero, sobre todo, con una ilusión que no me cabe en el pecho.

Voy a confesarlo: mi cabeza ha estado, sin descanso alguno, sumida en una montaña rusa emocional, y de repente, he dado un giro de ciento ochenta grados en mi forma de ver las cosas. Me ha entrado una necesidad imperiosa de darle sabor y aventuras a mi vida, de sumergirme en experiencias alocadas, tenga o no tenga sentido. Y ahora mismo estoy en una nube de felicidad total, convencida de que las terceras oportunidades están ahí para quien las busca, o mejor aún, para quien las crea. Y eso es precisamente lo que estoy haciendo yo ahora. Rodeada de pensamientos y excusas, decido no dejarme vencer por el miedo ni adelantarme a qué podrá pasar. Sé que podría huir del dejarme llevar, pero eso sería contradecirme, una opción reservada solo para los que no sienten, los que no se atreven, los cobardes que no sueñan y no entienden que los sueños maravillosos son los que te hacen dormir con los ojos abiertos. Y que puede que no haya otra oportunidad, que no exista otra vez… Puede que solo sea esta vez o nunca.

«Nuestra existencia es pasajera, y hay que permitirse la alegría».Y no hay más.

El timbre de mi puerta suena, sacándome de golpe y porrazo de mis pensamientos, y de mi cama. Inmediatamente salgo de mi cortometraje mental y me dirijo hacia la puerta mientras me termino de vestir lo más rápido posible.

—¡Un momento, ya voy!

Me sorprende encontrar un paquete a mi nombre en el umbral, a la vez que la confusión me deja indiferente, ya que no recuerdo haber comprado nada recientemente. ¿Qué podría ser? Con la duda flotando en mi mente, camino hacia el salón mientras leo la etiqueta de la caja. Lo abro con cautela y mi sorpresa alcanza su punto máximo cuando descubro un disfraz de Catwoman en su interior. Quedo perpleja y me pregunto en qué momento he realizado esta compra. ¿Cómo es posible que haya adquirido un disfraz sin recordarlo?

Inmediatamente rebobino en los recuerdos de los últimos días en busca de alguna pista que me ayude a recordar, pero mi mente está en blanco. De repente, un recuerdo fugaz me asalta. ¡Ah! ¡La noche del vino! ¿Habrá sido ahí? Investigo más a fondo y sin soltar el paquete, abro la aplicación de Amazon en mi teléfono y ahí está, el registro de mi pedido fechado el 1 de noviembre a las 4:07. ¡¿En serio?! Parece que en medio de la lectura del cómic de Batman y Catwoman, mezclada con el vino y el aliño del Lexatin, decidí adquirir este disfraz. Joder, me pregunto si acaso hice algo más…

Estoy fatal. Mi memoria no puede recuperar todos los detalles de la noche del 31 de octubre, la de mi «no aniversario», pero el disfraz se convierte de repente en una idea absurda, ridícula, disparatada, estúpida y, a la vez, brillante.

Perdida en un torbellino de pensamientos, de repente me encuentro reviviendo una de esas conversaciones con Bat que hacen que el pulso se acelere. Este verano, cuando aún se estaba adaptando a su nueva vida de soltero tras el divorcio, me invitó a conocer su nuevo hogar, un coqueto apartamento que su hermana Leila le dejó usar mientras ella se fue a vivir a la península. Como si fuera un viaje en el tiempo, me traslado a ese recuerdo, saboreando de nuevo aquel helado de pistacho… Mmm, una auténtica tentación, aunque, para ser sinceros, lo del helado fue solo el principio de una tarde que se puso bastante más interesante. Y es que, con la curiosidad picándome, no pude resistirme y le solté esa pregunta un tanto atrevida sobre cómo le sentaría que una colegiala apareciera en su puerta. Lejos de turbarse, su mirada se encendió con una chispa traviesa: la idea de jugar con disfraces para avivar la llama de la pasión le parecía más que excitante.

Esa charla atrevida con Bat resurge con fuerza, encendiendo la chispa de una fantasía que ahora se siente urgente, casi necesaria. Soy una novata total en esto de los disfraces, pero si hay alguien con quien me atrevería a lanzarme a la aventura, ese es él. Me animo a mí misma: «Vamos, Katya, es el momento de llevar esta fantasía de la imaginación a la realidad». Además, de alguna manera esto ya me resulta familiar; si en mis sueños me atreví, ¿por qué no hacerlo ahora? Sonrío al recordar una frase que mi padre solía decir: «Si las cartas se jugaran dos veces…». Pues parece que la vida me ha dado una nueva mano, y estoy decidida a jugarla con audacia y un toque de locura. Lo tengo claro: ¡esta será mi segunda ronda!

Sin pensarlo demasiado, estoy decidida a no dejar pasar esta ocasión. Si él me ha ofrecido la posibilidad de ir a su piso de «nuevo», es porque sigue solo; de otro modo, lo habría mencionado o incluso habría venido él mismo. Así que, por el poder que me otorgo a mí misma, «porque yo lo valgo», decido seguir mi intuición. En lugar de optar por una imagen de colegiala —que definitivamente no es mi estilo—, elijo algo más… épico. Superheroína, sí, eso encaja mucho mejor con mi estilo de juego, y también porque ya que tengo el disfraz, claro. Después de todo, «¿quién podría resistirse ante el encanto de una gata que sabe ronronear con dulzura mientras sus garras esperan, siempre listas para dejar su huella?».

Si voy a visitar a mi querido «Bat», necesito ir con todo. ¿Quién sabe? Quizás, al entrar en su guarida, mis nuevos «poderes» surtan efecto y ocurra un milagro…

Tal vez, con un poco de suerte y una pizca de audacia, logre que este murciélago finalmente deje de colgarse boca abajo y vea lo que tiene frente a sus ojos: una súper Catwoman lista para robarle algo más que un poco de su tiempo.

Antes de salir, rebusco por casa y encuentro unos utensilios de cocina para la pasta, bastante peculiares, que mi tío me dio hace un tiempo, ideales para Bat. Los guardo en una bolsa junto al disfraz y complementos.

Miro el reloj, son las doce en punto de la mañana. Aparco en doble fila en su misma puerta para bajar la máquina, que pesa lo suyo.

Al tocar al timbre, le pido —con voz tenue, apenas audible— que baje a por ella, y responde con un simple «bajo».

Cuando aparece por el portal, apenas se acerca; lo suficiente como para coger la máquina. ¿Ni siquiera dos besos? Me quedo inmóvil. «¡Madre mía, parece que ahora soy la nueva repartidora de UPS! ¿Qué hago? ¿Le pido su DNI para confirmar la entrega?».

Estoy muy nerviosa, y después de todo este tiempo sin vernos, tampoco sé cómo actuar. Opto por esperar y ver su reacción antes de decidir qué hacer. En un microsegundo, que parece detenerse en el tiempo, él suelta la bolsa colocándola estratégicamente para evitar que la puerta del portal se cierre. Y entonces, sin previo aviso, me envuelve en un abrazo repentino. Me quedo inmóvil.

—¿Subes? —Su pregunta me hace temblar por dentro, pero también despierta la chispa de atrevimiento en mí. Es ese impulso el que me lleva a confirmar mi superplan, una oportunidad que no puedo dejar escapar.

—Sí, sube tú. Voy a aparcar bien. No tardo.

Los nervios me asaltan, fieros y tempestuosos, un remolino de emociones que arranca desde el latido tembloroso de mi corazón y se desborda por cada rincón de mi cuerpo, haciendo especial escala en ese punto entre mis piernas donde el deseo se agita impaciente (ahí mismo, donde el calor se concentra). Mi corazón, rebelde y ansioso, martillea un ritmo frenético, una melodía de anticipación y anhelo que resuena en mi pecho con una intensidad que roza lo insoportable.

Me apresuro hacia el estacionamiento, sin percatarme siquiera de la pilona que está justo detrás. Menudo golpe acabo de darle. «¿En serio, ahora esto?», mascullo para mis adentros, pero opto por hacer caso omiso. Una vez estacionada, me concedo un tiempo para recobrar la calma antes de salir del coche. Puedo sentir las pulsaciones aceleradas de mi corazón, así que tomo una profunda bocanada de aire y la suelto lentamente, aunque parece que el nerviosismo no tiene mucha intención de ceder.

«¡Vamos, Katya!», me exhorto con fuerza, porque si me detengo a pensarlo, puede que me arrepienta, así que, con decisión, me preparo para el siguiente paso: el disfraz. A ver cómo me las arreglo con esto.

Al tocar de nuevo al timbre, la puerta se abre de inmediato, y ya, en el rellano del piso, siento como la excitación me sube y hace vibrar cada fibra de mi ser. Entro al ascensor. Sin tiempo que perder, me despojo rápidamente de mi ropa. Mis manos tiemblan ligeramente al sacar cada prenda de la bolsa de utensilios.

Cada pieza es perfecta para tejer un relato de seducción y lujuria. Experimentar esto me encanta. Mis dedos se sumergen en los guantes de piel curtida, su tacto envolvente despierta sensaciones que se mezclan con el cosquilleo en mi interior. La delicadeza de su pelliza se convierte en mi segunda piel, avivando mis nervios. Pufff…

Continúo. El collar de cuero, adornado con detalles sutiles, supersuave. Lo deslizo con gracia alrededor de mi cuello, abrazándolo con una ligera presión que no solo siento físicamente, sino que también me evoca un toque de dominación. Cada centímetro de ese accesorio se convierte en un lazo simbólico entre la sumisión y el placer. A medida que lo ajusto, una corriente eléctrica parece recorrer mi piel, dando vida a los anhelos más profundos de mi ser. Podría decir que esta sensación despierta en mis sentidos alentando la ferocidad que se encuentra detrás de cada uno de mis pensamientos. Y esto a la vez provoca destellos de las imágenes previas que, de forma efímera, parpadean en mi cabeza, como escenas fugaces de lo que mi mente siempre ha tramado, deseado e implorado.

Cada atuendo que me coloco parece adherirse a mí. No podría explicar cómo me hace sentir todo esto. La máscara, esa pieza central de la transformación, emerge con un toque arrollador y muy sugerente. Es idéntica a la que llevaba puesta en mi sueño de hace tres días, pero ahora, en mis manos, cobra una nueva vida. Su diseño, intrincado y sensual, proyecta la imagen de Catwoman con un toque romántico, como un velo que oculta y revela la promesa de una travesura intensa.

Y para acabar, completo con broche de oro: mis botas altas, de un negro más profundo que la noche sin luna. Se deslizan por mis piernas con una audacia traviesa, hasta casi la mitad de mis muslos rozando delicadamente el encaje de mis pantis... Mmm, ¿pantis con encaje? Está todo pensado. Bueno, digamos que hacen una pequeña incursión en territorio peligroso. Crean una fusión perfecta entre la suavidad del tejido y una sensualidad «con altura», o sea, algo tentador y seductor.

Frente al espejo velado del ascensor, que comienza a empañarse con mi respiración acelerada, observo mi reflejo con ojos centelleantes. La máscara se acomoda con precisión, enmarcando mi rostro con un aura de pura lujuria, acentuando un reflejo que revela a una Catwoman lista para la acción, una versión de mí misma que despierta los sentidos y desafía las convenciones.

Asciendo por el ascensor, la expectación se intensifica. Cierro los ojos, absorbiendo el susurro del cuero y el palpitar de mi corazón acelerado. El presagio se vuelve casi tangible mientras me sumerjo por completo en el personaje que estoy a punto de encarnar.

La puerta del ascensor se desliza abriéndose, dando paso al escenario previo. Cojo todo el aire que mis pulmones resisten. Me detengo por un momento. Dudo. Pero, ante la duda, elijo un «sí». Sí, estoy lista para esto. Aunque por momentos es como seguir en aquel sueño esperando la presencia magnética de Bat detrás de la barra del antiguo *pub* Chicago, ahora Squalo Club, llamándome, haciéndome señas con su dedo. Atrayéndome hacia él, con aquel «ven, ven…».

Puedo ver ahora mismo tras mis párpados como la escena se despliega con un detalle exquisito, como despertándome de un sueño a otro sueño. La máscara oculta ese mismo brillo travieso de mis ojos. Lo recuerdo perfectamente. Aunque la conexión profunda de esa noche de ensueño resurge, pero esta vez supera la fantasía.

Cojo mi fusta. ¿Lo tengo todo? Madre mía, cómo tiemblo. El eco de mis propios pasos resuena en el pasillo del edificio, marcando el ritmo acelerado de mi pulso. Aunque la vergüenza se aferra a mí con intensidad, las ganas del encuentro eclipsan cualquier atisbo de arrepentimiento.

Al llegar a su puerta, la tenue luz del pasillo se filtra por la rendija entreabierta, y un segundo de duda, otra vez, se cierne sobre mí como una sombra, pero el deseo que arde en mi interior me impulsa a seguir adelante. Ya no hay vuelta atrás.

Es fascinante cómo se exhibe ante mis ojos la escena de un lienzo de pura provocación. La vergüenza se disuelve por completo, reemplazada por una excitación desconocida. Soy yo, revelando mi autenticidad, mi lado salvaje, mi lado Cat que solo él logra liberar. La realidad de esto, ahora sí, supera cualquier sueño. No es un juego onírico; es mucho más que eso.

Empujo la puerta suavemente, dejando que crujan apenas las bisagras. Mis pasos, ahora más sigilosos que nunca...

Su voz llega desde el otro lado, clara pero distante:

—¿Entras?

—Bat, prométeme una cosa —susurro, dejando que mi voz se mezcle con la expectación que flota en el aire.

—¿Por qué no entras? —responde él, su voz vibrando en el espacio, otorgándome un estrecho margen para lo que está a punto de acontecer. Inhalo profundamente, sintiendo la tensión y la intriga construirse.

—Sí, voy... Pero dime algo. Prométeme que te vas a reír, por favor —le imploro, mientras un ápice de vergüenza y todo el placer danzan en mis pensamientos.

—Ja, ja, ja. Verás tú... Miedo me das —replica entre risas.

Respiro con resolución, por fin y, con pasos decididos, cruzo el umbral de la puerta. A la vez que camino, el susurro de la fusta cortando el aire aumenta la tensión.

La incertidumbre me arrolla bruscamente, sin ton ni son, como una sombra impenetrable, dejándome en la penumbra de lo desconocido. Sin la más mínima idea de lo que me espera al otro lado, mi corazón late con una mezcla de emoción y temor, mientras me sumerjo en el abismo de la expectativa.

—Bat, ¿me puedes esperar en tu cama? —le digo.

Mis nervios están a flor de piel cuando le lanzo la pregunta, mi atrevimiento palpable en el aire. Su risa, como una melodía, resuena a lo lejos y aunque me relaja, también aumenta mi nerviosismo. Esa sensación de ser yo misma y, al mismo tiempo, no serlo me achica, pero mi valentía sobresale.

—¿Estás listo? —le lanzo la pregunta, un desafío velado en mis palabras, queriendo que la realidad supere las fantasías que he tejido en mi mente.

—Por supuesto, pero… ¿con qué me vas a sorprender? —responde. Su voz teñida de una curiosidad lúdica y una chispa de anticipación que me envía un escalofrío de excitación.

La tensión se cierne sobre mí, pero mi resolución permanece firme, inquebrantable.

—Ya verás, solo dame un minuto —digo, inyectando toda la osadía que soy capaz de reunir en mi voz, aunque por dentro, una manta de dudas y temores amenace con desbordarse.

Me acerco a la puerta, pero la vergüenza me frena en seco. Mis pensamientos se convierten de repente en dudas. Madre mía, ¡qué vaivén! Pero entonces sus palabras flotan hacia mí, ligeras y provocadoras.

—A ver, a ver… No estoy seguro de poder confiar en ti. —Su tono juguetón perfora la burbuja de mi incertidumbre, desatando una sonrisa a regañadientes en mis labios.

3

NADA QUE PUEDA PERDER

Tomo una profunda inspiración, buscando desesperadamente la chispa de valentía que parece haberse esfumado en el aire denso de mi ansiedad. Y justo cuando me armo de valor para entrar, él abre la puerta, como si nuestros tiempos estuvieran sincronizados por alguna magia no escrita. Nuestras miradas se encuentran y reímos juntos. Se acerca a mí:

—Esto se va a poner interesante —me susurra con voz ronca y lujuriosa.

La tensión se desvanece, y en ese punto, un nuevo entendimiento tácito nos envuelve. La situación pasa de la risa a quedarnos mirándonos fijamente, sin pestañear. En un movimiento ágil, me lleva hacia el interior, cerrando la puerta detrás de mí, impulsándome contra ella.

Su mirada se vuelve más intensa, su boca entreabierta como si estuviera a punto de decirme algo, pero no lo hace. Levanta mis brazos con una de sus manos, manteniéndolos en alto, mientras su cuerpo me presiona contra la cómoda con una firmeza que enciende fuegos por todo mi ser. Su otra mano traza delicadamente el contorno de mi rostro, acariciando la silueta de mi máscara antes de descender por mi cuello, dejando un rastro de besos que queman y hielan al mismo tiempo. Cada beso es un ancla; cada caricia, un mapa hacia nuevos territorios de placer que hacen que me rinda bajo su tacto, perdida en un mar de sensaciones indescriptibles.

—¡Guau, gatita! Esto es… puf —exclama Bat con incredulidad, mientras sus ojos se agrandan ante la situación.

—Bat, si supieras… He fantaseado con esto tantas veces… —confieso con una sonrisa traviesa, revelando mis deseos más ocultos.

—Estás loca… y eso me encanta —murmura.

—Loca por ti y por… esto —admito con una voz suave, mientras siento como mis mejillas arden de excitación—.TGDT —le digo con una voz nerviosa, pausada, pero atrevida.

—¿TGDT? ¿Eso qué significa? —pregunta Bat, con una ceja alzada y una sonrisa juguetona ladeada en su rostro.

—Tengo ganas de ti… —susurro con voz decidida, sintiendo cómo el deseo se apodera de mí ante la mirada intensa de Bat.

La tentación me supera, y con pericia intento deshacer el nudo de sus manos que sujeta mis muñecas.

—Quieta, gatita, y hazme caso… ¿Te vas a portar bien?

Asiento en un suspiro que me ahoga de satisfacción, mi voz desaparece por completo. El placer silencia mis sentidos, pero también los aviva.

Quiero besarlo, pero su mano se apodera de mí nuevamente, esta vez agarrándome del cuello y apretándome de manera posesiva. Su voz, sensual y provocativa, me envuelve.

—No te muevas… —me dice.

Mis piernas se vuelven gelatina bajo su firmeza. Con un movimiento rápido, me gira y me arrima de frente contra la pared con tal brío que siento el roce áspero del estuco contra mi cara. Su mano ágil desciende, deslizando mi pantalón hasta la mitad de mis muslos, dejando al descubierto el *body* que apenas protege mi intimidad. Mientras tanto, el sonido metálico de la cremallera de sus vaqueros se desliza con un chirrido provocativo que resuena en el aire cargado de tensión.

—Por favor, quiero que entres en mí ya —mi voz le suplica, sobrepasada de urgencia y de un deseo desenfrenado.

—No te impacientes, gatita… Me estoy preparando…

Su respuesta, aunque tranquila, no hace sino aumentar mi deseo y el calor que recorre mi cuerpo, mientras mis nalgas buscan desesperadamente su contacto, anhelando sentirlo completamente.

La funda del preservativo cae justo a la altura de mi pie derecho, deslizándose por la misma bota con un leve roce. Mis ojos se posan en ella, pero antes de que pueda reaccionar, él me penetra, sin previo aviso, con una intensidad que me deja sin aliento. Un gemido escapa de mis labios, rompiendo la timidez que tenía apenas unos minutos atrás. Los golpes contra la pared se vuelven vigorosos, mientras la velocidad de sus embestidas aumenta, creando un torbellino de sensaciones que me sumerge en un mar de éxtasis.

—¡Grita, gatita, que te oigan! —me insta con voz sugerente, su aliento cálido acariciando mi piel mientras me sostiene con fiereza—. ¿Sabes? Llevo sin sexo desde la última vez que estuviste aquí… Voy a estallar en breve… ¿Tú cómo vas, gatita? —Sus palabras, cargadas de urgencia y anhelo, avivan aún más las llamas de la pasión que arden dentro de mí.

—Sigue… Por favor, no pares… Pufff… ¿Es todo lo fuerte que puedes… o qué? —mi voz se mezcla retándolo entre gemidos entrecortados, cada embestida arranca de mí un suspiro de placer que no puedo contener.

—Claro que no… ¿Quieres más fuerte? —responde con voz atroz, sus palabras resonando en mi mente como un eco de puro deseo.

—Sí. Fuerte…, duro… —mi voz apenas es un susurro, pero en su tono se refleja toda la intensidad del deseo que nos consume, anhelando más, siempre más, en un baile ardiente de pasión de entrega total.

Mi voz se entrecorta, al borde del orgasmo. Él acelera, y yo aprieto todo lo fuerte que puedo los músculos de mi vagina, sintiéndolo más atrapado. Su velocidad no tiene límites, y su brutalidad, tampoco. Me agarra fuerte del pelo, me tira hacia su pecho, su mano libre se aferra a la pared. Entonces, comienza a acelerar de manera descomunal, como un animal en celo. Cada embestida es como un latigazo de ardiente gozo. Es único en su arte. ¿Cómo puede poseerme de esta manera, haciéndome sentir tanto placer?

Le grito que me voy a correr, y entonces comienza a bajar el ritmo, y de una forma muy incisiva, profundiza cada embestida de manera despiadadamente placentera. Está llegando al clímax, lo sé… Siento su ser más mórbido que nunca. Esta vez no me avisa, pero de igual forma lo siento. Su respiración se sincroniza con la mía y estallamos en un exhausto orgasmo aplacados contra la pared. Mis piernas se debilitan. A punto de caerme al suelo, y en ese instante, me sostiene, me voltea, me besa…

Es fascinante cómo encaja conmigo, es tan perfecta, suave, profunda, gruesa… Como si toda mi vida hubiera estado caminando con una vagina con forma de Bat, y yo, sin ser consciente de ello.

—¿Seguimos, gatita?

—Pero… ¿ya?

—¿Ya qué?

Su voz, ahora impregnada de una urgencia apenas contenida, me arrastra hacia la realidad de este instante.

—¿Ya estás listo?

—Siempre estoy listo…

Y antes de que pueda reaccionar, me eleva en sus brazos, con la destreza de un héroe rescatando a una damisela en apuros.

Me arroja sobre la cama, y observo cómo sus ojos brillan con la misma intensidad que alguien que se prepara para sofocar un fuego furioso. Mismamente yo, que me siento como una llama que arde sin control, ansiosa por consumirlo todo a su paso. Y es que parece de película. Sus manos, hábiles como las de un profesional experimentado, se mueven con la precisión de quien despeja obstáculos, quitándome el pantalón de cuero como si fuera una barrera ante el calor de la urgencia. Y sí que lo era.

La máscara, ahora humedecida por el sudor de hace unos minutos y pegada a mi rostro, es retirada con ternura y cuidado, siendo la primera en ceder, revelando finalmente una mirada avivada por el deseo. Eso sí, sin apartar su registro visual chispeante del mío, como si estuviera desafiando algo de lo que no puede alejarse.

—Cat, ¿cuánta ropa llevas, hija mía? *Body*, pantis, tanga… —pregunta con una risa traviesa, como si estuviera catalogando cada capa de deseo que desentraña.

Un destello de humor ilumina mi memoria, recordando cómo, minutos atrás, apartaba toda esa maraña de encajes y ropa interior para poder empotrarme contra la pared con más ímpetu.

«Me encanta cómo me desnuda», pienso mientras se deshace de cada prenda. Mis pensamientos se centran en su mirada, sibarita, disfrutando con sosiego de cómo me libera poco a poco. Hasta que estoy sin nada, solo con el collar. Se lanza hacia mí, sus labios atrapándome en un beso apasionado que despierta la sensación de que esto no puede ser real. En este instante, comprendo que me encuentro en un espacio donde no hay nada que pueda perder. Es como si hubiera alcanzado un estado de liberación absoluta, donde todas las barreras y reservas se desvanecen, permitiéndome sumergirme en la plenitud de mis sentimientos con una intensidad que ni siquiera había llegado a concebir en mis sueños más vívidos. El amor que siento por él es tan abrumador que la realidad se convierte en una neblina incierta, fusionándose con la confusión de si esto es producto de mi mente consciente o de las profundidades de mi subconsciente. Una vez más, el viejo mecanismo de desconexión se activa, ese curioso estado que me hace experimentar una dualidad en la que estoy presente y ausente al mismo tiempo. ¿Por qué me sucede esto?

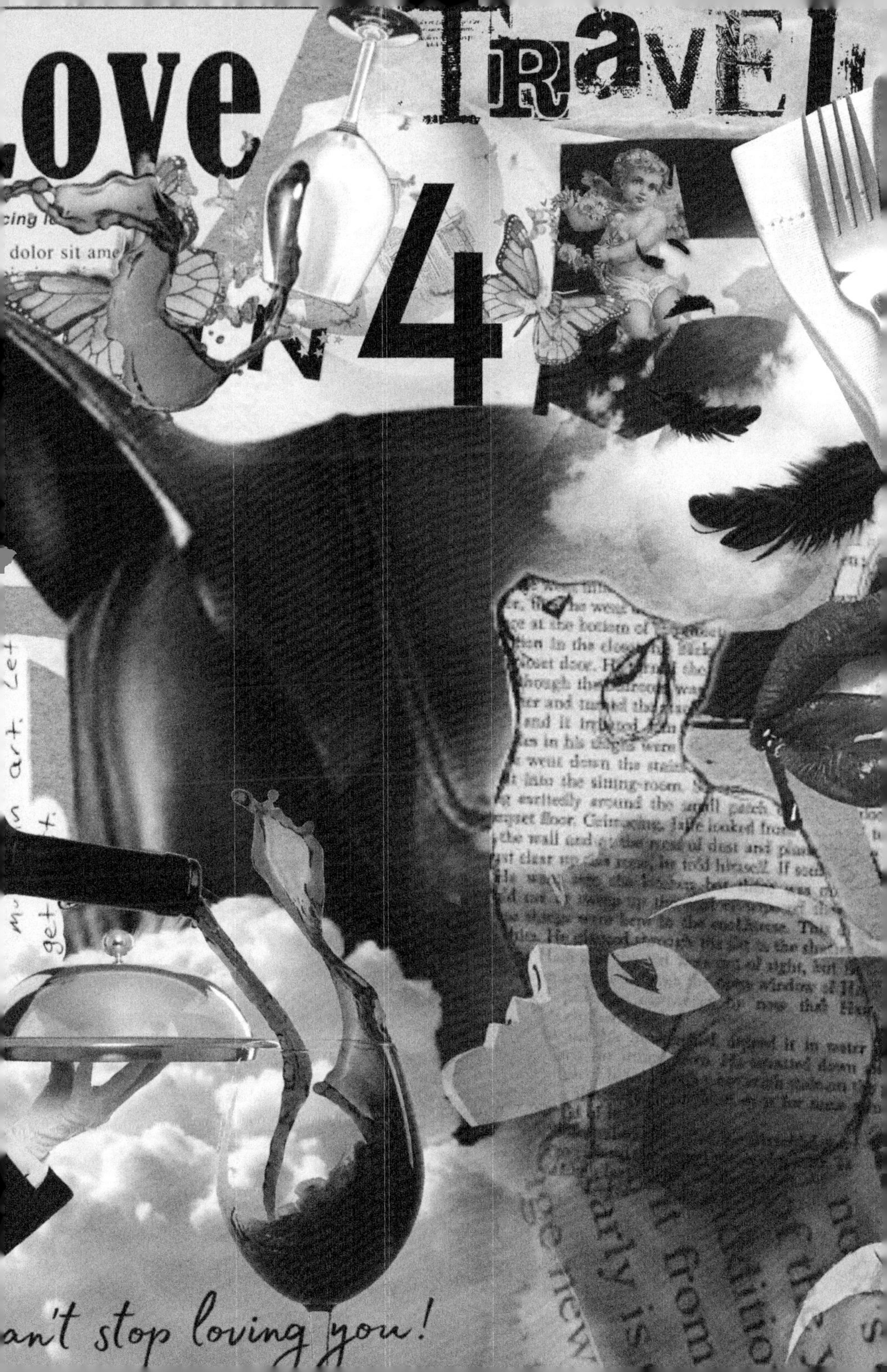
Love
TRaVEL
4
dolor sit ame
an't stop loving you!

4

LA ACTITUD (IN)CORRECTA

[NO ME HAGO RESPONSABLE DE MIS EMOCIONES]

Al poco tiempo de mi accidente, me vi en la necesidad de comenzar un tratamiento psicológico. No solo para desentrañar el enredo entre Demir y Pai, que, por más doloroso que fuera, esa historia de traición con mi mejor amiga ya sonaba como un eco constante en mi mente. ¿Debería importarme poco? Para nada era la primera en enfrentarse a esta situación, algo que descubrí que sucede con más frecuencia de lo que pensaba.

Nos adentramos en los rincones más oscuros de mi mente, sacudiendo el polvo de sueños tan vívidos que casi podía tocarlos. En esos sueños, Bat se alzaba como el protagonista indiscutible, junto con esos anhelos que, aunque parecieran fuera de alcance, los sentía latir con fuerza, como si estuvieran a punto de materializarse.

A medida que iba compartiendo mis impulsos diarios hacia Bat, mi psicólogo me acompañaba en un viaje hacia mi interior, revelándome que más allá de mi conciencia había todo un universo por explorar. Un lugar atiborrado de miedos escondidos bajo capas de tierra, de inseguridades y de esos deseos que en la superficie nos negamos a aceptar. Pero, curiosamente, también me mostró que es en ese mismo lugar donde brotan las ideas más creativas, los sueños más salvajes y las ilusiones más fervientes.

Resaltó que tenía la habilidad de mirar más allá de las sombras, de encontrar la luz en los rincones más oscuros de mi psique. Admiró mi capacidad de no albergar rencores y describió mi corazón como un espacio inmenso, capaz de sostener un tipo de amor hacia Bat que iba mucho más lejos de lo meramente pasional, transformándose en algo profundamente hermoso y, por qué no decirlo, un tanto irracional e ilógico —muy ilógico—.

En las sesiones, comprendí que lo que siento por Bat va mucho más allá de una simple atracción. Mi corazón, un vasto océano en constante agitación, había sido invadido por un tiburón de suspicacia, cuyas mordeduras habían sembrado caos y desasosiego en mi tormentoso mundo interior. Sin embargo, ahora ese tiburón ha sido domado y se desliza en calma bajo la superficie, transformando las corrientes más tumultuosas en suaves oleajes de afecto puro y sincero. A pesar de esta aparente paz, a veces me pregunto si esta tranquilidad es completamente auténtica o si aún persisten vestigios de dudas en mi interior. ¿He alcanzado verdaderamente la calma, o es simplemente un anhelo que he empezado a considerar realidad?

Le conté todo sobre Bat, como aquel encuentro de una noche que me cambió por completo, y cómo desde entonces hay algo en mí que no ha dejado de pensar en él. Entonces me propuso un experimento de rastreo afectivo. Quería que exploráramos juntos esos sentimientos tan intensos, esos que parecen no tener explicación, pero que quizás sean la clave para entender lo que realmente pasa por mi corazón. Intrigada, acepté el desafío.

Me sugirió algo que inicialmente me tomó por sorpresa: llevar un diario emocional detallado por un período de un mes. La idea era simple en su esencia, pero prometía profundidad en su ejecución. Cada día, sin falta, debía dedicar un tiempo para reflexionar y anotar cualquier pensamiento, sensación o sueño relacionado con Bat. Esto incluía desde los destellos más fugaces de recuerdo durante el día hasta los sueños más vívidos o abstractos por la noche.

El propósito de este diario no era solo documentar la frecuencia de estos pensamientos y sueños sobre Bat, sino también evaluar la intensidad de mis emociones en una escala del uno al diez cada vez que él viniera a mi mente. Además, me pidió que tomara nota del contexto en el que surgían estos pensamientos o sueños. ¿Qué estaba haciendo en ese momento? ¿Había algún gatillo específico, como una canción, un lugar o incluso un aroma que pareciera evocar la memoria o sensación de Bat? La intención era mapear no solo la frecuencia y la intensidad de mis emociones, sino también identificar patrones o conexiones que pudieran no ser evidentes para mí en la vida real.

Al final del mes, armada con mi diario emocional lleno de anotaciones, me senté con mi psicólogo para desentrañar el tejido de mis pensamientos y emociones. Lo que descubrimos fue bastante sugerente y significativo. No solo pude ver cuánto ocupaba Bat en mi mente en el día a día, sino que también empecé a entender los patrones detrás de mis emociones. Algunos recuerdos de Bat estaban vinculados a momentos de gran felicidad y otros a momentos de soledad o tristeza en mi vida actual, sugiriendo que quizás mi mente estaba buscando en Bat una forma de escapar o revivir esos recuerdos felices del pasado.

Este ejercicio me permitió confrontar la realidad de mis sentimientos, ayudándome a entender que, a veces, nuestros corazones se aferran a ciertas personas no solo por lo que son, sino por lo que representan en nuestras vidas. Fue un paso importante en mi viaje hacia la comprensión de mí misma y de mis emociones, uno que nunca hubiera dado sin la guía de mi psicólogo. Y este experimento tan revelador que, sin duda, terminó siendo mucho más que un simple ejercicio de reflexión, me ayudó a entender que mis sentimientos por Bat, que al principio no tenían mucho sentido, en realidad estaban basados en emociones y vivencias profundas que forman parte de mi identidad. Me di cuenta de que esos sentimientos fuertes, que a veces no sabía cómo explicar, en realidad eran pedazos de mí que estaban esperando ser vistos y aceptados por mucho que estuviesen moldeados por corrientes invisibles en mi mente subconsciente. Este *insight* me llena de vitalidad al pensar en ello, pero también reconozco que mi estado emocional acaba de mutar a otro extremo, aquí y ahora, inconsciente…

La transición de mi mente al momento presente es brusca pero verídica: acabo de tener un orgasmo maravilloso y brutal procedente de su lengua, cortesía de Bat, me trae de vuelta a la realidad. Poco a poco recupero la compostura, abro los ojos y lo veo arrodillado frente a mí. No puedo pedir más… aunque, en lo más profundo de mi ser, desearía quedarme así, a su lado, eternamente. Cada rincón y centímetro de mi cuerpo ha sido besado, explorado por él. Lo quiero, no es para tanto, pero sí que es para siempre… Bueno, y para tanto también. Es lo que siento.

Ayer, en medio de una de esas charlas eternas por teléfono con Deborah, me lancé y le solté mi último plan: llevarle la máquina de pasta a Bat. Lo que arrancó como una confesión entre risas pronto se tornó en un debate tenso. Deborah, con esa mezcla única de serenidad y contundencia que tiene, me lanzó un jarro de agua fría sin anestesia: «No te compliques la vida». Sus palabras me sacudieron, como si de repente me quitara la venda de los ojos. Resonaron con fuerza, desvelando quizás lo que yo intentaba ignorar.

Traté de defender mi postura, pero Deborah dibujó a Bat con pinceladas de arrogancia y frialdad, atributos que yo, por alguna razón, no lograba —o no quería— ver. La conversación se elevó, y la discrepancia en nuestras percepciones se volvía evidente, generando un diálogo sobrecargado.

«¿Entonces yo, que no he actuado todo este tiempo, que no lo he buscado, también soy arrogante y despiadada?», le pregunté, tratando de entender su perspectiva. Mi intención de llevarle la máquina de pasta a Bat estaba impregnada de buenos propósitos, pero ella insistía en que estaba involucrándome con alguien que no valía la pena.

Deborah me aseguró que él me estaba mintiendo cuando dijo que había perdido todos sus contactos. «Todavía estás enganchada, se te nota», me dijo, preocupada. Sus palabras sonaron como una advertencia, tratando de hacerme ver una realidad que quizás yo no quería aceptar. «Él nunca va a cambiar, el diablo no cambia de piel», me recordó, destacando lo inútil de mantener esperanzas.

La conversación tomó un giro aún más profundo, y Deborah no dudaba en compartir su visión sobre mi caótica vida amorosa. Según ella, yo estaba dando vueltas en un carrusel emocional del que parecía no querer bajarme, esperando un cambio que, sinceramente, parecía una utopía.

Después de aquella segunda vez en su casa, donde todo pareció encajar y luego se desvaneció, su actitud hacia mí cambió radicalmente. Sus respuestas a mis mensajes eran esporádicas, frías, distantes… Un claro indicador de que no estaba interesado. Y, en el fondo, sí que lo busqué, con algunos intentos ocultos en mensajes desesperados, pero todos fueron fallidos.

«De verdad, no quiero ser la mala del cuento, pero ¿no ves que esto solo te va a romper el corazón otra vez? No se merece ni un minuto más de tu tiempo. Reflexiona un poco, estás a punto de repetir la misma historia», me decía Deborah con una voz cargada de preocupación y cariño. Intentaba hacerme ver la realidad, aconsejándome soltar y seguir adelante, dejar atrás a alguien que claramente, tal vez, ya había tomado su camino: «Te dijo que sus sentimientos no eran los mismos que los tuyos. ¿No te acuerdas ya? Él ya eligió su vida y, lamentablemente, tú no estás en ella. Es duro, pero es la realidad. Tienes que soltar… Ya basta», concluyó, dejando un eco de reflexión en mi mente mientras las palabras se desvanecían en el silencio del teléfono.

5

¿EN TU CAMA O EN LA MÍA?

Mientras voy recogiendo mis cosas después de haber vivido unas horas inolvidables con Bat, cuando entra al dormitorio, me sorprende con una propuesta que no me esperaba:

—Oye, puedes dejar algo aquí si quieres... Ya te lo llevas otro día —me suelta con esa voz suya que me derrite, con una mezcla de picardía y dulzura, y vuelve a salir.

Esas palabras, por tiempo limitado, se quedan flotando en el aire, creando una sensación de mariposas en el estómago. ¿Acaso está sugiriendo que quiere repetir? La idea de volver a vernos me hace sonreír de oreja a oreja, y por un segundo me tienta dejar mi diminuta braguita brasileña escondida en algún rincón de su habitación, como un recuerdo chispeante. Me encanta la idea, y una sonrisa traviesa se dibuja en mi cara solo de pensarlo. Pero justo cuando estoy a punto de llevar a cabo mi pequeño plan, Bat entra de nuevo en la habitación, y mi osadía se evapora. Me doy cuenta de que quizás sería demasiado directo, especialmente después de ver lo minucioso que es: ha arreglado la cama y ordenado mi ropa mientras yo me duchaba. «Qué hombre más metódico y ordenado», pienso, mientras una sensación de afecto se apodera de mí. Entonces, decido llevarme todas mis cosas, pero la idea de dejar algo atrás, como secuela de lo que ha pasado y lo que podría pasar, me deja con una sonrisa cómplice que no consigo borrar de mi cara.

Nos despedimos después de una charla animada y un café que me prepara y nos tomamos en su cocina. Quedamos en volver a vernos. La felicidad se refleja en mi rostro mientras salgo de su piso. La máquina de pasta, que era el motivo «puntual» de mi visita, ahora se convierte en el símbolo de un encuentro satisfactorio con un final feliz, pero que muy feliz. No puedo evitar soltar una risa al recordar la situación. ¡Quién iba a decir que una máquina de pasta tendría este resultado!

En el trayecto de vuelta, saboreo cada segundo de ese encuentro especial, aunque yo lo llamaría «espacial» porque me siento en otra galaxia. Conforme avanzo, revivo los momentos compartidos, disfrutando de esa sensación tan única que solo Bat consigue provocar en mí. Llego a casa con una sonrisa que no puedo quitarme de la cara, ansiosa por sacar a Mía y seguir con mi día.

Decido hacer una parada en el restaurante de mis tíos para llevar algo de comida, ya que mi turno en el instituto hoy se alarga hasta las ocho. El día parece transcurrir de forma distinta, como si todo fuera más pausado. Por suerte, me siento con las energías recargadas y lista para enfrentarme a lo que sea que venga.

Cómo podría explicarle esto a mi corazón… Este sentimiento abrumador de plenitud, tan profundo y real que solo parece florecer a su lado, como si él fuera el único capaz de infundirle vida a mi existencia. Es como si, de repente, hubiera descubierto un nuevo comienzo, algo que trasciende las palabras y se siente en lo más profundo de mi ser.

Esta tarde, entre clases, recibo una lluvia de mensajes que llenan cada segundo del reloj en mi aula. Los devoro con más ganas que un perro a un hueso y cada uno de ellos me pone una sonrisa de oreja a oreja. Siento cómo mi corazón se pone a bailar la *Macarena* cuando me propone la idea de cenar juntos esta noche, provocándome una felicidad que no puedo describir. Le sugiero llevarlo al restaurante de mis tíos; sin duda, sé que le va a encantar.

Cena (jueves noche)

La noche transcurre con una tranquilidad que invita a la confidencia, entre anécdotas y risas que van desvelando nuestros secretos más profundos. Cada palabra que compartimos se convierte en un eslabón más, creando un mosaico único de gustos y pasiones.

Las miradas cómplices y los gestos sutiles entre nosotros hablan un lenguaje propio, más allá de las palabras. Existe algo especial en la forma en que se expresa, en las historias que comparte, pero sobre todo en cómo me mira. Pero mi mente, traviesa y ardiente, no puede evitar divagar hacia terrenos más apasionados. Lo quiero, lo amo, con toda la intensidad que conlleva. Mis latidos se rompen cuando está cerca, cuando habla, y mis ojos no pueden apartarse de esa boca que me tiene cautiva. Mi mente juega con la idea de un encuentro más íntimo en la calidez de mi cama.

Aunque hay gente a nuestro alrededor, mi mente está en modo «nosotros dos» y parece que el resto del mundo es solo un decorado de fondo. Observo a la camarera detrás de la barra, al tipo de pelo canoso recogiendo unos pedidos y a la chica impaciente cerca de la puerta que está a punto de hacer un agujero en el reloj de tanto mirarlo. Tiene toda la pinta de cita de Tinder, pero… a lo que voy…

Mi deseo es tan fuerte que mi mente ya está planeando una emboscada para lanzarme sobre él y exigirle un beso de una vez por todas. «Me encanta su charla, pero, sinceramente, guapo mío, preferiría estar desnuda contigo en mi cama, comunicándonos de formas mucho más placenteras», pienso. No es que no valore sus historias, pero mi deseo tiene más hambre que yo.

Respiro hondo e intento mantener la compostura, haciendo una cuenta regresiva mental. Tres, dos, uno… ¡Puf! Su presencia es tan seductora que mis defensas se rinden. Es simplemente magnífico, y me pregunto cuánto tiempo podré resistir antes de caer en la tentación. ¡Amén!

Bajo la mesa, su pierna roza la mía, un contacto sutil pero con un significado que grita «¡alerta roja!». Cada roce enciende una chispa de deseo y me hace desear que los postres vengan con extintores. La sensación es tan intensa que podría fundir el hielo del cubo del *champagne* de la mesa. Y no exagero.

Recuerdo con fuerza todo lo compartido en su piso, y la idea de repetirlo se instala en mi mente como un anuncio pegajoso que no se quiere despegar. La forma en que me toca es tan alucinante que podría rivalizar con el abrazo de un oso *grizzly*, casi salvaje, y no puedo evitar imaginármelo ahora mismo, haciéndome sentir como si estuviera en una escena de una película romántica… o de una peli para adultos, ¿quién sabe? Pero, por ahora, me conformo con disfrutar de este momento mágico. ¿Se habrá dado cuenta de lo que estoy pensando? ¿O soy la única que ve la palabra «SX» parpadeando sobre mi cabeza como un anuncio de neón? El deseo me sube por la espalda como si fuera un escalador en ascenso sin cuerda de seguridad.

Ainssss. Por suerte, la conversación sigue fluyendo normal, aunque estoy segura de que mi mente ha viajado a otro lugar.

Ojalá pudiera meter mis deseos en un tarro y guardarlo para más tarde, pero parece que mi libido no entiende de horarios.

Después de deleitarnos con una cena exquisita, un postre celestial y una copa para brindar, mis tíos comenzaron a recoger, señalando el inevitable fin de nuestra velada.

—Bueno, ¿y qué? ¿En tu cama o en la mía?

La pregunta, lanzada con una picardía inesperada y un guiño travieso, me toma por sorpresa. ¡Qué manera tan audaz de cambiar el tono! Tengo que hacer un esfuerzo monumental para evitar que mi Seagram's se derrame justo después de haberle dado un sorbo a la copa, pero termino escupiendo un trago.

Una carcajada espontánea surge de mis labios, atrayendo miradas curiosas de los demás comensales. De repente, me doy cuenta de que, por primera vez en la noche, el menú se ha vuelto infinitamente más interesante.

¿Quién iba a pensar que mi acompañante de cena tendría un doctorado para romper el hielo con una combinación tan refinada de audacia y elegancia? ¡Ja! Aunque, considerando la preguntita, no resulta del todo inesperado; tiene un matiz familiar que me evoca un recuerdo de tiempos pasados…

La risa contagiosa se apodera de ambos, y por un momento parece que hemos montado un espectáculo de comedia improvisado. Es de esas risas tontas que te dan y no sabes ni por qué. Nos levantamos de la mesa, aún entre risas, nos despedimos de mis tíos y salimos apresuradamente hacia su coche, como dos cómplices escapando de un atraco. Pero justo cuando pensamos que nada podría arruinar nuestra velada perfecta, el destino nos tiene preparada una sorpresa. Su teléfono suena, interrumpiendo la euforia del momento.

Atiende la llamada justo delante de mí, pronunciando solo palabras sueltas, monosílabas, en un intercambio rápido de información.

—Sí. No. Sí…, *OK…*

Cuando cuelga, su expresión cambia a una seriedad repentina.

—¿Todo bien, Bat? —pregunto preocupada. Él permanece en silencio unos segundos, y siento la necesidad de tomar su mano—. ¿Ha ocurrido algo?

—Sí, hay una emergencia. Me han llamado de la central. ¿Te importa que nos veamos mañana, Cat?

—Claro que no, sin problema. El deber es lo primero. No te preocupes.

—Lo siento, Cat. De veras, me quedo con todas las ganas de…

—Mañana me compensas —lo interrumpo, mientras mi dedo índice traza circulitos en su pecho—. No creas que te lo voy a dejar pasar, ¿eh?

Él asiente con la cabeza, agradecido.

—Eso está hecho. Mañana te llamo y hablamos. Descansa, gatita.

—Y tú también.

Me deja en casa y se despide de mí con un beso tierno y acaramelado. El sabor del tiramisú, que se ha zampado hace unos minutos, deja ligeras notas sabor a café en mi paladar.

Compartir esta cena de casi tres horas ha sido una experiencia increíblemente especial; cada minuto, un fragmento de mágica complicidad. Cada segundo, una gota de vida que alimenta con agonía ese sentimiento que me fluye entre suspiros de aliento, llegando directo a mi corazón. Si pudiera observar cada instante de mis momentos con él, como si fueran fotogramas dispuestos ante mis ojos, indudablemente encontraría varias escenas iluminadas con un brillo especial.

El resplandor de la alegría, la sensación de bienestar, la plenitud de la felicidad y ese equilibrio sutil donde, de repente, la propia vida entra en armonía como la perfección absoluta. Es un auténtico regalo poder experimentarlo. A veces olvidamos que la felicidad está hecha de instantes, de bellos retazos de tiempo que vienen y van, como las pompas de jabón que los niños crean al soplar en su pompero. Ese breve espacio de tiempo, que las ves deslumbrantes, brillan, estallan y se esfuman…, dejando a la vez esa sonrisa satisfecha en el rostro de ese niño. Así la siento, ese aliento de ilusión y deseo que evoca recuerdos y me hace sentir como una niña enamorada sin límites. Me pregunto si la felicidad es cuestión de suerte. Y me respondo a mí misma. Después de tanto tiempo viviendo mi propia historia, deduzco que la suerte es solo un ingrediente. Es necesario sumarle una buena actitud y autoconfianza, abrirse a las oportunidades y tener una autoestima elevada. Dejar que nuestras acciones estén guiadas por lo que realmente deseamos y nos hace sentir bien, en lugar de intentar agradar a los demás, y mucho menos por el temor al juicio ajeno. Sin estos ingredientes, sin apertura, sin la capacidad de conectarnos y ser auténticos, muchas puertas permanecerán cerradas.

Debemos crear momentos extraordinarios, mágicos, aplicando los filtros adecuados en nuestro día a día para disfrutar más plenamente de la vida.

A veces, solo necesitas tomar un café con ese alguien para sentir esa complicidad mágica. Y puedo asegurar que esto es verdad, doy fe de ello.

No se nos da tiempo, sino el instante. Con un instante dado, a nosotros nos corresponde hacer el tiempo.

Georges Poulet

6

EL TAMAÑO... ¿IMPORTA?

La mañana se abre paso tímidamente entre las cortinas, pero mi mente está completamente despierta, llena de pensamientos que giran en torno a él. Su sonrisa, tan radiante como el sol que intenta colarse por la ventana, es mi primer pensamiento al despertar.

Después de estos años, fueron muchas las veces que me despertaba pensando en él, convirtiéndolo en mi pequeño ritual de felicidad matutina. Pero hoy la sensación es completamente diferente.

«Atrevida como la vida misma», me digo mientras cojo el teléfono y busco su nombre sin darle demasiadas vueltas. Después de la llamada que recibió anoche, necesito asegurarme de que todo está bien. Mientras camino hacia el instituto, decido aprovechar el trayecto para llamarle y verificar cómo está.

—Buenos días, Bat. ¿Qué tal va todo? —inquiero, tratando de mantener la calma mientras espero su respuesta al otro lado de la línea.

—Hola, Cat. Bien. Anoche se complicó la cosa. Sigo en el trabajo. Me temo que va para largo. Si acabo pronto esta noche, te aviso y nos tomamos una copa —responde, con tono suave.

—Esta noche soy yo la que no puedo. Trabajo en el restaurante; les prometí a mis tíos que les echaría una mano con la cocina. Han adelantado las cenas de empresa porque en diciembre y enero cierran el restaurante, y estamos hasta arriba —explico, sintiendo la punzada de decepción por no poder estar con él.

—No te preocupes. Si no puedes, aprovecho para descansar. ¿Y mañana sábado? ¿También trabajas?

—Sí, y prácticamente todo el día; por la mañana, mi tío imparte talleres de cocina y le echo una mano. Por cierto…, ¡te podrías venir! Coincide que es el tercer fin de semana y toca cocina italiana. Uy, ¡no había caído en que tienes una máquina de hacer pasta! ¡Ja, ja! Vente, te vendrá bien. Además, yo inicio la primera parte del taller, la de elaborar la masa. ¿Te animas? —propongo, tratando de convencerlo.

—Me encanta la idea, llevaba tiempo detrás de hacer algún taller de cocina. Pues nada que hablar, así aprovecho y… ¡te veo! —acepta, su entusiasmo contagiándome.

Una sonrisa se dibuja en mis labios al escuchar su respuesta.

—Estupendo —respondo, mi corazón dando un vuelco de alegría.

—¿Tengo que llevar algo? —pregunta, preocupado por los detalles.

—No, nada, ellos lo ponen todo. Ya me encargo de comentárselo para hacerte un hueco en el grupo —aseguro, sintiendo cómo se alivia la tensión en mi pecho.

—Genial. ¿Y tú? Gatita, ¿necesitas algo? —pregunta, su voz cargada de sensualidad.

Me quedo en silencio, saboreando el apodo cariñoso que solo él utiliza.

—En qué estarás pensando… —me dice, medio riéndose.

—En nada, ¿en qué iba a poder estar pensando? Una gatita solo piensa en cazar ratoncillos… —«Hijo de mi vida, puede que tú estés en mi punto de mira», respondo para mis adentros, dejando escapar una risa juguetona.

Nos dejamos llevar por la risa, soltando tonterías una tras otra.

—Te tengo que dejar, Bat. Entro al aula, mis alumnos están haciendo de las suyas… Luego hablamos —me despido, cuelgo y escribo a mis tíos. Les aviso de que mañana habrá un invitado más. Ellos ya se imaginan. Anoche en la cena nos vieron coquetear desde que llegamos hasta que desaparecimos venturosos de allí.

Al día siguiente, llego al restaurante con el tiempo tan encima que podía sentir las manecillas del reloj dándome cosquillas en los talones. La clase ya ha comenzado cuando entro por la puerta, tratando de mimetizarme desapercibida entre los alumnos.

—A todos nos ha pasado que, a la hora de cocer pasta, se nos pasa y no sale rica. Y es que a veces no tenemos término medio. O nos quedamos cortos con el agua y la sal, o nos sobra cocción, o nos pasamos con la salsa… ¿Quién no ha lanzado la pasta contra la pared para ver si se queda pegada o no? —escucho a mi tío explicar, mientras me deslizo silenciosamente a la cocina—. Cuando se trata de recurrir a cocinas de otras culturas, los españoles lo tenemos claro: nada como la italiana. No os daremos todas las pautas para aprender cómo se cocinan los doscientos tipos de pasta diferentes, pero sí, al menos, prevenir para no destrozar unos macarrones con tomate y, por supuesto, hacer una pasta supersabrosa. Solo tenéis que seguir los consejos que vamos a daros en la clase de hoy. Haremos de cada uno de vosotros todo un máster chef de la pasta. ¡Vamos a ello! Pero tranquilos, que esto es más sencillo que cocer un huevo —dice mi tío con un tono animado, mientras Bat, en medio de los alumnos, suelta una carcajada que rápidamente se contagia a todos.

Me pregunto qué le habrá hecho tanta gracia, mientras me acomodo en mi lugar, me abrocho el delantal, lista para enseñar y disfrutar del taller.

—Vais a salir de aquí hablando italiano con las manos —les digo con una sonrisa, acercándome a ellos.

—Exacto —confirma mi tío—. Hoy os enseñamos a preparar vuestra propia pasta fresca de manera creativa y divertida, aprendiendo la técnica tanto a mano como con máquina. Además, vamos a aprender seis recetas diferentes para que podáis dar rienda suelta a vuestra imaginación y crear vuestros propios platos de pasta fresca.

En un lapso de distracción, Bat se me acerca mientras los demás buscan utensilios en la despensa.

—Hola, gatita. Te he traído un regalito —me susurra con esa voz que tanto me descoloca, rozándome el lóbulo de la oreja.

—¿Un regalito? —repito, mi curiosidad picada por su tono insinuante.

—Ajá, un juguetito especial —contesta, soltando una risita que tiene más de traviesa que de inocente.

—¿Eh? Espera… ¿No estarás hablando de esos *playmobils* especiales de nuestra conversación nocturna, ¿verdad? —logro decir, mi voz fluctuando entre el asombro y un velado interés. Él me mira, su sonrisa ampliándose ante mi reacción, y se ríe con disimulo—. Aquí no, venga ya…, eso no —me apresuro a añadir.

—Sí, aquí sí. Estoy deseando explorar contigo —confiesa, su voz baja y seductora, enviando un nuevo estremecimiento a través de mí.

—Ahora no es el momento… ¿De verdad me… me estás proponiendo esto? —mi voz se pierde, interrumpida por la sorpresa y el atrevimiento de su propuesta.

—Sí. No he pegado ojo pensando en algo para divertirnos juntos, pero no revueltos. Y se me ocurrió una idea genial. Nadie se dará cuenta. Excepto tú. Ven…, ayúdame con el delantal —me insta, y mientras lo ayudo a abrochárselo, susurra—: Mete tu mano en mi bolsillo izquierdo y guárdate la bolsita de tela, ¡rápido! Vete al baño y mira tu móvil.

Mis mejillas se acaloran repentinamente, superadas por la osadía de su gesto, pero en mi interior la excitación burbujea, eclipsando cualquier atisbo de timidez. Me apresuro a seguir sus instrucciones, me escabullo hacia el baño con el corazón a mil, extraigo la bolsa y descubro su regalo: un coqueto huevo vibrador, diseñado con forma de ratoncito.

Un zumbido me saca de mi sorpresa. Al mirar el móvil, me encuentro con un mensaje de Bat:

Te he traído tu ratoncito, ¿no era eso lo que querías, gatita? Es un poco revoltoso, peeeeero… está bien enseñado y solo obedece a lo que yo le ordeno.

Leo, y no puedo evitar que una risilla se escape ante la descarada insinuación de sus palabras.

Otro mensaje llega de inmediato.

Bien, gatita, es muy fácil. Tú me hablaste de ello, ¿te acuerdas?

Continúa el mensaje mientras trasteo con el juguete.

Dale al botón que tiene el símbolo S, está dibujado en
relieve justo en la punta de la nariz del ratoncito, y púlsalo
hasta que se quede encendido.

El bochorno se apodera aún más de mi cara ante la provocativa propuesta, pero la curiosidad y el entusiasmo pronto toman
el mando, esbozando una sonrisa cómplice en mis labios, y ya
estoy empezando a emocionarme pensando en lo que está por
venir. Le respondo:

Hecho. Pero… no hace nada.

Bien, no tiene que hacer nada. Ahora, métetelo…
ahí… profundo…

Leer su mensaje hace que me excite en menos de un segundo,
lo que me facilitará que entre por sí solo. Y tan fácil.

Gatita, recuerda que la colita del ratón se debe quedar
fuera, por si profundiza más de la cuenta…, habrá que tirar
de ella para sacarle del escondrijo.

Ya me había dado cuenta de eso, pero el detalle es
que… no vibra. Creo que te has confundido, ¿esto no será
para tonificar el suelo pélvico? O espera, ¿me lo has dado
sin carga? Vaya, ya me había hecho ilusiones.

Le respondo de forma guasona, enviándole unos emojis de carita llorosa y triste. Dejo el móvil sobre la tapa del inodoro. Con cuidado y esmero, lo extraigo y lo vuelvo a introducir más profundamente.

Suena el teléfono, es mi tío. Descuelgo y pongo el altavoz, tengo las manos «prácticamente ocupadas» ahora mismo.

—Katya, te necesito aquí. Ven, por favor, rápido.

—Voy, tío, me estoy lavando las manos.

Rápidamente me recoloco el tanga y me subo los *leggins* en un movimiento casi acrobático, guardando nuestro pequeño secreto conmigo. Cuando salgo, ahí está Bat, esperándome con ese guiño lleno de complicidad y una sonrisa que parece saber más de lo que debería. Me quedo ahí, un poco perdida, y le devuelvo la mirada, alzando las cejas, levanto las palmas hacia arriba, como diciendo «¿y ahora qué?».

—Katya —me llama mi tío—, explica la elaboración de la pasta, están esperándome los de la bebida para descargar, voy a abrirles el almacén y a ayudarlos. No tardo.

—Vale, tío, sin problema. —Y me dirijo a todos—: Pues, chicos, ¡manos a la obra! Ya sabéis que hay dos tipos de pasta fresca base. Por un lado, la que se elabora con harina de trigo duro y agua, y, por otro, la pasta fresca al huevo. Esta se hace con harina floja y necesita la adición de huevo (proteína) para poder dar cohesión y elasticidad. Primero nos centraremos en la pasta al huevo… —Justo cuando las palabras salen de mi boca, siento una vibración sigilosa, y automáticamente aprieto las piernas—. Esta pasta no solo destaca por su vibrante color y su riqueza nutricional, sino que al llevar huevo… —Una nueva vibración, más firme, me hace tomar una pequeña pausa y cruzar sutilmente las piernas—… debe ser consumida de inmediato, y eso es precisamente lo que vamos a hacer.

»Además de la harina y el huevo, ¿en serio? —alzo la vista y me encuentro con Bat intentando disimular su diversión. Empiezo a darme cuenta de lo que ocurre. Veo que esconde algo entre sus manos. ¡No me lo puedo creer! ¡¡Tiene un mando!! Disimulo notablemente y sigo con mi charla—. A este tipo de pasta hay quien le añade un poco de agua para conseguir la consistencia adecuada. Otros incorporan un chorrito de aceite de oliva virgen extra. Incluso hay recetas de pasta fresca al huevo en las que solo se usan las yemas.

«¡¡Dios!! Cada vez que digo la palabra *huevo* esto vibra. Pero no es posible que vibre al decir la palabra. ¿Qué trama?». El huevo ratón este… está vibrándome, ahí, ahí dentro de forma interminable.

Siento cómo la vibración se intensifica, ¡como si un grupo de mariachis decidiera hacer una conga en mi interior! Mientras, Bat sigue con su expresión de cómplice, como si estuviera disfrutando de un espectáculo privado. La madre que lo…

Intento concentrarme en explicar la receta, pero cada vez que menciono la palabrita, la vibración parece aumentar. Pero ¿cuántos niveles tiene esto? Se detiene… Gracias a Dios. Desconocía por completo estos huevos con mando.

—¡Bien, chicos, preparamos los ingredientes. Cada uno que coja quinientos gramos de harina y tres huevos. —¡Palabra mágica! Otra vez, un buen meneíto… Persisto, reanudo—· Primero limpiamos bien la mesa de trabajo y echamos ahí la harina, hacemos un volcán con la harina y cascamos los huevos dentro. Amasamos poco a poooooco… —¡¡Joder!! Ahora más fuerte, con más intensidad. Miro a Bat, se tapa la boca con la mano, se está partiendo de risa.

¿Será capullo? Intento darle continuidad a lo que estoy explicando, solo tengo que concentrarme y no decir la palabra mágica *huevo*. Retomo de nuevo la explicación:

—Mezclando primero con la punta de los dedos y después con toda la mano. Hay que hacerlo con energía, con brío, chicos, que quede bien ligado todo, hasta que tengamos una masa ligeramente dura. Si nos queda muy seca añadimos un poco de agua, y si está húmeda, un poco de harina. Todo dependerá del tipo de harina que se use y del tamaño de los... —Me quedo en silencio y omito «huevos».

Bat, con una sonrisa que es puro desafío y diversión, me interpela:

—El tamaño de... ¿de qué, profe? —Bat eleva una ceja, claramente disfrutando de la situación más de lo socialmente aceptable.

—Pues estaba hablando del tamaño de los... ingredientes, por supuesto. ¿A qué más podría referirme en medio de una clase de cocina? —respondo, intentando sonar lo más inocente y profesional posible.

El ambiente se llena de risitas contenidas y miradas cómplices entre los alumnos. Todos parecen divertirse con este juego de palabras inesperado, menos yo, que intento por todos los medios mantener la compostura.

—Sí. Sé que el tamaño importa, pero no sé a qué ingredientes te referías con eso del tamaño... ¿A cuál exactamente? —Su tono roza la inocencia, pero no engaña a nadie, especialmente no a mí. El pícaro brillo en sus ojos dice más de lo que sus palabras pretenden ocultar.

¿Será descarado? Todo el mundo se ríe porque, claro, la frase queda ahí como el dicho ese famoso de si importa o no el tamaño, y lo que no saben estos chicos es que no van por ahí los tiros, ni tampoco que tengo un huevo metido ahí, bien adentro.

—Pues, Bat, ¿qué crees que puede ser? —le digo por tal de no nombrar la palabrita.

—Perdona, es que me he despistado justo en ese momento y por eso no sabía a qué te referías. Y, por favor, me gustaría que me lo aclararas...

—¿Alguien se lo puede aclarar? —pregunto al grupo, sigo esquivando la pregunta.

—Te refieres al tamaño de los huevos, ¿no? —dice una de las chicas.

—Exacto, eso es. Seguimos. Envolvemos la masa en papel *film*, para que no se seque, y dejamos reposar durante una hora. Con esto conseguimos que la proteína se desarrolle, coja cuerpo y se vuelva más elástica. Eso nos facilitará a la hora de estirar. Mientras tanto, recogemos un poco y nos lavamos las manos. Vamos a hacer la salsa al pesto. Voy por los utensilios. ¿Me ayudas, Bat?

Se coloca a mi lado mientras vamos a la parte de atrás de la cocina.

—¿Lo notaste?

—¿Que si lo noté? ¡Creo que me ha llegado hasta el esternón la última vez que le has dado! Parece un coche teledirigido de Fórmula 1 que se me ha colado en el circuito de Monteco... ¿Me das el mando o la cosa esa que sea con la que lo activas? Por favor...

—Nooo, no... —me dice apretando los dientes con disimulo a la vez que estira la sonrisa.

71

—¡Bat! —mascullo—. Dámelo, por favor, se van a dar cuenta.

—Todavía no ha empezado la cosa. Tranquila, sé bien cómo manejarlo. Será divertido para mí, y todo un placer… para ti.

Se da media vuelta, se va con el grupo, a la vez que lo pone en marcha. Me quedo quieta, esto tiene más revoluciones que mi Thermomix.

Caminando con paso firme hacia la mesa de trabajo donde están todos, siento cómo el cosquilleo se intensifica por segundos. Mantengo la calma a duras penas, mientras la urgencia crece dentro de mí como una cerilla. Explico con rapidez en grupo cómo preparar la salsa al pesto, deseando escapar al baño cuanto antes para resolver este pequeño contratiempo que me está sacando de quicio. Los alumnos no dejan de lanzarme preguntas. Y justo cuando pienso que no puedo estar más distraída, siento un nuevo zumbido, más intenso, que me hace dar un respingo, provocando que el aceite que estaba vertiendo se derrame sin piedad.

¡Qué desastre! Me apresuro a limpiar con papel de cocina, mientras la encimera queda cubierta de ese líquido dorado que parece tener vida propia. Por suerte, parece que nadie ha notado el incidente. Excepto Bat, quien al pasar por detrás de mí roza mi trasero de manera «accidental» y me aprieta contra él y la encimera.

—Disculpa, Cat, voy a pasar —murmura con gestos que dejan entrever su excitación.

Su erección contra mi pantalón me toma por sorpresa. De repente, me siento nerviosa y excitada a partes iguales. El huevo vibra hacia mis labios…, aprieto con fuerza, temiendo que salga por donde ha entrado.

Me pongo muy nerviosa, voy de un lado a otro mientras recojo, limpio y coloco todo el desastre que he provocado. El huevo, que gira, que sube, rota, al borde de salirse... Joder... Oprimo aún más fuerte.

7

SE ACABÓ

No puedo contenerme más. Parezco Lina Morgan en pleno desarrollo de uno de sus *shows* más hilarantes. La expresión de mis gestos se convierte en pura teatralidad y desata en Bat un sinfín de risas.

Aprovechando un descuido, me hago con el mando y, ¡paf!, lo apago.

Respiro hondo y prosigo con la clase de cocina.

—Una vez que la masa ha reposado, la dividimos en porciones y formamos bolitas. Espolvoreamos un poco de harina sobre la superficie de trabajo y estiramos cada bola con un rodillo. Es crucial que la lámina de pasta quede fina y rectangular para obtener unas tiras perfectas al cortarla. Cada uno a lo suyo, vais diciéndome…

Todos están absortos en sus quehaceres cuando me acerco sigilosamente a Bat y le susurro al oído:

—Te has divertido, ¿no?

—Y tú estás mojadita, ¿sí?

—¡Medio minuto más y el huevo estaría rodando y yo detrás! ¡Qué malo que eres!

Él me mira con complicidad y responde con una sonrisa traviesa:

—Todavía no he sacado todas mis cartas. Puedo ser aún más malo, créeme.

Me río y le respondo con tono juguetón:

—¡Imposible! Ahora tengo el mando. Lo siento, Bat, será otra vez.

—Será esta vez. ¿Quieres verlo?

Me vuelvo hacia él, dedicándole una sonrisa jugosa. Sosteniendo el mando entre mis dedos, le lanzo una mirada insinuante, retándolo silenciosamente: «¿Cómo? No puedes». Le muestro el mando con un gesto pícaro antes de guardarlo con gracia en mi bolsillo.

Antes de continuar con la clase, una descarga eléctrica recorre mis piernas. ¡Dios mío! Meto la mano en mi bolsillo y saco el mando. ¿Cómo es posible que siga funcionando si lo apagué?

Alzo la mirada lentamente al oír su risa resonar detrás de mí, y al girarme, lo descubro absorto en su teléfono móvil. ¿En serio? ¿Controla este pequeño dispositivo con una aplicación en su móvil? Me quedo perpleja, completamente fuera de mí justo en que…

—¡Katya! —me llama mi tío con tono urgente, interrumpiendo el bullicio de la cocina—. Ayúdame con la máquina, dale vueltas a la manivela, por favor; se ha quedado atascada la cuchilla.

Me acerco a él con rapidez, y sin perder tiempo, comienzo a girar la manivela, tratando de solucionar el problema de la máquina. Entre el vaivén de las vueltas, mi tío me mira a los ojos.

—Katya, te están llamando. Te vibra el móvil —me avisa.

—Sí, sí… Ahora lo cojo —respondo mientras sigo girando la manivela con una mano y la otra apoyada en la mesa, medio conteniéndome.

—Suelta la máquina. Cógelo, no te preocupes. Espero —me dice mi tío.

—No, no, si ya estará a punto de colgaaar —murmuro entre dientes, deseando que Bat lo detenga cuanto antes. «¡A ver si cuelga ya!».

—Katya, contesta. Puedo esperar, tranquila, puede ser importante —insiste mi tío.

—No, tío, no… no me interesa. Sé quién es y… es un pesado. A ver si se da cuenta de que si no contesto es para que no insista —le comento con exasperación, mientras continúo dando vueltas a la manivela con la esperanza de que la supuesta llamada incómoda se desvanezca pronto. ¿Cómo puede sonar tanto el pequeño huevo ahí dentro?

—De acuerdo. Entonces, sostén la máquina firmemente. Cuando te indique, gira la palanca en sentido contrario, mientras yo introduzco el cuchillo para desatascar. Mantén la posición con firmeza y cuidado, no te muevas, me puedo cortar. Voy a tirar hacia mí para liberar el bloqueo. ¡Aguanta la máquina, voy!

No puedo aguantar. La tensión crece, siento el éxtasis avanzando hacia mí como una bestia descontrolada. Comienzo a temblar por completo.

La vibración se detiene. ¡Dios! Respiro, me pauso y me recoloco. Mis ojos parecen querer abandonar sus órbitas.

—¡Ya! Arreglado —dice mi tío—. Puedes soltar. No hacía falta que hicieras tanta presión, es más bien maña que fuerza. Ayuda a Ricardo con su pasta. Haremos el corte sencillo, *tagliatelle,* para que vean cómo es, y el resto vamos alternando con máquina y cuchillo.

Mientras me dirijo hacia donde está Ricardo, le lanzo a Bat una mirada fruncida y con visión de asesina. Lo mataría ahora mismo. He estado dos veces a punto de…

—¡Para, por favor! ¿Vale? —le digo con mimos y gesticulando con mis manos en señal de «tiempo muerto». Estoy empapada…

—*OK* —responde él con una sonrisa pícara, aunque claramente no tiene la menor intención de detenerse.

Me dirijo a la mesa de Ricardo, con el inocente propósito de mostrarle cómo cortar la pasta, pero mi tarea se ve obstaculizada por los espasmos y temblores que me provoca cada vez que Bat decide activar el huevo vibrador. Si sigue así, terminaré cortándome los dedos uno tras otro.

—Voy al baño, discúlpame. Ya vengo —le digo a Ricardo mientras suelto los utensilios y salgo disparada.

Bat corre hacia mí y tira de mi mano hacia su mesa de trabajo.

—Espera… ¿Dónde vas tan apresurada?

—Bat, ya, para. ¡Pa… paaaa… para ya! —grito, con los ojos entrecerrados y las mejillas ardiendo, mientras Ricardo, ajeno a la situación, sigue concentrado en su labor. Bat, haciendo caso omiso a mis ruegos, me lleva a un ferviente e interminable orgasmo que parece no tener fin.

Me inclino sobre la mesa, con los codos clavados en su superficie y las piernas entrecruzadas bajo ella. Los estremecimientos del huevo persisten, enviando oleadas de placer que desafían mi capacidad de control. Una mano busca refugio en mi frente, tratando de encontrar alguna calma entre el entrecejo y la nariz, mientras la otra se posa con disimulo sobre mi boca, como si estuviera absorta en la lectura de la receta que descansa sobre la encimera. Por fuera, lucho por mantener la fachada de serenidad, pero en mi interior estoy a punto de desbordarme ante el embate de sensaciones que amenazan con consumirme.

Cojo aire, trago saliva, recupero la vista, que hace unos segundos era nebulosa.

—Que sepas que te la pienso devolver sin compasión, prepárate —le susurro con voz apenas audible mientras intento recomponerme.

Él se acerca un poco más, y puedo sentir su mirada descarada clavada en mi escote. Sigo la trayectoria de sus ojos, que me llevan hasta mis pezones, que se han endurecido como mármol, creando una tensión palpable bajo el delantal. Me sorprende la intensidad de mi propia reacción. Sin desviar la mirada de esa zona, Bat continúa hablando con insolencia.

—Estoy seguro de que lo harás.

—Yo te mato… en cuanto salgamos de aquí.

—Uy, no puede ser, hoy tengo que recoger a mis niños, así que eso será otro día.

—Me acompañarás a casa por lo menos, ¿no? Dudo si seré capaz de volver caminando sola después de esto.

—Yo te llevaré, pero siempre y cuando lleves el huevito dentro. Si no, no.

Regresamos al grupo entre risas, y yo, con los brazos cruzados intentando disimular la firmeza insistente de mis pechos, me concentro en lo que sigue explicando mi tío, como si las láminas de pasta fueran la octava maravilla del mundo.

—Espolvoreamos cada lámina con una fina capa de harina y doblamos en zigzag. Con un cuchillo bien afilado cortamos porciones de un centímetro. Colocamos las porciones de pasta sobre una tabla, formando nidos con cada una de ellas, y tapamos con un trapo mientras continuamos cortando el resto de la pasta.

—Cat —me llama Bat.

—¿Me ayudas a terminar de es-polvo-rear?

No puedo con este hombre, ¿cómo puede ser tan capullo? Su mirada y sus labios están a punto de hacerme perder el control, y esta vez el huevo esta en modo *off*.

—Sí, claro… —le contesto mientras voy a su mesa.

—¿Cómo vas, gatita? —me susurra cuando está a la altura de mi oído.

—Si me pasas ese cucharón que hay colgado ahí en esa pared, te lo devuelvo rebosante.

—Ja, ja, ja, pufff. No te imaginas lo que me he divertido, pero sobre todo lo excitadísimo que estoy solo de pensar cómo tienes que estar ahí abajo. Nada más ver tus pezones, me imagino el resto…

—¿Te puedes callar? Viene mi tío, estate ya quieto, por favor. Shhh…, atiende, que está explicando.

—Una vez lista —continúa mi tío—, solo queda cocerla en agua con sal. El ratio es de diez gramos de sal por cada litro de agua y un litro de agua por cada cien gramos de pasta. Si no queréis andar midiendo, aseguraos de usar abundante cantidad de agua para que la pasta suelte la harina que lleva adherida y cueza libremente.

—Cat, ¿tienes agua suficiente?

No puedo con él, no para… Mi tío va a pensar que nos estamos cachondeando de él y de su curso. Aunque cachonda estoy… Ahí abajo acaba de crearse un nuevo fenómeno.

—¿Cómo vais por aquí, Katya? —nos pregunta mi tío acercándose.

—Bien, tío, sobre todo Bat, creo que le va a venir muy bien la práctica de hoy para próximas veces.

—¡Y tanto! —dice Bat con una sonrisa de quien sabe que está provocando.

—Me alegro de que te guste, Bat. Para mí es un placer que os llevéis buenas sensaciones de ello, y lo disfrutéis ante todo.

—Tío —le dice Bat, integrándolo como si fuese de la familia—, no te haces una idea de las sensaciones que estoy experimentando. Son indescriptibles, y he disfrutado de cada momento al máximo, especialmente de… —Me lanza una mirada furtiva y juguetona—. Bueno, de todo en general. Así que gracias de corazón por esto, y permíteme decirte que el placer es todo mío.

Bat, antes de acabar la frase, le da la mano y un abrazo. Quedo absorta, maravillada por esa faceta de él que desconocía por completo. Mientras divago en estos pensamientos, decido dirigirme hacia los demás. ¡Dios mío! La sorpresa me invade al notar que Bat continúa jugando con el interruptor del aparato, encendiéndolo y apagándolo, especialmente cuando me acerco a alguien.

—Katya, creo que te llaman. ¿Es tu teléfono otra vez? —pregunta Annita, una de las chicas, al notar las vibraciones.

—Sí, Anni, pero prefiero no contestar ahora. Cuando terminemos, les devolveré la llamada tranquilamente.

Me dirijo hacia el baño, pero no llego a dar ni cinco pasos cuando, de repente, me veo frenando en seco y cruzando las piernas con urgencia. Un nuevo tsunami de placer me embarga justo ahí, en el marco de la puerta, y me quedo clavada en el sitio, con los ojos bajos, sintiendo cómo el rubor se apodera de mi cara. Luego, localizo a Bat entre el grupo, buscando cómplice su mirada. Al encontrarla, una risita traviesa se me escapa, sin poderlo evitar. Con un suspiro resignado, pero lleno de una inexplicable felicidad, me doy la vuelta y me uno de nuevo al taller, aún vibrando por dentro.

Al finalizar la clase, después de haber cocinado una pasta exquisita, mi tío descorcha unas botellas de vino y compartimos la comida. Todo mi cuerpo tiembla, pero esta vez no es por el huevo. Me estremezco al mirar a Bat, al poder disfrutar de algo que siempre he anhelado y que nunca antes había sucedido.

—Bat, ¿serías tan amable de llevarme a mi casa? —le pregunto, acercándome a él y rozándolo con disimulo.

—Sí. Voy a llamar a Carolina para avisarle de que llegaré más tarde a recoger a los niños y me quedaré contigo hasta que entres a trabajar. ¿Te parece?

—Me parece perfecto. Tú y yo… tenemos algo de lo que hablar seriamente.

Te das cuenta de lo que puedes significar para alguien cuando te regala tiempo… de ese que no tiene, pero que inventa para ti. Es todo un detalle que posponga algo tan importante para él y quedarse unas horas conmigo. Me conmueve ese gesto.

Tras despedirnos de todos, nos subimos en el coche. Las ansias no tardan en hacerse presentes, no nos aguantábamos las ganas, y la cosa empieza a coger temperatura. Mi cuerpo sigue vibrando con el recuerdo del deseo, agradecido por ese jueguecito del ratoncillo. Bendito huevo.

Cada gesto suyo, cada palabra despierta una pasión aún más intensa, como si hubiera algo mágico en su simple presencia.

Avanzamos por la carretera, a escasos kilómetros de mi casa, y el deseo crece exponencialmente, amenazando con desviar nuestros cuerpos del camino predeterminado. Mi mano se aventura a explorar su pantalón, sintiendo la firmeza de su erección completamente preparada para lo que se avecina.

Abruptamente y de forma inesperada, aunque completamente anticipada por la tensión que nos envolvía, gira bruscamente y detiene el coche en un desvío. La urgencia que sentimos es tan fuerte que parece imposible contenerla. Mi corazón late desbocado, mis pulsaciones compitiendo en sinfonía con la seductora canción de Queen, *A Kind of Magic*, que está sonando a toda pastilla en el interior de su coche a la vez que todo se llena de magia con un hechizo irresistible.

La ansiedad me sobrecoge sutilmente. Aquí estamos, detenidos en un lugar que, pese a ser bastante concurrido, y en el apogeo de la hora punta, parece ahora el escenario de nuestro pequeño acto de rebeldía. Intento encontrar calma, pero el temor a ser descubiertos añade un toque de emoción morbosa que me sorprende a mí misma.

Él se gira lentamente, acercando su rostro al mío con una deliberada lentitud que agita todos mis sentidos. Sus caricias son suaves, deslizándose con picardía mientras mis ojos resisten la tentación de abrirse completamente. Siento cómo sus dedos exploran el contorno de mi pantalón, acariciando y avivando el deseo que arde en mí. Desliza el asiento hacia atrás y lo reclina por completo.

Me siento más vulnerable que nunca, y eso solo aumenta mi excitación. Intenta abrir mis muslos y, temblorosa, cedo ante su tacto. No me reconozco, pero la conexión con este hombre me lleva a un éxtasis indescriptible. Su aliento, su mirada, todo en él me transporta a un séptimo cielo de placer y pasión.

Cada beso suyo es un eco de nuestra primera noche compartida, pero esta vez es inmejorable. Su boca se posa sobre la mía con una ternura desconocida. Abre sus labios, y yo le sigo, entregándome sin censura. Su lengua, carnosa y decidida, se adentra buscando la mía con ansias insaciables. La atrapa, la juega como un instrumento afinado, la provoca con movimientos habilidosos, la domina con una destreza que despierta mi deseo más profundo.

Mientras me besa, su mano persiste en la exploración de mi intimidad, palpando sobre mi pantalón con una sutileza que aumenta los jadeos. El pánico de ser descubiertos intenta aflorar al oír coches pasar, pero lo desecho con un suspiro, entregándome sin reservas.

Sus dedos juegan con el contorno de mi tanga de encaje negro, humedecido a más no poder, por el ratón vibrador, y la intensidad se dispara cuando se aventuran por debajo de la tela, deslizándose con prisa rozando los labios de mi sexo mojado. Una descarga eléctrica recorre mi cuerpo, dejándome al borde del desfallecimiento. La excitación se intensifica cuando introduce por completo sus dedos en mi ser, palpando el huevo con habilidad. Se detiene, se distancia, lo activa, y sin mediar palabra, lo vuelve a parar. Lo saca, sus dedos gotean, y me mira fijamente.

—Estás empapada. Me gusta. Pero se acabó. Ya nos veremos, encanto…

8

SI ME TROPIEZO CON EL DIABLO ES PORQUE NO VAMOS EN LA MISMA DIRECCIÓN

Me quedo boquiabierta, completamente atónita. Mis sentidos se desajustan, se descolocan, ante estas palabras de despedida. Un torbellino de confusión me envuelve. Pero...

—No... No entiendo, pero, Bat... —balbuceo, mi expresión es un lienzo de desconcierto total.

Él sonríe y me lanza una mirada jocosa, sus ojos brillando con un destello de humor y picardía.

—Solo me estaba despidiendo de nuestro pequeño amigo roedor. Ya ha tenido su cuota de diversión, pero ahora es mi momento, ¿no te parece? —Su voz, teñida de un acento tentador, se derrama como miel caliente, provocando que un calor agradable se extienda por mi ser.

En un abrir y cerrar de ojos, mi camisa desaparece bajo sus manos con urgencia. La necesidad ardiente se manifiesta cuando comienza a besarme los pechos con una intensidad casi voraz.

—Gatita mía... Desde que vi cómo se te erizaban los pezones al correrte con el huevo, he anhelado esto, y ahora no hay vuelta atrás. Voy a saborearte completa, Cat. —Sus palabras me envuelven en una balsa de placer que no puedo ignorar.

Me intoxico en un rico ágape de sabores, un despilfarro de placer y dulzura que se incrusta por debajo de mi tez, hasta atravesar mi paladar, derrochando dosis desmesuradas de deseo que emanan por cada poro.

Con una rapidez que habla de nuestro mutuo deseo, él desliza mis *shorts* y mi ropa interior por mis piernas, liberándome de ellos, mientras yo, con igual fervor, me dedico a despojarlo de su vestimenta.

Gota a gota, su cuerpo se entrega con humedad y calidez, arropándome por completo. Una fusión inexplicable de placeres que me trunca la razón y altera mis sentidos. Él derrocha pasión, amor, locura, y una misma dirección, un único camino de lujuria y sexo desenfrenado del que solo él y yo sabemos. Mi cuerpo lo sabe y lo absorbe de forma hambrienta, desbocada y sin medida, halando cada gemido, cada respiro. Me empapo de ese fruto prohibido que me arrastra al infierno infinito de lascivia y sensualidad, sin temor, sin resistencia alguna. Me entrego completamente a esa invitación delicada de posesión mutua y única de su cuerpo y el mío. Lo adoro.

—Hazme todo lo que quieras, Bat —murmuro, dándole rienda suelta a todas sus fantasías.

Sabe lo que me gusta y, por eso, le permito todos sus antojos, que a la vez se convierten en mis caprichos más codiciados.

Se hunde en mí de un solo golpe. Sin preservativo, piel con piel, y eso me acaba de provocar un derrame cerebral de puro gustazo. Un tremendo grito sale de mi boca a la vez que suelto una bocanada de deseo mezclada de un gemido salvaje y arrollador. Me silencia con sus labios gruesos, que me atrapan y me muerden con cautela mientras me levanta en peso pluma, sin dejar de estar dentro de mí, impulsándome hacia la parte trasera del coche.

Sus embestidas son potentes, manejándome con sus brazos fuertes. Muevo mis caderas al ritmo de sus envites, susurrándole palabras subidas de tono, gimiendo, disfrutando, pidiendo más. Cada golpe me provoca más placer. Su camiseta desaparece, mostrando un torso sudoroso de piel morena tan intensa y cautivadora que parece casi resplandecer. Su color seductor acentúa cada músculo tonificado, y no puedo apartar la mirada de su piel gloriosamente bronceada.

—Gatita, me encanta sentirte así, a pelo, mientras entro y salgo de tu cuerpo, bañado y húmedo… Rozar tu clítoris asomado y latente mientras siento cómo te retuerces…

Sus palabras, llenas de erotismo, intensifican el gozo a más no poder.

Cada vez más excitada por esa deliciosa exposición, agradezco a los demonios de la lujuria y la perversión por regalarme este momento cómplice de mis anhelos y antojos más pervertidos, más codiciados…

Me voltea de una inesperada e imprevista furia. Siento que ahora estoy en mi zona de confort, a cuatro, él lo sabe. Esta postura me enloquece, y debo admitir que el espacioso interior de este coche no tiene nada que envidiar a la más lujosa cama de un hotel de cinco estrellas.

Me embiste fuerte y repetidamente rápido, como a mí me gusta, mientras sujeta mis hombros con firmeza, y yo no puedo evitar gritar:

—¡Más fuerte, sí! ¡Diossss! ¡Joder!

Este espectáculo hipnotizaría hasta a la más pura y casta, sin exagerar… Incluso a la más santa.

—Más… —jadeo—. Más, quiero más, Bat.

—Te daré más —me dice con voz atroz.

Colapsada de gozo, experimento con satisfacción todas las sensaciones que él despierta en mí.

Me coge por las caderas, se la saca casi por completo y vuelve a asaltarme con fuerza, hasta el fondo y se queda ahí, quieto, apretando hasta mi tope, como si quisiera atravesarme. Siento cómo me contraigo. Aprieto, lo succiono, me ajusto por completo a su total longitud. Gemimos al unísono, y él arremete de nuevo, brutalmente. Le agradezco con otro par de espasmos, más y más, hasta que, de nuevo, me corro.

Lo adoro, desde la punta de sus cabellos hasta la punta de… De punta a rabo, diría yo exactamente. A lo que voy, lo adoro, a él en su totalidad y, por supuesto, en este momentazo, en toda su longitud y grosor, en especial. Pero, sin duda, me deleito especialmente en una cosa: su orgasmo.

Semiaturdida ya, con el pelo pegado al cuerpo, bañada en sudor, siento su respiración acelerada. Él agarra mi cabello y lo tira hacia sí de manera salvaje, estremeciéndose por el fuerte orgasmo que estalla dentro de mí. Muerde mi hombro y ambos caemos rendidos sobre el asiento del coche, desplomados por la sobredosis de placer.

SÁBADO NOCHE

Desde que me incorporé esta tarde al restaurante, cocino contaminada por una felicidad que rebosa de mi alma, esa especie de alegría que hace sentir a cada célula de mi ser como si estuviera en una fiesta de espuma. Me despido de mis tíos y me dirijo al coche para volver a casa, arrastrando una sensación de bienestar tan intensa que casi podría jurar que estoy flotando en una burbuja de felicidad tan gigantesca que, si no fuera por el cansancio que se me cuela en los huesos como un okupa en fiesta ajena, juraría que estoy levitando.

En el camino, me dedico a rememorar todo lo vivido con Bat en estos tres días, en especial los de hoy, degustándolos como se saborean los manjares más prohibidos. Cada carcajada, cada mirada cruzada, cada conversación se convierte en un tesoro que guardo bajo llave en el cofre de mi memoria, temiendo que el viento de la rutina pueda algún día esfumarlos. Son solo míos, íntimamente míos.

Y ahí voy yo, más pancha que ancha, enfrascada en un batiburrillo de recuerdos tan dulces que podría empacharme, sonriendo como una colegiala que acaba de descubrir el amor. Y es que me siento como la protagonista de una de esas novelas amorosas, justo en el capítulo donde todo se pone interesante, y las mariposas en mi estómago deciden que es la ocasión perfecta para organizar una *rave* sin invitarme.

Ay, si mi vida fuese una novela, definitivamente estaría transitando ese momento álgido que hace suspirar a las lectoras mientras piensan: «¡Ahora sí que se pone buena la cosa!».

Ha sido increíble, una sensación inédita, desbordante, cuando él se vertió en mí sin cortapisas, como si nuestras almas se desnudaran más allá de nuestros cuerpos. Tras el vértigo que dejó aquel accidente en mi vida, revelándome que jamás albergaría la posibilidad de tener hijos, un hecho que compartí con él abiertamente durante la cena del jueves, y a su vez él, con la misma apertura, me confesó que había elegido cerrar su camino hacia la paternidad, optando por una vasectomía. Aquella confesión, lejos de ensombrecer nuestro encuentro, lo convirtió en una velada inolvidable, teñida de una honestidad y conexión que lo hicieron perfecto en cada sentido.

Me visualizo tal, como la enamorada del libro, conduciendo hacia el ocaso, aunque en realidad mi destino sea bastante menos poético y más hacia el pequeño desorden de mi casa. Al abrir la puerta me recibirá el típico comité de bienvenida: una pila de platos por lavar que parece competir en altura con la torre de ropa por planchar. ¡Quién necesita un príncipe azul cuando tienes electrodomésticos que te dan semejantes sorpresas!

Sin embargo, la verdadera sorpresa, la que realmente me llena el corazón, es Mía. Ella sí que es una princesa de cuento, la única capaz de convertir cualquier regreso a casa en el mejor de los finales felices.

Contemplo la idea de llamar a Deborah, de desentrañar cada faceta de esta experiencia como quien revela un tesoro largamente oculto; no obstante, algo me frena. Bueno, además de la hora, que ya roza la medianoche y no son horas, hay una reticencia en mi ánimo. Conozco bien a Deborah, su amor incondicional que nunca flaquea, emparejado sin embargo con una honestidad cruda, desprovista de cualquier velo. Preveo su reacción, una mezcla de preocupación y consejos sin filtro, dirigidos desde el corazón, pero capaces de disipar este encanto que ahora mismo envuelve mi ser.

La magia de este instante, tan efímera y delicada, me hace vacilar. No deseo que nada, ni siquiera las bienintencionadas palabras de una amiga, perturbe este sueño despierto en el que me hallo flotando. Deseo preservar este sentimiento, mantenerlo intacto y puro, al menos por un poco más de tiempo, antes de exponerlo a los elementos de la realidad externa. Así que, por ahora, elijo abrazar este hechizo, esta instantánea de felicidad plena, permitiéndome vivirlo en su totalidad antes de compartirlo.

En ese momento, como desafiando mis intenciones, mi teléfono irrumpe en la quietud. Respondo, activando el altavoz. Del otro lado, una secuencia de dígitos desconocidamente larga aparece en la pantalla. Respondo:

—¿Sí? Esto… ¿Dígame? —Se me escapa el «sí» de mis labios, recordando demasiado tarde la advertencia de Bat sobre no responder a desconocidos con un «sí».

—Hola, *amore*. —La voz de Pietro, cálida y familiar, rompe el silencio, dejándome petrificada. Mi corazón se detiene—. ¿Katya?

—¿Pietro? —balbuceo, con el corazón desbocado, intentando descifrar el enigma de su llamada.

—*Scusa*, Katya… Necesitamos hablar urgentemente.

—Pietro, ya no hay nada que hablar. Por favor, no hagas esto más difícil —susurro, intentando contener la marea de emociones que me invade.

—Escúchame, por favor. Es algo serio. Estás en peligro, Katya.

—¿Qué? ¿De qué estás hablando, Pietro? —Mi mente se acelera, intentando seguir el ritmo de sus palabras.

—Esto… es complicado de contar por aquí, *amore*. Pero alguien te está buscando.

—¿Qué? ¿Quién me está buscando? No entiendo nada, Pietro. —Mi voz tiembla, traicionando mi creciente miedo.

—Escúchame con atención —susurra Pietro con urgencia, como si cada palabra pesara sobre sus hombros—. Esto es más serio de lo que puedas imaginar. Durante el tiempo que estuve contigo en Menorca, me siguieron. Han descubierto nuestra conexión y te relacionan con mi hermana Catia. Ella está en paradero desconocido. Y en estas semanas ha ocurrido mucho… Mis padres están siendo amenazados y he tenido que sacarlos de Italia, y… esto… —Pietro balbucea—. Lo más probable es que esta gente vaya a por ti. Lo siento, *amore*. De veras, lo lamento profundamente, pero es vital que me escuches. Tranquilízate —insiste—. Estos individuos no se andan con rodeos. ¿Dónde estás ahora?

Mis piernas tiemblan al asimilar la realidad que se desdobla ante mí, y apenas logro articular:

—Estoy… en el coche.

—Detén el vehículo enseguida, préstame atención. Saben dónde vives y vendrán por ti. Sigue mis indicaciones y no te pasará nada. Desde aquí hago lo posible por solucionarlo —me advierte Pietro, su voz teñida de un temor que me cala hasta los huesos—. Recuerdas a los padres de Izan, ¿verdad? —prosigue, complicando aún más el misterio—. Nunca te hablé de ellos, pero Alessandro está al tanto de nuestra situación. Su familia nos brindó refugio cuando escapamos de España a Italia. Hay secretos que aún desconoces, pero confía, Alessandro nos ayudará.

Pietro revela que la última vez que estuvo en mi casa ocultó algo de gran importancia:

—Me pesa no haberlo recuperado antes. No es momento para detalles. Jamás imaginé que llegarían hasta allí.

Mis manos comienzan a temblar sobre el volante.

—¿Qué escondiste, Pietro? Esto… esto es surrealista —murmuro, envuelta en una confusión abrumadora.

La desesperación me consume.

—No entiendo nada de esto —balbuceo.

La insistencia de Pietro atraviesa el teléfono, rogándome mantener la calma.

—Por favor, Katya, necesito que conserves la serenidad. Actúa como si nada ocurriese y aguarda mi llamada o la de Alessandro. No podemos involucrar a nadie más. Si lo hacemos, estaríamos poniéndolos en riesgo, y recurrir a la policía no es una opción.

—Pietro, no puedo… —La voz se me quiebra, y siento cómo los sollozos me atrapan, implacables.

—Katya, nunca quise que las cosas llegaran a esto —escucho la voz de Pietro, cargada de un pesar que parece atravesar la distancia—. Te lo suplico, vuelve a casa y trata de calmarte. Ojalá pudiera decirte que no te buscarán, pero sé que lo harán.

Mis lágrimas se deslizan sin control, cada una portando el peso de mi confusión y mi miedo.

—Pietro, ¿por qué? ¿Cómo me has involucrado en todo esto? —consigo decir entre sollozos, sintiendo cómo la desesperación me envuelve.

—Escúchame, Katya —su tono se vuelve más insistente, aunque tiembla con una emoción palpable.

Siento mi corazón latir con fuerza, la ansiedad me envuelve por completo, y las palabras de Pietro solo intensifican la tormenta de sentimientos que me consume. Esto es demasiado surrealista.

—Lo siento, *amore*, yo… —intenta explicar, pero de repente la llamada se corta abruptamente.

Desesperada, intento llamarlo de nuevo, pero me encuentro con un mensaje automático diciendo que el número no existe.

Llorando, arranco el coche y me dirijo de vuelta a casa, aferrándome a las instrucciones de Pietro como si fueran un salvavidas. «Actúa normal, pero ¿cómo se supone que actúe normal con todo lo que me acaba de decir?».

Las palabras de Pietro, su voz rota al otro lado de la línea, resuenan en mi mente, exacerbando mi temor. «Necesito que conserves la serenidad», «Estos individuos no se andan con rodeos», «Nunca quise hacerte pasar por esto»…

Mi mano tiembla sobre el volante mientras aparco frente a mi casa, y algo en mi interior se retuerce al ver la puerta entreabierta. Aparco con un suspiro, el corazón latiéndome a mil. Bajo del coche y mi estómago se encoge, un sudor frío me recorre la espalda, y un presentimiento ominoso me asalta. El pánico se apodera de mí. Mi corazón late desbocado mientras me temo lo peor. ¡Han entrado! ¡¡Oh, no!! ¡¡Mía!!

Todos tenemos una
fecha y una hora donde
se nos partió la vida.

9

PORQUE LAS COSAS CAMBIAN

Con el corazón a mil y la respiración entrecortada, entro rápidamente en mi casa llamando a Mía con todo el aliento que me queda.

—¡Mía! ¿Dónde estás, pequeña?

El silencio que me responde es casi tan ensordecedor como el ruido de mi propio pánico.

Voy de habitación en habitación, el desastre me saluda en cada una. Parece que un huracán personalizado ha decidido hacer de mi hogar su epicentro. Mi mente, incapaz de parar, imagina escenarios cada vez peores. Intento tragarme el miedo, pero este es un bocado demasiado amargo. Me asaltan náuseas, y las lágrimas inundan mi cara. Mis manos forman puños tan apretados que mis uñas se clavan en las palmas. Me dejo caer, derrotada. El nombre de Mía escapándose de mis labios en un susurro desgarrador.

De repente, un sonido inesperado perfora el silencio: el tintineo de un teléfono. No es el mío, es otro, uno que suena con una insistencia casi siniestra desde algún lugar de la cocina. El corazón me late con fuerza, bombeando un miedo indescriptible, mientras me muevo, casi flotando, arrastrada por una fuerza que no comprendo hacia el origen de ese sonido.

Allí está, un teléfono, reposando entre el caos de mi cocina. Lo observo durante unos breves pero intensos segundos y eso me detiene; es como si de él emanara una presencia macabra, una amenaza silenciosa que se cierne sobre el aire.

Con un esfuerzo que siento sobrehumano, obligo a mis manos a dejar de temblar lo suficiente como para coger el teléfono. Cada centímetro que mis dedos se acercan siento como si atravesara una densa niebla de temor. Al fin, lo tomo.

—¿Diga? —Mi voz es apenas un hilo, una débil vibración que se lanza al vacío esperando encontrar algo o nada a cambio.

El tono al otro lado es frío, inmisericorde, y sus palabras me sobrecogen.

—Tu mascota está a salvo… por ahora —comienza, y siento un alivio momentáneo, pero lo que sigue me sume en la desesperación—. Te estamos vigilando. No hagas ninguna tontería y todo irá bien. Nos equivocamos al pensar que eras la hermana de Pietro, pero después de investigar tu casa y seguir cada pista, nos dimos cuenta de nuestro error —dice la voz, resonando ominosamente—. Sin embargo, descubrimos algo más valioso: eres el cebo perfecto para nosotros, así que te conviene cooperar. Por tu bien, el de tu perrita y el de tu novio, Pietro.

El pánico me envuelve como una segunda piel, y la noticia de su error me deja un sabor agridulce de alivio y angustia, una mezcla explosiva que no sé cómo gestionar. Mis pensamientos se convierten en un tumulto, intentando asimilar la cruda realidad. Todavía no caigo en la cuenta de que me están observando, que hay ojos que me vigilan movidos por razones que escapan a mi entendimiento.

Asiento con la cabeza mientras el desconocido me habla, a la vez que miro a todas partes intentando averiguar por dónde me pueden estar observando. Mi voz se niega a salir. Su acento, con un matiz ruso, resuena en mis oídos.

—Por favor —suplico con el alma rota y las lágrimas desbordándose por mis mejillas sin cesar—, no le hagáis ningún daño —imploro con una voz quebrada por el miedo, rogando por la seguridad de mi perrita—. Haré lo que sea, os lo prometo, cualquier cosa que me pidáis, pero, por favor, traedla de vuelta sana y salva. Ella necesita su medicación, su salud es delicada.

La voz que responde al otro lado del teléfono me envuelve en un frío que va más allá del mero terror.

—Ella permanecerá bajo nuestra custodia hasta que ciertos… desajustes se rectifiquen —dice, su tono tan helado y distante como una ventisca siberiana—. Ahora bien, tranquilízate. La tengo aquí en mi casa. Está siendo cuidada por mi nieto de ocho años, que vive conmigo. Le he contado que es de unos amigos que están de viaje. Si sigues nuestras instrucciones al pie de la letra, te iré enviando fotografías de ella, como prueba de que está bien. Pero si decides actuar en contra de nuestros consejos, me veré obligado a enviarte *Я пришлю тебе её кусочки.* —Aunque pronunciado en un ruso impecable, el mensaje es universalmente aterrador cuando seguidamente me lo traduce—: 'Te enviaré sus pedazos'.

Las palabras resuenan en mi mente, cada sílaba un eco de miedo incomprensible, comprendo con claridad meridiana.

—¿Te ha quedado claro?

Lo único que me queda claro es que, definitivamente, es ruso. Trago saliva con dificultad, y el ahogo que tengo me impide hablar. Las implicaciones de esas palabras me golpean a diestro y siniestro mientras mi mente lucha por entender la extraña y surrealista realidad. El tono amenazante y la mención de esas palabras en ruso me llenan de un terror que me deja sin aliento.

Intento reunir coraje, aunque me cuesta creer que todo irá bien. Cierro los ojos tratando de encontrar una brizna de esperanza en medio de todo esto. Pero la incertidumbre y el miedo amenazan con asfixiarme, dejándome sentir impotente e incapaz de hacer algo para cambiar la situación.

—Entendido. Pero, por favor, ¿puede mandarme una foto de ella ahora? Necesito saber que está bien —balbuceo, luchando por mantener la serenidad.

La respuesta que recibo no hace más que aumentar mi angustia.

—Quédate con este teléfono y mantenlo las veinticuatro horas encendido, te llamaremos. Y recuerda, nada de policía —me advierten con frialdad, antes de cortar la comunicación.

Un temblor me recorre entera, y mis ojos se inundan aún más de lágrimas que no puedo contener. Aunque sé que debo mantenerme fuerte, el mero pensamiento de lo que Mía podría estar sufriendo me sume en un abismo de pavor. Respiro profundamente, intentando controlar mis emociones y centrarme en lo que debo hacer. Mía es mi todo, no puedo permitir que nada le suceda.

Horas más tarde, incapaz de conciliar el sueño, me invaden miles de preguntas, y con la misma, me levanto, cojo mi iPad y me sumerjo en una investigación exhaustiva sobre lo poco que Pietro me contó acerca de su abuelo e indago sobre su pasado turbulento.

Nicolo Oubiña, nacido en Sicilia, era hijo de Catherine Martini y Flavio Rocco. Fue uno de los primeros en acumular una fortuna astronómica, superando los mil millones de euros en aquella época en la que aún se manejaban las liras. Había acumulado sus primeras experiencias trabajando durante los veranos en los pozos petroleros de su padre. Su «instinto» no le fallaba.

Su primer millón lo consiguió en 1946 con su primera compañía petrolera. En menos de un año, se dedicó a gastarlo todo, llevando a cabo un negocio de inversiones en diamantes. Flavio Rocco, su padre, ya le advirtió de que todo ese mundo le llevaría a la ruina.

Así fue. Apostó por el sol de Los Ángeles y las playas de Malibú. Compró el Cadillac más largo y más caro del mercado, importando diamantes hasta que reventó todo su dinero.

Esa locura —¿o esa cordura?— le duró un poco más de dos años. Cambió de rumbo. La avaricia le hizo emplear el dinero de su padre en la creación de otros negocios, pues según sus declaraciones, tener tal fortuna representaba empleos para miles de personas que así alcanzarían un mejor nivel de vida.

Lo dijo con peso de doctrina, y no perdió el tiempo. Se asoció en menos de ocho meses con la mafia rusa para importar a varios países, incluido España.

Joder… No doy crédito a lo que leo. La revelación me deja atónita. ¿Con qué clase de familia he estado tratando? ¿Qué vínculo tiene Pietro con este oscuro legado?

Las páginas de su historia se tornan aún más sombrías cuando descubro sus actividades ilícitas: blanqueo de dinero, contrabando, tráfico de heroína y continuación de sus negocios petroleros y de diamantes.

Nicolo Oubiña pagó un precio alto por sus delitos. Cumplió una condena de veinticuatro años por evasión fiscal, pero su liberación no significó el fin de sus problemas. La mafia rusa lo secuestró, exigiendo un rescate imposible para su familia ya arruinada. A pesar de los intentos desesperados de liberarlo, fue asesinado brutalmente en un tiroteo en Moscú, dejando atrás una estela de tragedia y desolación.

La historia me deja sin aliento, con lágrimas en los ojos y un nudo en la garganta.

… Fue brutalmente tiroteado dentro de su Mercedes en medio de un atasco en Moscú. No quedó nada de él ni del coche. Su mujer, que había quedado embarazada, tuvo a su único hijo, y a los pocos meses apareció muerta en su casa por motivos aún desconocidos. El bebé lo adoptó un matrimonio italiano que residía en España.

El pitido de un mensaje entrante en el teléfono que me dejaron aquí irrumpe en la quietud de mi cuarto, haciéndome saltar de la cama. Con el corazón desbocado, me lanzo sobre él y deslizo frenéticamente el dedo por la pantalla para desbloquearlo. De repente, ahí está ella, mi Mía, apareciendo en un vídeo jugando con esa alegría inocente, y que consigue arrancarme una sonrisa. Por un tiempo mínimo, todo el peso de la angustia que me aplasta parece volatizarse por unos segundos.

—Gracias al cielo, está bien —susurro para mí, permitiéndome ese pequeño respiro, aferrándome a ese hilo de alivio que, por ahora, parece suficiente.

Un suspiro se escapa de mis labios, pero pronto la realidad se apodera de mí una vez más. La imagen de Mía, aunque reconfortante, no puede disipar por completo la ansiedad que me consume. La inquietud persiste, y con ella, la necesidad de mantenerme fuerte y preparada para cualquier eventualidad. La flaqueza me desaparece y de nuevo me armo de valor. Respondo al mensaje con manos temblorosas. «Gracias. ¿Qué queréis que haga?», escribo, esperando una respuesta que aclare el panorama turbio en el que me encuentro.

La contestación llega de inmediato, trayendo consigo un recordatorio sombrío de la situación en la que me hallo inmersa: «Mantén los ojos abiertos, evita conversaciones innecesarias. Nos pondremos en contacto contigo. Es crucial que sigas con tu día a día como si nada ocurriese, manteniendo tu rutina habitual y comportándote con la mayor naturalidad posible», indica el mensaje, tajante y claro.

10

CONTRA TODO PRONÓSTICO, LA ACCIÓN ES EL REMEDIO CONTRA LA DESESPERACIÓN

Hola, Cat. Sé que teníamos pendiente vernos en estos días, pero he discutido con la madre de mis hijos y no me apetece. Necesito tiempo.

Es domingo y apenas he dormido dos horas. La tensión acumulada en mi pecho amenaza con aplastarme mientras espero noticias sobre mi conexión con el enigmático hombre de acento ruso que ha paralizado mi vida. El silencio es ensordecedor, y la ausencia de noticias de Pietro solo aumenta mi angustia. Ni si quiera este mensaje de Bat me hace desconectar, al revés. Esta historia ya era de esperar, «una de cal y cinco de arena», me lo advirtió Deborah.

Respondo con un simple «OK», intentando mantener la calma a pesar del caos que bulle en mi interior. Aunque intento ocultarlo, su frialdad me hiere profundamente. Todo parece desmoronarse a mi alrededor. Mientras me sumerjo bajo las sábanas en un intento desesperado por encontrar refugio y desaparecer, siento como si la misma sábana me oprimiera dejándome sin respiración.

Cierro los ojos con fuerza, pero el sueño se escapa de mí, como arena entre mis dedos, dejándome sola con mis pensamientos turbulentos y mis miedos más profundos.

Respiro hondo, tratando de encontrar algo que me relaje, algo que me transporte lejos de este laberinto de preocupaciones y dudas. Y entonces mi mente se dirige a la otra mañana, en el piso de Bat, a aquel momento en el que la vida parecía simplemente simple.

Me veo atrapada, masticando obsesivamente cada detalle, cada estrategia que urdí para acercarme a él. Lo deseaba, aunque yo misma intentara convencerme de lo contrario una y otra vez, como si al hacerlo pudiera escapar de mi propio anhelo. La ironía no se pierde en mí: mientras esta tormenta de incertidumbre me rodea, esos recuerdos emergen como islas de melancolía, agridulces y llenos de una nostalgia que me arrastra otra vez a un pasado que preferiría, o más bien «debería», olvidar, pero que, al mismo tiempo, me rehúso a dejar atrás.

Aquel día, todo estaba calculado. La máquina de la pasta, un artefacto tan banal, se convirtió en el pretexto perfecto para acercarme a él, para revivir esas escenas de intimidad y complicidad que tanto añoraba. Me preparé con el esmero de un general que planea una campaña decisiva, pero con la esperanza, frágil y palpitante, de quien no tiene más armas que la sinceridad de sus sentimientos.

Y ahora, en medio de esta crisis que me devora con su angustia, leo su mensaje: «Necesito tiempo». Me aferro a esas palabras como un náufrago a una tabla en el mar embravecido. La posibilidad de otro encuentro se desvanece lentamente como un sueño que se aleja al despertar, como una promesa vacía que sólo intensifica el vacío de mi realidad actual.

Después del episodio del disfraz, pasé de sentirme una mujer superempoderada a una mujer superempotrada. A pesar de mi vergüenza y mis dudas, parecía estar experimentada y preparada para que todo surgiera de la forma más natural y deseada. ¿Podré volver a perderme en sus brazos sin pensar en las consecuencias? ¿Podré volver a encontrar esa conexión o todo se ha esfumado para siempre, una vez más?

Me pregunto si realmente hice lo correcto al atreverme de esa manera, ¿qué pensará él de mí después de semejante numerito? Me carcome la cabeza al pensar sobre cómo me verá ahora. Pero en el fondo de mi corazón, quiero creer que sí, que todo aquello valió cada segundo por las emociones a flor de piel, por todo lo vivido y sentido. Esas memorias son mías, inolvidables y eternas, y esto no me lo quita nadie.

Sin embargo, mientras divago sobre aquellos momentos de complicidad y felicidad, aún me encuentro en esta descabellada situación. No tengo noticias de Pietro; la incertidumbre me consume. Lo único que me da un mínimo de alivio es saber que Mía está bien.

He tenido que volver a escribirle al ruso para proporcionarle información sobre la medicación que toma para su epilepsia; la idea de que pueda sufrir un ataque sin que yo esté presente me inquieta profundamente. Qué lástima mi perrita. Pensará que la he abandonado…

Domingo tarde

Es curioso cómo la desesperación puede convertirse, de repente, en una compañera.

Tras una ducha rápida, decido hacer una visita a mi abuelo Arturo en la residencia. Busco algo de estabilidad en este caos que es ahora mi vida, un pequeño respiro antes de que todo me sobrepase. Además, he sido advertida: debo mantener mi rutina habitual. Para contener la tormenta de nervios que me consume, he recurrido a un par de tranquilizantes. Ahora me encuentro en una especie de calma forzada, manteniendo una fachada de quietud mientras mis emociones amenazan con desbordarse.

Desde que Arturo se trasladó a la residencia, nuestras visitas han empezado a espaciarse más de lo que me gustaría. Al verlo, no puedo evitar lanzarme a sus brazos, aferrándome a él con todas mis fuerzas, como si en ese abrazo pudiera encontrar el consuelo que tanto necesito.

—Muñeca, ¿qué te ocurre? —me pregunta, su voz teñida de preocupación al percibir mi inquietud.

Intento disimular, aunque mi voz temblorosa me delata.

—Nada, Arturo, es solo que… —Las palabras se me atragantan, luchando por no dejar escapar las lágrimas.

—Pero cuéntame —insiste.

Hago un esfuerzo por recomponerme, apoyándome en los reposabrazos de su silla de ruedas.

—Te veo muy bien, Arturo. Se nota que te has adaptado genial aquí. Has hecho muchos amigos, por lo que veo, ¿eh?

—Más amigas que amigos —responde. Su risa franca y contagiosa me saca, como siempre, una sonrisa e incluso alguna carcajada.

Pero hay algo que me preocupa: su voz, más frágil y temblorosa de lo habitual.

—¿Estás resfriado o algo, Arturo?

—Yo nunca me enfermo, bonica —me contesta, guiñándome un ojo con complicidad—. Aunque los médicos me dijeron algo…

—¿El qué? ¿Qué te dijeron?

—Algo relacionado con presbi… presbifo… ¡Ah, eso! Presbifonía. ¿Sabías que esta palabra viene del griego? *Presbites*, que significa 'anciano', y *fonía*, relacionado con la voz. En cuanto el médico me habló de ello, me lancé a investigar en la biblioteca que tenemos aquí abajo.

—Vaya, siempre aprendiendo algo nuevo contigo, Arturo.

—Casi todo lo que hoy sé lo he aprendido en los libros, bonica. No sé si alguna vez te he contado cómo aprendí a leer. Mi educación, de forma oficial, duró lo que un suspiro en un vendaval. Tras memorizar el alfabeto, apenas iniciado el camino del conocimiento formal, me vi obligado a abandonarlo a las dos semanas de estar en el colegio; el deber hacia mi familia exigía mi presencia en el hogar. Con apenas ocho años, ya era uno más en la lucha diaria por la supervivencia, en una época en la que la existencia no concedía treguas ni esperaba promesas de un futuro mejor. Sin embargo, no permití que mi formación académica truncada determinara los límites de mi educación. Los cómics, esos fascinantes relatos gráficos, se convirtieron en mi primera academia, la puerta de entrada a un mundo de conocimientos que más tarde se expandiría a través de los libros. De esta manera, autoinstruido, fui forjando mi camino, aprendiendo con cada página volteada, en una época en la que la vida no se parecía en nada a la comodidad de los tiempos actuales. Y es por esto por lo que yo siempre he defendido el inmenso valor de la lectura: es una llave maestra que abre puertas hacia universos desconocidos. Sumergirse en las páginas de un libro es emprender un viaje sin límites, que enriquece el alma y afina el ingenio, dotando al lenguaje de una riqueza inusitada. Y, por desgracia, en esta era que nos ha tocado vivir, el hábito de la lectura se ha visto mermado considerablemente. Los jóvenes de hoy, herederos de un futuro incierto, malgastan sus horas inmersos en el resplandor hipnótico de las pantallas, y parece que nadie, o muy pocos, se alarman ante esta realidad. El uso excesivo de la tecnología arrastra tras de sí una estela de consecuencias nefastas para el desarrollo cognitivo y el aprendizaje de las nuevas generaciones: falta de atención, impulsividad, oscilaciones del ánimo y trastornos en el comportamiento son solo la punta del iceberg. Además, esta dependencia tecnológica socava profundamente su habilidad para interactuar socialmente. En lugar de correr y jugar, se les encuentra absortos, con la mirada fija en sus dispositivos. ¡Cuán profundo es el cambio que ha sufrido nuestra sociedad, y cuán nostálgico me siento al recordar tiempos más simples y genuinos!

—Realmente te pareces a un auténtico escritor, Arturo. Y no puedo estar más de acuerdo contigo respecto a la juventud actual. ¡El mal uso de la tecnología es un verdadero problema!

—Ainsss, esas maravillas tecnológicas de ahora..., esos pequeños milagros en nuestros bolsillos que nos prometen el mundo y, en su lugar, a menudo nos entregan una suscripción prémium al club de la distracción perpetua. Pero, claro, el problema no es la tecnología en sí, sino cómo terminamos dándole un uso que hace que el abuso de sustancias parezca juego de niños. Y así, nos encontramos en un punto en el que la capacidad de asombro de la humanidad se ha reducido tanto que si un día los dinosaurios resucitaran y empezaran a hacer el *moonwalk* por las calles, probablemente lo ignoraríamos porque estamos muy ocupados viendo vídeos de gatos patinando en internet.

No puedo evitar soltar una carcajada.

—Es la realidad de hoy, Arturo. Desde pequeñitos, ya están más familiarizados con las pantallas que con los juegos propios de su edad.

—Exacto, eso es lo preocupante. Estos pequeños, capaces de deslizar el dedo por una *tablet* antes incluso de balbucear «mamá» correctamente, son quienes van a ser los herederos de este mundo hiperconectado. ¿Y sabes lo peor, bonica? Que eso irá a más, y el tiempo perdido en esta maratón de desplazamiento infinito jamás se recupera. A la larga, muchos se darán cuenta demasiado tarde de que quizás, solo quizás, haber aprendido a hacer malabares o haber conversado con esa anciana del parque sobre su receta secreta de galletas habría sido un mejor uso de su tiempo. Así que mientras se preparan para el futuro quizás deberían recordar de vez en cuando apagar esas pantallas, hacer una pausa para apreciar las pequeñas —y no tan digitales— maravillas de la vida. Porque al final, ¿realmente queremos ser recordados por nuestra habilidad para acumular seguidores virtuales, por los cien *likes* en una foto de su desayuno? ¿O por las risas, aventuras y conexiones reales que hemos compartido? No hay filtro de Instagram que pueda replicar la belleza de un atardecer compartido con amigos, aunque, admitámoslo, seguramente intentaríamos capturarlo de todos modos.

—Así es. Comparto tu desazón y pesar al ser consciente de cuánto ha cambiado la vida. Estamos sometidos y dominados por estos artefactos, inmersos en una revolución tecnológica que ha convertido al teléfono móvil en una especie de gran hermano omnisciente, capaz de registrar casi cada uno de nuestros actos y recopilando todo lo que hacemos. Y la solución no está en abrazar acríticamente estas tecnologías como si fueran el único refugio o vía de escape.

—Bueno, ¿y bien? ¿Me vas a contar qué te pasa? —me desvía el tema de forma abrupta.

—¿Contarte el qué? —respondo, esbozando una media sonrisa, intentando aparentar tranquilidad—. Estoy bien.

—Como si no te conociera… —insiste, mirándome fijamente.

—Verás, es una cosa del instituto, bastante absurda, pero no es nada grave. Se resolverá —le miento con esta mentira piadosa, mi sonrisa, minimizando la importancia del asunto—. Bueno, me marcho, quiero pasar por el restaurante a ver a mis tíos —digo cambiando de tema.

—¿Nos veremos el domingo? —me pregunta mientras me acompaña a la puerta de salida.

Me pierdo en mis pensamientos, preguntándome dónde estaré o qué será de mí para entonces, pero sacudo la cabeza, volviendo al presente, y le confirmo:

—Claro, cómo no. Aquí estaré.

—Me tienes que ayudar a arrancar unas margaritas del jardín trasero para Rafaela —dice con una sonrisa pícara, señalando discretamente hacia una señora de cabello plateado, elegante, con un rostro radiante enmarcado por su carmín rojo, que no le quita los ojos de encima a mi Arturo—. Las margaritas simbolizan pureza, inocencia, amistad verdadera y amor genuino. Siempre se las regalaba a mi esposa.

—Oh, mi querido donjuán —le digo entre risas.

—Bonica, es importante hacer pequeños gestos de cariño por los demás; son detalles que no cuestan nada y llenan el alma —reflexiona con una sonrisa.

—Eres un verdadero caballero, Arturo —le digo dándole un beso y abrazándolo con fuerza—. Te quiero mucho, nunca lo olvides.

—Y yo a ti, muñeca. Cuídate mucho.

Salgo de la residencia, los ojos ligeramente húmedos, pero el corazón rebosante de una mezcla de melancolía y admiración. Arturo, a punto de alcanzar los noventa y ocho años y a pesar de su edad y la demencia, que de vez en cuando le juega malas pasadas haciéndole repetir historias, sigue siendo ese faro de lucidez y energía que siempre admiré. Me río para mis adentros pensando que, si a mis cuarenta ya me siento despistada olvidando cosas triviales, ¿qué me espera a mí en el futuro?

Arturo, ¡ay, Arturo! Él se toma todo con una filosofía y un humor que ya querría yo para mí. Tengo que aprender de él, siempre me cuenta cómo ha combatido el avance de los años manteniendo su mente en constante ejercicio: inmerso en la lectura, desafiando a sudokus y crucigramas, participando en talleres de memoria y clases de gimnasia de envejecimiento activo, y aprovechando cada viaje que se cruza en su camino. Su vida social es tan rica y activa como su cuerpo le permite, desafiando a la osteoporosis, que intenta, sin éxito, encorvar su espíritu aventurero. Si no fuera por esos huesos que a veces le recuerdan su edad, cualquiera juraría que Arturo es mucho más joven de lo que marca su documento de identidad.

De repente, mi móvil suena, arrancándome de mis reflexiones y devolviéndome al presente con su insistente melodía.

11

BAJO EL PESO DE LAS SOMBRAS

DEL PASADO

Regreso abruptamente a la realidad.

—Di… dígame. —Mi voz se escapa en un susurro tembloroso, revelando la tensión que siento.

—Hola, Katya. Soy Alessandro, el padre de Izan. Nos vimos cuando visitaste la Toscana hace un tiempo. Esto… Quizás Pietro ya te ha mencionado sobre mí.

Al escuchar su voz, un escalofrío involuntario recorre mi espina dorsal, instándome a mantenerme en un silencio cauteloso, prestando atención a cada una de sus palabras.

Mi memoria de él es difusa; mi conexión real con su familia se había forjado a través de Pietro, especialmente con su hijo, Izan, un chico de trece años, y su fiel labrador, Rex. Durante aquel verano, los había acompañado en algunas sesiones de adiestramiento de perros de alerta médica, una iniciativa que Pietro había liderado con amor y dedicación desde que Izan tenía apenas cinco años.

—¿Estás bien? —pregunta Alessandro, notando mi desvarío.

—¿Y Pietro? ¿Por qué no me llama él? —Mi voz apenas logra salir, ahogada por la ansiedad.

—No puede. Ha tenido que salir de Italia en busca de su hermana. Está en paradero desconocido y solo me llama cuando puede. Necesita localizarla lo antes posible. Sus padres están retenidos hasta que ella aparezca, tienen algo que les pertenece. No puedo darte más detalles.

—Pero ¿qué…? ¿Qué tengo que ver yo en todo esto? ¿Qué debo hacer? —Mi mente se llena de preguntas, pero Alessandro apenas me da tiempo para terminarlas.

—Nada. Recibirás instrucciones de ellos. Mientras tanto, haré todo lo posible por resolver esto cuanto antes. Te llamaré cuando sepa más. —Su tono es firme, pero también transmite preocupación.

La llamada termina de golpe, dejándome temblando de nervios y miedo. Me siento en el bordillo de la acera, intentando calmar mi respiración agitada.

Entonces, tras un leve sonido de un «bip», un mensaje aparece en el teléfono que me dejaron en casa. El remitente es desconocido. Mis manos tiemblan tanto que apenas puedo sostener el dispositivo. Respiro profundamente antes de atreverme a leerlo.

El constante ajetreo de la calle me tiene en vilo. ¿Me estarán siguiendo? ¿Me habrán escuchado la conversación? Mi mirada se desliza de un lado a otro, cada persona que pasa despierta mi paranoia. Todos parecen sospechosos y esto aumenta mi delirio persecutorio.

El teléfono vuelve a sonar con otro «bip». El remitente sigue siendo desconocido. La tensión me embarga mientras me esfuerzo por controlar mis manos temblorosas para leer el mensaje.

Intento mantener la calma, pero es en vano. Un escalofrío recorre mi espalda y las lágrimas brotan sin control. Alzo la mirada y, para mi sorpresa…

—¿Estás bien? —una voz cálida interrumpe mi ensimismamiento.

—¿Pai? —Mi respuesta es apenas un susurro, sintiendo una oleada de desconcierto que intento disimular.

—Hola, Katya. ¿Estás bien? —repite, preocupada.

—Yo… —Me levanto, mis piernas apenas sosteniéndome—. Sí, no pasa nada…

—Katya, sé que no es buen momento. Han pasado ya algunos años… Lo siento. —Su tono denota pesar, y su disculpa resuena en el aire.

—¿Perdona? —Mi confusión se refleja en mi mirada.

—Lo siento, yo… Esto… Katya, no sé cómo decirte, me dejé llevar, no estaba bien. Demir empezó a buscarme, y tú… me hablabas tan bien de él, de todo… Me buscaba cuando Marcus se iba a sus viajes de trabajo… y… De verdad, lo siento —me explica, revelando lo pasado.

—¿Y Carla? ¿Cómo está? —le pregunto para desviar el tema. Ahora no me apetece esto.

—Bien, muy bien, está enorme y guapísima. Voy a recogerla a casa de mi madre, ¿quieres venir a verla?

—Pues… hoy no puedo. Pero te avisaré otro día, ¿vale?

—Vale, se llevará una sorpresa. Ella me ha seguido preguntando por ti. Le dije que a veces las amigas se pelean y que tuviste que irte. Después vino lo de Marcus, lo siento de verdad.

—No pasa nada. Todo pasa por algo, y la verdad, hoy lo agradezco. Me has abierto los ojos ante una persona que no merecía la pena.

—¡Katy, gracias! —Se impulsa hacia mí, con sus lágrimas asomadas a la mejilla, y me envuelve en un fuerte abrazo—.

Me despido y me alejo, dejando atrás esta situación imprevista. La calle parece menos hostil ahora, como si la ciudad comprendiera el tumulto de sentimientos que me agitan, aunque mi mente sigue procesando el reencuentro con Pai después de tanto tiempo.

En el fondo, sé que no puedo quedarme anclada en lo que sucedió. Tengo demasiadas cosas en la cabeza como para perderme en reproches que ya no vienen al caso. Si Demir me fue infiel con ella, seguramente no se detuvo ahí. Pero eso... eso ya es historia pasada.

Me siento traicionada, sí, pero he llegado a un punto en el que el resentimiento ya no tiene cabida en mi vida. Pensar en lo que Demir me hizo y en la confianza rota con Pai duele, pero he decidido soltar ese lastre. No significa que Pai y yo vayamos a retomar nuestra amistad como si nada hubiera pasado, pero ya he pasado la página. Al final, todos erramos. Hay personas que, llevadas por sus propias sombras, se dedican a herir a los demás. Estuve mucho tiempo buscando razones, explicaciones, pero he aceptado que algunas cosas simplemente no tienen respuesta.

Darme cuenta de que lo que viví con Demir, lo que en su momento pensé que era amor, fue en realidad una forma de maltrato ha sido liberador. Me permitió empezar a quererme, a valorarme y a alejarme de alguien que, claramente, no me valoraba. Guardé por demasiado tiempo recuerdos de desplantes, rechazos e insultos, de situaciones en las que me sentía obligada a estar con él de maneras que no deseaba. Nunca fue una obligación directa, pero sentía que tenía que hacerlo, tenía que complacerlo, aunque eso significara anularme a mí misma.

Con el tiempo, descubrí que esas vivencias no me pertenecían y que no tenía por qué ser así. Por algún motivo, por miedo, vergüenza o simplemente porque pensaba que eso tenía que ser así y no había más, lo escondí en un rincón dentro de mí y nunca lo compartí con nadie. Solo quería olvidar.

No llegué a contarle todo al psicólogo, no porque no quisiera, sino porque mi mente lo había eliminado por completo. Algo que ni yo misma entendía. Tanto lo había escondido que de alguna manera lo había enterrado junto al dolor que jamás saqué de mí. Quizá por eso no hablé antes de lo que me estaba ocurriendo, porque lo normalicé de tal manera que sus insultos eran justificados, sus desprecios por mi culpa, y su carácter tan bipolar porque estaba estresado.

De pronto, como si un fotograma de una película antigua se proyectase en mi mente, recuerdo aquella Nochebuena en Ciutadella. Las calles estaban iluminadas, llenas de gente y de la vibrante anticipación de las fiestas. Demir y yo, cargados de bolsas con los preparativos para la cena, nos mezclábamos con la multitud, compartiendo risas y charlas. Sin embargo, todo cambió inesperadamente, cuando un comentario melancólico mío sobre Bat —aunque sin decir su nombre— surgió como eco a una confidencia previa de Demir sobre un amor pasado. Era como si mis palabras hubiesen tocado un resorte oculto, desatando una tempestad inesperada.

En un arrebato que aún me sorprende, Demir dejó caer las bolsas al suelo y empezó a gritarme, a insultarme, desplegando un repertorio de palabras que jamás pensé dirigidas hacia mí, y mucho menos en una calle concurrida. La vergüenza me inundó, y apenas pude recoger las bolsas del suelo, mi único pensamiento era escapar de esa escena que parecía sacada de una pesadilla.

Con el corazón en un puño, corrí hacia mi coche aparcado cerca del puerto, pasé a toda prisa por casa para recoger a Mía. Antes de que Demir tuviese oportunidad de volver y continuar con su incomprensible furia, ya estábamos lejos, buscando refugio.

Esa noche, Mía y yo encontramos algo de consuelo, acurrucadas en el asiento trasero de mi coche, aparcado en el solitario estacionamiento de una gasolinera. Fue una elección desesperada pero necesaria. Mientras Mía dormía plácidamente a mi lado, yo contemplaba las estrellas a través del parabrisas empañado, preguntándome cómo había llegado mi vida a ese punto de inflexión.

En aquel entonces, mi teléfono se convirtió en un portal para sus amenazas. Mensajes escalofriantes que advertían: «Si cuentas algo, lo negaré todo. Te haré parecer la loca, y sabes muy bien que a mí me creerán». Esas palabras, empapadas de veneno, pretendían sellar mis labios con el miedo. Una vez más, su conducta fue perdonada.

Por aquel entonces, mi juicio estaba nublado por excusas que inventaba para él. «No es él realmente, son las tres cervezas de más y las dos copas desde el mediodía», me decía a mí misma. Qué ingenua yo. Pero el camino hacia la sanación comenzó cuando decidí enfrentar esos demonios en terapia. Allí aprendí a reprocesar el trauma, a entenderlo y, finalmente, a sanar las heridas emocionales que había dejado.

Hoy puedo mirar atrás y reconocer esas marcas del pasado no como dolores vivos, sino como cicatrices; testimonios de lo que una vez lastimó, pero que ya no tiene poder sobre mí. «Una cicatriz es la evidencia de que algo una vez dolió, pero ya no duele más», me repito. Mi existencia es demasiado preciosa como para malgastarla buscando sentido en lo insensato. He aprendido a valorarme, a entender mi valía más allá de las sombras del pasado.

Retomo el mensaje en cuanto la veo alejarse y la pierdo de vista: «A las siete en punto tienes que estar en tu casa. Insisto, nada de policía. No hagas tonterías».

12

INFIERNO Y PARAÍSO

19:00 HORAS

La tarde ya se desliza hacia la oscuridad cuando una vez más me asomo por la ventana. El reloj, cómplice de un tiempo que se me escapa de las manos, marca apenas dos minutos para las siete de la tarde. Y justo un golpe resuena en la puerta de mi casa, provocándome una sacudida. Mi corazón, entonces, decide emprender una carrera desbocada contra mi pecho. Con una mezcla de cautela y curiosidad que lucha por dominar el miedo, me acerco lentamente a la mirilla.

Al abrir la puerta, la realidad que me recibe rompe cualquier expectativa: me encuentro frente a dos hombres que no reconozco en absoluto. Sus rasgos físicos, imponentes y marcados, no pertenecen a este vecindario. Uno de ellos, con una barba espesa y un cuerpo fornido, me insta a salir rápidamente con una urgencia palpable en su voz, mientras el otro, un hombre pelirrojo, me agarra del brazo y me introduce en un vehículo estacionado a pocos metros.

El desconcierto y el miedo se apoderan de mí mientras intento articular alguna pregunta, pero soy silenciada de inmediato con gestos y miradas que me ordenan mantener el silencio.

Sin mediar palabra me colocan una venda negra que cubre mis ojos por completo y el coche se pone en marcha.

El trayecto se convierte en una tortuosa espera, llena de pensamientos turbios y preguntas sin respuesta. ¿Quiénes son estos hombres? ¿Qué planean hacer conmigo? El tiempo parece estirarse hasta el infinito, y mi ansiedad aumenta por segundos.

Finalmente, al cabo de un rato, el coche se detiene, y uno de los hombres le ordena al otro que me baje del vehículo. Me quitan la venda y mis ojos se encuentran con una escena que reta toda lógica y comprensión.

Ante mí se alza una mansión imponente, con un aura de opulencia y misterio que me deja sin aliento. Sus dimensiones desafían toda noción de realidad.

La certeza de que me encuentro en manos de un mafioso ruso se hace más que real. Observo la presencia de varios hombres que custodian la propiedad. Es evidente que aquel lugar no es solo una residencia, sino un bastión de poder y peligro.

Con el corazón en un puño, soy conducida hacia la entrada de la mansión, mientras mis pensamientos se agitan en un mar de pánico.

Avanzo hacia la casa, bueno, hacia la mansión, deteniéndome en el cruce del camino que lleva a una bahía privada, un rincón exclusivo que rezuma lujo y opulencia. La magnificencia de la propiedad me deja sin aliento: una edificación de estilo rústico, enclavada junto al mar, se alza majestuosa ante mis ojos, como un refugio de ensueño perdido en el horizonte. Por un instante, me parece haber llegado a Shangri-La, ese paraíso escondido, una utopía inalcanzable en el valle de Kunlun, en el Himalaya. Sin embargo, la realidad me golpea al recordar que el trayecto en coche no me ha llevado más allá de la isla de Menorca.

Mientras los dos hombres se alejan hacia la casa, advirtiéndome que no dé ni un paso, yo me quedo quieta, en ese mismo cruce junto a un inmenso jardín, absorbiendo atónita la serenidad del lugar, cuando de repente, gritos de alegría de un niño rompen el silencio. A lo lejos veo a mi perrita perseguida por un niño pequeño.

—¡Mía! —la llamo con todas mis fuerzas—. ¡¡Mía!! —mientras se acerca con una determinación que nada puede detenerla.

Corro hacia ella y nos fundimos en un abrazo, mientras se revuelca patas arriba, ansiosa por recibir caricias. Levanto la mirada al escuchar gritos:

—¡Bystryy! ¡Bystryy!

Vislumbro al niño, que también corre hacia nosotras. ¿Quién será este pequeño inesperado, apareciendo en medio de este extraño escenario? ¿Será el nieto del hombre que me llamó ayer?

—Hola —saludo con un atisbo de sorpresa en mi voz cuando llega hasta mí, y él responde con un *«ciao»* impregnado de un acento italiano encantador—. ¿Hablas mi idioma? —le pregunto.

—Sí, hablo castellano, catalán, italiano y ruso. Mi padre me enseñó. Él es italiano, y mi abuela, también —explica con una naturalidad que me deja perpleja.

—¡Qué bien! —exclamo, maravillada ante su habilidad lingüística—. *Sei un ragazzo molto bello...* —le digo.

Pero antes de que pueda continuar, él me interrumpe con una sonrisa acaramelada.

—*Grazie...* —me dice agachando la cabeza y a la vez que acaricia a Mía, aunque para él, era la perrita Bystryy, mientras me explica que la está cuidando para unos amigos de su abuelo.

—¿Bystryy? —Me hago la tonta y le pregunto por ese nombre.

—Sí, así se llama. Mi abuelo me dijo que significa 'rápida' en ruso —responde, a la vez que yo me agacho disfrutando del abrazo de mi perrita.

—Es muy bonita —comento mientras no paro de acariciarla.

—¿Cómo te llamas tú? —le pregunto con cariño mirándole esos ojazos verdes que destacan en su rostro. Es muy guapo.

—Matteo —responde mirándome y otra vez con esa dulce sonrisa.

—Qué bonito nombre —elogio—. ¿Y ese hombre es...? —Señalo discretamente al señor mayor con aspecto de mafioso que está en el porche de la mansión.

—Es mi abuelo, se llama Dimitri —revela con naturalidad.

Mis pensamientos se aceleran al comprender la envergadura de la situación. Estoy en presencia del nieto de un poderoso mafioso ruso, en una mansión que parece sacada de un cuento de misterio, que esconde secretos que probablemente nunca llegaré a comprender completamente.

Antes de poder procesar toda la información, el propio Dimitri se acerca a nosotros. Su presencia es intimidante, pero su mirada hacia Matteo es suave, casi cariñosa.

—¡Usted! Acompáñeme, tenemos que hablar —dice con un acento ruso marcado, dirigiéndose a mí, pero sin apartar la mirada de su nieto.

Respiro hondo, preparándome para enfrentar lo que sea que esta noche me depare. Con una última mirada a Matteo y a Mía, sigo al señor Dimitri hacia el interior de la mansión.

Entramos. Me quedo sin aliento al ver un gigantesco recibidor de lujo, un amplio salón comedor y una preciosa cocina *office* con salida directa a la terraza con vistas al mar. Pasamos por ella y nos sentamos en una mesa junto a la piscina.

Este lugar, mire donde mire, cuenta con acabados de primera calidad, sistema de alarma y cámaras de vigilancia por todas partes. No le falta detalle. Da miedo, la verdad, pero no me siento para nada incómoda. Parece que estoy en un escenario de una película de mafiosos rusos rodada en algún rincón paradisiaco de Miami..

—Siéntese —me dice Dimitri con un tono serio.

Asiento con la cabeza y obedezco.

—Bien, señorita Katya, va a estar aquí hasta que cumpla una serie de trabajos que tengo para usted. No puedo correr el riesgo de que en algún momento pueda contactar con alguien y ponernos en peligro. Saldrá solamente cuando y para lo que yo le ordene.

—Pero… yo… tengo que trabajar… Mis clases, mis tí… —De repente omito acabar diciendo «mis tíos». No quiero ponerlos en peligro.

—¡Cállese! —me increpa, golpeando la mesa con tal fuerza que sus gafas de sol, colocadas junto a su vaso de *whisky* con hielo, saltan por los aires. Me encojo, invadida por el miedo—. Hará exactamente lo que le ordene. Todo está meticulosamente planificado y contamos con coartadas que no le causarán problemas.

Como salida de la nada, se aproxima una mujer vestida con un uniforme impecable, llevando un maletín en su mano. Se dirige hacia mí.

—Señorita, discúlpeme, ¿podría apoyar su mano izquierda sobre la mesa?

—¿Qué? ¿Para qué? —interrogo, asustada. Mi mente imagina lo peor, incluso pienso que podrían amputarme la mano.

—Tranquila —interviene Dimitri con serenidad—. Es un mero procedimiento que necesitamos realizar. Le vamos a adaptar una férula a su medida. Simulará estar de baja. Y relájese, sus tíos estarán a salvo. Somos conscientes de su empleo con ellos. Si todo transcurre según lo previsto, mucho antes de Navidad se reunirá con su familia, sana y salva —sonríe con sarcasmo—. A su familia le comunicará que viaja a España a una escuela de hostelería para participar en unas jornadas gastronómicas en diversas ciudades de la península. No deben conocer su paradero. Nadie lo sabrá. Se le mantendrá informada sobre lo que puede y no puede hacer. Será cuestión de dos o tres semanas. Es el tiempo que requerimos para que realice su trabajo y, si lo hace correctamente, su novio, Pietro, y su familia quedarán libres para siempre, y usted también. ¿Ha quedado claro?

—Sí… pero… ¿qué debo hacer? Y déjeme decirle que Pietro no es mi novio…

No dice nada. Se levanta. Sus ojos destilan odio y enfado, toma su vaso con *whisky* y lo ingiere de un solo trago.

—¡Emmanuel! ¡Emmanuel! ¡Aquí! —exclama, su voz impregnada de autoridad mientras rellena su vaso de whisky hasta el borde.

Mientras Dimitri sostiene el whisky con mano firme, Emmanuel emerge de la casa, y su presencia destaca notablemente entre los demás hombres. Su aproximación es tan elegante que no puedo evitar seguirlo con la mirada. Se mueve con una gracia contenida, como si cada paso estuviera perfectamente coreografiado. Aunque viste con gran sofisticación, lo que realmente me impresiona es el cambio sutil en el ambiente a su alrededor, como si Emmanuel hubiera traído consigo un aura de autoridad serena que calma el entorno. Algo que me ofrece un pequeño respiro en medio de esta situación.

—¿Señor?

—Ella es la señorita Katya. Recuerde que a partir de ahora usted es responsable de ella. Sea lo que sea que haga, y si ocurre algo inusual, los haré desaparecer a ambos…

Sus palabras se sienten como un hachazo en el ambiente.

—Señorita Katya, Emmanuel le explicará los detalles. Viajará a España con él. Simularán ser un matrimonio para justificar ciertos desplazamientos rutinarios. No es complicado. Irá siempre acompañada de Emmanuel, y siempre bajo vigilancia, para prevenir sorpresas. ¡Y ahora entrégueme su teléfono móvil, por favor!

Le doy mi teléfono, temblando. Él lo pasa al hombre de imponente estatura que se encuentra justo detrás, quien aparenta ser su guardaespaldas, un coloso de intimidación, y lo lleva adentro. Vuelve en un instante.

—Su teléfono será monitoreado de inmediato, así que tenga cuidado con sus conversaciones y temas tratados.

—¿Y Mía?

—¿Su perro, se refiere?

—Sí…

—Ella estará bien atendida. Mi nieto la cuidará mientras tanto y Camelia se encarga de su medicación. Todo marchará sobre ruedas siempre y cuando usted cumpla con su parte del acuerdo.

Las palabras de Dimitri retumban en mi mente, ofreciendo un atisbo de esperanza en medio de la desesperación. Con toda la firmeza que logro reunir, insisto:

—¿Puedo hablar con Pietro? Necesito saber que están bien.

Mi voz se carga de una determinación que desconocía poseer. La respuesta de Dimitri es tajante, cortante como el filo de un cuchillo.

—No, no puede. Están bien. Todo está bajo control y así seguirá, siempre y cuando colabore con nosotros, como ya le he dicho.

Se cierra cualquier vía de diálogo, cualquier posibilidad de negociación. La orden es clara y directa.

—¡Emmanuel! ¡Andando! Llévela a su habitación.

Acto seguido, añade una instrucción que despierta un tumulto de dudas y temores en mi interior:

—Y recuerde, Emmanuel, manténgala cerca, pero no demasiado. Usted sabe a qué me refiero.

Frente a alguien como Emmanuel, entiendo que la precaución nunca es excesiva. Desde el instante inicial en que nuestros ojos se encuentran, algo inusual sucede. Su mirada penetra la mía, provocando un cosquilleo que no tiene cabida en este escenario de tensión. Esta respuesta visceral me deja perpleja, atrapada entre la alerta y una atracción desconcertante, difícil de procesar en medio de esta situación que me tiene fuera de lugar.

13

BAJO NINGUNA CIRCUNSTANCIA

Emmanuel me hace un gesto con la cara, un leve movimiento que me insta a levantarme. Y ahí estoy yo, paralizada, con el corazón a mil, preguntándome si esto es solo un sueño. Pero no, esto está sucediendo, justo aquí y ahora, tan real y palpable como el aire que respiro.

Con esa autoridad que no necesita alardear para sentirse presente, Emmanuel me toma del brazo, guiándome a su lado mientras avanzamos. Cada vez que mis ojos se desvían hacia él, no puedo más que sentirme arrastrada por una fuerza magnética, ese encanto que hace imposible apartar la mirada.

Viste con una elegancia que desarma, que te roba el aliento desde el primer momento. Hay algo en su manera de ser, en ese aire que lo rodea, que evoca una sensación de *déjà vu*, como si en otra vida nuestras almas hubieran coincidido. Su camisa blanca, de un corte que roza la perfección, destaca no solo por su calidad, sino por esos detalles que hablan de un gusto exquisito y refinado, de una personalidad tanto sofisticada como enigmática.

A su lado, intento mantenerme discreta, pero no puedo evitar que mi mirada se pierda en los detalles de su vestir. Sus pantalones, claramente de una marca de renombre por el distintivo logo de BOSS que reluce, me dicen que este hombre no escatima en calidad. El perfecto ajuste, el detalle elegante de la línea…, todo en él habla de un gusto impecable y un ojo crítico para la moda. Vamos, este portento no anda por mercadillos.

Es imposible no notar cómo su figura se esculpe en esa tela, especialmente el contorno definido que captura mi atención de manera inesperada. Me digo a mí misma que seguramente es la calidad de la lana virgen y el meticuloso corte lo que da ese acabado tan pulido y seductor que moldean ese trasero que hipnotiza mi mirada. ¡Vaya vista!

Su apariencia física es igualmente deslumbrante. La comparación con Mariano Di Vaio, el renombrado modelo y bloguero de moda italiano, es asombrosa y no es en absoluto exagerada. Con su cabello castaño, arreglado a la perfección, y esos ojos marrones que parecen esconder historias profundas y cautivadoras, su atractivo es innegable. La precisión con que lleva su barba, meticulosamente cuidada, añade un toque de distinción a su ya impresionante apariencia, y su físico… su físico parece esculpido con una devoción divina, como si cada músculo hubiese sido labrado y moldeado con dedicación por los mismos dioses.

Cada detalle de Emmanuel contribuye a un aura de carisma ineludible. Y ahí radica el misterio, esa sensación de familiaridad inquietante que me envuelve cada vez que lo miro. ¿Cómo es posible sentir esta conexión desconcertante con alguien que, estoy convencida, jamás he conocido? Esta incertidumbre me roe por dentro, avivando mi curiosidad a niveles insospechados. Pero si hay algo de lo que estoy segurísima es de que nunca hemos compartido sábanas. Lo sabría, lo juraría por lo más sagrado, porque un revolcón con un espécimen así no se me olvidaría. Vamos, ¡que me quedaría grabado a fuego en mi almacenamiento! Y una, aunque tenga mala memoria, de estas cosas se acuerda.

Su *sex appeal* me deja superdesconcertada. Podría resumir diciendo que es la encarnación viva de lo que significa ser magnéticamente atractivo, combinando a la perfección elegancia en la vestimenta con una presencia física impresionante, y todo esto sumergiéndome aún más en esta situación que parece sacada de la pantalla, pues encaja perfectamente en un escenario de la típica película de ensueño. Pero no es así, aquí está, ante mí, muy real y muy presente rodándose ante mis ojos.

Me detengo en seco, liberándome del agarre de su brazo.

—¡Por favor! —imploro, mis ojos se encuentran con los de Mía y el pequeño—. Déjame acercarme y despedirme de ella, por favor, por favoooor.

Emmanuel me fulmina con una mirada de disgusto, pero sé que mi expresión de súplica, con mis grandes ojos y mi semblante afligido, logra ablandarlo un poco.

—Un minuto, y rápido —cede finalmente.

—Gracias —murmuro, y salgo corriendo hacia Mía.

El pequeño Matteo viene detrás corriendo y persiguiéndola a la vez que ella hace paradas para esperarlo mientras llega hasta mí.

En un momento conmovedor, veo cómo el pequeño llega hasta Emmanuel. Es un gesto tan tierno que no puedo evitar sonreír. Emmanuel lo levanta en brazos y le planta un beso en la mejilla.

—¡Vamos, señorita Katya!

Emmanuel me llama, liberando al pequeño en el suelo, y Mía, a punto de seguirme, se distrae felizmente con una pelota y se une a Matteo en su juego. Sin otra opción aparente, me veo obligada a seguir a Emmanuel, quien se ha convertido en mi sombra personal, custodiándome con una cercanía inquebrantable. Es una danza de miradas la que jugamos, ni él se despega de mí con su vista ni yo consigo apartar mis ojos de él. Surge la duda, ¿no se fiará de mí? ¡Como si fuera a salir corriendo con una mansión tan desmesurada como esta! Agradezco, no obstante, que al menos mi vigilante personal sea el más atractivo del lugar, considerando que el resto parece sacado de un desfile de armarios humanos, todos desgarbados, con rostros angulosos y facciones toscas, con esa mirada y ese porte, juraría que están armados hasta los dientes, aunque aún no he visto ni una sola arma. ¡Pero vamos, que en esta mansión hay más seguridad que en la Casa Blanca!

Nuestro camino nos lleva hacia un rincón aislado de la propiedad, donde se erige a la estructura rústica junto al mar que captó mi atención desde mi llegada. Parece un bastión neomedieval, tanto imponente como majestuoso. Al adentrarnos, la estructura se exhibe en magnitud y altura, mutando en una residencia privada de ensueño. Me siento como si hubiera cruzado a un dominio ajeno, quizás más inquietante que cualquiera imaginado.

Con cada paso, me sumerjo más en este mundo fascinante y, para mi sorpresa, algo en mí se deleita con la aventura. Me encuentro cuestionándome, ¿realmente esto es verdad? ¡Por todos los cielos! O estoy bajo el efecto de un espejismo o algo extraño me he tomado, porque no alcanzo a comprender todas estas sensaciones.

Ascendemos por una escalera de mármol blanco, cada peldaño pulido con precisión, reflejando mi imagen como si fuera un espejo. Reconozco rápidamente la piedra: Calacatta, una gema italiana, venerada globalmente por su exquisita rareza.

Me es conocida por haberla visto en la Toscana en alguna que otra visita, especialmente en la encantadora ciudad de Carrara. El asombro me embarga ante la ostentación que me envuelve. La vivienda se despliega en un desfile de suntuosidad, con cuatro dormitorios dobles, cada uno un santuario personal de comodidad con armarios de dimensiones colosales y baños privados, uno destacando por una bañera de proporciones épicas. Las terrazas ofrecen vistas al mar que cortan el aliento, una oda a la opulencia.

—Este será tu alojamiento. —Emmanuel señala la *suite* más grandiosa, con la bañera monumental como su joya. La extravagancia del lugar me sobrecoge, haciéndome sentir la simplicidad personificada en un mundo de esplendor sin límites.

Pero me surge una pregunta en mi mente: «¿Qué pasa con mi ropa? ¿Y mis pertenencias?». Le pregunto mientras miro los altos techos de la habitación.

—No te preocupes, ya han ido por ellas a tu casa. Te las traerán esta noche —responde a mi inquietud.

Suspiro, pero las preguntas continúan bullendo en mi mente. «¿Qué pinto yo en todo esto? ¿Por qué me tengo que quedar aquí? ¿Qué quieren de mí? Y lo de fingir ser tu mujer...».

—Tranquila —me interrumpe, su voz suave pero firme—. Entre usted y yo jamás pasará nada. Solo habrá que fingir. No le tocaré ni tendré intenciones hacia usted, ni siquiera le rozaré. ¿Yo con usted? Ni siquiera lo consideraría, bajo ninguna circunstancia.

Sus palabras me dejan perpleja. ¿Es un alivio o un insulto? No lo tengo claro, pero algo en su tono me hace sentir una extraña mezcla de sosiego y desconfianza.

—¿Perdona? —levanto la voz, mis ojos se clavan en los suyos con un gesto de indignación. No estoy interesada en él de ninguna manera, será creído—. ¡Presuntuoso!

Mi enojo hierve mientras mis palabras salen disparadas. La tensión se corta en el aire. No dice nada, pero yo inmediatamente retomo:

—¡Presuntuoso! *Sei un creduto e un male educato. Non sono venuto qui perché tu mi disprezzi, idiota.* ¿Te enteras? ¿Te lo digo en español también? ¡Engreído! Eres un creído y un mal educado. No he llegado hasta aquí para que me trates con desdén ni me ningunees.

—Anda, ¡pero si la señorita sabe hablar italiano! —su risa arrogante resuena en la habitación—. ¡Anda, toma!

Lanza un dosier sobre la cama, un conglomerado de papeles aparentemente desordenados pero cruciales para el papel que estoy obligada a desempeñar en este teatro de absurdos en el que, sin saber cómo, me he convertido en la actriz principal.

—Esto es lo que tiene que aprenderse para la semana que viene —me instruye con una firmeza que roza la intimidación—. Tal y como le ha indicado Dimitri, oficialmente, para todo el mundo en el instituto, estás de baja —dijo en un tono bajo y preciso, asegurándose de que comprendiera la seriedad de la situación—. Ya está todo coordinado con su médico. No habrá ningún inconveniente.

Me extendió un par de credenciales.

—Y aquí tiene las acreditaciones. —Hizo una pausa, como midiendo cada palabra—. Y este informe... —añadió mientras colocaba el documento frente a mí— confirma que ha sido seleccionada como supervisora para las jornadas. Y recuerde, esta coartada debe mantenerse intacta. Ni una palabra fuera de lugar. Si algo falla... ya sabe lo que puede pasar. Cada vez que hable con ellos, o con cualquier otra persona, estaré escuchando. Todo lo que diga será grabado; podemos oírla las veinticuatro horas. Intente convencerlos de que está muy ocupada, por eso no puede prolongar las llamadas. Pero hágalo siempre con naturalidad.

Hace una pausa, como asegurándose de que el peso de sus palabras cala profundamente en mí. Luego prosigue:

—Mi habitación está justo al lado de la suya. Puedo acceder a esta habitación desde el baño. Lo haré siempre previo aviso, y entraría sin anunciarlo únicamente en caso de emergencia. No se atreva a cerrar el cerrojo. No me obligue a tener que derribar la puerta.

Después, con un tono que no admite réplica, concluye:

—En una hora volveré para llevarla a cenar. Estudie detenidamente el dosier y avíseme si surge alguna duda.

La puerta se cierra tras él con un portazo, dejando en el aire su descontento. ¡Vaya carácter! Su atractivo no compensa la falta de habilidades sociales. Parece que ha mutado de un encanto seductor a una especie de fastidio personificado y todo lo que tiene de guapo y atractivo lo tiene de inútil... Acaba de pasar del *sexapil* a *idiotapil*...

La necesidad de una ducha me reclama, pero una rápida ojeada al entorno me recuerda la ausencia de ropa limpia. ¡Mierda!

Me dejo caer sobre la cama, el peso de la situación me aplasta. Justo entonces, el teléfono interrumpe mis pensamientos.

¿Bat? Imposible atenderlo ahora, sería arrastrarlo a este caos. Ignoro la llamada, pero insiste. Hablar con él significaría exponerlo a él y a su familia a riesgos innecesarios. No, simplemente no puedo permitirme… Entonces, un mensaje llega a mi teléfono.

Hola, Cat. ¿Te pillo en mal momento? Quería saber si te apetece cenar esta noche después de dejar a los niños, si quieres o te va bien, ¿vale? ¡Necesito de un poco de agua salada! Gracias. Si tienes planes o ya los tenías, no te preocupes.

Mi dedo se detiene, paralizado ante la pantalla, antes de responder. Quiero decirle tanto…

Hola, Bat. Después de tu mensaje de ayer, pensé que querías poner distancia. Claro que me encantaría cenar, deseo estar contigo… Lo siento, pero no puedo. Espero que algún día pueda contarte esto. Las cosas han cambiado y…

No, pero ¿qué hago? No puedo darle explicaciones. Borro lo escrito. Mi respuesta debe ser concisa, distante.

Lo siento, esta noche no me es posible.

Envío el mensaje con un suspiro, sintiendo un vacío. A veces no entiendo su comportamiento, esa manera suya de acercarse solo para luego alejarse. No es la primera vez. Siempre hay una barrera, una excusa para mantenerme lejos, y yo me siento como si estuviera mendigando migajas de su atención.

Un golpe suave en la puerta detiene mis pensamientos.

—¡Señorita Katya, a cenar! —grita Emmanuel con su tono agudo.

—No tengo hambre —respondo con desgana.

Él simplemente se retira.

Pero no pasan ni diez minutos y otra vez llaman.

—Le dije que no quiero cenar.

—Señorita Katya, soy Camelia. ¿Puedo pasar? —Es la voz de una mujer—. Traigo sus cosas.

—Sí, claro.

Me levanto de la cama con un salto y me dirijo hacia la puerta. Viene acompañada de dos maletas grandes.

—Hola, señorita Katya. El señor me ha mandado para traerle sus pertenencias. Creo que está casi todo aquí, pero si necesita algo más, no dude en decírmelo.

—¿Mi iPad? ¿Está? ¿Me lo han traído? —pregunto agitada.

—No lo sé, si no está aquí y lo necesita, dígamelo.

Mientras deshago las maletas, me invade una sensación de desesperación. Tener mis cosas aquí me hace sentir como si fuera para largo. Las lágrimas amenazan con desbordarse, pero me contengo, intentando retenerlas entre mis pestañas y mis párpados.

—Mi hijita, ¿estás bien? —pregunta Camelia con preocupación en su voz.

—Perdóneme, Camelia. Ni siquiera me he presentado como es debido, ni le he dado las gracias —me disculpo, sintiéndome mal por mi falta de cortesía.

—No se preocupe, señorita. Entiendo que esté pasando por un momento difícil —me consuela con una sonrisa comprensiva.

—Es solo que… no entiendo qué hago aquí, no entiendo nada de lo que está pasando —confieso, con la voz temblorosa.

—Tranquila, el señor Dimitri no es tan mal hombre. Llevo mucho tiempo trabajando para él y, aunque tiene su mal genio, nos trata bien. Nunca antes había traído a nadie a la casa. Aquí no le pasará nada. No sé qué pretende, pero creo que en el fondo le está protegiendo —me tranquiliza Camelia con una voz suave, tratando de infundirme un poco de calma en medio de la confusión.

—¿Usted cree? —pregunto con un dejo de esperanza en mi voz, deseando fervientemente que sus palabras sean ciertas.

—Eso espero —responde con una expresión de incertidumbre en su rostro. Pero de repente cambia de tema y me ofrece una bandeja con comida—. Por cierto, le he traído la cena. Tenga, aquí tiene una crema de verduras y un sándwich de pollo. Se lo dejo aquí encima, ¿vale? —dice, dejando la bandeja en la mesa con delicadeza.

—Muchas gracias, Camelia —respondo, agradecida por su gesto de amabilidad, a la vez que siento un ligero alivio al saber que al menos alguien aquí me ve como una persona y no como un peón en algún juego oscuro.

—Descanse —me dice, antes de retirarse con un gesto reconfortante.

Las palabras de Camelia me hacen pensar un poco más. Tal vez hay algo más detrás de todo esto.

El olor delicioso de la crema de verduras y el sándwich de pollo que trae Camelia me despierta el apetito. Ceno con tranquilidad y me encierro en el baño.

La ducha caliente se convierte en mi refugio temporal, un lugar donde puedo dejar de pensar en todo lo que está pasando por un rato. El agua parece llevarse consigo parte de la ansiedad y el estrés que siento, permitiéndome respirar un poco más tranquila.

Sin embargo, al salir de la ducha y envolverme en una toalla, la realidad vuelve a golpearme con fuerza. ¿Qué debo hacer ahora?

¿Debería confiar en las palabras de Camelia y en las intenciones de Dimitri? ¿O debería arriesgarme a escapar y enfrentar las consecuencias, aunque no tenga idea de cómo hacerlo?

Pero ¿cómo podría escapar de aquí? Y lo más importante, ¿qué pasaría con Mía? Mis pensamientos se convierten en una tormenta de dudas y temores, pero luego me doy cuenta de lo absurdo de mis pensamientos. ¿Escapar? ¿Y luego qué? No tengo un plan, y no puedo dejar a Mía aquí.

Aunque me siento más perdida que un pulpo en un garaje, de repente, como si me picara el bichito de la valentía, una llama de determinación empieza a calentarme por dentro. Yo no soy de las que se rinden a las primeras de cambio, ¡ni hablar! Ahí estoy, secándome el pelo, cuando mis ojos de cotilla se van directos al cerrojo de esa otra puerta en el baño. Esa que, por lo visto, es el acceso vip de Emmanuel. Y pienso: «¿Pero qué necesidad hay de tener una puerta aquí pudiendo entrar por la habitación?». Con la curiosidad tentándome, suelto el secador en el lavabo con un poco de drama y me acerco a la puerta. Estoy a punto de hacer de detective abriendo la puerta cuando un ruido me hace saltar. ¿Estará Emmanuel ahí al otro lado? Decido no tentar a la suerte y vuelvo a lo mío, terminando de secarme el pelo, pero con el corazón latiendo dudas.

Salgo del baño, tomo mi iPad y me siento frente a él. Es hora de organizar mis pensamientos, de soltar todo lo que siento, de encontrar un poco de claridad en medio de este caos abrumador. La idea de escribirle un correo a Bat se abre paso en mi mente, como una forma de liberar esta ansiedad que me consume.

Comienzo a teclear, dejando que mis pensamientos fluyan libremente…

14

CRUZANDO EL UMBRAL DE LA LOCURA

A Bat:

No sé ni por dónde empezar, pero siento la necesidad impe-riosa de hablarte, aunque no estoy segura de si algún día tendrás la oportunidad de leer estas palabras o yo misma pueda contarte todo esto en persona.

Me encuentro en una situación que supera incluso mis peores pesadillas. Estoy atrapada en un mundo que parece sacado de una película, donde el lujo y el peligro se entrelazan a partes iguales de forma surrealista. Es como si estuviera viviendo en una prisión de pura fantasía, donde cada comodidad está teñida de un miedo constante que me atenaza el corazón.

La forma en que acabé aquí es tan surrealista..., borrosa in-cluso. Cuando regresaba a casa después de ayudar en el restaurante de mis tíos, recibí una llamada de Pietro, quien me advirtió sobre lo que estaba por venir, pero jamás imaginé que la situación sería tan crítica. Al llegar a casa, me encontré con el caos: todo estaba patas arriba y Mía había desaparecido. Fue como si hubiera entrado en un escenario de confusión y desconcierto, sin entender realmente lo que estaba sucediendo.

Ahora estoy aquí, en un lugar desconocido, obligada a seguir las órdenes de personas que ni siquiera conozco. Me han construido una vida falsa, una mentira que debo mantener para proteger a los míos y a la familia de Pietro. Es absurdo.

Lo que más me preocupa, aparte de Pietro, son mis padres y mis hermanas. No sé cuánto tiempo durará todo esto, pero haré lo que sea necesario para mantenerlos a salvo, incluso si eso significa sacrificar mi libertad.

Aunque todo parece oscuro y desesperanzador, hay una pequeña luz en mi vida: Mía está aquí conmigo. Su presencia me da fuerzas para seguir adelante, incluso cuando siento que todo está en mi contra.

Estoy obligada a participar en un falso matrimonio, para hacer unos supuestos trabajos, una parte más de esta farsa en la que me encuentro atrapada. Pero no dejaré que nadie me toque, que nadie me arrebate mi dignidad.

Para que sepas la verdad sobre lo que me está pasando, he creado una carpeta llamada «momentos», donde guardaré cada palabra que escriba, intentaré enviarte un correo cada día que pueda, programado para que te llegue en un mes y medio. Será tiempo suficiente, por si me sucediera algo, estés al tanto de todo.

Bat, esto es algo que no puedo procesar, pero necesitaba que lo supieras. Escribirte me da consuelo y fuerzas para seguir adelante. Aunque desconozco tus sentimientos por mí, es tu recuerdo y la esperanza en ti lo que me otorga el valor para persistir.

Con todo mi cariño,
Tu gatita

Mis párpados pesados luchan contra el sueño, me meto en la cama y repaso todo lo que he escrito, cuando un chirrido inesperado desgarra la tranquilidad, sacándome de un sueño que ya se consolidaba. De un salto, me incorporo en la cama, con el corazón latiéndome con fuerza en el pecho. Abro los ojos con rapidez, intentando despejar la neblina que nubla mi mente.

Con dedos temblorosos, corro las cortinas y me asomo por la ventana, solo para presenciar una escena que parece extraída de las páginas más negras de una historia de terror. En medio de la oscuridad, un vehículo surge de la nada, sin luces, surcando el camino con una velocidad temeraria. Mi respiración se entrecorta al ver cómo se desvía hacia el jardín, arrasando con todo a su paso. Un estruendo ensordecedor sacude los cimientos de la mansión donde estuve con Dimitri hace solo unas horas, seguido de un golpe seco que retumba por todo el lugar cuando algo impacta violentamente contra la fachada. Contengo el aliento, mientras mis ojos entrecerrados intentan distinguir si lo que estoy presenciando es real o una pesadilla.

La explosión hace vibrar las ventanas, y al instante, un denso olor a quemado inunda la habitación, envolviéndome en una niebla sofocante que apenas me deja respirar. De pronto, los gritos desesperados de los hombres de Dimitri, atrapados en las llamas, atraviesan el aire, taladrando mis oídos con su angustia. Mis ojos recorren la escena desde la ventana de mi habitación, fijos en el caos que hay ante mí. Trato de distinguir entre el humo alguna figura conocida, pero las llamas distorsionan mi visión.

—¡No puedo creerme esto! La casa está siendo devorada por el fuego. Me recorre un escalofrío de impotencia y pavor. Intento zafarme de la habitación, pero las puertas no pueden abrirse, cerradas a cal y canto. Me paseo de un lado a otro como un león enjaulado, y me planto frente a la puerta del baño que lleva a la habitación de Emmanuel. Golpeo y grito, pero nadie responde. Respiro hondo, agarro la manivela con más valor del que siento y la giro. Lo que veo me deja helada. Ante mí, solo hay oscuridad, una habitación que parece tragarse toda la luz y un agujero negro en la pared que parece el túnel hacia ninguna parte. Cierro la puerta rápidamente y echo el pestillo. Mi corazón va a explotar, y yo… yo solo quiero encontrar una salida de este puto infierno.

Golpeo frenéticamente las ventanas selladas, mis puños chocando contra el cristal con un ruido sordo y desesperado. Grito pidiendo ayuda, pero el eco de mi propia voz es lo único que me responde. Mi mente corre a mil por hora, buscando una salida, cualquier salida, pero todo parece confuso y sin sentido.

—¡Joder! ¡Mierda! Estoy atrapada —vuelvo a gritar, sintiendo cómo la angustia se apodera de mi voz.

Me pregunto dónde estarán Emmanuel y Camelia, mis únicas esperanzas en esta situación tan surrealista. Se supone que deberían estar en las habitaciones de la planta baja. Los llamo a gritos, pero el silencio sepulcral de la noche es la única respuesta que obtengo.

Entonces, un sonido lejano rompe la monotonía del caos: las sirenas de los camiones de bomberos, una cacofonía discordante que resuena en mis oídos y me da un leve resquicio de fe.

Mi corazón me martillea con fuerza queriéndose salir de mi boca, al pensar que Bat, pueda estar entre ellos. Con mis manos agitadas, saco el teléfono del bolsillo y trato de llamarlo, pero la pantalla solo muestra una cruel ausencia de señal. Mis piernas se vuelven incapaces de sostenerme. Caigo al suelo, completamente abatida. Un ataque de ansiedad se apodera de mí, oprimiéndome el pecho y dificultando mi respiración. Me envuelvo en mis propios brazos, intentando calmar el temblor que recorre mi cuerpo, pero no lo consigo. Lo único que puedo escuchar ahora es el sonido de mi llanto, desgarrador y lleno de desesperación, llenando el vacío a mi alrededor.

Pasados unos minutos que parecen una eternidad, la puerta de mi habitación se abre de golpe. Un hombre imponente entra con un traje oscuro y elegante, corbata y pañuelo a juego. Su mirada fría, intensa y calculadora se clava en la mía mientras exige saber el paradero de un botín del que no tengo conocimiento.

—¿Dónde has escondido el dinero? —pregunta con voz fría, cortante.

—No sé de qué me habla —murmuro, mi voz temblando, ahogada por el pánico.

Mis negativas no parecen convencer al mafioso, cuya paciencia se agota rápidamente.

Con un gesto imperioso de la mano, hace un chasquido de dedos, y al instante, dos hombres aparecen a su lado. Sin perder tiempo, les ordena que se ocupen de mí. En un abrir y cerrar de ojos me encuentro luchando contra ellos, mis movimientos torpes y desesperados alimentados por la pura necesidad de sobrevivir.

Consigo zafarme de su agarre y corro por los oscuros pasillos del castillo, el eco de mis propios pasos retumbando en mi cabeza. Mis ojos buscan frenéticamente una salida, pero solo encuentro paredes que parecen cerrarse cada vez más a mi alrededor, como si el edificio mismo quisiera atraparme.

De repente, al doblar una esquina, un grupo de hombres aparece inesperadamente en la escalera frente a mí. Me detengo en seco, el corazón a punto de salírseme por la boca, mientras veo con horror cómo seis hombres avanzan hacia mí. Al mismo tiempo, escucho los pasos de mis tres perseguidores bajando por el otro extremo de la escalera. Estoy atrapada entre ambos grupos, acorralada sin posibilidad de escape.

El miedo me paraliza. Puedo sentir sus miradas pesadas sobre mí, evaluando sus opciones, como depredadores acechando a su presa.

—¡Por favor! ¡No sé nada de ese dinero! —grito con desesperación, mis palabras ahogadas en la garganta, pero de nada sirve. Me arrinconan. Puedo sentir el peso de su mirada sobre mí, como si estuvieran evaluando sus opciones.

Sin más fuerza, me derrumbo al suelo, mi expresión de terror parece provocarle algún tipo de gracia. Esos putos matones comienzan a reír. Una risa estridente y cruel que resuena en mis oídos. Observo con horror cómo bailan y saltan alrededor de mí, como si mi terror les proporcionara un deleite macabro. El hombre elegante que vi antes está entre ellos, su risa despiadada resuena por encima de las demás, envolviéndome en una espiral de puro horror.

Un dolor punzante recorre todo mi cuerpo, como si cada nervio estuviera siendo pellizcado y me retorciera con fuerza. Intento levantarme, pero mis piernas se niegan a obedecerme, temblando incontrolablemente bajo el peso de mi miedo. Un grito escapa de mis labios antes de que pueda contenerlo, un grito de angustia y desesperación que rompe el silencio por completo.

De repente, me disparo fuera de la cama, como impulsada por un muelle, completamente empapada en sudor y temblando como si mi cuerpo estuviera en medio de un terremoto personal.

Apenas logro respirar, mis intentos son tan frenéticos que siento como si estuviera tragando aire a bocanadas, luchando por calmar este corazón mío que está enloquecido, galopando y retumbando en mi pecho como si quisiera intentar batir el récord mundial de velocidad. Con un esfuerzo sobrehumano, me pongo en pie, aún sacudida por convulsiones, y comienzo a examinar el entorno con los ojos desencajados por el puro terror, aún con la respiración entrecortada, echando un vistazo a mi alrededor y mirando por la ventana, con los ojos tan abiertos por el pánico que casi puedo sentir cómo se me salen de las órbitas, y las imágenes del incendio y la persecución se aferran a mi cerebro agolpándose una tras otra.

Todo está en su sitio, todo parece estar bien…

Intento calmarme respirando profundamente y cerrando los ojos, deseando dejar atrás esta pesadilla macabra que me ha sacudido hasta lo más profundo. Me aferro a la almohada con fuerza, buscando consuelo en su suave tacto mientras trato de tranquilizar mi mente agitada. Con cada respiración, siento cómo la tensión comienza a disiparse lentamente, y poco a poco me dejo envolver por la calma.

15

NADA QUE NO PUEDA HACER

La luz del amanecer se filtra por la rendija de la ventana cuando escucho un golpeteo de «toc-toc» en la puerta de mi habitación.

—Buenos días, Katya. ¿Puedo pasar? —pregunta Camelia desde el otro lado.

—Sí, claro —respondo, mientras me incorporo en la cama con calma, aún bastante desorientada.

Camelia entra llevando una bandeja con el desayuno. Sus ojos muestran una ligera preocupación mientras me explica:

—Te traje el desayuno. Llamé hace una hora, pero al no obtener respuesta, no estaba segura de si no querías bajar o simplemente estabas dormida.

—Dormida… Camelia, he pasado una mala noche. Gracias por el desayuno —respondo, sintiendo mi voz cansada por la falta de sueño.

—El señor Dimitri me pidió que te dijera que cuando termines de desayunar, te unas a él en la terraza junto a la piscina —añade Camelia, colocando la bandeja sobre la mesa.

—De acuerdo… —murmuro, mientras mi mente comienza a despertar lentamente, y percibo el aroma tentador del café recién hecho. Aunque no tengo ganas de nada, decido servirme una taza.

El café me consuela mientras mis pensamientos empiezan a organizarse. Cojo mi teléfono y me sumerjo en los mensajes que me esperan: palabras de ánimo de mis compañeros de instituto y una llamada perdida de mis tíos.

Decido responder primero a mis tíos, tejiendo una pequeña mentira piadosa cuidadosamente sobre mi viaje repentino a la península, implicando que he sido seleccionada como supervisora en unas jornadas gastronómicas que surgieron de manera inesperada. Les aseguro con cariño que me pondré en contacto en cuanto me haya adaptado a la nueva situación. Posteriormente, me dirijo al chat grupal familiar para compartir la noticia de mi participación en dichas jornadas, inyectando un tono de entusiasmo a mi mensaje y dejando entrever la posibilidad de organizar una visita sorpresa si las condiciones lo permiten. Y, como un toque de suerte inesperada, añado la lesión de mi brazo, que curiosamente no me impide asumir mi rol como supervisora.

Después de apretar «enviar» en mi móvil, la pantalla parece devolverme un guiño cómplice. Decido que una ducha podía ser mi tabla de reanimación y me ayude a colocar mis pensamientos.

Con la mente algo más despejada, siento el impulso de ir a ver a mi perrita, buscando en su compañía consuelo incondicional que ahora necesito.

Al llegar al jardín, el ambiente es completamente distinto a ayer. Diferente. Mía juega alegremente con el pequeño, cuya risa contagiosa inunda el espacio, sacándome una sonrisa casi sin darme cuenta.

—¿Puedo unirme? —pregunto a Dimitri, entre gestos, buscando con la mirada su aprobación para acercarme al juego.

Con un asentimiento de su parte, me dirijo hacia Mía y el niño.

—Hola —saludo con una sonrisa, acercándome a ellos.

—*Buongiorno* —responde el niño, abrazándome de repente con una calidez que me toma por sorpresa, pero a la que respondo con un abrazo igual de afectuoso.

—¿Cómo estáis? —les pregunto, abrazando fuerte a Mía, que responde con efusivas lamidas.

—*Molto bene*, estamos buscando secretos. Yo los escondo y ella los encuentra —explica Matteo con un brillo especial en sus ojos.

—¡Qué divertido! —exclamo, contagiada por su entusiasmo.

—*Vuoi giocare con noi?* —me invita, sus ojos llenos de alegría.

—Ojalá pudiera quedarme a jugar, pero primero tengo que hablar con tu abuelo. ¿Te parece si le pregunto y luego vuelvo? —le digo, esperando no desilusionarlo.

—*Perfetto* —dice Matteo mientras cruza los dedos en un gesto simpático, como si aquel pequeño acto pudiera darme suerte. ¡Qué gracioso que es!

Tras despedirme brevemente de ellos con un *«ciao, bello»*, me dirijo hacia donde Dimitri está disfrutando de su cigarro matutino. Aunque el aroma me resulta desagradable a esta hora, decido que no es momento para quejas. Simplemente, me siento en una silla un poco apartada, preparándome para iniciar nuestra conversación.

—Buenos días. ¿Cómo ha sido su noche? —inicia Dimitri, observándome con esa mirada suya, imperturbable.

—No muy bien, la verdad —confieso, soltando un suspiro al evocar la pesadilla que había perturbado mi sueño—. Aunque las comodidades no faltan, aún me pregunto qué hago aquí.

—¿Ha revisado el dosier que Emmanuel le proporcionó? —Su voz se mantiene calma, transmitiendo una seguridad que en este momento me resulta esquiva.

—Sí, lo he hecho —afirmo, asintiendo—. Entiendo que debo fingir ser la esposa del señor Emmanuel y sé qué debo y no debo decir. Hasta ahí todo bien.

—Correcto, eso es por ahora. Cumplirá ese rol y permanecerá con nosotros hasta que recupere algo muy valioso para mí, algo que confío que me ayudará a encontrar pronto. Todo a su debido tiempo —explica Dimitri, su tranquilidad contrastando con la tormenta de emociones en mi interior—. Hemos preparado la férula para usted, removible, con cierres magnéticos y una cavidad oculta para una caja forrada. A simple vista, parecerá que lleva una placa metálica en el antebrazo al pasar por los controles de seguridad, pero no se preocupe, cualquier inconveniente se solventará mostrando el informe médico que hemos preparado. Es esencial para justificar su incapacidad laboral, evidenciar su lesión y, sobre todo, no debe quitársela bajo ninguna circunstancia. Eso será tarea de Emmanuel. Sea discreta y todo saldrá bien.

—¿Hay algo ilegal en esa férula? —Mi preocupación es evidente, temiendo las posibles consecuencias.

—No es algo que deba preocuparle. —Su tono es firme, cerrando cualquier posibilidad de debate.

—Pero ¿qué es? Si me atrapan, ¡podría acabar en la cárcel! —Mi voz delata el miedo que siento.

—No sucederá. Hemos planificado meticulosamente para que el escáner no lo detecte. Está bien ingeniado —trata de asegurarme Dimitri, intentando calmar mis temores.

—¡Pero en los controles de seguridad lo ven todo! —insisto, el pánico apoderándose de mí.

—No en este caso. Si el objeto no está en contacto directo con la piel, el escáner no puede detectarlo por falta del contraste necesario. Además, al estar encerrado entre las capas de la férula, pasa inadvertido. Confíe en mí, no es la primera vez que empleamos este método —explica con paciencia.

Acepto sus palabras con un asentimiento, aunque el nerviosismo persiste.

—Y respecto a Pietro, ¿cómo sé que está a salvo? ¿Y sus padres? —La preocupación por ellos me consume.

—Su novio, tanto como sus padres, está bien, y así seguirán siempre que cumpla con su parte. Si falla, no vuelva a esperar verlos. No me obligue a llegar a tal extremo; perdería mucho más que yo, créame. —Su tono se endurece, subrayando la seriedad de su advertencia.

—Señor Dimitri, no es mi novio —respondo con firmeza.

Otra vez me mira con esa mirada suya de querer asesinarme, y me responde asentando la cabeza. Me siento insegura sobre cómo interpretar su reacción. Sin embargo, decido continuar la conversación con un tono suave y humilde.

—Esto… Su nieto me ha invitado a jugar con ellos, ¿puedo… un momento? Por favor. —Mi voz se quiebra, implorando su permiso.

Con evidente reticencia, Dimitri consiente, permitiéndome un breve respiro de esta opresiva situación. Agradecida por la oportunidad de escapar, aunque sea por poco tiempo, me apresuro hacia donde Matteo y Mía esperan.

La evidencia salta a la vista: su interés por mí no es casual. Quiere involucrarme en algo que rebasa mis obligaciones. De algún modo me tiene que compensar por ello. Al fin y al cabo, no hay nada malo en pasar tiempo con su nieto y Mía.

Tal vez, como sugirió Camelia, no todo sea tan malo. Aunque él podría ser un poco más amable en vez de mantener esa actitud de superioridad. Observándolo más detenidamente, puedo ver una cierta tristeza en sus ojos; hay algo más en su mirada. A pesar de tener una casa impresionante, coches lujosos y vivir cerca del mar, con un paisaje que parece sacado de un cuento de hadas, no parece feliz. Me pregunto qué valor tienen todas esas posesiones si no puede disfrutarlas. Algo me dice que su desdicha tiene raíces más profundas.

Me uno a Matteo y Mía en el jardín, conmovida por la conexión del niño, que apenas tiene ocho años, con un perro que ni siquiera es suyo. Parece sentirse muy solo en este lugar.

—Ya estoy aquí, Matteo. Oye, ¿hoy no tienes colegio?

—No... Hoy me duele la barriga y mi abuelo me ha dicho que puedo quedarme aquí.

—¿Siempre vives aquí con él? —le pregunto, mostrando empatía.

—Sí, es el papá de mi mamá. Ella falleció cuando yo nací, y él se encarga de mí —responde Matteo, su voz teñida de tristeza.

—Lo siento mucho, Matteo, no tenía idea... —digo, expresando mi compasión.

—Hablo mucho con ella. Aunque no esté aquí, sé que me escucha. Mi abuelo dice que siempre está conmigo, y yo realmente la siento cerca. Cuando estoy triste, le cuento mis problemas y siento que ella me responde —cuenta Matteo, con toda su inocencia.

—Es hermoso que puedas hablar con ella de esa manera —le respondo, ofreciéndole una sonrisa reconfortante.

La charla con Matteo me permite vislumbrar su dolor y su anhelo por conectarse con su madre, que ya no está. Lo consuelo con palabras de aliento y asegurándole que su madre lo quiere muchísimo y lo cuida desde otro lugar.

—Mamá está enfadada conmigo. Pero no me lo dice.

Al escuchar a Matteo expresar su preocupación, un nudo se forma en mi garganta. Es desgarrador que un niño tan pequeño cargue con semejante pesar.

—Cariño mío, quiero que sepas algo muy importante —digo, buscando sus ojos con los míos—. Tu mamá te ama con todo su corazón. Y aunque no esté contigo, su amor por ti es tan fuerte y puro que trasciende cualquier distancia. Nunca, ni por un instante, estaría enfadada contigo.

Hago una pausa para asegurarme de que cada palabra cala en él, deseando aliviar ese peso de sus hombros.

—El amor de una madre es inquebrantable, eterno. Es una luz que nunca se apaga, no importa lo lejos que parezca. Aunque no puedas verla, ella está aquí —continúo, colocando mi mano sobre su corazón—. Cada vez que sientes amor, alegría, o incluso tristeza, es una señal de ese vínculo que os une. Ella está contigo en esos momentos, abrazándote con su amor infinito.

—Es que nunca la conocí, y eso me hace sentir muy triste.

—Es completamente normal sentirse así, corazón. Todos, incluso los adultos, lloramos y sentimos un vacío profundo cuando alguien a quien queremos no está con nosotros. Está bien estar triste, extrañarla, desear haberla conocido. Tu mamá está en un lugar especial, y lo único que quiere es verte sonreír, jugar, ser feliz. Y aunque no la veas, está aquí, protegiéndote. Está orgullosísima de ti, de lo valiente y fuerte que eres. Imagina que ella sonríe cada vez que haces una travesura o aprendes algo nuevo, porque sin duda ella está sonriendo al verte a ti.

Con estas palabras, trato de consolar a Matteo, buscando formas de iluminar su rostro con una sonrisa.

—Oye, cuéntame, ¿cuál es tu juego favorito? —le pregunto con curiosidad mientras nos dirigimos hacia un rinconcito especial del jardín y desvío el tema de su mamá.

—Pues a mí me encanta quitarme las zapatillas y subir descalzo hasta allá arriba —dice señalando con una sonrisa de oreja a oreja hacia un almendro majestuoso en lo alto de una colina cercana.

—¿De verdad? ¡Eso suena genial!

—Lo mejor es tumbarme en esa alfombra de césped allí arriba y dejarme rodar cuesta abajo. Me flipa sentir el viento en la cara y la frescura del pasto rozando mis dedos. ¡Es casi como volar!

—¿Ah, sí? Pues vamos a ver quién es el campeón aquí. ¿Te atreves a competir conmigo? Soy más rápida de lo que parece.

—¡Ja! Eso es imposible, yo soy como un rayo. —Su confianza es tan contagiosa como su entusiasmo.

—Pues que comience el desafío. ¿Estás listo? —Le lanzo una mirada competitiva mientras me quito las zapatillas, totalmente atrapada por el espíritu del momento.

Nos lanzamos en una carrera desenfrenada hacia la cima, con nuestra fiel compañera, Mía, liderando el camino.

La mañana se desvanece entre juegos, carcajadas y múltiples descensos por la colina. Matteo me gana una y otra vez, pero la alegría en sus ojos me hace olvidar cualquier afán de competencia.

Finalmente, cuando su abuelo lo llama con ese tono que no permite réplica, terminamos nuestro peculiar torneo de rodar cuesta abajo. En ese momento, solo sueño con un paracetamol gigante y una ducha reconfortante que me libere de las secuelas de nuestra pequeña gran aventura. Después de lanzarme colina abajo como si no hubiera un mañana, mi nuevo tono de piel es un «chic verde prado con toques tierra» y, para colmo, estoy a un trino de convertirme en el nuevo *Angry Birds* preferido de la fauna local, ¡con plumas y todo!

Al bajar a la cocina, me encuentro con una tranquilidad que no me esperaba. Allí está Camelia, deslizándose entre fogones como quien coreografía entre llamas. Un aroma a pasta se apodera del espacio, tan cautivador que mi estómago se lanza a componer himnos de hambre. Se me acaba de hacer la boca agua.

—¿Y Dimitri y el pequeño no comen en casa hoy? —pregunto, escudriñando el entorno en busca de un poco más de vida en la casa.

—Hoy se han dado a la fuga hacia el puerto. Matteo hoy tiene clases de navegación en el Club Náutico. Por otro lado, la abuela de Nikolai ha aterrizado hoy y han decidido pasar el día allí. Emmanuel también ha acudido, tenía una reunión de importancia en Mahón.

—Ah, entiendo… —Me quedo reflexionando por unos segundos sobre Demir, ¿será él el instructor de Matteo?

—Dígame, Camelia, ¿y la esposa de Dimitri? ¿Por qué cuida Dimitri de Matteo? ¿Dónde está el padre de Matteo?

—Oh, entonces, ¿usted no está al tanto? ¿No le han contado nada?

—No. ¿Qué es lo que deberían contarme?

—No, nada. No se preocupe. Ellos le pondrán al día cuando consideren oportuno, a veces, son muy reservados. Entonces, por lo que veo, ¿tampoco conoce usted a la abuela de Matteo?

—No. Todavía no he tenido el placer —digo con un deje de gracia, pero teñido de ironía.

—Verá, es una mujer encantadora. Seguro que le caerá muy bien.

—Seguro que sí —le digo, aunque, para ser honesta, me resulta algo indiferente. No es que planee echar raíces aquí.

—Ande, a comer, que la pasta se enfría y eso sería un crimen.

—Cuénteme, ¿cómo ha logrado esta maravilla? Detalles, por favor.

Y Camelia, convertida en un libro abierto, comienza a relatar con meticulosidad cómo ha preparado esa delicia de pasta, con una receta tan sencillamente apetitosa que casi puedo degustarla con solo escucharla:

—Pues primero corté un calabacín, un tomate bien maduro, un poco de cebolla, medio pimiento verde y su hermano el rojo, un diente de ajo para aportar carácter y tres champiñones. En una sartén con aceite de oliva virgen extra bien caliente, permití que la cebolla se caramelizara suavemente con una pizca de sal. Luego fue el turno de los pimientos y los champiñones, invitándolos a unirse a este lento vals. A mitad de camino, el calabacín hizo su entrada triunfal, y continuamos cocinando al suave compás de la sal. El ajo, ese pequeño pero crucial detalle, lo añadí casi al final, justo para que su esencia se fundiera sin dominar el escenario. El tomate, la última pieza del puzle, se sumó al final, dejándose ablandar y mezclar por unos minutos. Un último toque de especias, espolvoreando un poco de tomillo y albahaca, y, *¡voilá!*, la magia se convirtió en sabor. Para la pasta, pues lo usual: agua hirviendo con aceite y sal, siguiendo el protocolo al pie de la letra. Al estar lista, la incorporé a la sartén para unirse al festín de verduras, y listo, todo preparado para deleitar el paladar. ¡Facilísimo y para chuparse los dedos, ja, ja!

Mientras Camelia detalla los secretos de su receta, no puedo evitar esbozar una sonrisa de fascinación, dejándome llevar por su forma de narrar cada paso. Es imposible no contagiarse de su pasión; su manera de describir es tan vívida y entretenida que, por un momento, me siento espectadora de un *show* culinario en directo, con ella como protagonista.

—Camelia, usted posee un don, no solo para la cocina, sino para narrar cada etapa de este proceso culinario. Escucharla ya es, de por sí, un deleite.

—Ay, querida, le agradezco mucho. La vida está para sazonarla con sabor y alegría, ¿no le parece? Si podemos hacerlo incluso mientras cocinamos, ¿por qué no?

—Mmm, ¡qué aroma tan embriagador! ¿Sabe? Yo también me defiendo entre fogones. Me inscribí en unos cursos de hostelería y aprendí bastante. Además, mis tíos tienen un restaurante en el puerto de Mahón, y siempre que puedo, me escapo a echarles una mano. Pero hay algo que me muero por intentar hacer: los *arancini*. ¿Los ha probado alguna vez, Camelia?

—Ay, no, mi niña, no he tenido ese placer —me responde Camelia, con esa voz suya que parece envolverte en un abrazo.

—¿Qué le parece si nos animamos a prepararlos uno de estos días?

—Me parece una idea excelente. Eso sí, esperemos a que el señor no esté por casa, así estaremos más tranquilas para cocinar —me dice Camelia con un guiño, invitándome a ser parte de una conspiración secreta.

Después de un día lleno de emociones y descubrimientos, me retiro a mi habitación con el corazón contento. La risa contagiosa de Matteo, el entusiasmo desbordante de Mía, el calor humano de Camelia y el enigma que envuelve a Dimitri han convertido mi tiempo en esta mansión en una experiencia llena de matices y secretos por descubrir.

Antes de sumergirme en el sueño, hago una parada en mi archivo de «momentos» para escribirle a Bat.

¡Hola, Bat! Hoy ha sido un día lleno de sorpresas, me he pasado un buen rato con el nieto del famoso «jefe ruso», y déjame decirte: el niño es un encanto. Entre risas y juegos, he conseguido despejar un poco la cabeza, aunque no voy a negarte que mañana me espera un reto importante y estoy algo inquieta. Esta noche, mientras hacía la maleta para mi viaje a Barcelona, me he emocionado pensando en cómo sería pasar tiempo y jugar así con tus peques.

Ahora entiendo mucho mejor el enorme amor que les tienes y todas las razones que te hacen querer protegerlos de una separación. Es evidente que el deseo de evitarles cualquier sufrimiento frena a muchas parejas a tomar decisiones difíciles. Pero estar en medio de una relación tensa, siendo testigos de conflictos, puede ser aún más perjudicial para ellos. Es crucial pensar en cómo evitar que sufran más de la cuenta. Los niños no son responsables de nuestros problemas, de nuestras frustraciones o malos momentos... Y tampoco tienen la culpa de que el amor entre dos personas se acabe.

Te confieso que a veces he soñado con la posibilidad de compartir momentos llenos de diversión contigo y tus hijos.

Te quiero mucho, Bat.

P. D.: Ojalá esta noche te cruces en mis sueños... Buenas noches.

16

Para curar una herida necesitas dejar de tocarla.

16

¿CÓMO? ¿EN LA MISMA HABITACIÓN?

Bienvenidos a bordo del Glary, nuestro moderno ferri que promete una travesía inolvidable. Disfruten de wifi gratuito, tiendas libres de impuestos, áreas de videojuegos, música en vivo, gimnasio, zumba y una sauna. Destacamos su diseño inspirado en Lamborghini, compromiso ecofriendly, y espacios únicos como nuestra terraza y spa con vistas al mar. ¡Gracias por elegirnos y que tengan un excelente viaje!

La verdad es que paso la mayor parte del viaje con la boca abierta, descubriendo cada rincón del ferri. Tras darme un festín visual, me pongo los auriculares y me sumerjo en mi mundo. Solo interrumpo mi aislamiento para charlar un poco con Emmanuel cuando nos traen el desayuno, pero sin entrar en temas personales. Después de estar casi encerrada toda la semana y compartir espacio tan de cerca con ellos, este cambio de aires me viene de maravilla. Si no fuera por los momentos compartidos con Matteo y Mía, y por distracciones como el dosier, no sé cómo habría sobrellevado estos días.

PUERTO DE BARCELONA

Son las 14:30 del 14 de noviembre, una fecha y hora que se quedarán grabadas a fuego en mi memoria. Acabamos de atracar y, con una impaciencia que roza la desesperación, casi le arrebato mi teléfono a Emmanuel, quien lo ha estado custodiando todo el viaje, muy a mi pesar. Al encenderlo, siento un escalofrío al ver todas esas llamadas perdidas de la residencia de mi abuelo Arturo. Mi corazón se encoge de miedo mientras devuelvo la llamada, imaginando las peores noticias.

—Hola, soy Katya. Me han llamado, ¿pueden ponerme con Arturo? —Mi voz tiembla, anticipando la noticia que no quiero escuchar.

La pausa antes de la respuesta parece eterna. La voz al otro lado de la línea confirma mis temores, y siento cómo el mundo se detiene por un momento. Quiero, deseo poder retroceder en el tiempo, detener el reloj, hacer cualquier cosa para cambiar lo inevitable. La realidad, cruda y dolorosa, me golpea con la fuerza de un huracán, dejándome sin aliento, con un vacío enorme en el pecho.

—Lo siento, Katya… La hemos llamado porque Arturo falleció esta madrugada.

Las palabras me golpean, dejándome inmóvil, paralizada por el dolor y la incredulidad. El teléfono se desliza de mis manos, estrellándose contra el suelo.

Allí estoy, de pie frente a la puerta de recogida de equipaje, con Emmanuel intentando entender mi súbito cambio. Al acercarse Emmanuel, solo soy capaz de abrazarlo, desatando un torrente de lágrimas y sollozos que parecen no tener fin.

Emmanuel responde automáticamente abrazándome desorientado, dejando estar un silencio comprensivo entre nosotros antes de preguntar si todo está bien.

—No, no estoy bien, Emmanuel —confieso, la voz quebrada por el dolor—. Acaba de fallecer una persona muy importante en mi vida, y… estoy aquí. No estoy allí, con su familia.

—Lo siento, Katya —responde él, su voz suave como un bálsamo, aunque insuficiente para aliviar mi dolor. Toma mi mano con delicadeza y, por un breve instante, sus labios parecen dirigirse hacia ella, como si fuera a depositar un beso cálido y suave, pero se detiene en el último momento, dejando en el aire una sensación de anhelo.

—Emmanuel, no te imaginas lo que me duele estar aquí —le digo, la angustia apretando mi pecho.

—¿Era muy importante? —Su pregunta me hace abrir mi corazón aún más.

—Mucho. Era como mi abuelo. —Las palabras apenas logran salir entre mis lágrimas.

—Lo siento. Si puedo hacer algo por usted… —ofrece, su disposición a ayudar es evidente, pero yo sé que nada puede devolverme no estar allí ahora.

—No puedes, solo quiero estar allí, pero… no sé qué hago aquí. Esto es tan surrealista. Injusto. —La frustración me retiene, y sin poder contenerme más, desato mi ira y dolor sobre Emmanuel, gritando, pataleando, empujándolo, un desahogo de mi impotencia que lo deja simplemente impasible, permitiéndome liberar mi furia sin intervenir.

Después de desahogarme, entre sollozos y lágrimas que parecían no tener fin, algo cambia en mi interior repentinamente. Una paz inesperada me envuelve, casi como si de la nada una comprensión más profunda surgiera dentro de mi ser.

—¿Sabes qué? —consigo articular, aún sorprendida por este giro emocional—. Él fue increíblemente feliz. Y yo… tengo, debo recordar que vivió una vida completa, rodeado por una familia que es un auténtico tesoro.

—Exactamente, Katya, es justo en eso en lo que debe enfocarse —responde, con su voz tranquila y dulce—. No podría estar más de acuerdo con usted.

El dolor y la sensación de pérdida todavía pesan en mi corazón, pero el calor y el apoyo de Emmanuel me brindan un consuelo que no esperaba. En ese momento, se muestra increíblemente dulce, envolviéndome en otro abrazo y depositando un beso en mi frente, un gesto que, por alguna razón, me recuerda a Pietro. Quizás sea algo típicamente italiano.

—Venga, esa es su maleta. ¡Vamos, *avanti!* —me anima, intentando sacarme de mi duelo. Aunque su esfuerzo no logra alejar completamente mi dolor, agradezco su intento por brindarme algo de normalidad en medio de todo esto.

La manera en que Emmanuel maneja el momento, con esa mezcla de empatía y el intento de mantener las cosas en movimiento, es algo que, a pesar de todo, logra sacarme una pequeña sonrisa. En este mar de incertidumbre y dolor, su presencia me guía hacia una calma, quizás no completa, pero sí necesaria.

Las lágrimas siguen su curso por mis mejillas, imparables y sigilosas, mientras nos dirigimos en taxi hacia el hotel. Todo el proceso de registro en la recepción del hotel se me pasa como si estuviera en otro lugar. Estoy físicamente aquí, pero mi mente y mi corazón están a millas de distancia.

Finalmente, cuando subimos a la habitación, es como si de repente despertara de un sueño confuso. Me doy cuenta de la situación y no puedo evitar soltar:

—Espera… ¿Cómo que en la misma habitación usted y yo?

La pregunta sale de mi boca antes de que siquiera me dé cuenta, llevada por un impulso.

17

DILE ADIÓS A LA RUTINA Y HOLA A

«¿EN SERIO ESTO ES VERDAD?»

—¿Cuál es el problema? Tenemos que aparentar que… —comienza a explicar Emmanuel.

—Disculpe, pero ¿qué significa eso de «aparentar»? —pregunto elevando mi voz.

—Como ya le informó el señor Dimitri —trata de aclarar Emmanuel, intentando rememorar los detalles de nuestra asignación.

—Pero ¿realmente importa si estamos en habitaciones separadas? No creo que estemos bajo vigilancia constante ni que haya nadie detrás de las cortinas —replico con frustración.

—Verá, señorita Katya, esto es un asunto laboral, no unas vacaciones. Aunque la habitación sea doble, yo me acomodaré en un espacio aparte, estaremos separados por habitáculos. No tiene de qué preocuparse.

Acepto, más por resignación que por convicción, dada mi profunda tristeza por la pérdida de mi abuelo Arturo.

—¿Podré al menos llamar a la familia de mi abuelo o también tiene objeciones a eso? —pregunto, anhelando contactar con su familia en este momento de profundo dolor.

—Claro que puede llamarles. Solo recuerde hacerlo en mi presencia, como hemos acordado —responde sin más.

Me paso toda la tarde metida en la cama, mientras Emmanuel está sumergido en su portátil durante largas horas.

El dolor me envuelve completamente. «Mi Arturo...», pienso, rememorando los felices momentos que compartimos hace apenas unos días.

—Señorita Katya, ¿le apetece que bajemos a cenar? —propone Emmanuel, intentando ofrecerme un escape a mi pena.

—No, gracias.

—Insisto, podría venirle bien distraerse un poco.

—Agradezco su consideración, señor Emmanuel, pero prefiero estar sola en este momento.

—Entonces, con su permiso, me llevaré su teléfono móvil —dice, manteniendo el protocolo y el respeto en nuestra interacción.

—¿Mi permiso ahora cuenta o qué? Lléveselo, llévese lo que quiera...

Una vez sola, deshago mi maleta y de nuevo me dejo caer sobre la cama, sumida en un mar de recuerdos que ahora parecen golpearme con una fuerza devastadora. Todavía puedo escuchar las carcajadas de mi abuelo Arturo resonando en mis oídos, su último chiste, su último consejo. Me abrazo a la almohada, permitiéndome hacer lo único que mi cuerpo y alma piden a gritos: llorar.

Las palabras de Arturo inundan mi mente, tan presentes que casi puedo sentirlo conmigo, como si de alguna manera su espíritu estuviera ahí, abrazándome en mi desconsuelo. Y lo único que puedo hacer es cerrar los ojos, intentar visualizarlo con toda la fuerza de mi ser y hablarle desde lo más profundo de mi alma.

Domingo

Entreabro los párpados y me encuentro en esta habitación enorme, que parece sacada directamente de una película de Hollywood. Todo aquí es lujo y exceso, muy lejos de lo que estoy acostumbrada.

—Buenos días, señorita Katya. ¿Ha logrado descansar?

La voz de Emmanuel me saca de mis pensamientos, irrumpiendo en mi espacio de la habitación antes de que su figura se materialice ante mis ojos.

Prefiero mantenerme en silencio; en cambio, respondo con un leve encogimiento de hombros, un gesto ambiguo que podría interpretarse como indiferencia, justo cuando él cruza por delante de mi cama.

—Anoche, al regresar, ya estaba usted dormida —continúa. Yo sigo en silencio rotundo—. Verás, Katya... La entiendo, sé por lo que está pasando.

—Oh, sí, estoy segura de que tienes un manual sobre cómo ser comprensivo guardado en algún lugar.

—Perdí a mi mujer hace tiempo, así que, créeme, la entiendo. Aunque me comporto como si tuviera un bloque de hielo en lugar de un corazón.

—Vaya, lo siento mucho, Emmanuel. No tenía ni idea. Pero ¿qué le pasó?

—Es una historia que todavía me cuesta hablar de ello. Solo quiero que sepa que comprendo su dolor. La despedida de alguien importante es un proceso largo y complicado. Es un duelo que no se supera de la noche a la mañana, sino que aprendes a vivir con ese vacío porque no te queda otra. A veces pienso que ella va a aparecer por la puerta en cualquier momento.

—Mis disculpas, Emmanuel, realmente no sabía…

—Está bien. Bueno, ¿le parece si bajamos a desayunar?

—Sí, la verdad es que tengo hambre y mi estómago empieza a quejarse.

—Me alegra oír eso. Vístase. Pero espere un momento, déjeme ayudarle antes con la férula; anoche preferí no despertarla. No sé cómo ha podido dormir con eso puesto.

Con cuidado y mucha delicadeza, Emmanuel maneja los cierres de la férula y la retira suavemente de mi brazo.

—Ahora vengo —me dice mientras se dirige al baño.

Vuelve con una esponja y una toalla. Limpia con suavidad los restos de yeso de mi brazo, secándolo luego y aplicando crema con ligeros masajes.

—Es importante mantener la piel hidratada después de tanto tiempo sin aire. Tienes una marca, pero desaparecerá en unas horas.

Al bajar al comedor del hotel, me sorprendo por su amplitud y esplendor. Me pierdo un poco buscando dónde hacen las tostadas, con un antojo específico de aguacate y jamón.

Emmanuel me encuentra vagando por el lugar.

—¿Quiere sentarse, por favor? Aquí nos atienden en la mesa.

—¿No es bufet libre? —pregunto, un poco desorientada.

—No. Venga conmigo, vamos a sentarnos.

Ya sentados en la mesa, empezamos a pedir al camarero lo que nos apetece. Mis ojos, más grandes que mi estómago, piden más de lo que realmente puedo comer.

—¿Ha descansado usted bien? —pregunta otra vez Emmanuel con un tono que intenta ser ligero.

—Sí, gracias. Caí rendida, pues me tomé una pastilla para conciliar el sueño —respondo, intentando devolver la cortesía.

—¿Le apetece bajar al gimnasio más tarde? —sugiere, cambiando de tema.

—Hoy es domingo, ¿verdad? —pregunto, aún desorientada por el cambio abrupto en mi vida.

Su oferta me toma por sorpresa, pero la idea de moverme y distraerme un poco me parece atractiva. Tomo un momento para considerarlo, balanceando mi necesidad de aislamiento con la oportunidad de hacer algo productivo.

—Está bien, me parece una buena idea. —Finalmente accedo, creo que me vendrá bien hacer algo de ejercicio.

—Perfecto. He escuchado que el deporte es una de sus pasiones. —Emmanuel parece complacido con mi respuesta, mostrando un interés genuino en mis aficiones.

—Así es, soy profesora de grado superior de Actividades Físicas y Deportivas en el IES Cap de Llevant, en Menorca. El deporte no solo es mi profesión, sino también mi pasión —le confirmo, sintiendo un leve orgullo por mi carrera.

—Qué interesante. A mí también me ha gustado siempre el deporte. Hubo un tiempo en que me dedicaba a nadar y, de hecho, di clases de taekwondo. Fue una etapa muy bonita de mi vida. —Su confesión me sorprende, revelando un lado de él que no esperaba conocer.

—¿Y por qué dejó de hacerlo? —pregunto, curiosa por saber más sobre su vida.

—Bueno, las personas cambiamos, nuestras prioridades evolucionan. Pero ¿ha terminado usted de desayunar o desea algo más? —me pregunta con una sonrisa irónica, cambiando ligeramente de tema.

—Sí, ya no puedo más. ¿Nos vamos entonces? —respondo.

Nos levantamos, y Emmanuel, manteniendo el protocolo hasta en los gestos más pequeños, me retira la silla. Sin embargo, en un gesto sorprendente, toma mi mano para guiarme hacia la salida. Un acto simple, pero que para nada me disgusta.

—Creo que deberíamos tutearnos, ¿no le parece? —sugiero, buscando romper la última barrera de formalidad que queda entre nosotros.

—Me parece adecuado, Katya —responde él, con un asentimiento.

La situación dio un giro inesperado, pero no desagradable. Parecía que, de alguna manera, su actitud había cambiado, suavizándose quizás por alguna experiencia reciente o revelación personal. Me pregunto en silencio qué le habría ocurrido a su esposa para influir de tal manera en su comportamiento.

Nos dirigimos a la habitación para cambiarnos a ropa más adecuada para la actividad que me había propuesto: defensa personal.

—¿Estás lista? —Su voz es firme pero amable.

—Sí, estoy lista —respondo, aunque internamente dudaba de mi capacidad para aprender esta disciplina.

Pronto me di cuenta de que mi habilidad para defenderme era prácticamente inexistente. Me resultaba imposible no reírme de mi propia torpeza; lo que en las películas se veía tan sencillo, en la realidad, me resultaba extraordinariamente complicado.

—La práctica lo es todo, pero es crucial que al menos domines algunos conceptos básicos —me explica con paciencia.

Primero, me enseñó cómo defenderme de un ataque frontal. Si veía venir al atacante, debería golpearlo en la nariz usando la palma de la mano en un movimiento firme y directo hacia delante. La nariz, al ser una zona de extrema sensibilidad, podría sangrar o incluso romperse con un golpe bien dirigido. La intención era causar suficiente dolor al agresor para ganar tiempo y huir.

Luego me mostró cómo inmovilizar al atacante mediante un bloqueo de muñeca. Tomó mi mano y me guio a través del movimiento: debía tirar de la palma del atacante hacia arriba, girarla y luego llevarla hacia el suelo. Este movimiento podría desorientarlo momentáneamente, ofreciendo una ventana para un ataque adicional o para escapar.

—Otra técnica efectiva es atacar los ojos. No te contengas; el uso de «armas» improvisadas, como llaves o cualquier objeto punzante, puede ser crucial para afectar la visión del atacante y darte la oportunidad de escapar —prosiguió, subrayando la importancia de ser resuelta y enérgica.

Abordó después cómo reaccionar ante un ataque por la espalda. Me aconsejó usar el impulso para lanzar la cabeza hacia atrás, apuntando a golpear la cara o el cuello del atacante. Si el agresor no me soltaba, debía agacharme y agarrarle por detrás de las pantorrillas o las rodillas, tirando de ellas hacia mí con toda mi fuerza para hacerlo perder el equilibrio o caer, lo que me daría más tiempo para huir.

—Y, por supuesto, un golpe en sus partes íntimas es sumamente efectivo, pero prefiero que no lo practiquemos ahora; no estoy dispuesto a sacrificar mi «carné de padre» en este momento —bromeó, mostrando un destello de humor que rara vez dejaba ver.

Practicando la defensa contra un ataque por detrás, sentí una tensión inesperada de su parte. Inicialmente, pensé que podría ser su teléfono, pero una rápida mirada confirmó que no era el caso. La situación me hizo sonreír, aunque rápidamente desvié la mirada para evitar la incomodidad.

—Finalmente, si te encuentras acorralada contra una pared, no te des por vencida. Puedes intentar dar un cabezazo hacia arriba, apuntando a la mandíbula del atacante, o golpear fuertemente sus axilas para conseguir que separe los brazos. Puede ser doloroso, pero el daño que evitas al defenderte justifica ese dolor —concluyó, enfatizando que la defensa personal a menudo implica aceptar un cierto grado de incomodidad para evitar males mayores.

—Creo que sería más prudente por mi parte no alejarme de ti. Prefiero que me protejas tú a tener que depender de mis recién adquiridas y ya olvidadas habilidades de autodefensa —dije, en un tono que oscilaba entre la broma y la seriedad.

Aunque su enseñanza había sido clara y metódica, la rapidez con la que se debían ejecutar esas técnicas me resultaba abrumadora, dejándome con una palpable sensación de inseguridad sobre mi capacidad para implementarlas efectivamente en una situación real.

Tras esta sesión matutina sorprendentemente intensa de defensa personal, que nunca imaginé que necesitaría, el día tomó un giro hacia lo más tranquilo y cotidiano. Lo primero que hice fue tomarme una ducha que no solo sirvió para limpiarme el sudor y el esfuerzo de la mañana, sino que también me ayudó a relajar esos músculos tensos y doloridos, algunos de los cuales ni siquiera sabía que tenía. Luego, vino el almuerzo a la habitación. La comida estaba deliciosa, y por un momento, entre bocado y bocado, casi logré olvidar la maraña de peligros y misterios en la que estaba enredada.

Después del almuerzo, me rendí ante una siesta que resultó ser mucho más necesaria para recuperarme de tanto cansancio acumulado. Al despertar, encontré a Emmanuel sentado al borde de mi cama, con un nuevo dosier entre manos. Su expresión era seria, pero sus ojos destilaban una especie de expectación.

—Katya, necesito que leas esto con atención. Voy a explicarte todo, pero tienes que ser extremadamente cuidadosa. Es vital que todo salga según lo planeado. Si logramos avanzar según lo previsto, el jueves pasaremos al siguiente paso, ¿entendido?

—Está bien —le respondí, aunque internamente me sentía atrapada en una corriente que me superaba en fuerza y dirección.

—Genial, dale una leída. Tengo que hacer unas llamadas, pero regreso enseguida para hablar contigo —anunció, antes de dirigirse hacia la terraza.

Aunque dejó el ventanal ligeramente cerrado, su conversación era ininteligible para mí. Lo observé sonreír en un par de ocasiones, lo cual me hizo descartar que estuviera hablando con Dimitri. En un momento dado, se acercó a la ranura de la ventana y pude escucharlo susurrar algo que me tomó por sorpresa: «No es para tanto. Te quiero, *amore*».

Ese comentario casual me dejó reflexionando. No había considerado hasta ese momento la posibilidad de que Emmanuel tuviera a alguien más en su vida. La forma en que esas palabras se deslizaron de sus labios, tan llenas de afecto y despreocupación, me hizo preguntarme quién sería esa persona en su vida y qué papel jugaba en todo este embrollo.

Me sumerjo en la lectura del dosier, mi interés creciendo a cada página mientras un suave temblor recorre mi cuerpo. Lo que voy a encontrar aquí podría redirigir el curso de mi vida por completo.

Sin duda, estar al lado de este hombre es asegurarse un billete vip para el carrusel de desafíos y emociones, donde lo único predecible es la pura imprevisibilidad. Dile adiós a la rutina y hola a «¿en serio esto es verdad?». ¡Katya, abróchate el cinturón y agárrate fuerte, estás a punto de embarcarte en un viaje sin escalas hacia un caos deliciosamente organizado!

18

GRACIAS POR TU MENSAJE

—Emmanuel, ¿quién viene a la cena esta noche? —pregunto, intentando apaciguar mi nerviosismo.

—Son socios comerciales. Tú mantén la calma y déjame a mí las respuestas, o simplemente sigue el guion. A mi señal te irás al baño y ya está. Estaré atento a todo. Necesitamos cerrar este trato hoy para proceder con la entrega mañana.

Asiento, intentando procesar todo rápidamente.

—Pero ¿existe algún riesgo? —no puedo evitar preguntar.

—No, todo estará bien. Lo complicado ya pasó en el puerto, y ahí estuviste perfecta. ¡Quién diría que tienes una cara tan inocente!

—¡Es que lo soy! —exclamo entre risas.

Emmanuel me devuelve la sonrisa.

—Por cierto, ¿las bolsas que trajeron qué son? —cambio de tema.

—Ah, eso. Es un vestido y complementos para ti.

—Pensé que eran tus cosas. Le dije a la empleada que las guardara en el armario de tu habitáculo.

—Necesitas vestirte como la mujer de la foto. A las 20:00 vendrán para arreglarte el cabello.

—¿Me van a peinar? —pregunto, sorprendida.

Emmanuel, absorto en la foto del dosier, tarda un segundo en responder.

—Sí, exacto. Vendrá un estilista y también te maquillarán —finaliza sin mirarme.

Me siento descolocada, revestida a una realidad ajena, pero no me opongo. Tengo que emular a la mujer de la fotografía, curioso reto el que tengo por delante. Sin embargo, de pronto, me asaltan recuerdos de mi familia, de mi abuelo Arturo, de Bat…, de Mía.

—¿Estás bien? —me pregunta Emmanuel, notando mi desconcierto.

—No, la verdad. Siento como si estuviera en una montaña rusa, con tantos cambios y en tan poco tiempo. Es todo tan… tan asfixiante.

—No te preocupes, no te va a pasar nada. Si seguimos el plan, en menos de dos semanas todo habrá terminado. Solo necesitas mantenerte tranquila y hacer tu papel.

—Pero ¿quién es la mujer del vestido rojo en la foto? —insisto.

—No puedo darte más detalles, Katya. Son asuntos de negocios. Y ahora eres mi esposa en este juego.

La conversación se cierra con esas palabras, dejándome sumergida en un mar de dudas y reflexiones sobre el papel que estoy jugando en esta compleja trama.

Tocan a la puerta y, cuando esta se abre, me encuentro frente a una escena que parece sacada de una revista de moda de alta costura. Quien entra en la habitación es una figura que, a primera vista, podría confundirse con Guido Palau, el renombrado estilista cuyos trabajos han adornado pasarelas y portadas de revistas alrededor del mundo. Está acompañado por dos individuos de aspecto imponente, cuya presencia sugiere que este no es un encuentro casual de belleza, sino una operación meticulosamente planificada.

La llegada de quien parece ser Palau a mi habitación es algo que me deja fuera de lugar, es surrealista. ¡Es él!

Este estilista es un icono en el mundo de la moda, conocido por sus creaciones audaces y transformaciones radicales. La expectativa de no iniciar conversaciones triviales con él o con cualquier otra persona ajena a esta enigmática operación flota en el aire, añadiendo un velo de misterio al encuentro. Pero me mantengo en silencio a pesar de mis ganas locas por preguntarle mil cosas.

En un abrir y cerrar de ojos, me veo reflejada en el espejo, irreconocible bajo la maestría de Palau. Ha elegido para mí un peinado que desafía el tiempo, combinando elementos futuristas con influencias de décadas pasadas. Mi cabello, lleno de ondas suaves, se recoge en una coleta alta y pulida. Ha usado gomas a intervalos a lo largo de la coleta, creando una serie de burbujas voluminosas, mientras que las ondas restantes caen delicadamente, adornadas con un lazo rojo que añade un toque final de elegancia.

¡Madre mía, el vestido! Este no es un simple trapito, es un grito de guerra con volantes. Me encuentro frente a un espectáculo de Carolina Herrera, y lo sé no por haber espiado el precio —que también—, sino porque el estilista, con una solemnidad que ríete tú de los Óscar, con gesto ceremonioso digno de un sacerdote en alta misa, corta la etiqueta mientras me ayuda a enfundarme en él. Estamos hablando de un vestido-capa que claramente viene de un universo paralelo donde la discreción es un concepto alienígena; entubado hasta los tobillos, lleno de transparencias juguetonas y volantes que bailan al menor movimiento. Vamos, que estoy a un paso de convertirme en la sensación de cualquier alfombra roja. Es tan delicado y complejo que me veo atrapada en su belleza, y me sorprendo pensando en cómo demonios voy a poder realizar algún movimiento brusco sin que se desate la tercera guerra mundial. ¿Defensa personal en este vestido? Más fácil sería resolver un cubo de Rubik con los dedos de los pies.

Me imagino intentando ejecutar algún movimiento de los que me enseñó Emmanuel en esta indumentaria *(spoiler:* imposible). La preocupación por mi propia seguridad se ve opacada por la espectacularidad del atuendo. Debe de costar un ojo de la cara, ¡y del bueno!

A pesar de la tensión y el peligro que pueda encerrar la velada, decido no pensar y simplemente disfrutar de la oportunidad de vivir una noche «diferente», saboreando cada segundo de esta transformación.

Cruzando el umbral que separa el dormitorio del salón, mis ojos no tardaron en toparse con la figura de Emmanuel. Allí estaba él, sosteniendo entre sus manos unas sandalias doradas que parecían competir con el sol en brillantez, ornamentadas con un patrón de serpiente tan delicadamente trazado que podría hacer suspirar a la mismísima Cleopatra. Se alzaban sobre una plataforma tan imponente que prometían no solo elevar mi estatura, sino también el nivel de cualquier conjunto con el que decidiera combinarlas. «¡Dios mío, son absolutamente perfectas y tan tan bonitas!», me digo a mí misma mientras una sonrisa se dibuja en mi rostro.

—Sí, sí, siéntate… —balbucea Emmanuel, traicionando un ligero temblor de nerviosismo.

No puedo evitar maravillarme ante la belleza de las sandalias.

—¡Dios mío, son preciosas! —grito, y me llevo las manos a la cara, totalmente maravillada.

—Son tu número, el 38, ¿verdad? —me pregunta, y yo asiento como una loca.

Mientras me ayuda a ponérmelas, noto que sus dedos tiemblan un poquito, un detalle adorable que me hace sonreír de esa manera tonta.

—¿Estás nervioso? Parece que no estás muy acostumbrado a esto —le digo, intentando contener la risa, mientras veo cómo se pone rojo como un tomate.

—Listo, te quedan perfectas —me dice.

Una vez erguida, las sandalias obran su magia, transformando mi estatura, delineando mis piernas con la precisión de un escultor divino. Y ahí estoy yo, en medio de una transformación digna de una película de Disney, pero sin ratones costureros ni hadas madrinas. En cambio, tenía algo mucho más poderoso: estas sandalias con más brillibrilli que el traje de un mago en Las Vegas. Y justo cuando pensaba que ya había alcanzado el pico de mi metamorfosis, aparece Emmanuel, con una risa encantadora y, por alguna razón, más encantadora que el mismísimo encanto de las sandalias.

Con un aire de mago sacando un conejo de su chistera, me muestra un bolso Michael Kors que escondía en su mano tras su espalda y que bien podría haber sido el santo grial de los complementos. Pero, claro, no cualquier bolso Michael Kors, sino uno que, pese a su diminuto tamaño, probablemente requerería que vendiera un riñón en el mercado negro para poder permitírmelo, pues parece que ha sido diseñado por ángeles de la alta costura, cosido con hilos de oro y decorado con el polvo de estrellas.

Me río para mis adentros con un ligero pánico financiero, no puedo evitar pensar que este momento es tan surrealista que incluso Salvador Dalí lo habría encontrado un poco excesivo. Pero bueno, al menos ahora sé lo que se siente al ser la versión *deluxe* de mí misma, aunque sea solo por un instante.

—Estás impresionante, ese vestido… te queda incluso mejor que a la modelo de la foto —me confiesa, y en ese momento una ola de autoestima me invade, mezclándose con un cosquilleo en la barriga con un ligero temor. La idea de pasar desapercibida se disuelve como azúcar en café.

Se acerca con una mirada intensa, portando en sus ojos algo tan inexplicable que me desarma por completo sin razón alguna y justo en el momento en que extiende su brazo para invitarme a salir de la habitación juntos, se detiene abruptamente.

—¡Un segundo! ¡Me falta lo más importante! —suelta Emmanuel, antes de dar media vuelta y desaparecer por un momento.

Vuelve con una caja negra de terciopelo que grita lujo a kilómetros: «BVLGARI». Al abrirla, casi me corta la respiración. Dentro, hay una joya que redefine el concepto de glamur, un collar de la colección Serpenti Viper que se enrosca con una elegancia alucinante, sus escamas capturando la esencia seductora de Bvlgari y unos brillitos que apuesto que son diamantes adornándolo sutilmente.

—Nos toca irnos, ya está aquí el taxi —me dice Emmanuel, trayéndome de vuelta a la realidad.

Caminando hacia el coche, no puedo evitar sentirme parte de algo extraordinario, sabiendo que esta noche va a ser de esas que no se olvidan, una inmersión total en un mundo de glamur en el que jamás me imaginé.

Llegamos al Lasarte y la noche se pinta aún más especial. El restaurante, con sus tres estrellas Michelin, es el epítome de la cocina de alto vuelo. Pero lo que realmente me deja boquiabierta es encontrarnos con Martín Berasategui en persona en la entrada, el titán de la gastronomía mundial.

Nos saluda con una calidez que te hace sentir especial; a Emmanuel como a un viejo amigo, y a mí con una cortesía que roza lo regio, besando mi mano al saludar. Este gesto, tan sencillo y a la vez tan cargado de significado, pone el broche de oro a lo que ya se presiente como una noche de película.

Ya en el interior, nos unimos a dos parejas que nos esperan. La diferencia de edad entre los caballeros y sus acompañantes es notoria, agregando un matiz de misterio a la velada. La conversación fluye alrededor de anécdotas llenas de lujo y opulencia, donde yates, villas y Ferraris son los protagonistas. A pesar de sentirme algo ajena a estos temas, me limito a sonreír y asentir, mientras observo la evidente sofisticación y el lujo que desprenden los atuendos de las damas presentes, incluso superando la magnificencia de mi propio vestido y complementos.

La cena toca a su fin, y siguiendo el plan maestro, me escabullo al baño. Al volver, mientras me dirijo hacia la salida, mis ojos de águila captan el momento clandestino: Emmanuel intercambiando mi querido bolso MK por el de otra señora. ¡Vaya! En un abrir y cerrar de ojos, me despido de mi Michael

Kors. «Adiós, querido. Fue breve pero intenso», murmuro interiormente, no exactamente entusiasmada con el trueque, pero era parte del trato.

Ya de regreso en el hotel, la curiosidad me muerde más fuerte que la pérdida de mi bolso. Así que, sin poder contenerme, le suelto la pregunta a Emmanuel, esperando algún tipo de explicación.

—¿Esto es todo? —pregunto, buscando entender el propósito de nuestra extravagante salida.

—Lo de hoy sí —responde él, insinuando que lo que nos espera será un caleidoscopio de experiencias, distintas a esta.

Me quedo en silencio mientras pienso en el precioso bolso MK, probablemente experimentando su propia versión de *Comer, rezar, amar...* sin mí. Quién sabe, tal vez, solo tal vez, encuentre su camino de vuelta a mí. O tal vez, en una vuelta irónica del destino, me haya salvado de convertirme en el blanco de una banda de ladrones de bolsos de lujo. Sea como sea, esta será una historia para recordar. ¡Joder, con lo que me gustaba!

La instrucción clara y concisa de devolver el vestido añadía una nota de pragmatismo a la fantasía vivida, provocando en mí una sonrisa ante la ironía del comentario. «Podrían al menos obsequiármelo, después de haber desempeñado un papel tan arriesgado, como plus de peligrosidad», bromeo, aunque en lo más profundo de mi ser, deseaba poder conservar un recuerdo tangible de esa noche.

Me deshago del peinado y me voy liberando de todo poco a poco. Al salir del baño, voy dejando cada prenda en su lugar con cuidado. Al mismo tiempo, le pido a Emmanuel que me ayude a quitarme el collar y, de paso, le lanzo una pregunta casual sobre qué había en el bolso que intercambiaron antes. Su respuesta es un muro de evasivas.

—No es nada que te interese —me suelta, encerrándose de nuevo en esa reserva que parece formar parte de su ADN, en su caparazón de secretismo, tan suyo.

La realidad cae sobre mí: la gentileza y el afecto que Emmanuel había desplegado durante esta noche no eran más que destellos momentáneos, excepciones fugaces en el complejo tejido de su verdadera esencia.

—Vaya, ya decía yo que algo estaba demasiado perfecto. Tu amabilidad se estaba volviendo sospechosa. Y aquí está de nuevo el auténtico Emmanuel, tan «impenetrable» como siempre. Me retiro, señor Everest, ¿la función ha terminado entonces? ¿Qué sorpresas más me esperan mañana? ¿Seguiremos aquí o nos vamos?

—Lo sabrás a tiempo. Que tengas buenas noches —me contesta con esa brevedad suya, dejándome flotando en un océano de dudas.

Con desaires de enfado, me meto en la cama y caigo en la cuenta de que no tengo ni una foto de esta noche. Emmanuel me prohibió usar el móvil, y me quedé sin la oportunidad de capturar un *selfie* con ese vestido y el collar de Bvlgari. Ahora me siento como si hubiera vivido en una burbuja de fantasía por unas horas y, al quitarme el maquillaje y liberar mi cabello de tantas gomitas, vuelvo a la cruda realidad.

Intento conciliar el sueño, pero resulta imposible. Resoplo dando vueltas en la cama, incapaz de encontrar una posición cómoda. Echo de menos mi vida cotidiana, aunque esta aventura haya sido un respiro de la monotonía. Me revuelvo inquieta, con la mente llena de pensamientos sobre el intercambio y preguntándome qué secretos albergaba ese bolso. ¿Podría ser la cajita que me escondieron con tanto sigilo bajo la falsa escayola de mi brazo?

Emmanuel, que también parece incapaz de dormir, parece haberme escuchado desde su habitáculo y me propone salir a dar un paseo.

—¿No puedes dormir? —me pregunta en la oscuridad.

—No —respondo en susurros.

—Yo tampoco. ¿Qué te parece si salimos a dar un paseo?

Acepto con curiosidad y la urgencia de escapar de la incomodidad que me agita.

Recorremos las estrechas calles del Barrio Gótico, con la imponente Sagrada Familia erguida como un guardián silencioso en la noche. Llegamos al Passeig de Gràcia, donde un espectáculo de luces, música y voces nos detiene.

—¿Qué estará ocurriendo allí? —pregunto, señalando a la multitud que se agolpa frente a un gran escenario y, justo en la entrada, una gran barrica de vino.

Emmanuel se inclina para observar mejor y me explica que es la Noche de los Vinos, una festividad donde los mejores venenciadores de España exhiben su arte. Mi sorpresa crece cuando me cuenta que Venenciadores Granada, una empresa de mi tierra andaluza, está entre los protagonistas del evento.

—Vamos a echar un vistazo —digo, sintiendo cómo la curiosidad se enciende en mi interior.

Nos acercamos y los venenciadores nos reciben con una gran sonrisa, invitándonos a apreciar de cerca su habilidad. Nos explican con detalle la técnica de la venencia: esa vara larga que termina en un pequeño recipiente, utilizada con movimientos precisos para servir el vino desde las alturas, combinando tradición y elegancia en cada gesto.

Nos quedamos fascinados observando a una joven que, con una destreza impecable, hace fluir el vino desde la distancia, como si sus manos coreografiaran una danza invisible. Cada uno de sus movimientos está tan perfectamente sincronizado que resulta hipnótico, una sutil fusión de arte y técnica.

Pero lo que realmente nos deja sin aliento está justo al lado: un cortador de jamón. No es solo su destreza con el cuchillo lo que nos impresiona, sino quién es. José Navarro, considerado uno de los mejores cortadores del mundo, está frente a nosotros. Su presencia, por sí sola, parece elevar la importancia de este evento. Y, para colmo de coincidencias, también es granadino. Cada loncha que corta cae con una precisión impecable, como si él y el cuchillo fueran una extensión perfecta el uno del otro, orquestando una auténtica sinfonía de arte culinario.

Y yo no puedo más... ¡Se me hace la boca agua! Necesito probarlo, no podría perdonarme marcharme sin catar ese jamón, sería casi un sacrilegio.

—Esto no nos lo podemos perder, Emmanuel, tenemos que probarlo —comento, con la mirada aún absorta en la escena, completamente cautivada por la habilidad de Navarro. Pero cuando me vuelvo para compartir mi emoción con Emmanuel, me doy cuenta de que ha desaparecido.

Un súbito vacío me invade y, mientras intento encontrarlo, me pierdo en la multitud. Mi corazón comienza a latir con rapidez, y el ruido de la gente se vuelve un murmullo distante. ¿Dónde se ha podido meter?

De pronto, algo me frena en seco. Una canción familiar suena de fondo. La voz, melodiosa y envolvente, me recuerda a mi amigo Chus Serrano interpretando, sin lugar a dudas, la canción de *Mi gato* de Pablo López. ¿Podría ser él? Desde donde estoy, no puedo verlo claramente, y casi sin darme cuenta, mis pasos me llevan hacia el escenario arrastrándome, atraída por la fuerza de esa melodía.

A medida que me acerco, el escenario emerge imponente frente a mí, una estructura casi etérea que parece flotar entre luces suaves y sombras profundas. Los destellos de luz crean un juego visual fascinante, mientras el sonido, perfectamente equilibrado, llena el lugar con una intensidad que resuena en mi interior.

Y entonces lo veo. Es Chus. ¡Sí, es él! La alegría me invade al reconocerlo, pero lo más curioso es lo cercano que todo esto se siente, como si cada detalle me llevara de vuelta a un pasado vivido, cercano. Me dejo llevar por la corriente de gente y de repente me encuentro a unos metros del escenario, donde la verdadera magia del espectáculo cobra vida en silencio. Mis ojos se detienen en los técnicos de sonido. En sus espaldas, el nombre: «SONIDO JYO». En ese instante, una felicidad abrumadora me envuelve.

—¡No puedo creerlo! —exclamo, con los ojos desorbitados de asombro—. ¡Es increíble encontrármelos aquí!

Hace meses que no los veo. Son amigos de mis padres, grandes amigos míos..., siempre presentes en mi vida. Maestros en su oficio, pero mejores personas aún, capaces de transformar cualquier evento en una experiencia única e inolvidable.

Es en ese momento cuando me doy cuenta de lo que está ocurriendo. ¿Estoy alucinando? Porque todo aquí —la música, las personas, el ambiente— me resulta tan conocido como si cada detalle fuera una señal, algo que he pasado por alto, pero que ahora se revela ante mí. Siento que el universo está tratando de decirme algo, algo importante. Todo esto no es casualidad. Es como si estuviera regresando a algún punto donde ya he estado, como si este lugar y estas personas fueran más que simples evocaciones…, fueran parte de algo mucho más grande, algo que tengo en mi subconsciente.

Quiero acercarme, abrazarlos, pero la corriente de gente me lo impide. La noche adquiere un matiz surrealista, casi onírico. Sin embargo, la ausencia de Emmanuel me arrastra de vuelta a la realidad. A medida que el espectáculo continúa, una inquietud crece dentro de mí. Escaneo cada rostro entre la multitud, cada sombra, buscando desesperadamente encontrarlo, pero sin éxito. Mis intentos por localizarlo se vuelven más frenéticos, y lo que antes era un momento esplendoroso empieza a desmoronarse en su ausencia.

De manera completamente inesperada, como si emergiera de la nada, otra figura se cruza en mi camino, una que me resulta aún más sorprendente, incluso más reconocible.

¡No puede ser! ¿Cómo es posible…? La incertidumbre se instala de forma forzada en mi cabeza como algo borroso que lo envuelve todo hasta dejarme sin una sola certeza. El espacio a mi alrededor parece encogerse, difuso, extraño, mientras las coincidencias se apilan, abrumadoras, tantas que se vuelven imposibles de ignorar. Es como estar y, a la misma vez, no estar aquí ¿Qué me está sucediendo? Trato de asimilar tanta coincidencia, pero es inútil. Y en medio de este torbellino, de nuevo, la mirada vuelve a él… Ahí está Bat. Su figura resalta entre la multitud, como si hubiera sido colocado en ese preciso lugar por el propio destino. Lleva unas bermudas de mezclilla que le perfilan las piernas musculosas y una camiseta negra que se ajusta a su torso definido, cada línea acentuada por la luz que cae sobre él. Su piel bronceada brilla tenuemente bajo los focos del espectáculo, y su cabello, perfectamente peinado, le confiere ese aire de alguien que nunca pierde la compostura. Pero es su expresión, serena y segura, lo que parece dominar la escena, como si nada de esto lo sorprendiera.

En una de sus manos, casi como si fuera parte del guion de este desconcertante episodio, sostiene dos pequeños vasos de vino de los venenciadores de Granada. Claro, ahora lo entiendo: el recuerdo de su origen se entrelaza con este momento, como si cada detalle y cada encuentro desde que llegué aquí hubieran sido parte de un plan cuidadosamente trazado. No son meras coincidencias, sino señales sutiles, colocadas con un propósito que empieza a revelarse ante mí.

Los venenciadores, el cortador de jamón, Navarro... Jesús y Olivia, los técnicos de sonido, todos, sin excepción, conectados de algún modo a Granada. Pero no es hacia esa ciudad hacia donde apuntan estas piezas, sino hacia Bat. Como fragmentos dispersos de un rompecabezas que no sabía que estaba armando, me doy cuenta de que cada uno de ellos ha sido un paso, una pista, un susurro que me ha guiado, no a un lugar, sino a él.

El hecho de que Bat también sea de Granada no es una coincidencia, sino la pieza clave.

Solo faltaría girar la esquina, encontrarme frente a la Alhambra y que una mujer me ofrezca romero mientras, con una sonrisa cómplice, me cuenta la historia de Zoraida, la princesa que lloró por su amor imposible hasta que sus lágrimas se convirtieron en los canales que serpentean por los jardines del Generalife. ¿Y quién sabe? Quizás hasta aparezca Boabdil, no para saludarme, sino para advertirme de que, si no espabilo, seré yo la siguiente en dejar un río de lágrimas en esta ciudad. Pero no, para ser realistas, nada-de-esto-sucede.

Y sin embargo, ahí está él, de pie, mirándome como si estuviera esperándome. Como si todo esto fuera inevitable. Como si tuviera que suceder. Es el último golpe de gracia de estas coincidencias que se acumulan una tras otra, como piezas de un rompecabezas.

—No me lo puedo creer, ¡si me pinchan no sangro! —susurro para mí misma, intentando recobrar la compostura. Su mirada intensa me deja sin aliento y sin palabras, mientras yo no puedo dejar de contemplarlo: sus ojos me atrapan, su sonrisa me desarma y su estilo es simplemente perfecto. Parece salido de una revista de moda ¡Es increíble lo atractivo que está!

Bat se detiene ante mí y me ofrece un vaso de vino, y, sin saber qué decir, lo acepto con manos temblorosas.

La música frena mis pulsaciones. Su presencia inesperada, el ambiente vibrante y el vino en mi mano me desconciertan por completo.

—Brindemos —dice Bat, con una sonrisa deslumbrante que transforma su expresión, revelando un «no se qué» que nunca antes había visto en él.

Elevamos nuestros vasos y brindamos en silencio, como si el bullicio a nuestro alrededor desapareciera por completo. La combinación de su cercanía, el ambiente envolvente y el suave cosquilleo del vino me crea una sensación abrumadora y enigmática. De repente, la escena empieza a desvanecerse, y Bat comienza a alejarse dándome la espalda, mientras yo quedo inmóvil, con los pies aparentemente pegados al suelo.

Siento cómo la realidad se disuelve a mi alrededor, y una sacudida me recorre todo el cuerpo. Tiemblo de frío y no puedo controlar este temblor que me sumerge en mi interior.

A lo lejos, escucho la voz de Emmanuel llamándome con un tono que roza la burla, pero no tengo la fuerza ni el deseo de girarme. Busco a Bat desesperadamente en la multitud, pero ha desaparecido entre la gente.

Mi nombre vuelve a resonar, esta vez tan cercano que parece que podría tocarlo.

Abro los ojos y me encuentro en la habitación, enredada entre las sábanas, con el corazón latiendo rápidamente y algo de temblor en mis manos.

—¿Un sueño? —me pregunto en voz baja, tratando de recuperar el aliento. Todo había sido tan vívido, jodeeer...

Lunes

Me levanto aún desorientada y miro por la ventana. La luz de la mañana empieza a iluminar Barcelona, y con la sensación del vino aún en mis labios y el toque de la mano de Bat en mi memoria, me doy cuenta de que tal vez no fue solo un sueño. ¿Una premonición, quizás? ¿O simplemente mi mente jugando conmigo, otra vez? Lo único que tengo claro es que algo está a punto de cambiar.

Emmanuel, al escucharme levantarme, se acerca con la excusa de sacar una botella de agua del minibar, que está justo al lado de mi mesita, y con una sonrisa burlona me pregunta:

—¿Cómo ha sido tu descanso, señorita rabia? ¿O el enojo se encargó de hacerte compañía toda la noche?

La pregunta me recuerda cómo me fui a la cama ayer, después de sus comentarios tan rudos.

Qué irónico, porque mientras tú, el imperturbable «rey del Everest» del mal humor, te sumergías en tu propio vendaval de mal temperamento (o, como dirían en mi tierra, en una auténtica «mala *follá*»), yo me encontraba inmersa en un sueño encantador junto al hombre que realmente anhelo.

«Al menos en mi mundo de sueños, experimenté un momento de verdadera felicidad, aunque solo fuera en mi mente», reflexiono con una sonrisa irónica mientras le echo una mirada furtiva, sabiendo que, en mi caso, el escape fue mucho más placentero y más gratificante que el mal humor que él parece llevar como un distintivo.

Claro que estoy molesta con él por su trato hacia mí, pero él actúa como si nada, indiferente. Se bebe la botella de un solo trago, luego se gira hacia mí, me lanza mi teléfono y se mete en la ducha. La sensación de que algo se está gestando persiste, y me pregunto si lo de esta noche, en la que el vino y Bat se entrelazaron, será el preludio de algo aún más grande.

Llamo a mis padres y mensajeo con mis hermanas. Por lo que veo, Emmanuel ya se encargados de pasarme fotos de los platos elaborados por el chef del restaurante anoche, que me sirven como coartada para demostrar mi participación en las jornadas de hostelería enmascaradas.

También llamo a mis tíos, quienes quedan impresionados con las fotos de los menús que les envío. Les explico que solo veo los platos una vez elaborados y, en algunos casos, los pruebo si tengo la oportunidad.

Escribo a mis amigos, a Deborah y a mis compañeros del instituto, asegurándoles que estoy bien y que estoy aprovechando mi tiempo de recuperación para resolver algunos asuntos por la península. Me tienta escribir a Bat, pero antes de que pueda hacerlo, recibo una llamada de un número oculto. Emmanuel, que acababa de entrar al baño, sale apresuradamente hacia mí.

—¡Dámelo! —me grita mientras se acerca velozmente.

Sin embargo, en mi nerviosismo, en lugar de contestar la llamada, termino por rechazarla accidentalmente.

—Lo siento, ha sido sin querer… Mi intención era contestar —me disculpo.

—Que no vuelva a pasar, y si vuelve a llamar, contesta y pon el altavoz y que yo esté delante. No tomes decisiones por tu cuenta, ¿entendido? —me advierte.

Asiento, sintiéndome un poco intimidada por su reacción. A pesar de que se queda cerca, esta vez no me quita el móvil. Sigo respondiendo algunos mensajes para apaciguar la situación.

No me sorprende no recibir noticias de Bat. Supongo que ya me he acostumbrado a la situación. Mientras tanto, recibir fotos y vídeos de Mía sigue siendo mi consuelo. Me animan un poco, pero sigo sin saber nada de Pietro.

Bajamos al gimnasio del hotel en un silencio incómodo. La tensión entre nosotros es palpable, y me siento desconcertada por sus cambios de humor impredecibles. Emmanuel parece ser una persona completamente diferente de un momento a otro, lo cual me irrita profundamente.

Decido aislarme de la situación subiéndome a una bicicleta estática y poniéndome mis AirPods para sumergirme en la música. Intento concentrarme en la sensación de libertad que me proporciona esta, en lugar de en la frustración que siento.

Mientras tanto, observo cómo Emmanuel se dirige a la zona de peso libre, seleccionando las mancuernas más pesadas con determinación. Cada levantamiento parece llevar consigo un esfuerzo más allá de lo físico, como si intentara liberar su propia confusión o frustración.

Esta distancia física en la sala del gimnasio, aunque mínima, me da un respiro, permitiéndome reflexionar sobre todo lo que está sucediendo y cómo manejar esta situación con él. Aunque compartimos el mismo espacio, nuestros mundos internos parecen estar en diferentes órbitas, cada uno lidiando con sus propios pensamientos y emociones.

Cojo mi teléfono discretamente, fingiendo estar absorta en la música que suena en mis auriculares. Sin darle muchas vueltas, decido escribir un mensaje a Bat.

Bat, no puedo hablar ahora, pero necesito decirte algo importante. Solo puedo hacerlo por mensaje, será un minuto. ¿Me puedes leer?

Espero a que Emmanuel esté un poco más ocupado con su entrenamiento antes de enviar el mensaje. Justo diez minutos después, la música se detiene y recibo un mensaje de Bat a través de mis auriculares. La voz digital pregunta: «Mensaje de Bat. ¿Quieres que te lo lea?». Nerviosa, pulso el botón de pausa y abro el mensaje, intentando actuar con naturalidad mientras leo lo que Bat tiene que decir.

No puedo ahora. Estoy a tope con el trabajo, los niños, todo. Ni hoy ni mañana, ni estos días va a ser posible.

Estoy agobiado, Carolina quiere llevarse a los niños a la
península. Gracias por tu mensaje.

¿En serio? ¿Esa es su respuesta? Guau, impresionante. Aquí estoy, pidiendo un minuto de su valiosísimo tiempo, no sea que le quite un segundo crucial de su ocupadísima vida.

Disculpa, no era mi intención interferir en tu apretada
agenda de... ¿qué exactamente? ¿Organizar tu colección de
respuestas indiferentes? Bueno, gracias por nada.

No, no puedo decirle eso. Borro y vuelvo a escribir:

Por favor, solo necesito un minuto, necesito comentarte
algo. No te voy a llamar, tranquilo, solo necesito que estés
pendiente a lo que te escribo, será muy rápido. Es importante.

Tengo a mi hijo enfermo y realmente no estoy para
nadie. Son malos tiempos...

Siento cómo las lágrimas amenazan con salir. Rápidamente, borro el mensaje antes de que Emmanuel se acerque y rápidamente lo bloqueo.

—¿Qué pasa, Katya? —me pregunta.

—Nada —murmuro, apenas audible.

—¿«Nada» te hace llorar así?

—Sí, nada. Déjalo, ¿vale?

—Dame el móvil —exige, acortando la distancia entre nosotros con una mirada que me fulmina, su torso desnudo y la toalla colgando de su mano, como si intentara impresionarme con su físico.

—¿Para qué lo quieres? Si seguro que ya sabes todo lo que hago, ¿no? Mi voz revela mi enfado, cansada de sentirme vigilada.

—Quiero ver qué estabas haciendo.

—No estaba haciendo nada importante. Solo escuchaba música y veía fotos de Mía. ¿Contento?

Se da la vuelta con un gesto de frustración, la toalla se la pone ahora sobre su hombro, y se aleja sin decir más. Me quedo ahí, con el móvil en la mano, pero se gira y me lo arrebata, sintiéndome invadida.

¡Ahí va el tren de la tentación! Este espécimen humano, el señor esculpido por los mismos dioses del Olimpo, intentando impresionar con esos músculos que harían temblar al mismísimo Hércules.

Pero vaya, el *plot twist* llega tan pronto como se decide abrir la boca. ¿Será que su amabilidad anda en modo ahorro de energía? Creo que se le olvidaron incluirle el manual de buenos modales, o más bien diría que la naturaleza le ha dado todos los atributos físicos posibles y olvidó instalarle el *software* de la simpatía.

Así que mientras me pierdo con admiración hacia sus impresionantes deltoides, mis ojos se cruzan con los suyos. Sorprendido y quizás un poco halagado, detiene su paso y devuelve la mirada, fijando en mí un escrutinio inesperado.

—Katya, después de comer tenemos que ir a las Ramblas. Necesito hablar con alguien —me informa con tono de mando.

—No tengo ganas —replico.

—Me da igual. Es parte de tu trabajo, así que tienes que venir, quieras o no.

Cada minuto que pasa, su presencia se vuelve más opresiva.

Aunque me vea rodeada de un derroche de lujos y comodidades, siento que todo esto es foráneo, como si estuviera viviendo una vida que no me pertenece, inmersa en un universo paralelo que está a años luz de mi realidad cotidiana. Actúo como una marioneta, movida por hilos invisibles que no controlan mi mano, sino algo ajeno a mí, algo que se adueña de mis decisiones y emociones sin mi consentimiento. Es como si estuviera atrapada en un sueño del que no puedo despertar, deseando desesperadamente volver a mi propia piel y recuperar el control de mi destino.

Al llegar al hotel, en un giro más de esta trama que parece sacada de una de esas películas de espías con un toque de glamur, Emmanuel me entrega otro dosier. Sí, exactamente el mismo que aquel misterioso personaje en las Ramblas le había pasado durante ese intercambio clandestino, donde Emmanuel, a la misma vez, le ha entregado el bolso de la señora de la cena de anoche.

Con una sonrisa que pretende ser tranquilizadora, me informa de que para mañana martes hay un concierto en agenda.

—¿Y ahora qué rol me toca interpretar esta vez? ¿La de la *groupie* inconsciente o la mánager estresada? —pregunto, con un tono entre la resignación y el hartazgo que me consume.

—Nada, solo ven conmigo. Me gustaría que me acompañaras, será algo diferente y estoy seguro de que te va a encantar. Considéralo una invitación —responde, intentando darle un tono más amable a la situación.

—¿De quién es el concierto? —inquiero, intentando encontrar algún interés en la propuesta.

—Es un tributo a Queen, sus integrantes son italianos, son músicos de primer nivel, y sobre todo, muy amigos míos desde la infancia. Te los presentaré.

—¿En serio? Me gusta mucho Queen —comento, recordando cuánto disfruté la película—. La película me encantó —le digo.

—Entonces, prepárate para que el concierto te guste aún más —responde con un tono de confianza—. Es verdaderamente impresionante, especialmente por cómo Pablo Padín interpreta a Freddie Mercury. Reproduce cada uno de sus movimientos y gestos de tal manera que te hace creer que Freddie ha vuelto a la vida. Y ni hablar de cómo interpretan temas como *We Will Rock You*, *Bohemian Rhapsody*, *Radio Gaga* y *We Are The Champions*, entre muchos otros.

Ese comentario me transporta instantáneamente a un recuerdo con Bat, hace unas semanas en su coche cuando la canción de Queen llenaba el aire mientras teníamos sexo en mitad de un camino.

Asistir a ese concierto será una buena distracción. Prefiero eso a quedarme sola. A pesar de conocerlo poco, su presencia me ofrece una sensación de protección. La conversación fluye entre nosotros con un aire de tensión que parece desaparecer poco a poco.

19

A CADA MOMENTO CONFORMAMOS

LA HISTORIA DE NUESTRA VIDA

Martes noche (16 de noviembre)

El silencio se rompe con un chasquido de dedos, perfectamente sincronizado, el estribillo icónico se cuela entre nosotros, y ahí está Pablo, parado al frente, su silueta recortándose contra las luces. Su bigote, una réplica exacta del de Freddie Mercury, se mueve con cada palabra, cada nota, capturando la esencia del icónico líder de Queen.

—Es impresionante, ¿verdad? —me susurra él, sin quitar los ojos del escenario.

—Totalmente… —respondo, encontrando su mirada un momento.

Hay algo en la forma en que Pablo maneja la canción, cómo su voz se eleva por encima de la música, que me hace sentir como si estuviéramos presenciando algo único, algo mágico.

Cada segundo, cada sonido, cada melodía que sale de esos instrumentos se convierte en un eco que acaricia mi alma, formando un coro que me atrapa en una burbuja de recuerdos y emociones. Me dejo caer hacia atrás, cierro los ojos, y en esa penumbra, las palabras y la música me catapultan directamente a aquella tarde con Bat. La voz de Mercury solo es el inicio, una introducción que me arrastra sin pausas a ese momento congelado en el tiempo, sumergida en la intimidad de su coche.

De repente, ya no estoy en el concierto; estoy allí, con Bat.

En ese momento, la iluminación del escenario se transforma por completo, adoptando un tono más suave, más tenue, más cálido. Solo se oyen el bajo y la guitarra. De repente, me invade esa misma sensación inquietante de que algo importante está a punto de suceder. Estoy completamente cautivada, sin pestañear, y entonces se produce un gran silencio. Comienzan a sonar los acordes de la canción que tanto esperaba, acompañados por el chasquido de dedos y su inconfundible estribillo...

It's a kind of magic.
It's a kind of magic.
A kind of magic...

En esos breves pero intensos segundos, se apodera de mi mente la imagen de cuando estaba a cuatro y me tenía cogida de la cadera, la sacaba por completo, dejando la punta como tope justo en el filo de mis labios —los de abajo, claro—, cada chasquido, un *boom*, seguido de un concierto de gemidos.

Ahora mismo mi mente lo visualiza a la perfección. Empezó a embestirme lentamente, yo me mordía mis labios por la satisfacción que sentía, arqueaba mi cuerpo en cada embestida, lenta, intensa. Me sentía tan suya que sentía que me derretía cada vez que me acometía, poco a poco fue arremetiéndome más rápido. Me dio unos azotes en los cachetes. Mientras, todo mi ser empezó a vibrar y sentí una descarga de placer que recorrió todo mi cuerpo; me hizo convulsionar. Mi vista se nubló...

Él siguió penetrándome, cada vez más rápido, y mis espasmos lo apretaban involuntariamente. Finalmente, en un último embiste, me atravesó hasta lo más profundo y apretó brutalmente contra mis caderas. Sentí cómo explotó en lo más hondo de mi ser, inundándome de un placer infinito, incontable, eterno.

Después de recuperarnos de ese ardiente encuentro de sexo prodigioso, una vez más, el mejor sexo que he tenido, superando con creces las otras veces con él, que ya parecían imposibles de superar, me regaló el mejor de los momentos. Nos tumbamos juntos, con la respiración agitada. Me acurruqué junto a él, con la cabeza entre su pecho y su hombro. Me acarició la cabeza, besó mi mejilla y me abrazó.

Disfruté cada segundo en sus brazos, confesándole entre susurros y miradas cargadas de deseo lo mucho que adoraba cada gesto suyo, cómo cada encuentro me elevaba a nuevas cimas de placer, cómo él, incansable, superaba todas mis fantasías, cada vez con más ardor. En esos momentos, me sentí irremediablemente suya, en un nivel que trascendía todo lo que alguna vez había anhelado o soñado. De algún modo profundo y visceral, siempre supe… Él era parte de mi destino, mi todo, mi hombre, y yo ansiaba compartir cada oportunidad de mi vida con él.

Fue la primera vez que permití que se fundiera en mí de esa manera tan íntima y cruda, sin barreras, piel con piel, y esto marcó un antes y un después; ese acto de entrega pura me catapultó a una dimensión de éxtasis que no había explorado antes con nadie. ¡Qué morbo me da con solo recordarlo!

Vuelvo a aterrizar en el presente, de regreso al bullicio del concierto, a la cruda realidad. A medida que la melodía se extingue y el teatro se llena de aplausos estruendosos, una sonrisa se dibuja en mis labios, invadida por un sentimiento de gratitud por este regalo inesperado de esta noche y, a la vez, de aquel recuerdo. La magia siempre encuentra la manera de manifestarse.

—¿Sabías que él lleva haciendo esto casi veinte años? —me dice, mientras Pablo navega por la complejidad de la canción con una facilidad envidiable—. ¿Hola? ¿Katya?

20

A KING OF MAGIG

—¿Todo bien? —Su tono cargado de preocupación interrumpe mis ensoñaciones, y me encuentro esbozando una sonrisa sin poder evitarlo.

—Ah, sí, sí, todo bien —respondo, aún un poco distraída por el eco de los recuerdos en mi mente—. ¿Veinte años dices? No me extraña, la verdad. Se nota que nació para esto. Y ese detalle de la moneda… es como si Brian May estuviera aquí mismo —contesto, intentando disimular mi absentismo—. Perdóname, Emmanuel, es solo que esta canción es mi debilidad, me encanta.

—Ah, ya decía yo. Te he preguntado si estás bien unas tres veces y no has respondido. Casi empiezo a pensar que te has quedado catatónica, como si las luces del escenario te hubieran hipnotizado o algo así —bromea, y no puedo evitar soltar una risa de esas que te hacen sentir el abdomen.

—Ja, ja, ja, qué va, simplemente es que estaba completamente absorbida por la música. Oye, ¿me pasas mi móvil? Necesito capturar este momento.

Estoy más que bien, reviviendo un lapso tan palpable que casi puedo sentir el aire vibrar al ritmo de aquel recuerdo. La música me embauca, me hechiza, y por un fugaz segundo, me encuentro flotando en sus notas. Él me entrega el móvil y, mientras se aleja hacia una esquina del escenario para capturar con su cámara a la banda, aprovecho para inmortalizar el final del tema de *Magic* que tanto me ha conmovido. Sin pensarlo demasiado, impulsivamente, se me pasa por la cabeza compartir ese instante con Bat, como un puente hacia aquel momento que compartimos. Sin pensarlo demasiado, tomo la foto, abro WhatsApp, busco a Bat, lo desbloqueo, me meto en galería y… ¡¡Pero!! Joder, me quedo helada. ¿Cómo? Me detengo sorprendida con los ojos de par en par. Una foto de Queen aparece en mi pantalla, en su chat, pero no es la que yo acabo de hacer. ¿Cómo puede ser…? ¿Es de Bat para mí? ¿Está aquí? La coincidencia es demasiado grande como para ignorar esto.

Reviso la imagen que acabo de capturar y la comparo con la que él me ha enviado. Son casi idénticas, salvo que la suya está tomada desde otra perspectiva más lejana. La conclusión cae sobre mí con el peso de la inevitabilidad: Bat está aquí. ¿Me habrá visto? Un torrente de nerviosismo me recorre, y en mi torpeza, se me cae el móvil al suelo. Lo recojo a toda prisa, temblando, borrando el mensaje de Bat y bloqueándolo acto seguido. No puedo correr el riesgo de que me llame en este momento. Tiene que haberme visto, de lo contrario, ¿qué sentido tendría su foto?

——Son únicos ——me dice Emmanuel al acercarse a mí, mostrándome con entusiasmo los vídeos y fotos que ha capturado desde distintos ángulos del escenario——. ¿Te gustan?

Mi respuesta es vacilante, apenas un murmullo incoherente. La agitación interna me ha desconectado por completo.

—¿Te sucede algo?

—No, nada. Solo necesito ir al baño —respondo, intentando desviar la conversación.

—Pero si falta muy poco para que termine. ¿Crees que puedas esperar? —pregunta con consideración.

Asiento, aunque mi mente está en otro lugar. Rodeada por una multitud de cinco mil almas, la posibilidad de cruzarme con Bat parece remota, pero la inquietud no cesa. ¿Y si realmente está aquí? La sola idea me tiene al borde de un ataque de nervios.

El teatro queda en un silencio reverencial. Y al terminar, todos, como un solo ser, nos levantamos en una ovación que parece querer romper el techo, celebrando no solo la música de Queen, sino el talento de quienes han logrado revivirla esta noche.

—Increíble, ¿no? —dice él, su voz casi ahogada por los aplausos.

—Más que eso, ha sido… extraordinario —respondo, nuestras miradas encontrándose de nuevo y agacho la cabeza para evitar que me note mi disipación.

—¿Quieres conocerlos, Katya? Tendríamos que aguardar casi una hora; acabo de hablar con su mánager y me ha dicho que darán una entrevista en cuanto se cambien, y esto les llevará algo de tiempo —sugiere, ajeno a mi estado.

—Quizás sea mejor irnos. Me está empezando a doler la espalda… —miento, buscando cualquier excusa para escapar de esa situación rápido.

—De acuerdo, nos vamos. Sígueme.

Nos dirigimos a la salida, y yo me esfuerzo por mantenerme discreta, deseando con todas mis fuerzas evitar cualquier encuentro no deseado. La multitud en la salida es agobiante. Ajusto mi chaqueta, me acomodo la bufanda y comienzo a ascender los peldaños hacia la salida. Entonces ocurre. Lo veo justo delante de mí, a unos metros dirigiéndose a la puerta. Un escalofrío me recorre el cuerpo, dejándome paralizada en el acto. En ese momento, la revelación de la otra noche se aclara: ese sueño inquietante, esa premonición casi profética de un encuentro. Todo cobra sentido, desde el nerviosismo inexplicable hasta esa sensación persistente que no podía identificar, provocándome un nudo en el estómago y un malestar que me hace sentir como si estuviera a punto de vomitar.

Al entrelazar todos los detalles, me embarga una ola de ansiedad tan profunda y abrumadora que me resulta casi insoportable.

—Katya, ¿qué te pasa ahora? —pregunta Emmanuel, notando mi súbita detención.

—Me ha dado un pinchazo en la espalda, no puedo moverme —confieso, y en esta ocasión, no es una excusa. La tensión acumulada ha desencadenado un espasmo real.

—Ven un momento —dice, guiándome con cuidado a un lado para apartarme de la corriente de personas. Con destreza, comienza a examinar mi espalda hasta encontrar el punto exacto del dolor—. Parece que tu cuadrado lumbar está completamente tenso, como si estuviera anudado. Voy a aplicar presión sobre un punto específico para ayudar a deshacer ese nudo. Te pido que respires profundamente. Mantenlo… Tres, dos, uno… Y ahora exhala lentamente. ¿Sientes alivio?

Sigue el procedimiento un par de veces más, con cada repetición, la tensión parece disiparse ligeramente.

—Sí, algo mejor —admito, sorprendida por la efectividad de sus tocamientos.

—Estás cargando mucha tensión. Si quieres, cuando lleguemos al hotel, te hago un masaje suave. Es probable que el dolor vuelva, pero intentaremos aliviarlo lo mejor posible.

Le agradezco por ese alivio tan precoz. Salimos por fin cuando ya está todo más despejado. No deja de hablar entusiasmado sobre el concierto, y yo intento seguirle el juego, aunque claramente mi ánimo ha decaído tras ver a Bat. Era Bat, inconfundible, con su chaleco verde y esos vaqueros que llevaba la última vez que nos vimos. Ahora acompañado por una joven morena. ¿Será su pareja? Aunque su rostro permanece oculto a mi vista, la diferencia de edad parecía notoria. Me cuesta creer lo que mis ojos han presenciado. Me pregunto si me habrá visto durante el concierto, especialmente en el momento de la foto cuando finalizaban la canción *A Kind of Magic*.

—*A Kind of Magic*: la visión de una mágica amistad, con un amor inmortal…

—¿Perdona? —le respondo a Emmanuel, sacándome de mis cavilaciones.

—La canción que tarareas, *A Kind of Magic*, trata sobre un amor eterno que nace de una amistad mágica. ¿No lo sabías?

—No…

—Habla de una magia, un sueño, un objetivo. Un amor guiado por una luz; un amor que despierta dentro de una mente desafiando el tiempo, y que, aunque pasen los años, sigue ahí, durará mil años porque es especial, es magia… Y cuando menciona lo de «una llama que arde dentro de mí» se refiere a una pasión incontrolable. «Escuchando armonías secretas» es una metáfora de un amor prohibido pero real. Hay frustración por no estar juntos, pero la esperanza de reencontrarse es fuerte porque se siente en el alma.

Me explica que la canción fue compuesta por Roger Taylor, el baterista, pero que Freddie Mercury transformó la pieza aprovechando una ausencia de Taylor. Al final, a Roger le encantó la versión de Freddie, y así se quedó.

—Es hermosa —admito, sintiendo cómo la canción resuena ahora más profundamente en mí. Entre consuelo y rabia, el significado de la letra me hace reflexionar sobre lo mío con Bat. Las lágrimas están a punto de brotar, inevitables y cargadas de emoción, imposibles de ocultar.

—Katya, sé que prefieres estar en cualquier otro lugar en este momento, y yo, si te soy sincero, también. Y la verdad, algo en ti me descoloca de una forma con la que no contaba, me hace sentir cosas que no debería. Por mi trabajo, he tenido que meternos en toda esta situación, y te pido disculpas por ello. No te mereces pasar por esto. He intentado, a mi torpe manera, hacerte pasar una velada hilarante, que este rato fuera algo diferente para ti, intentando sacarte una sonrisa. Pero veo tus ojos tristes… Puede que no haya estado a la altura.

»Quiero que sepas algo: estos días he tenido que ponerme una máscara, no he sido yo mismo, sino lo que quieren que sea. Pero quiero que sepas que estar aquí contigo, en este concierto, ha sido un rayo de luz en medio de todo. Realmente lo he disfrutado, mucho más de lo que imaginaba. Compartirlo contigo ha sido especial, de verdad. Lamento muchísimo si en algún momento he sido descortés o grosero contigo. Perdóname, por favor.

Me lanzo hacia él, abrazándolo y rompiendo a llorar. Suelto todo el llanto que tenía aprisionado en mi pecho. No puedo parar de llorar. Mis padres, mi familia, Bat, Arturo, Pietro, Mía, mi trabajo, mi vida… Toda la ansiedad que tengo encarcelada. No entiendo este giro tan jodido. Ahora que por fin creía haber encontrado el momento perfecto para estar con Bat, otra vez surgen impedimentos. No entiendo nada. Todo me sale mal. ¿Serán señales de que no está para mí? ¿Por qué insisto en algo que parece carecer de sentido?

Sigo totalmente obsesionada con él. Esta vez, pensaba que iría todo bien. O eso quería creer, porque fue tan efímero como utópico. Verlo con otra, aquí, en la península, acaba de romper todas mis ilusiones. ¿Tendría razón Deborah? Ella ya me advirtió. Cuando recibí el mensaje de que Carolina se quería llevar a sus hijos a la península, en ningún momento me dijo que él se había venido detrás de ella, o con ella.

—No llores, *gioia mia*. Es normal que estés así. Me siento fatal, créeme. Esto es contra mi voluntad, no es algo que haya elegido.

Me separo un poco, retrocediendo un paso, y lo miro directamente a los ojos. A pesar de mi sonrisa un tanto forzada, no consigo articular palabra. Sin embargo, el contacto visual intenso me brinda el respiro necesario para murmurar un «gracias» de forma tímida, pero cargado de profunda gratitud. Él me envuelve de nuevo en sus brazos, esta vez con más fuerza, y deposita varios besos tiernos en mi frente.

—Tranquila, esto pronto pasará. ¿Qué te parece si vamos a cenar? Conozco un restaurante italiano excepcional. Permíteme hacer una llamada.

—Sí, me parece bien —respondo aún dentro de su abrazo, saboreando esa sensación de tranquilidad y consuelo que no desearía cambiar por nada en este momento—. Gracias, Emmanuel, y perdona por el llanto.

—¿Perdonarte? Me has empapado esta chaqueta de Giorgio Armani que estreno hoy —dice con una seriedad fingida.

Me aparto sorprendida al escuchar sus palabras y examino su chaqueta con los ojos muy abiertos.

—Lo siento.

—Ja, ja, ja, es broma. Al contrario, me alegro de que hayas podido desahogarte. ¡Vamos, que aquí hace frío!

Saca su teléfono y, sin alejarse de mí, realiza la llamada. Su gesto amable y su disposición a transformar el momento en algo más ligero y alegre me calientan el corazón.

—*Ciao mamma, sei al ristorante con i fratelli? Tutto bene, arriveremo tra dieci minuti. Puoi prepararci un tavolo? Mangi con noi? Vengo con un'amica… Grazie, mamma. Ti amo. Ci vediamo tra poco. Un bacio.*

Al colgar, me mira expectante.

—¿Y bien? —le pregunto, curiosa.

—Supongo que lo has entendido, ¿no sabías italiano?

—Un poco, pero no estoy segura de haberlo comprendido todo. Has mencionado algo sobre tu madre y tus hermanos…, un restaurante. ¿Puede ser?

—Exacto, mi madre está aquí en Barcelona. Ayuda mucho en el restaurante italiano de mis hermanos. Aún no te había hablado de ellos. Somos tres varones, yo soy el mayor, y ellos, los pequeños, que son gemelos. Acabo de reservar una mesa para esta noche y ella se unirá a nosotros. ¿Te parece bien?

La idea me llena de una calidez inesperada, pensar en compartir una mesa con su familia.

—Por supuesto, no me importa en absoluto. Al contrario. Pero ¿ella sabe… sobre esto? ¿Y tus hermanos?

—Mi madre conoce a grandes rasgos mi trabajo con Dimitri, pero no entra en detalles. Mis hermanos están más al tanto, aunque tenemos un acuerdo de no hablar sobre ello. Le he dicho que cenaría con una amiga. No te preocupes, mi madre es muy discreta.

Nos dirigimos al restaurante mientras continúa explicándome:

—Verás, la cocina italiana es famosa en todo el mundo. En casi cualquier lugar de Occidente puedes encontrar un restaurante italiano y disfrutar de un excelente plato de pasta, una auténtica *pizza* o postres deliciosos como el tiramisú. Mi madre es una persona muy activa, y aunque no se dedica a la hostelería, junto a mis hermanos fundaron el Xemei. Ya verás, es un lugar que se distingue por ser veneciano, no solo italiano. No es lo mismo decir «hoy hemos cenado en un italiano» que «hoy hemos cenado en un veneciano».

Cuando Emmanuel empieza a hablar de su familia, su voz se tiñe de un tono especial, revelando el lazo profundo que los une. Con cada palabra, es evidente el respeto y la admiración que siente por sus hermanos, quienes han convertido Xemei en un rinconcito de Venecia en el corazón de Barcelona.

—Mis hermanos, Stefano y Max, son los verdaderos artífices detrás de Xemei. Se dice *xemei* en nuestro dialecto veneciano, significa 'gemelos'. Han logrado traer un pedacito de nuestra Venecia natal a esta ciudad, superando los clichés de la cocina italiana que todos conocen. —La emoción brilla en sus ojos al describir el esfuerzo y la dedicación de sus hermanos—. Han introducido platos que hablan de nuestro hogar, como las *sarde in saor* y el *baccalà mantecato*, mostrando que hay un mundo más allá de lo típico de siempre.

La pasión de Emmanuel me contagia mientras me habla de las delicias que debo probar, platos que prometen ser un billete directo a Venecia sin necesidad de abandonar Barcelona.

—Te recomiendo encarecidamente que pruebes nuestro surtido, que incluye desde caballa al horno hasta boquerones marinados. Es esencial para realmente capturar la esencia de lo que te estoy diciendo —me anima, su sonrisa creciendo con cada palabra—. Entre el ambiente *vintage*, la energía de mis hermanos y platos simplemente excepcionales, te aseguro que te enamorarás de este lugar —me dice, justo en la entrada del restaurante.

Emmanuel me ofrece una sonrisa bondadosa.

—Vamos, Katya, *avantiii* —me insta.

Emmanuel me cede el paso con un gesto elegante, abriendo la puerta del restaurante para mí. A medida que cruzo el umbral, una sensación extraña me atenaza. Mis pies, de repente, parecen enraizarse en el suelo, inmóviles. Un tsunami de un sinfín de emociones me asalta, mezclando ansiedad y parálisis en partes iguales. La realidad de lo que estoy viendo me deja totalmente paralizada. «Esto no puede ser real», me repito a mí misma, luchando internamente. Debe de ser una pesadilla… Esto no, no. Esto no puede estar sucediendo…

21

NO QUERRÁS QUE OTRAS MANOS

«TE TOQUEN»

Mientras Emmanuel aún sostiene la puerta abierta, siento un nudo en el estómago. Esto es surrealista. Mi mente se acelera con mil pensamientos y dudas.

—Katya, ¿qué te ocurre? ¿Por qué no entras? —pregunta Emmanuel, con tono de preocupación.

Tomo una profunda respiración antes de revelar lo que se desata en mi interior.

—Emmanuel, conozco a tu madre.

Su expresión cambia a una de sorpresa inesperada.

—¿Cómo que la conoces? ¿Estás segura? —Su pregunta es un eco de mi propia incredulidad.

Asiento, las palabras salen atropelladas mientras intento explicarle.

—Coincidí con ella en el avión de vuelta de Italia a Menorca. Ella… ella me consoló cuando dejé a Pietro. Estaba tan desolada…

—¿Y qué sucedió? —insiste Emmanuel.

—Sabe de mí, Emmanuel. Sabía que estaba rota y me ayudó a recomponerme un poco en aquel vuelo. Ella es Carmen Luniti, aún conservo su tarjeta que me dio cuando llegamos a Menorca.

Antes de que pudiera sumergirme más en mis recuerdos, Emmanuel me toma suavemente del brazo, instándome a entrar.

—No te preocupes, Katya. Ya te ha visto, quedarse parada aquí afuera solo empeora las cosas. Vamos. No pasa nada.

Al entrar, el ambiente bullicioso del restaurante me envuelve como si estuviese descendiendo a un agujero oscuro. La vista de la barra me detiene de nuevo; allí están, los gemelos y Carmen Luniti, la madre de Emmanuel. La misma mujer que me ofreció consuelo cuando mi corazón estaba fracturado cuando volví de Italia.

La señora Luniti se acerca a Emmanuel con un abrazo cálido.

—Hijo mío, no sabía que estabas en la península.

Luego, su mirada se posa en mí, y una sonrisa amable se dibuja en su rostro.

—Hola, cariño. Te acuerdas de mí, ¿verdad? ¡Qué bella sorpresa!

Mi nerviosismo se desvanece un poco ante su gesto acogedor.

—Hola, señora Luniti, la recuerdo perfectamente. Es un placer volver a verla.

—Y yo encantada de verte bien. Recuerda, háblame de tú, ¿sí? No me hagas sentir más mayor de lo que soy. ¡Vamos! La mesa nos espera al fondo.

Emmanuel se disculpa un momento para saludar a sus hermanos, dejándonos a su madre y a mí caminando hacia nuestra mesa. Los nervios aún danzan en mi estómago, pero la familiaridad de Carmen me ofrece un consuelo que no me esperaba.

—Katya, te noto tensa. Relájate, querida. Vamos a cenar y a disfrutar de este momento. No tienes por qué preocuparte por nada.

Le sonrío, agradecida por su tranquilidad y cariño.

Cuando Emmanuel regresa, su presencia a mi lado me brinda un sentido de calma y seguridad.

—Bueno, ¿qué os parece si os dejo sorprender con mi elección en el menú? —propone Emmanuel, apartando la carta con decisión.

—Pues por mi parte prefiero que elijas tú, no sabría qué pedir —admito, colocando mi carta encima de la suya.

Carmen, la madre de Emmanuel, me lanza una mirada de complicidad y asiente, indicando que le parece muy buena idea. Hay un brillo de aprobación en sus ojos que me hace pensar que busca agradarme.

—Perfecto —sonríe—. Ya lo había hablado con los gemelos. Para empezar, he escogido *burrata* con ensalada de tomate, sésamo negro y almendras, y un surtido de pescado veneciano, que incluye bacalao *mantecato*, sardinas en *saor*, boquerones marinados y confit de caballa. Como platos principales, tendremos *spaghetti* con mejillones, almejas y tomatitos, *pappardelle* casera con ragú de *ossobuco* y *bigoli* en salsa veneciana, que es pasta fresca con anchoas y cebolla dulce. ¡Ah! El postre lo dejo a vuestra elección —Emmanuel expone sus preferencias detalladas del menú, evidenciando su pasión por la gastronomía.

—Buena elección, *amore*. —Carmen sonríe, aprobando las selecciones de su hijo—. Katya, ¿te apetece vino? —pregunta, extendiendo la botella hacia mí.

—Sí, gracias —respondo, aún impresionada por la familiaridad de la situación.

Carmen maneja la conversación con gracia, evitando mencionar nuestro encuentro en el avión. Su discreción y humildad me hacen admirarla aún más.

—Emmanuel, *amore*, ¿cómo está mi *nipotino*?

La pregunta de Carmen me toma por sorpresa.

—*Sta benissimo, mamma. Katya ha portato la sua cagnolina, ed è felicissimo con lei* —responde Emmanuel con una naturalidad que me deja boquiabierta.

En ese preciso instante, cuando el dato cae sobre mí como un chorro de agua helada en la cara, me atraganto con el mejillón que intentaba comer con una elegancia que, evidentemente, me falla. La revelación de que el pequeño Matteo es su hijo me sorprende tanto que, en un acto reflejo, el mejillón sale disparado de mi boca, aterrizando en algún lugar desconocido del restaurante. Mientras me ahogo en una serie de toses y busco desesperadamente mi bebida para disimular, murmuro algo sobre «demasiado limón» para justificar mi espectáculo. Intento recomponerme, como si no hubiera pasado nada.

Mi mente lucha por conectar los puntos mientras adopto una fachada de calma.

—*E il nonno Dimitri?* —continúa Carmen, completamente ajena a mi crisis existencial.

—*Ah, sta bene, sempre brontolone, sai com'è* —responde él con una sonrisa.

¿En qué lío me he metido? El abuelo Dimitri tiene que ser el ex de Carmen…, ¿el padre de Emmanuel? Mi cabeza da vueltas tratando de no perder hilo de la conversación, pero por suerte Emmanuel, como buen mago del cambio de tema, empieza a hablar de los viajes de su madre y su carrera como *coach*.

Por un par de horas, logro dejar la imagen de Bat en el rincón del olvido. La presencia de Emmanuel y su familia me da un respiro, una pausa a mi corazón herido, aunque ahora algo confuso.

Después de las despedidas, Emmanuel y yo nos encontramos en el silencio de un taxi rumbo al hotel. Un silencio pesado, lleno de todo aquello que no hemos dicho. Entramos a la habitación:

—¿Estás bien? No has dicho nada en todo el trayecto. —La voz de Emmanuel irrumpe en la quietud.

—*Non so cosa dire.* —Mi voz sale apenas en un suspiro—. Te recuerdo que sé un poco de italiano, y también que no soy idiota.

—Katya, lo siento. Siempre he tenido esta cosa de no hablar mucho de mi vida personal.

—Pero me has llevado a cenar con tu madre, me has presentado a tus hermanos. Ya es tarde para secretos, ¿no crees?

—Tienes razón…, pero no es fácil. —Emmanuel parecía luchar consigo mismo.

—No sabía que Matteo era tu hijo. ¿Por qué no me lo dijiste antes?

—No lo sé. Supongo que tenía miedo… a todo esto. Lo siento mucho. Además, nunca me preguntaste directamente.

—Creí que Dimitri era tu jefe, no tu padre.

—¿Mi padre? —Emmanuel suelta una carcajada tan fuerte que por un momento creo que va a necesitar asistencia respiratoria. Su risa, inesperada en un momento como este, me hace fruncir el ceño en confusión—. No, Katya, Dimitri es mi suegro.

—¿Tu suegro?

—Sí, verás, te conté que mi mujer había fallecido en un accidente. Estaba embarazada de unas veintiocho semanas de Matteo. Tuvo un supuesto accidente y no pudieron salvarla a ella, pero sí pudieron salvar al bebé. —Emmanuel deja caer esta noticia, y es como si el tiempo se detuviera por un momento.

—Lo siento, Emmanuel, no tenía idea. —Mis palabras suenan pequeñas, casi insignificantes ante la magnitud de su pérdida.

—No tienes por qué disculparte. Debería haber sido yo quien te hablara sobre Matteo desde el principio. —Su voz es un murmullo cargado de remordimiento.

—Ahora entiendo por qué se lanzó a tus brazos aquella tarde. —Trato de conectar piezas, de entender la historia completa que hay detrás de sus ojos tristes.

—Lo de superar la pérdida de su madre… todavía está lejos de conseguirlo. Y lo peor es que se siente responsable, como si el hecho de que él siga aquí y ella no fuera algo que él debería cargar. Con el tiempo, en lugar de ir encontrando respuestas o alivio, las preguntas se multiplican y la culpa se hace más grande. Es complicado, muy complicado para los dos —revela más, y cada palabra añade peso a la conversación entre nosotros.

—Puedo intentar ayudar con él. Soy buena con los niños —ofrezco, buscando alguna manera de aliviar su carga.

—Katya… —suspira Emmanuel, pellizcándose el puente de la nariz mientras exhala profundamente. Hace una pausa, y cuando habla de nuevo, su voz es apenas un susurro, como si le costara arrancar cada palabra de su garganta—: Mi mujer me engañaba con otro hombre. —Luego, mirándome directamente, continúa con un sollozo que apenas logra cortar el silencio entre nosotros—: Después de… de su muerte, mientras trataba de poner en orden sus cosas, sus recuerdos, me topé con mensajes con otro hombre. Fotos, recuerdos de vacaciones juntos que nunca supe que existieron… Vivía una doble vida.

La confesión me golpea como un vendaval, dejándome sin aliento. Las palabras de Emmanuel son como pedazos de un espejo roto, reflejando un dolor y una traición tan profundos que me siento impotente, incapaz de ofrecer consuelo o palabras que puedan aliviar en algo su tormento. Las lágrimas comienzan a deslizarse por mi rostro, sin poder contenerlas. La empatía por su situación me encapsula por completo.

Es entonces cuando comprendo la profundidad de la herida en el alma de Emmanuel, una herida que Dimitri también comparte, una tristeza que los envuelve a ambos como una sombra persistente. Algo que no solo me recuerda la verdad detrás de la máscara que Demir mantiene, sino que también revela la angustia que noté en su mirada desde que lo vi.

—Emmanuel, no puedo imaginar por lo que has pasado. Pero aquí estoy, para lo que necesites —digo, ofreciéndole mi apoyo incondicional.

—Gracias, Katya. —Sus palabras son simples, pero el agradecimiento que transmiten es profundo.

Me siento junto a él en su lado de la cama. Nos encontramos a escasos centímetros el uno del otro, nuestros ojos fijos en una conexión silenciosa.

—Entiendo lo que es perder a alguien, aunque nuestras historias sean distintas. —Decido abrirme, compartiendo mi propia historia de mi accidente y pérdida de mi bebé, esperando encontrar un terreno común donde ambos podamos empezar a sanar—. Lo que pasé me destrozó por dentro, lo más doloroso que he vivido jamás. Me dejó una marca que aún siento en el alma. Tuve que enfrentarme a un mar de tristeza, a una ira que no sabía que podía sentir, a esa sensación de impotencia que me paralizó la vida Y durante mucho mucho tiempo, creí que no iba a ser capaz de salir de ese pozo.

Ese accidente había sido un punto de inflexión en mi vida, marcando un antes y un después que me había dejado sin la posibilidad de cumplir mi sueño de ser madre. La operación de emergencia había revelado una cruda verdad: un aborto espontáneo y una histerectomía que cambiaron mi vida para siempre. Mientras Emmanuel asimila mis palabras, un *déjà vu* del accidente se apodera de mi mente. Revivo el momento en que todo cambió, el dolor agudo, el desconcierto, la sensación de pérdida. Ese recuerdo doloroso se convirtió en un símbolo de la imposibilidad de concebir, una verdad incrustada en mi ser que debía aceptar y llevar adelante. En ese entonces, entendí que mi camino sería diferente al que había imaginado, que la maternidad no sería parte de mi destino. A pesar del dolor y la tristeza, encontré una nueva fuerza para enfrentar el futuro con valentía y aceptación.

Le comparto también mi viaje a través del duelo, cómo cada etapa me retó y me cambió. Le hablo de la negación inicial, esa incapacidad para asimilar lo que había sucedido; de la ira incontrolable, que a veces se dirigía contra mí misma, otras contra Demir y Pai; de la negociación, esos instantes en los que, de manera absurda, intentaba pactar con el destino para cambiar lo que ya estaba escrito; de la depresión, ese pozo sin fondo donde la realidad del adiós se hacía más presente cada día; y, finalmente, de la aceptación.

—Esto… esto es la vida. No es el «vivieron felices para siempre» al que todos aspiramos. Es más bien aprender a vivir con ese hueco, esa ausencia que ya forma parte de mí —le digo después de contarle todo—, y es crucial darnos permiso para atravesar todas esas etapas, para llorar, para enfadarnos, para sentirnos frustrados. Y hablar, Emmanuel, abrir nuestro corazón a aquellos dispuestos a escuchar sin juzgar, apoyarnos en quienes nos ofrecen su hombro.

Cuando la conversación se desplaza hacia su esposa y Matteo, intento infundirle ánimos, comprensión.

—Lo siento mucho por lo que tuviste que pasar, por la manera en que todo sucedió. Pero recuerda, haber podido salvar a Matteo fue un regalo. No te tortures con el pasado. En el fondo, tienes a Matteo, y eso es lo que realmente cuenta.

—Pero la idea de que Matteo podría no ser mi hijo me atormenta día y noche. ¿Cómo puedo dedicar mi vida entera a un niño que quizás no comparta mi sangre?

—No, no digas eso, Emmanuel. Más allá de la sangre, Matteo es tu hijo. Tú lo sientes, lo sabes en el alma. Y si las dudas persisten, enfrentarlas será el único camino hacia la paz. Pero te aseguro que el amor que le tienes es lo que verdaderamente importa.

—He pensado en la prueba de paternidad muchas veces, pero el miedo al resultado me paraliza. ¿Qué hago si descubro que no es mi hijo?

—Si aún no te has hecho la prueba es porque en tu corazón ya sabes la respuesta. Él es tu hijo. Pero si esta duda te sigue robando la calma, llegará el momento en que tendrás que enfrentarla. Hoy, sin embargo, no es ese día. Así que ¿qué tal si cambiamos de tema y me das ese masaje que me prometiste? Quiero ver si eres tan bueno como dices.

—Créeme, después de mi masaje no querrás que otras manos te toquen. ¿Estás lista para comprobarlo?

—Eso está por verse.

—¿Tienes alguna crema hidratante?

—Usé la última que había en el baño esta tarde.

—No te preocupes. Voy a bajar un momento a recepción a buscar algo de aceite o crema, y de paso traigo algo para tomar. Ahora vuelvo.

Aprovecho su ausencia para escapar de la tensión del momento. Me cambio rápidamente, me pongo el pijama y me meto en la cama, fingiendo estar dormida. Mi mente, sin embargo, corre a mil por hora, debatiéndose entre el deseo y la razón, entre Emmanuel y el recuerdo de Bat. ¿Pero qué me ocurre? ¿En qué estoy pensando? La tentación de enviarle un mensaje a Bat me asalta, pero me resisto. ¿Para qué? Nada cambiará. Bat aparece y desaparece a su antojo, dejándome en un eterno ciclo de incertidumbre.

Me repito a mí misma que debo olvidar esas tonterías, abrazo la almohada intentando encontrar consuelo en su suave abrazo. Justo en ese momento, Emmanuel regresa a la habitación.

22

MACHO ALFA

—Ya estoy aquí, conseguí aceite de masaje. Katya… ¿Katya? —Su voz se quiebra, disminuyendo su tono casi en un susurro.

Debería estar ganándome la vida en los escenarios; actúo de maravilla, pero esta vez el drama es dolorosamente real. Mis preocupaciones acaban de tomar un nuevo rumbo y, ahora, ignoro a Emmanuel y al tentador masaje que deseaba con tanto ahínco.

En este extraño momento, su presencia y sus palabras se desvanecen en el fondo de mi conciencia. Lo que antes parecía una dulce tentación ahora se siente trivial, casi sin importancia.

Bat simplemente no es para mí, nunca lo fue y nunca lo será. He perdido mi tiempo desviando mis pensamientos a donde no los merecía, o quizás enfrentando finalmente verdades que prefería ignorar. Esta amarga realidad se ha instalado pesadamente en mí tras los recientes acontecimientos. Ahora me enfrento a una realidad profunda que ningún masaje puede aliviar ni hacer desaparecer. Me hallo sola en mi habitación, sin un guion que seguir ni un camino predeterminado. No habrá aplausos al final de este acto; solo yo y mis pensamientos, expuestos y frágiles, sometidos al juicio de mi propia mente.

Bueno, no estoy del todo sola; Emmanuel está aquí, a unos metros de mí en su habitáculo, convirtiéndose en el único espectador de este drama personal al que he relegado a un papel secundario en este capítulo no narrado de mi existencia. Aquí, donde el drama principal se despliega en el escenario más íntimo de mi ser, las actuaciones quedan atrás, revelando solo la sincera esencia de mi cruda realidad.

Con mucho sigilo, tomo mi iPad y abro mi carpeta de momentos, impulsada por la necesidad de escribirle una última vez:

A Bat:

Tal vez esta sea la última noche que te dedique mis pensamientos desvelados, quizás estas sean las últimas palabras impregnadas de tu esencia. Es posible, solo posible, que hoy te añore como en los días dorados de mi pasado. Quizá pudimos ser amor, vida, historia, entrega, cómplices, amantes, amigos, deseo, placer, pasión… Dos almas solitarias con derecho a nada. Pero quizás eso fue todo, un sueño en mi mente, porque en la realidad, fuiste una ilusión, un espejismo que hoy se disipa ante mis ojos, como la neblina que se aclara al amanecer.

Es posible que nunca viste lo que guardaba en mi interior, los secretos de mi corazón. Tal vez estoy delirando, quizá este insomnio me lleva a la locura. Probablemente, nunca hubo nada real entre nosotros, y fuiste una creación mía, un sueño que se alojó profundamente en mi corazón perturbado.

Quizá, mañana despierte a una nueva realidad, dejando atrás algo que nunca me perteneció, que nunca estuvo a mi alcance, que nunca existió realmente.

Programando envío…

Bat tenía ese algo especial, ese encanto que te atrapa sin pedir permiso, convirtiendo cada mirada suya en un billete directo al paraíso. Me hacía el amor con una intensidad y pasión que parecían no conocer límites. Cuando estaba cerca de él, el mundo entero perdía su importancia, y solo quedábamos nosotros en nuestra burbuja, aunque, en el fondo, sabía que era solo yo quien vivía en esa burbuja. Yo era la que lo amaba con desesperación, devorándolo con la mirada a la menor oportunidad; él era mi más dulce pecado y, al mismo tiempo, mi más anhelada salvación. Era como si todo lo que sentía y vivía estuviera tejido en las profundidades de mi ser, en ese lugar secreto donde guardaba mis sueños de niña, aquellos en los que buscaba incansablemente a mi príncipe azul en cada esquina del cuento que mi mente no cesaba de narrar.

¿Cuántas horas he regalado, cuántas he dedicado a este ser que me atrapa con una fuerza arrolladora, pero que parece incapaz de sacar un ratito para un café? Me había acostumbrado tanto a sus «no puedo» que ya perdí la cuenta. Las promesas de vernos que siempre acaban en disculpas tan tristes que podrían competir en un concurso de la excusa más lamentable. Ahí estaba yo, siempre esperando, poniéndolo a él en un pedestal, anteponiendo sus necesidades a las mías. Y, aunque me resistía a aceptarlo, ahora lo veo claro.

No es a él a quien debo culpar, sino a mí misma, por anclarme en esta obsesión, por aferrarme a esta ilusión que ya parece parte de mi misma esencia. Soy yo quien mantiene viva esta fantasía, insistiendo en un camino del que conozco muy bien su destino: un vacío interminable.

Desde el principio, él fue un libro abierto sobre sus cicatrices, fue claro hablándome de un alma herida en maneras que apenas podía comprender. Y ahí estaba yo, lanzándome de cabeza en el intento de ser su salvación, creyendo con todo mi ser que podía ser su oasis en medio de tanta tormenta.

Recuerdo un mensaje de este verano en el que me dijo: «Mis sentimientos no son los mismos que los tuyos». Y yo, en un acto de pura negación, decidí hacer como que esas palabras nunca encontraron su camino hacia mí y persistí en mi deseo de sanarlo, intenté convertirme en su refugio, quise ser su santuario, sin entender que estaba demasiado dañado sin comprender la magnitud de su dolor. Traté de mil formas ser su bálsamo con mis sentimientos, con toda la pasión y entrega que podía ofrecer, esperando algún milagro de curación. Con inocencia, quise ser ese lugar seguro para él, ignorando que, en su situación, no podía darme nada a cambio.

Intenté curar sus heridas con lo único que tenía: mi afecto, mi deseo, mi cariño, entregándole todo, con la esperanza de que en ese amor encontrara su sanación. Pero lo que para mí era una posibilidad de amor verdadero resultó ser solo un espejismo en un desierto de desengaño. Yo, llena de esperanzas, y él, perdido en su propio caos. Me adentré en una relación ficticia destinada al fracaso, con un final tan doloroso como inevitable.

Duele admitirlo, y sé que me dolerá aún más alejarme por completo de su vida. Tengo la certeza de que mañana me despertaré con el corazón apesadumbrado, y así será el día siguiente, y el otro… Seguirá estando en mis pensamientos, lo sé. Pero también sé que llegará el momento en el que finalmente lo olvidaré, relegando su recuerdo a uno más entre los muchos que alberga mi memoria, sumando otra cicatriz al mapa de mi alma.

Esta decisión de cerrar este capítulo la siento como parte de un proceso de restauración, impulsado por la conversación profundamente honesta con Emmanuel. Al compartir algo tan personal, no solo encontré un alivio para mí misma, sino que también pude ofrecerle consuelo a él en su propio duelo. Aunque cada experiencia de pérdida es única, compartir nuestro dolor puede ayudarnos a encontrar algo de paz.

Me quedo con las palabras de Emmanuel: «despedirse» significa cerrar un capítulo, no el olvido perpetuo ni el silencio eterno sobre lo ocurrido. A veces, es un paso necesario para aceptar la pérdida y comenzar a sanar. El dolor, aunque pueda parecer insoportable al principio, no es eterno. No implica olvidar, pero sí llegará el día en que el recuerdo deje de ser una fuente de tormento.

Miércoles

—¡Buenos días, Katya! ¿Has descansado? Anoche me quedé con el aceite en las manos —me dice Emmanuel al entrar a la habitación.

Yo, aún con la somnolencia colgando de mis párpados, le sonrío.

—Buenos días. Me quedé dormida. Ni me enteré cuando volviste.

—Lo sé, lo sé. Te vi tan sumida en tus sueños que ni quise molestarte. ¿Y tu espalda? —Su voz suena dulce, y suave, casi melódica.

—Necesitaba descansar. Mi espalda está mucho mejor, gracias por preguntar. —Le devuelvo la sonrisa, agradecida por su interés.

—Me alegra oír eso —dice, pero noto que su expresión cambia ligeramente.

—Sobre nuestra conversación de anoche… prefiero que quede entre nosotros. Me dejé llevar más de la cuenta. Es algo de lo que nunca hablo, ni siquiera mi madre sabe esos detalles de mi vida.

—Entiendo. No te preocupes, Emmanuel, tu secreto está seguro conmigo —le aseguro, tratando de transmitirle toda mi sinceridad.

—Gracias, Katya. —Su sonrisa parece iluminar la habitación—. Cambiando de tema, mi madre me escribió esta mañana. Parece que le causaste una excelente impresión, incluso sugirió que te vio aún más radiante que en el vuelo.

—Bueno, imagínate cómo me vería de horrible en el avión —bromeo, intentando reflejar la diferencia de esa vez a esta.

—Ah, prepárate. Hoy tenemos un día atareado. Vamos a recoger un dosier importante y luego te tengo una sorpresa.

—¿Una sorpresa? —La curiosidad me carcome, aunque la idea de pasar otro día a su lado me llena de una extraña emoción.

Esta vez, me lanzo sin pensar. Parece que este juego comienza a seducirme.

—Genial. Ponte algo cómodo y no te olvides de echar ropa de baño; quiero enseñarte algo especial después.

Alquilar un coche y dirigirnos a un chiringuito de playa donde nos espera un hombre de cabello canoso para recoger el dosier es solo el principio. Lo que sigue es una visita al castillo de Castellcir, un lugar que, según Emmanuel, debería ser famoso por su belleza e historia, pero que se mantiene olvidado y en ruinas.

—Este castillo, si estuviera en California, sería un escenario de película —comenta, su voz cargada de una melancolía que me contagia.

La historia del castillo y su estado de conservación dominan nuestra charla mientras disfrutamos de un paseo ligero y encantador por una de las rutas más accesibles de la provincia de Barcelona.

—Fascinante, ¿verdad? —me pregunta, su entusiasmo por compartir cada detalle es evidente.

—Totalmente —respondo, no menos cautivada que él.

—Bueno, ahora te llevo a un sitio que seguro que te va a encantar. Espero que no te quedes dormida.

—¿Por qué me iba a quedar dormida? —pregunto, intrigada, y él me regala una sonrisa.

Llegamos a un edificio que parece un templo budista, aunque no estoy completamente segura de qué se trata. Nos recibe una joven que nos habla en castellano, un detalle que agradezco infinitamente, pues me hace sentir un poco menos extranjera en mi propia tierra. Nos explica las normas y nos entrega un folleto.

El Dolce Vital Spa es un exclusivo oasis de bienestar y relajación en el hotel Dolce Sitges. Aquí encontrarán un refugio único para desconectar y disfrutar. Les invitamos a sumergirse en nuestra zona de aguas y a experimentar nuestros sofisticados masajes y tratamientos.

—¿De verdad? Emmanuel, esto es demasiado. ¿Estás seguro de que podemos permitírnoslo?

—Por supuesto que sí. Te lo mereces. Ya he hablado con Dimitri. Le comenté que necesitabas un poco de terapia para tu espalda. —Me guiña un ojo, su complicidad evidente en el gesto—. Vamos a empezar con una sesión de natación, después seguimos con el circuito de *spa* y finalizamos con un masaje. Si lo prefieres, puedo dejarte disfrutarlo en solitario.

—No, para nada. No quiero estar sola. Si hemos venido juntos es para disfrutarlo juntos. Pero, Emmanuel, realmente no quiero que esto te suponga un problema. —Mi protesta es débil, aplastada por su generosidad desbordante.

—Olvídate de los peros.

—Está bien. —Mi resistencia se desvanece, seducida por la propuesta de un día lleno de relajación a su lado—. Gracias, de corazón. No sé cómo podré compensarte por todo esto.

—Disfrutando será suficiente, Katya. Eso es todo lo que necesito —responde, con una sonrisa tranquila, colocando un dedo sobre sus labios en un gesto de silencio—. Shh, estamos aquí para olvidarnos del mundo. Haz caso a lo que nos recomendó la recepcionista.

Después de disfrutar de una sesión de natación de unos treinta minutos, Emmanuel y yo decidimos continuar nuestra jornada de relajación en el circuito termal. Y, como broche de oro, nos esperaban unos masajes relajantes que prometían ser la guinda del pastel. Nos ubicaron en la misma habitación, nuestras camillas separadas por apenas medio metro. Ahí estábamos, los dos, casi en pelota picada, aunque eso sí, decorosamente cubiertos con toallas. Yo llevaba puesto un tanguita de seda que no dejaba mucho a la imaginación, y no podía evitar reírme por lo bajo al intentar imaginar a Emmanuel en una prenda similar. ¡Qué imagen para el recuerdo!

En mi caso, el encargado de desatar todos mis nudos era un chico joven, con el pelo sorprendentemente canoso, mientras que a Emmanuel lo atendía una mujer bastante atractiva, aunque un poco mayor que nosotros. La situación era curiosa.

De repente sucedió algo que hizo elevar la temperatura de la habitación de manera abismal, en el momento en que Emmanuel, al darse la vuelta por petición de su masajista, dejó al descubierto mucho más de lo que cualquiera habría esperado. A pesar de sus intentos por disimularlo, mi mirada de reojillo ya había captado el detalle. La evidencia de su excitación debajo de su toalla era imposible de ignorar. Yo, por mi parte, me encontraba en un estado de sorpresa y curiosidad. No podía negar que la situación me afectaba de una manera muy… particular.

Mientras las manos expertas de nuestros masajistas trabajaban sobre nuestros cuerpos, una tensión sexual comenzaba a palparse en el aire.

Intentando manejar la situación con algo de dignidad, Emmanuel decidió dar por finalizado su masaje y se escapó hacia la piscina de agua templada, probablemente buscando algún tipo de alivio. Aunque, pensándolo bien, quizás hubiera necesitado el efecto refrescante de una ducha fría para calmar su evidente «exaltación». Por mi parte, trato de redirigir mis pensamientos, intentando sofocar el inesperado ardor que comenzaba a invadirme. Pero ¿qué me está ocurriendo?

No era normal sentir esto con lo que acababa de sucederle. Pero era inevitable, mi imaginación giraba incansablemente alrededor de su intimidad. En cierto modo, me consolaba con la noción de que Bat había vuelto con su ex, un pensamiento perversamente perturbador. Esta idea permitía que mi mente se despegara y encontrara un extraño placer, una forma de mitigar y complacer la ira que me consumía y me estaba atormentando desde el tributo a Queen.

Las ganas de olvidar aquello me invaden de forma insondable, y me calmaba generosamente ideando con Emmanuel e imaginando cosas que no estaban a mi alcance. No era el momento de pensar esto, pero en cierto modo, me rehabilitaba mismamente sanándome las heridas.

Era complicado tratar de poner mis pensamientos en orden y calmar el fuego que se había encendido dentro de mí sin sentido alguno.

Tal vez la mera visión de lo ocurrido desató en mí una reacción poderosa. Mi propia respuesta fue sorprendentemente visceral; sentí un palpitar repentino y una humedad inesperada, como si el solo hecho de presenciar tal escena hubiera desencadenado una reacción profunda e inmediata en mí. Por un momento, me pregunté si los aceites que utilizaban contenían propiedades afrodisíacas, aunque recordaba vagamente que se suponían que eran energizantes. La situación, en su totalidad, me dejó fuera de mí.

Tras finalizar mi masaje, decido buscar a Emmanuel en el solárium. Ahí está, aparentemente más tranquilo. Me deshago de la toalla, quedándome en bikini, y me acomodo en la hamaca a su lado.

—¿Todo bien? —pregunto con un tono que, sin duda, esconde una intención un poco más juguetona.

—Sí, muy bien. ¿Y tú? ¿Cómo está esa espalda? —responde con una sonrisa penetrante.

—Ahora mismo, perfecta. El masaje ha sido una maravilla —respondo, y sin poder contenerme, decido sacar el tema del elefante en la habitación. No puedo evitar seguir bromeando sobre lo ocurrido, y sin poder contenerme, decido abordar el tema delicado—: Oye, Emmanuel, ¿qué te pasó con la masajista? —Suelto una risotada.

Al principio, me mira serio, pero enseguida su risa se une a la mía, igual de contagiosa.

—Vaya momento he pasado. Nunca me había ocurrido algo así. Estaba tan relajado…

—¿Relajado? No sé, yo más bien diría «excitado». ¿Quieres que vuelva y le pida su número de teléfono? —bromeo.

—¡No, no! ¿Qué dices? —reacciona con sorpresa.

—Solo digo que una mujer que te provoca tal… reacción merece al menos un agradecimiento —sigo riendo mientras hablo.

—No, ella no es mi tipo. No ha sido por ella… Deja eso.

—Ah, ¿sí? ¿Entonces ha sido por él? ¿Te excitó mi masajista de pelo canoso? —insisto, aún entre risas.

—Basta ya. Deja de especular. Me gustan las mujeres. Soy un macho alfa —afirma.

—Vamos, también puedes sentirte atraído por hombres y seguir siendo un macho alfa —le digo entre risas, intentando suavizar el ambiente con un poco de humor—. Aunque eso de «macho alfa», a decir verdad, no me gusta. Conocí a alguien que decía ser así, y espero que no seas igual, porque me recordaría a alguien arrogante, inseguro y con baja autoestima, que solo buscaba imponer sus ideas para alimentar una sensación ilusoria de superioridad.

Mis pensamientos se deslizan en un *déjà vu* hacia Demir, recordando cómo, con un tono autoritario, proclamaba ser un macho alfa, intentando subyugarme bajo su sombra.

—No, yo no soy así —responde, un poco más serio.

—¿Ah, no? Entonces eso de macho alfa… ¿Como si fueras un tipo duro o dominante? No entiendo bien a qué te refieres. No quiero etiquetarte ni compararte con nadie. Solo hablo desde mi experiencia. ¿Sabes? —empiezo, intentando captar su atención—. Creo que todos podemos aprender algo sobre nosotros mismos y sobre cómo lideramos. Es más, sobre mirar hacia dentro más que hacia fuera.

Emmanuel me mira intrigado.

—¿A qué te refieres con eso? —me pregunta.

Le devuelvo la mirada, decidida a hacerle entender mi punto de vista.

—Me refiero a que tanto hombres como mujeres tenemos maneras diferentes de proyectar autoridad o control. En realidad, ese dicho, y esto lo sé porque me lo contó mi abuelo Arturo, no es más que un recordatorio de aquellos tiempos arcaicos y añejos, en los que los hombres tenían que ser el pilar de la casa, el sustento de la familia, y eso significaba trabajar de sol a sol, proteger a los suyos y tomar decisiones, muchas veces duras, por el bienestar de todos. No se trataba de ser el más fuerte o el más ruidoso, sino el más constante y fiable. Era una cuestión de responsabilidad y honor, nada que ver con esas tonterías de hoy en día sobre demostrar quién es el más machito, siendo machista, eso lo odio. Ser macho alfa era ser respetado y querido por tu familia y tus amigos por estar siempre ahí, sin falta.

Él asiente, pensativo, digiriendo mis palabras. De repente, rompe el silencio con palabras que no esperaba:

—*Sto bene con te, sono felice quando sto con te* —murmura suavemente, casi como si hablara consigo mismo más que conmigo.

Me quedo sorprendida por un momento.

—¿Qué has dicho, Emmanuel? —le pregunto, aunque en el fondo había entendido cada palabra.

Él evita mi mirada por unos largos segundos, como si reconsiderara el peso de sus palabras, pero el mensaje ya está ahí, colgando en mi mente.

—Nada, olvídalo —intenta desviar, pero ya es tarde.

El mensaje era claro y directo: «Me haces sentir feliz cuando estoy contigo». Esa confesión me conmueve profundamente, pero al mismo tiempo, un pánico insondable e inexplicable se apodera de mí.

Estaba claro que entre nosotros había algo más que una simple aventura laboral pasajera. Pero la idea de abrirme completamente a alguien nuevamente, de ser vulnerable… me aterraba. ¿Estaría lista para dar ese paso hacia lo desconocido con Emmanuel? ¿O el miedo a ser herida nuevamente me mantendría alejada de lo que podría ser el comienzo de algo verdaderamente especial?

23

NO ME RECONOZCO

Tras un día lleno de relax y de descubrimientos inesperados, volvemos al refugio de nuestro hotel. Sin perder tiempo, me zambullo en el nuevo dosier que Emmanuel me ha confiado, sumergiéndome en sus páginas con la esperanza de encontrar alguna pista que me aclare este panorama.

Apenas llevo una hora en la tarea cuando Emmanuel se acerca a mi escritorio, saca su móvil y comienza a deslizar fotos tras fotos de menús *gourmet* que ha estado recopilando.

—Katya, se me ocurrió que quizás quieras enviar estas opciones a tu familia. Echa un vistazo y dime qué te parece —me dice, pasándome el teléfono con esa sonrisa que me desarma, otra vez.

Agradezco su gesto, aunque por dentro estoy en otra parte, perdida entre los retos que me esperan en este laberinto en el que me han metido, tan diferente de todo lo que había vivido hasta ahora.

—¿Te preocupa lo que se avecina? —pregunta, su voz rompiendo mi abismo de indecisión con la delicadeza de quien conoce bien el terreno de la incertidumbre.

—La verdad, sí… Me siento un poco como pez nadando en un océano de mermelada —confieso, dejando caer sobre mis hombros el peso de todas esas incógnitas que danzan en mi cabeza.

—No te agobies, Katya. Vamos bien de tiempo. Te he enviado unos tutoriales y un curso *online* exprés a tu correo. Son unas doscientas horas de contenido, pero estoy seguro de que serás capaz de devorarlo en un período corto. El lunes es nuestro gran día —me dice Emmanuel, con un tono que me hace dudar, me reconforta y, a la vez, me desafía.

El mero pensamiento de tener que digerir tanta información me hace tambalear.

—¿Y si algo sale mal?

—Para eso estoy yo aquí, Katya. Y estaré a tu lado en cada paso, apoyándote en todo momento. Sabrás exactamente cómo y qué hacer sobre la marcha —asegura con una confianza que, por algún motivo, me contagia, aunque no logra apagar del todo la llama de duda que arde en mí.

Intentando cambiar de tema y aligerar el ambiente, seguidamente Emmanuel vuelve a sacar su teléfono:

—Dimitri me ha enviado un vídeo de Matteo jugando con Mía. Es bastante largo. ¿Te parece si lo vemos en la tele del salón mejor?

Asiento, agradecida por la distracción. El vídeo de Mía jugando me recuerda por qué estoy aquí, fortaleciendo mi compromiso.

Al día siguiente, me despierto sola en la habitación, con los primeros rayos de sol colándose perezosamente a través de las cortinas. Emmanuel ha salido, pero no sin antes dejarme el desayuno pedido y una nota en la que explica que ha ido a buscar algunas cosas necesarias para nuestro gran día. Este pequeño detalle me toca el corazón. Me parece superatento...

Aprovechando ese breve momento de soledad, cojo mi iPad y repaso el último mensaje que dejé programado para enviar a Bat. La duda me corroe: ¿debería dejarlo así o borrarlo? Mis pensamientos se ven abruptamente asaltados cuando Emmanuel irrumpe en la habitación. Lo acompaña un botones, quien realiza un acto de malabarismo con una montaña de bolsas y cajas, tratando desesperadamente de no perder el equilibrio. Con un rápido «hola» que apenas corta el aire, Emmanuel ayuda a este a depositar el cargamento en un rincón de la habitación. Yo, por instinto, cierro mi iPad justo a tiempo.

Sin tomar siquiera un respiro, él se dirige hacia la puerta con pasos decididos. Sin embargo, justo antes de cruzar el umbral, se detiene. Sin mirar atrás, me lanza una propuesta al aire:

—Katya, ¿qué te parece si nos damos una escapada y vamos a una clase de *spinning* dentro de una hora? Creo que te vendría bien desconectar un poco.

Con la mente aún a medio camino entre las palabras recién leídas del mensaje a Bat y la abrumadora tarea que tengo por delante, vacilo por un momento. La idea de dejar por unas horas los innumerables módulos del curso que me esperan es tentadora.

—¿Sabes qué? —Se gira y me mira intrigado—: Creo que mejor me quedo aquí, Emmanuel. Me quiero concentrar en el curso —le respondo, esperando que entienda que necesito meterme de lleno en esto.

—Vale, como tú veas. Solo pensaba que un poco de ejercicio y desconexión te vendrían bien con la que se nos viene encima —dice, siempre pensando en mi bienestar, incluso cuando yo misma no lo hago.

—Voy a ver cómo me va y luego ya veremos. Igual tienes razón y me tomo un respiro, pero más adelante —le digo, sabiendo en el fondo que no estoy del todo convencida de querer apartarme de mi montaña de tareas.

Con eso, Emmanuel asiente y sale, dejándome sola con mis pensamientos y el desafío académico que tengo delante. A pesar de la presión y el maratón de aprendizaje que me espera, siento un gusanillo de entusiasmo en el estómago.

Es como si, en el fondo, toda esta aventura me estuviera ofreciendo una oportunidad única para superarme y demostrar de lo que soy capaz. No va a ser fácil, desde luego, pero hay algo en todo este proceso que enciende una chispa de emoción en mí.

Sumirme en los módulos es como entrar en otro mundo. Con cada vídeo, lectura y ejercicio, me siento más empapada en el tema, como si estuviera desentrañando misterios. Es un subidón, esa sensación de estar pillando cosas al vuelo, de estar ampliando mis horizontes. Me recuerda a esa época en la que devoraba libros uno tras otro, sedienta de aventuras y conocimientos. Y aunque la sombra de Emmanuel y su sugerencia de *spinning* planean por mi mente, sé que tengo que mantenerme en mi carril por ahora. ¡Madre mía, esto es mucho más interesante y peligroso de lo que yo pensaba! Pero… me encanta. No me reconozco. ¿He mencionado ya lo mucho que me gusta? ¡Estoy completamente cautivada!

24

NO SÉ SI DEBERÍA CONTARTE ESTO

Después de acabar con todos los detalles de los dosieres y descargarme todos los módulos, ahora sí empieza lo bueno. Empiezo a leer: «El presente "Curso de Experto en Tasaciones de Joyas" adquiere su relevancia en el ámbito de la joyería, respondiendo a la necesidad de dominar tanto las técnicas de verificación como las de tasación de joyas, y la identificación de posibles fraudes. El principal objetivo de este curso es proporcionar una descripción detallada de las características que permiten reconocer y valorar las distintas joyas».

Me encuentro totalmente enganchada. Jamás habría imaginado que distinguir entre un diamante real y un trozo de vidrio falso podría ser tan absolutamente fascinante. Cada página, cada ejercicio me sumerge más profundamente en este mundo brillante y lujoso. Es como descubrir un nuevo idioma, uno que habla en quilates y pureza.

—Katya, ¿cómo vas? Ya es hora de almorzar. ¿Bajamos? —interrumpe Emmanuel, sacándome de mi concentración.

—Espera, déjame terminar el examen de la unidad cinco —le respondo, sin despegar la vista de la pantalla.

—¿Y de qué trata? —pregunta con curiosidad.

—De los tipos de gemas: diamante, zafiro, rubí, esmeralda… —enumero, sintiendo una extraña excitación al hablar de ello.

—Vale, te espero entonces. Me voy a duchar mientras —dice antes de desaparecer hacia el baño.

En cuanto se cierra la puerta del baño, mi concentración se evapora. Los canturreos de Emmanuel se filtran a través de la puerta, arrancándome una sonrisa. Me lo imagino bajo el agua, totalmente despreocupado, y no puedo evitar que una risa picarona se escape de mis labios.

Cuando sale del baño, la toalla ceñida a su cintura despierta en mí los recuerdos del ayer en el *spa*. Mi mente vuela, y no puedo contener la risa.

—Oye, ¿qué cantabas? —le pregunto, aún con una sonrisa juguetona.

—¿Yo? Nada —responde, visiblemente avergonzado, mientras se dirige a su módulo.

Cuando regresa, ya vestido, me pregunta si estoy lista. Me apresuro a cambiarme de ropa, y bajamos al restaurante. La comida transcurre en un abrir y cerrar de ojos; estoy ansiosa por volver al curso. Sin pausas, me dedico en cuerpo y alma al estudio hasta bien entrada la noche. Los tutoriales son absorbentes, y cada vez me siento más fascinada por el mundo de las joyas.

—Emmanuel, y después de convertirme en experta en joyas, ¿qué viene? No pienso simplemente lucir el título en mi currículum —le lanzo la pregunta, intentando disimular mi intriga por este plan loco.

—Simple y sencillo: tasar un rubí y luego cambiarlo por otro. Pan comido —suelta, con una sonrisa cómplice que hace que la idea suene tan fácil como intercambiar recetas de cocina.

—¿Cómo? ¿Un cambiazo? ¿En serio?

Las palabras se me atoran en la garganta, entre el asombro y la incredulidad.

—Exacto, pero tranquila, confío plenamente en tu perspicacia e ingenio.

—No sé qué decirte… —balbuceo, aunque parte de mí se siente halagada por su confianza.

—Eres sofisticada y atractiva. Eso ya es medio trabajo hecho. Por cierto, el sábado nos han invitado a jugar al tenis. Sabes jugar, ¿verdad? —cambia de tema, como si nada.

—Hace años que no juego, desde que estaba en la E. G. B. —admito, ya anticipando el desastre.

—Tenemos que ir. Será un partido de dobles —insiste.

—Bueno, si no te importa perder… —acepto, a regañadientes.

Ya casi al final del curso, siento que tengo todo bajo control. Solo espero no cometer ningún error y no meter la pata.

🐾🐾🐾🐾🐾

En cuanto cruzamos la puerta del club de tenis, Emmanuel no tarda en presentarme a Pol y Emma, la pareja que será nuestra rival en el partido. Una vez más, seguimos con la farsa de que somos un matrimonio.

Mi desempeño en la pista rápidamente delata que hace años que no cojo una raqueta. Desde el primer intercambio de golpes, queda patente que mis habilidades están más oxidadas de lo que recordaba, aunque trato de equilibrar mi torpeza técnica con un desbordante entusiasmo.

—Tienes un estilo bastante único, ¿sabías? —bromea Emmanuel, al ver mis fallidos intentos de devolver la pelota.

—Sí, se llama «estilo patoso». ¿Y a ti te han dicho alguna vez que tienes un juego muy acometedor? —le respondo, intentando devolverle la broma, aunque una parte de mí se siente ligeramente avergonzada por mi sutil torpeza.

La conversación toma un giro inesperado, más bien da un vuelco de esos que te dejan con cara de emoji sorprendido, cuando Emmanuel, en un arrebato de sinceridad o locura momentánea, me lanza un piropo que me deja completamente descolocada:

—¿Y tú que tienes unos labios supersensuales? —suelta, como si el filtro entre su cerebro y su boca hubiera decidido tomarse un *time-out*.

Ahí me quedo, completamente *k. o.*, como si me hubieran lanzado un directo al mentón. Parada, con la boca abierta, sorprendida y sin saber muy bien cómo reaccionar. La tensión en el aire se podría cortar con una navaja hasta que él, dándose cuenta del tremendo patinazo que acaba de soltar, intenta recoger el cable.

—Lo siento, Katya, eso ha sonado… No… no debería haber dicho eso —se disculpa, con una cara que es un poema, arrepentido y rojo como un tomate.

Decido no darle importancia, porque, al fin y al cabo, ¿quién no mete la pata alguna vez?

—Bueno, prepara esos músculos, porque ahora es cuando te demuestro lo que es jugar de verdad —digo, pasando página y poniéndome en modo competición total.

Contra todo pronóstico, arrasamos en el partido. Algo en esa mezcla explosiva de tensión, competición y ese puntito de flirteo involuntario nos hace encajar en el juego como si fuéramos una pareja de baile perfectamente sincronizada. Salimos del campo con una victoria bajo el brazo y una sensación de euforia que nos envuelve en una burbuja de complicidad.

El fin de semana se pasa volando, entre risas, preparativos y algún que otro momento de tensión por la ausencia de noticias de Pietro, que me tiene más inquieta de lo que me gustaría admitir.

—Katya, deberías descansar. Mañana es el gran día y necesitas estar serena —me dice Emmanuel, captando mi ansiedad, mientras reviso otra vez el dosier.

—Ya, ya lo sé. Es solo que ¿realmente sabemos lo que estamos haciendo? —le suelto, aún dando vueltas a nuestro plan.

—Claro que sí, mujer. Es un quítame allá esas pajas, como dicen por Venecia, un simple intercambio —intenta tranquilizarme, aunque yo estoy lejos de sentirme convencida.

—Pero, Emmanuel, ¿esto no es robar? —insisto, buscando algo de claridad en esta locura.

—¿Robar? No exactamente. Es más bien... una especie de misión de recuperación. Digamos que es una especie de venganza por la muerte de Nikita. Así que, después de darle muchas vueltas, hemos decidido que es hora de equilibrar la balanza. Llevamos casi una década cocinando este plan.

Mi cabeza da vueltas, intentando asimilar la historia.

—Pero ¿y yo? ¿Por qué me escogisteis a mí para este papelón?

Y ahí está, la pregunta del millón, esperando una respuesta que seguro que dará para otro capítulo de esta locura en la que me he metido.

—Verás, Katya, mi esposa era el cerebro detrás de todo esto. Era geóloga y una experta tasadora —empieza, con una voz que tiembla ligeramente por la emoción contenida—. La mujer del vestido rojo en aquel primer dosier era ella, Nikita. Y el tasador, ese tal Leo…, bueno, nunca pudimos desenmarañar completamente sus planes, pero lo cierto es que eran cómplices. Tras ese incidente, nuestra vida se vino abajo. Fue cuando sucedió el accidente de Nikita del que te hablé, tras una persecución. Ella iba en el vehículo con su socio Leonardo. A ella la encontraron ya prácticamente fallecida en el coche. Y Leonardo… Simplemente, él desapareció.

Sus palabras me golpean como un puñetazo en el estómago. Mi mente intenta procesar la magnitud de lo que me está contando, pero me resulta difícil encontrar las palabras adecuadas. Emmanuel continúa, dejándose llevar por el flujo de sus recuerdos y emociones.

—Atravesé todas las etapas del duelo, una y otra vez.

Su voz es un hilo frágil que parece a punto de romperse.

—Cada vez que creía haber aceptado la pérdida de Nikita, me encontraba de nuevo sumido en la desesperación. La ira, el resentimiento, la obsesión por encontrar a los culpables… me consumían por completo. Llegué a detestar al mundo por la finalidad absoluta de la muerte, por la falta de respuestas. Los «¿y si…?» se convirtieron en mi tortura diaria.

Al verlo tan expuesto, tan vulnerable, extiendo mi mano hacia la suya, en un intento de brindarle algo de consuelo, aunque sea mínimo.

—No había nada que pudieras hacer, Emmanuel. Estaba fuera de tus manos. —Mis palabras son un susurro, una débil ofrenda de apoyo en medio de algo tan surrealista.

Él aprieta mi mano con fuerza, buscando algo de anclaje en este mar de emociones que lo ha arrastrado durante años. En sus ojos veo un cúmulo de dolor.

—Caí en una depresión abismal, tan honda que ni siquiera podía sentir algo por Matteo, mi propio hijo. Fue mi suegro quien tomó las riendas, convirtiéndose en la figura paterna que yo no supe ser. Mi relación con Matteo siempre ha sido… fría y complicada, mucho más cercana a su abuelo que a mí. Pero con el tiempo, tras aceptar la inmensidad de mi pérdida, empecé a aprender a vivir de nuevo en un mundo que ya no contaba con ella. Volví a encontrar la felicidad, a sonreír y, finalmente, a asumir el rol de padre que Matteo merecía. El duelo es un camino tan personal y único como doloroso. Me llevó tiempo, pero es un proceso por el que tuve que pasar.

Sus palabras, cargadas de una melancolía profunda, se quedan suspendidas en el aire.

—Pero quedan algunas incógnitas. Aún nos preguntamos sobre la verdadera esencia de lo ocurrido y si Nikita fue, en realidad, otra víctima de esta compleja trama. Pero basándome en lo que he vivido, lo que he sentido, te digo: hay una luz, tenue pero firme, al final de ese túnel oscuro. Llega un momento en el que el dolor se metamorfosea en algo con lo que puedes coexistir; deja de ser el primer pensamiento al despertar. No hay otro camino que seguir adelante.

Son las tres de la madrugada, y después de sumergirnos en un mar de confesiones y recuerdos, decidimos pedir *pizza* acompañada de una botella de vino, que, como por arte de magia, se multiplica por dos. Las palabras fluyen con una facilidad que parece borrar las sombras de nuestro alrededor, llenando la estancia de una calidez inesperada.

Justo cuando nos estamos relajando entre los restos de nuestra cena tardía, las botellas de vino casi vacías y la habitación cargada de confesiones personales, Emmanuel se congela. Lo miro, intentando leer en sus ojos, que de repente se han oscurecido con una sombra de preocupación.

—Emmanuel, ¿qué pasa? —pregunto, mi curiosidad picada por ese cambio tan repentino en su actitud.

Se pasa una mano por el cabello, un gesto que sé que usa para ganar tiempo, para organizar sus pensamientos antes de hablar.

—No sé si debería contarte esto, pero… —empieza Emmanuel, la voz teñida de una hesitación que no le había visto antes. Deja la copa sobre la mesa, su mirada perdida—. Hay algo más sobre todo esto que no te he contado aún…

25

NO QUIERO IR A LA CÁRCEL

—¿Te acuerdas de que te conté que mi mujer me engañaba?

La voz de Emmanuel rompe el silencio, cargada de una intensidad que hace que me gire hacia él con una mezcla de desconcierto y preocupación.

—Sí, claro que me acuerdo… ¿Por? —Mi curiosidad se dispara, temiendo por lo que está a punto de revelar.

—Fue con él, con su socio, con Leonardo —dice, y en la forma en que pronuncia su nombre hay una traición tan profunda que me envía un escalofrío por la espalda. Su voz continúa, cada palabra cargada de revelaciones que me dejan sin aliento—: Sé que es algo en lo que preferiría no pensar jamás, pero necesitaba que lo supieras: tras el fallecimiento de mi esposa, mientras organizaba los documentos, encontré varias fotografías ocultas en carpetas en su ordenador. Entre ellas, había una prueba que nunca imaginé encontrar: ambos compartían un tatuaje idéntico, un secreto que nunca sospeché, un significado oculto tras la tinta que jamás habría descubierto por mi cuenta.

»Ella, con un delicado medio diamante tatuado en el dorso de su mano izquierda, y Leonardo, con la pieza faltante en la misma ubicación. Solo al entrelazar sus manos, aquellos trazos solitarios cobraban sentido completo, formando un diamante que, a su vez, escondía la silueta de un corazón. Tal vez, una promesa de amor eterno, un lazo invisible que, hasta entonces, había permanecido oculto a mis ojos.

Por un momento, el mundo parece detenerse. Mi mente lucha por asimilar la magnitud de lo que acaba de compartir.

—Qué fuerte, qué fuerte, no me lo puedo creer… —murmuro, casi para mí misma, mientras un revuelto de emociones se agita en mi interior. La traición, el dolor, la incredulidad, todo se mezcla en un torbellino que me deja patidifusa.

Y entonces, como si necesitara liberarse de ese peso, me dice:

—Permíteme contarte sobre uno de los robos más enigmáticos de la historia. ¿Te suena el legendario robo del Kremlin? Fue un escándalo monumental, una historia que dejó al mundo boquiabierto. Pero aquí viene lo más fascinante: el atraco fue llevado a cabo por nada más y nada menos que el mismísimo Leonardo, que se sumergió en el papel del joyero moscovita con la misma naturalidad con la que un actor se desliza en el personaje que interpreta. Cada gesto, cada palabra estaban cuidadosamente ensayados para no levantar sospechas en la imponente fortaleza del Kremlin.

»La grandiosidad del lugar, custodiado como un tesoro nacional, no intimidó a Leonardo. Dedicó meses a familiarizarse con cada rincón del lugar, trazando meticulosamente el plan para el robo perfecto: saquear el centro de diamantes del Kremlin, considerado por los expertos uno de los edificios más seguros del mundo, en Rusia. Leo y su equipo lograron sustraer diamantes en bruto, piezas de incalculable valor histórico pertenecientes a zares y la nobleza, el rubí de la corona y un valioso huevo imperial, cuyo paradero hoy día sigue siendo un misterio.

—¿Un huevo imperial?

—Exacto. En tradiciones de países como Dinamarca o Rusia, así como en otras naciones europeas de climas gélidos, los huevos decorados son un obsequio típico del Domingo de Resurrección.

—¿Te refieres a los famosos huevos de Pascua?

—Así es. Los huevos que las aves ponían en primavera marcaban el fin de la escasez invernal, mucho antes de que las gallinas fueran domesticadas para el consumo cotidiano. Para preservarlos y diferenciar su fecha de puesta, se empezaron a decorar. Con la llegada de la Cuaresma y su correspondiente prohibición de consumirlos hasta el Domingo de Pascua, comenzó la costumbre de intercambiar huevos decorados en las iglesias como presente. Esta tradición fue evolucionando hasta convertirse en un verdadero arte, especialmente durante el Renacimiento, cuando surgieron los huevos de chocolate. Francisco I de Francia recibió uno de estos innovadores huevos que, al abrirlo, reveló una exquisita Pasión de Cristo esculpida en chocolate.

—Increíble, no tenía idea. ¿Y cómo lograron acceder a la cámara donde se guardaban las joyas?

—El asalto estuvo muy bien planificado. Leo, el líder, ya era veterano en robos en la zona y, con una fachada como comerciante en la ciudad, era un experto en neutralizar alarmas, un hábil electricista y mecánico capaz de duplicar llaves con asombrosa facilidad. Dos días antes del robo consiguieron desactivar los detectores de calor y movimiento usando simplemente un espray y su ingenio para pasar por un vendedor de sistemas de seguridad. El día del golpe, burlaron los sensores de movimiento accediendo al sitio a través de la terraza, cubrieron las cámaras de vigilancia con cinta americana y, vistiendo ropas especiales, lograron evadir los detectores de calor. Desarmó el sistema de seguridad de la puerta, que él mismo había instalado, y esto hizo abrirle las puertas al grupo el acceso a la cámara, previamente libre de alarmas. El éxito de la operación no tardó mucho en derrumbarse, el objetivo inicial del robo era alcanzar cincuenta millones en diamantes y los siete huevos imperiales, pero solo alcanzaron a hurtar diez millones de los verdes, algunas joyas, pues muchas cajas estaban vacías, y un solo huevo. Hábilmente sacaron otras joyas de oro y diamantes de las cámaras. Además de las joyas, se llevaron piezas de oro puro, garantizando así un botín considerable.

—¿Y qué sucedió después? —pregunto, perpleja ante la historia.

—La trama concluye con la banda tras las rejas, pero ni Leo, ni las joyas, ni el rubí, ni el huevo han sido encontrados hasta la fecha.

—Y ese huevo imperial, ¿por qué se considera tan importante?

—Digamos que era un tesoro envuelto en el lujo de la época zarista, que despertaba la curiosidad de todos aquellos que se adentraban en su historia. Más que un simple objeto de ornamento, era un regalo cargado de significado, un símbolo del amor y el poder entre Alejandro III y Marie Feodorovna.

»Imagina abrir este pequeño tesoro y descubrir una sorpresa deslumbrante y única. Un delicado huevo adornado con diamantes, una yema de oro que simbolizaba la vida y una gallina de oro en su nido de paja dorado. Pero lo más intrigante de todo, más allá del huevo y todo lo demás, era el rubí que colgaba de la corona imperial, una joya de valor incalculable que superaba incluso al propio huevo. Su desaparición había dado lugar a todo tipo de teorías y rumores, incluyendo la posible intervención de mafias italianas y rusas. Y ahora, la búsqueda de Pietro añade un nuevo giro a esta apasionante historia llena de intriga y misterio. Se rumorea que mafias italianas están detrás de su desaparición. Hasta hoy, sigue sin aparecer, convirtiéndolo en el más codiciado a nivel mundial. Y por eso estamos tras la pista de Pietro.

—¿Pero…? Pero… ¿Pietro? —pregunto, buscando desesperadamente una explicación que no hiciera tambalear mi percepción de aquel hombre encantador.

Emmanuel deja escapar un suspiro cargado de pesar, sus ojos reflejando la gravedad de la situación.

—Todo tiene que ver con su abuelo —comienza—. Era el líder de la mafia italiana y fue arrestado aquí en España poco después de establecerse. A pesar de las presiones, nunca delató a nadie. Su silencio fue inquebrantable.

Mis pensamientos se agitan ante la complejidad del relato.

—No puede ser que Pietro esté siendo juzgado por los pecados de su abuelo —murmuro, aferrándome a la esperanza de que hubiera un error en toda aquella confusión.

—¿Y su hermana? —pregunta Emmanuel, desviando su mirada a la copa.

—¿Catia? —susurro, sintiendo cómo un desconcierto se apoderaba de mí—. Sé muy poco de ella, solo que compartimos el mismo nombre, aunque el suyo empieza con C, algo más común en Italia. También sé que solía trabajar en Ibiza, pero nunca tuve la oportunidad de conocerla.

La expresión de Emmanuel se ensombrece mientras comparte una verdad aún más sorprendente.

—Catia resulta ser la hermanastra de Pietro. Su madre fue manipulada por un vecino que los mantuvo bajo su control durante años.

Mis ojos se abren con incredulidad ante la revelación.

—¿Cómo que hermanastra?

—La madre de Pietro cayó bajo el influjo de ese hombre —continúa Emmanuel con voz entrecortada—. A cambio de dinero para saldar deudas, accedió a ciertas condiciones. Nadie lo sabía, salvo el padre de Pietro, que siempre sospechó algo y lo consintió.

Un escalofrío recorre mi cuerpo mientras trato de entender lo que me está diciendo.

—¿Estás insinuando que…?

—No tengo todos los detalles —admite Emmanuel—. Lo cierto es que cuando quisieron irse de esa casa, el vecino se negó. Para él, tener a la madre de Pietro a su disposición era un lujo, y el dinero no era un problema. Incluso les consiguió pasaportes falsos para desligarlos del abuelo.

—No puedo creerlo… —le suelto totalmente sorprendida.

—Cuando el padre de Pietro volvió de Rusia, después de casi un año, ella estaba embarazada de tres meses.

—Pero… ese hombre ¿la había dejado embarazada? ¿Pietro está al tanto?

—Sí, y eso fue solo el comienzo del drama. Cuando el padre de Pietro regresó, lo hizo con suficiente dinero para comprar una casa en el pueblo colindante. Al enterarse de la mudanza, el vecino, borracho y fuera de sí, perdió el control y atacó violentamente a la madre de Pietro, a pesar de que estaba embarazada. Su hijo, Alessandro, un joven de unos quince años, encontró a su padre en medio del ataque. Desesperado, trató de intervenir, pero durante el forcejeo, el hombre perdió el equilibrio y se golpeó la cabeza contra la esquina de la chimenea, falleciendo al instante. El padre de Pietro, que estaba afuera organizando la mudanza, llegó atraído por el escándalo y se encontró con la trágica escena.

—¡Qué horror! No me lo puedo imaginar. ¡Pobre mujer, todo por lo que tuvo que pasar!

—Pietro lo presenció todo. Aunque era pequeño, es algo que nunca olvidará. Desde entonces, ha dedicado su vida a su madre y a su hermana, y en lo que puede a su padre, que este nunca se perdonó por lo sucedido.

—Ahora entiendo muchas cosas de cuando estuve en la Toscana. Joder, es una historia escalofriante, pobre familia… Y esa mujer, qué valiente fue después de todo lo que soportó…

—Exacto. Ella decidió superarlo, dar a luz a esa criatura, Catia, y enfocarse en el futuro de sus hijos. Al final todo son experiencias que te enseñan, aunque no podemos controlar todo en la vida, sí podemos decidir qué recordar y qué olvidar.

—¿Y cómo sabes tanto sobre esto?

—Apareció en las noticias y Dimitri me dio el resto de los detalles. Alessandro colaboró por un tiempo con él, así que tenía información de primera mano.

La confesión de Emmanuel me deja patidifusa. Me cuesta creer todo lo que me está diciendo, es como si de repente me encontrara en medio de una de esas series de Netflix llenas de giros inesperados, y no en mi propia vida.

—La verdad, no sé por qué te estoy contando todo esto, pero contigo, no sé…, es distinto.

—Emmanuel, puedes confiar en mí. Continúa, por favor…

—A lo que importa. Resulta que Dimitri siempre había sido de los que juegan limpio, hasta que se enteró del lío en el que Leo había metido a todos y las movidas de Catia, que, al parecer, también estaba involucrada con este. Ahí fue cuando empezó a sospechar que el destino del rubí de la corona desaparecido y la verdad sobre la muerte de Nikita podrían estar con la gente de Pietro.

Intento asimilar lo que me dice, pero cada detalle es más rocambolesco que el anterior.

—Esto es mucho más complicado de lo que me imaginaba.

—La idea es zanjar todo este asunto después de estos últimos trabajos. Ahora mismo, Catia y Pietro están desaparecidos del mapa. Creemos que pueden estar juntos. Y tú, bueno, por la confusión de que creían que eras su hermana averiguaron la relación sentimental que tuviste con Pietro, apareciste justo en el momento perfecto y eras la pieza que necesitábamos.

La noción de meterme en un gran problema empieza a cobrar fuerza en mi cabeza.

—Pero ¿y si nos descubren? Podemos acabar en la cárcel… o algo peor.

Siento un hormigueo frío recorrerme. A pesar de intentar mantenerme tranquila, no puedo evitar que el miedo me invada, dejándome con una sensación de boca seca que no mejora ni tragando saliva.

—Katya, tranquila, va a salir bien. Lo hemos ensayado un montón de veces.

Emmanuel intenta calmarme, y quiero creer que todo saldrá bien, que controlo la situación. Pero en el fondo, una parte de mí se siente insegura y teme lo que pueda pasar.

26

CUANDO YA NADA IMPORTA

Mis cabellos morenos azabache caen en ondas perfectas, con extensiones que añaden volumen espectacular, mientras mis lentillas azules transforman mi mirada en un abismo misterioso. Los retoques aquí y allá, que ni mi propia madre me reconocería, me metamorfosean en una *femme fatale*. Sin embargo, hoy no voy a intentar hechizar a ningún Casanova; mi misión es tasar una joya, no iniciar un romance.

Aunque la cita no es hasta las tres de la tarde, ya estamos en pleno proceso de transformación. Nos asisten un par de maquilladores, de esos que ves en los créditos de grandes producciones cinematográficas. Me quedo embobada observando cómo cambian a Emmanuel hasta hacerlo irreconocible. Le aplican maquillaje protésico para envejecerlo, convirtiéndolo en un cincuentón de lo más atractivo, complementado con una elegante peluca canosa. Apenas han empezado y ya parece otro.

De repente, una llamada corta nuestra preparación.

—¿Señor Dimitri? —Emmanuel responde, su voz un eco de expectativa, antes de activar el altavoz.

—Emmanuel, necesito que vengan ya. Hay una emergencia… —La voz al otro extremo, teñida de una urgencia palpable, corta cualquier otra distracción.

—Pero ¿qué ocurre? No podemos, estamos en pleno… —Emmanuel intenta obtener más detalles, pero Dimitri, con una severidad que no admite réplicas, lo corta.

—No hay momento para explicaciones. Dejen todo ahora. Se trata de Matteo, ha sido ingresado en el hospital.

La noticia nos golpea como un mazo. Emmanuel se queda pálido mientras intento procesar la situación. Desactiva el altavoz y se aparta unos pasos para hablar en privado con Dimitri.

—¿Cómo? ¿Qué le ha ocurrido? —La voz de Emmanuel se quiebra, un reflejo de la angustia y el temor que apenas empiezan a desvelarse.

Emmanuel se desmorona mientras yo trato de mantener la calma.

—¿Le ha ocurrido algo a Matteo? —pregunto, aunque ya me imagino la respuesta.

Emmanuel está claramente angustiado, su grito es una mezcla de rabia y dolor, y comienza a golpear inútilmente los muebles cercanos en un intento desesperado por liberar su frustración. Trato de tranquilizarlo, pero es difícil encontrar las palabras adecuadas en un momento tan duro.

—¡Katya, nos vamos ya! Mi pequeño me necesita. Un incidente en el recreo… Unos niños lo atacaron. Está en coma, con un traumatismo craneoencefálico. Están preparándolo para una operación de urgencia. Es crucial que esté a su lado.

La premura en su voz me taladra el pecho, no hay tiempo para dudas. Rápidamente, desenfundo mi móvil y, con dedos temblorosos, reservo los dos billetes en el próximo vuelo a Menorca, el cual despega en apenas dos horas. Mientras tanto, con una orden basta, Emmanuel se encarga de despedir al equipo de maquillaje, marcando el inicio inminente de nuestra carrera contra el tiempo.

Aviso a recepción, doy instrucciones rápidas para que recojan todo y nos lleven al aeropuerto.

—Katya, mi hijo está en coma. No sé si llamar a mi madre por si… —Sus palabras se ahogan en un sollozo.

—Quizás deberías esperar a hablar con los médicos. Tu madre está en Italia, ¿recuerdas? Podemos llamarla cuando estemos allí.

Asiente, mientras las lágrimas siguen fluyendo.

—Si algo le pasa a Matteo… Es todo lo que tengo. Todo esto lo hago por él.

Lo abrazo, intentando transmitirle algo de fuerza.

—Matteo es fuerte, Emmanuel. Va a salir de esta.

—Lo sé.

Con un frágil hilo de esperanza, nos lanzamos a contrarreloj para estar al lado de Matteo. Nos deshacemos del maquillaje y todo lo puesto. Ya nada importa.

Nos embarcamos en el vuelo, y los cincuenta y cinco minutos en el aire se estiran en una agonía interminable, una tortura sin fin. Emmanuel ya se había comunicado con Dimitri, y estaba arreglado para que un conductor nos esperase justo al desembarcar. Sin demoras. Nuestro destino es directo: el hospital.

Corremos a toda prisa por los pasillos del hospital, cada paso resonando en un tiempo que parece distorsionado. Alcanzamos, por fin, la antecámara de los quirófanos, donde Dimitri y Camelia nos aguardan, envueltos en una tensa espera.

—Hijo… —la voz de Dimitri se quiebra por la angustia al avistar a Emmanuel.

—¿Cómo está mi hijo? ¿Dónde está? —Las palabras se le escapan a Emmanuel en un hilo de voz que apenas puede formular palabras.

—Aún está en cirugía. Lo llevaron hace apenas media hora. Tuve que autorizar la operación, lo siento, era una decisión crítica… Ha entrado muy grave.

—Mi hijo no puede dejarnos, no puede…

Las palabras de Emmanuel se quiebran, impotentes ante algo tan devastador.

Yo me quedo allí parada, sintiendo cómo el peso de la situación me abraza. La tristeza por Matteo me consume dejándome casi sin aire, en un estado de *shock*. Es un momento insoportable. Todo parece tan surrealista. Hace apenas unas horas, estábamos inmersos en un plan completamente distinto, y ahora aquí estamos, sumidos en un vacío de suspenso.

Me acerco a Camelia, y ambas nos sentamos en un rincón de la sala de espera, sintiendo cómo el tiempo parece detenerse. La tensión es tan palpable que parece casi que la podemos tocar. Camelia se apoya en mí, compartiendo detalles de este giro tan dramático, mientras tratamos de encontrar algún consuelo en medio de la incertidumbre.

Camelia me habla en voz baja, como si las palabras fueran frágiles:

—Fue durante el recreo… Unos chicos decidieron que era el momento de hacerle la vida imposible a Matteo. Según lo que logramos saber, lo que empezó con bromas pesadas escaló a golpes, dejando a Matteo inconsciente en una esquina del patio.

La crueldad de esos niños, supuestos compañeros, me sacude duro, como un puñetazo en el estómago.

—Una compañera, alertada por los gritos de Matteo, corrió a buscar ayuda. Pero ya era tarde. —Camelia continúa, su voz se entrecorta y tiembla—: Matteo es un ángel. Desde pequeño ha sido introvertido y reservado, llevando su timidez como una sombra que no se despega. La ausencia de su mamá lo marcó bastante. Y aunque en ocasiones llegó a casa con quejas de ser objeto de mofa, nunca, bajo ninguna circunstancia, hubiese imaginado que estos niños… —Su voz se rompe, incapaz de encontrar las palabras para describir tal desprecio—. Esto es peor de lo que imaginábamos —murmura Camelia, con lágrimas en los ojos.

—Tranquila, todo va a salir bien —intento consolarla, pero mi voz suena vacía, incluso para mis propios oídos.

Después de horas que se dilataron como siglos en la tensa espera, al fin se materializa la figura del médico, avanzando hacia nosotros con la gravedad de un presagio aún no revelado. Teñido de una seriedad profunda, anticipa el tipo de noticias que, en el fondo, nadie desea escuchar y, a la misma vez, todos ansiamos. El tiempo, como si fuera consciente del momento, parece detener su incesante marcha, suspendiendo todo en un silencio expectante. Estamos aguardando la sentencia que se cierne sobre nosotros con la solemnidad de un veredicto ancestral. Todo se reduce a su próxima frase, a esa noticia que llevamos aguardando sin aliento.

—¿Familiares de Matteo?

—Sí, yo soy su padre —responde Emmanuel, dando un paso al frente con una prontitud que revela tanto su ansiedad como su esperanza.

Nos acercamos todos, formando un semicírculo alrededor del médico. Yo me sitúo junto a Emmanuel, compartiendo la angustia.

—Su hijo ha sufrido un traumatismo craneal significativo, pero, por fortuna, ha esquivado el mayor peligro. Logramos evacuar el hematoma que se había formado; agradecidamente, no se localizaba en el interior del cerebro. No detectamos fracturas. Matteo recobró la consciencia brevemente antes de la intervención, pero fue necesario inducirle un coma farmacológico. Este estado de coma es temporal, permite que el cerebro demande menos oxígeno para sus funciones. Esta medida era imperativa, dado que la presión intracraneal comprometía la adecuada irrigación sanguínea a nivel neuronal.

—Pero se va a recuperar completamente, ¿verdad? —La pregunta se me escapa, impulsada por un mixto de alivio y nueva preocupación.

—¿Usted es la madre?

—No, yo…

—Es Katya, mi pareja —interviene Emmanuel con una firmeza que me toma por sorpresa. Mi corazón se detiene un instante.

—Señora Katya, su recuperación está encaminada. A pesar de las circunstancias, ha tenido una suerte inusitada. Las lesiones adicionales son menores, y de no ser por el severo impacto craneal provocado por el adoquín, Matteo ya estaría de vuelta en casa. Permanecerá bajo vigilancia constante durante las próximas veinticuatro horas, y si su evolución es favorable, será trasladado a planta para continuar con su evaluación. Les aseguro que está recibiendo los mejores cuidados posibles.

—Doctor, no tengo palabras para agradecerle —musita Emmanuel, su tono impregnado de profundo agradecimiento.

La emoción nos inunda a todos, incluyéndome a mí, que no puedo contener mi efusividad y abrazo al doctor con fuerza, dejando un beso cargado de gratitud en su mejilla. Es difícil expresar con palabras el alivio que sentimos en este momento, pero nuestros gestos hablan por sí mismos. La noticia de que Matteo está fuera de peligro nos sumerge en un océano de alivio tan profundo que, por un instante, todo lo demás parece insignificante.

En un impulso espontáneo, nos fundimos en un abrazo grupal, un gesto de agradecimiento por la fortuna que, contra todo pronóstico, nos ha sido concedida. Dimitri, en un gesto sorprendente, me incluye en este círculo de alivio compartido, uniendo nuestras preocupaciones y esperanzas con un simple abrazo.

Tras el momento compartido, Dimitri se aparta para hablar con Emmanuel en un tono bajo, cargado de seriedad, aunque sus palabras me alcanzan claras como el agua de un manantial.

—Esa declaración de que Katya es su pareja, ¿a qué viene? Recuerde que no podemos permitirnos desviaciones de nuestro plan principal. Explíqueme, Emmanuel, ¿qué está sucediendo aquí?

—No, para nada. No es lo que usted piensa. Fue simplemente una manera de expresarme ante el médico, para que Katya pareciera parte de la familia. No hay nada entre nosotros.

—Me alegra escuchar eso. No olvide que todo esto lo hacemos por mi hija y, por extensión, por mi nieto. Una falla hacia mí es una falla hacia ellos. Solo le estoy pidiendo seriedad y compromiso.

—Entiendo perfectamente, señor. Pero en este momento lo único que importa es mi hijo.

—Sí, claro que sí. Pero, aun así, voy a enviar a Katya de regreso a Barcelona. ¿Cree que podrá manejarlo sola?

—No estoy seguro, no creo que sea la decisión más acertada. Ella está más que capacitada, pero…

—Pero ¿qué?

—Me gustaría ser yo quien lo haga con ella. Es algo que necesito terminar personalmente.

—No, usted no puede. Ahora no es el momento, Emmanuel. Matteo le necesita aquí, tiene que ocuparse de él. Yo, por mi parte, me aseguraré personalmente de que los responsables de este acto paguen por lo que le han hecho.

—Lo entiendo, pero hemos esperado tanto tiempo por esto. Un pequeño retraso no debería cambiar las cosas, ¿verdad?

—No podemos permitirnos el lujo de perder esta oportunidad por esperar más.

—Le comprendo, pero concédame dos semanas. Si nada cambia en ese tiempo, entonces ella puede continuar con el plan junto a alguno de los muchachos.

—Lo pensaré, pero ya le advierto que probablemente mi respuesta sea negativa.

—Dimitri, nadie está tan preparado como yo para esto. Y Katya, sin darse cuenta, es la imagen viva de Nikita. Observe sus rasgos, su forma de ser. Si queremos que esta operación parezca genuina es imprescindible que lo hagamos juntos.

27

LAS CICATRICES SON EL PRECIO
QUE PAGAMOS POR SER VALIENTES

5 DE DICIEMBRE

Sigo anclada en la mansión, un refugio en medio de este ciclón de emociones. Todo se va calmando un poco, pero Matteo aún sigue entre las paredes blancas del hospital, y ya casi marca dos semanas desde lo sucedido.

Emmanuel se ha convertido en un fantasma para mí; su presencia es casi nula, sumido como está en su vigilia hospitalaria. Carmen, su madre, se mueve entre nosotros como una brisa que va y viene, inquieta y siempre pendiente. Cuando nuestros caminos se cruzan, entre conversaciones fugaces, siento el peso de su preocupación. Está volcada en Matteo, en ofrecerle un faro de esperanza y amor inquebrantable. La imagen de su dedicación es mucho más que una lección de fuerza silenciosa.

—Katya, tengo un favor importante que pedirte. Esta noche necesito que te quedes en el hospital con Matteo. Me han surgido asuntos críticos que requieren mi atención inmediata en Italia, cosas que no pueden postergarse. Sin embargo, la sola idea de que él esté solo en estos momentos me es insoportable. Por circunstancias imprevistas, mi madre tuvo que ausentarse unos días hacia la península.

Mis ojos se encuentran con los de Emmanuel, revelando una mezcla de sorpresa y resolución. La petición, aunque inesperada, no mueve mi firmeza a colaborar, todo lo contrario. Estoy encantada.

—Por supuesto, Emmanuel, me quedaré con Matteo. No te agobies por eso —respondo, tratando de infundir tranquilidad en un momento que sé que es tormentoso para él.

—Me siento profundamente mal por tener que pedirte esto, especialmente bajo estas circunstancias. Hay asuntos que simplemente no pueden ser postergados, y, sinceramente, no quería imponerle más peso a Dimitri con esta situación. Ya he conversado con él al respecto —explica Emmanuel, con un tono de voz que denota la carga que lleva sobre sus hombros.

—Cuenta conmigo para lo que necesites. Ni lo dudes, Emmanuel —afirmo con la esperanza de aligerar, aunque sea un poco, la pesadez de su carga.

—No sabes cuánto aprecio esto. Y te pido disculpas, de corazón. La situación con mi hijo ha complicado todo esto de manera que nunca imaginé… Me pesa mucho. —Sus palabras están teñidas de una sincera contrición.

—Entiendo, no hay de qué preocuparse. Pero si me permites pedirte algo… Cuando Matteo esté mejor y todo vuelva a la normalidad, me gustaría poder visitar a mi familia en Navidad. Las preguntas empiezan a acumularse y me temo que no podré sostener esta fachada de ausencia por mucho más tiempo. La preocupación en sus voces es cada vez más evidente —expreso, sintiendo la urgencia de mi propia situación personal.

—Encontraremos la manera, te lo prometo, Katya. Mil gracias por todo esto —me asegura Emmanuel con esa intensidad en su mirada que casi me desarma. Se acerca un poco, como si su cuerpo reaccionara solo a la necesidad de agradecerme con un abrazo, pero en el último momento, parece reconsiderarlo y se queda a medio camino. Con una sonrisa que intenta ser reconfortante, pero que deja traslucir su tormento interior, se da la vuelta y se va.

🐾🐾🐾🐾🐾

Después de una divertida guerra de cosquillas y disfrutar sus dibujos animados favoritos, Matteo cae en un profundo sueño. Yo me acomodo en la silla cercana, sumida en las páginas de mi libro, bajo una luz suave, cuando, de repente, él se despierta gritando, preso del terror. Corro hacia la cama, intentando calmarlo, pero es como si estuviera en otro mundo, sus ojos abiertos no logran verme. Con palabras suaves y un abrazo reconfortante, poco a poco, vuelve a la calma, aunque se queda en una especie de limbo somnoliento. Finalmente, consigue volver a dormir, pero el eco de su miedo aún resuena en mí.

Cuando amanece y entra la doctora, él se despierta.

—Buenos días, ¿cómo ha pasado la noche nuestro campeón del hospital?

—¡Genial! ¡He dormido como un tronco!

Me hace gracia oírlo decir eso, así que no puedo evitar reírme, pensando para mis adentros: «Vaya tronco más movidito».

—¡Eso es fantástico! ¿Sabes qué? Hoy te vamos a dar el alta —le informa la doctora.

—¡Qué bien! Estoy deseando ver a Mía.

—Y Mía está deseando verte a ti, te ha echado mucho de menos —añado.

Sonríe, está tan contento… Empieza a desayunar mientras ve sus dibujos animados.

—Doctora, ¿podemos hablar un momento?

—Claro, ¿qué sucede?

Salimos al pasillo, nos sentamos y le explico lo ocurrido durante la noche. Ella me aclara que Matteo ha sido diagnosticado con un trastorno de estrés postraumático debido al incidente. Me cuenta sobre los síntomas severos de angustia por los que ha estado ingresado más tiempo de lo usual y que, desafortunadamente, esos episodios de pánico pueden repetirse.

Nunca había oído hablar de esto. Me hundo en la silla, sintiendo cómo el peso de la realidad me aplasta. Me da tanta pena… La doctora me habla con una mezcla de profesionalidad y calidez, contándome los caminos para ayudar a Matteo. Sin embargo, lo que resuena en mi interior es la necesidad de dedicar tiempo, amor y apoyo incondicional.

Al regresar a la habitación, el contraste entre la seriedad de nuestra conversación y la inocencia de Matteo jugando me abruma. Estoy decidida a ser su pilar, a ofrecerle todo el amor y el apoyo que necesite. Y al verlo reír, entiendo que este compromiso es un pequeño precio que pagar por su felicidad y seguridad.

Me siento frente a él, intentando conectar con su mirada para transmitirle toda la ternura y el afecto que deseo darle.

—¿Ya has terminado todo el desayuno, campeón? —le pregunto, intentando aligerar el ambiente.

—Sí. ¿Podemos irnos ya?

—En cuanto la enfermera venga a retirarte estos cables del brazo y nos traigan los informes del alta —le aseguro, mientras una enfermera entra y se ocupa de los últimos detalles antes de nuestra partida.

Aprovecho ese momento de calma para reforzar su autoestima.

—¿Sabes que eres muy valiente?

No me preparo para su respuesta.

—No lo soy, Katya. Esos niños siempre se burlan de mí, y yo siempre me escondo. Siempre que me insultan y me empujan, nunca hago nada.

Le explico que es comprensible querer evitar el conflicto, pero también es importante hablar de estas cosas con adultos que puedan ayudar. Sin embargo, Matteo se siente atrapado en un ciclo de silencio y miedo.

—Porque ellos… no me entienden. Nadie sabe por qué esos niños me molestan y no quiero que lo sepa nadie, nunca —añade.

Mira sus pies mientras está sentado en la cama, sus pequeñas manos se entrelazan con nerviosismo. Puedo decir que algo le pesa mucho en el corazón, algo que lucha por poner en palabras. Al notar su hesitación, decido darle espacio, sabiendo que hablará cuando esté listo. Y, finalmente, con una voz tan frágil, comienza a contarme:

—Esos niños se ríen de mí porque dicen que me gustan los chicos…

Esta simple confesión parece robarle toda la fuerza, y cada palabra subsiguiente es como una carga adicional que ha estado llevando solo.

—Tengo mucho miedo. Pero lo único que puedo hacer es seguir escondiéndome, y dejar de jugar con mis amigas —prosigue.

La inquietud de Matteo me conmueve profundamente, y mientras lo ayudo a abrocharse la camiseta, busco las palabras más suaves para calmar su tormenta interna.

—¿Y qué me dices, te gustan los chicos? —le pregunto con toda la dulzura del mundo.

Con una mirada llena de dudas, Matteo me responde en un susurro:

—No estoy seguro.

A sus ocho años, su mundo está lleno de más preguntas que certezas, un peso demasiado grande para sus pequeños hombros.

Con toda la ternura y firmeza que soy capaz de transmitir, le aseguro:

—Matteo, si te gustan los chicos está más que bien. No hay nada malo en eso. Recuerda, estoy aquí para ti, pase lo que pase.

Aunque su voz es apenas un hilo:

—Sí.

Logro captar un destello de alivio en sus ojos. Es un paso pequeño, pero crucial para él.

Continúo, queriendo infundirle valor y aceptación:

—¿Sabes, Matteo? A veces parece que el mundo espera que todos sigamos ciertas reglas, pero eso no es lo que realmente importa. Lo que importa es ser tú mismo, porque tú eres maravilloso tal como eres. Tu forma de ser, tu sensibilidad son regalos únicos.

Con tristeza, añade:

—Todo comenzó cuando quise unirme al club de gimnasia rítmica y no me dejaron.

Este nuevo detalle añade otra capa a su lucha, y siento cómo mi corazón se aprieta por él. En este momento, es esencial que Matteo sepa que estoy completamente a su lado.

—Mira, cariño, la vida está llena de «deberías» y «no deberías», pero lo más importante es ser fiel a ti mismo, porque eres perfecto tal como eres. No dejes que nadie te haga sentir menos, nunca.

Matteo comparte conmigo la dura realidad de su día a día, narrando cómo las risas crueles y burlonas se convirtieron en una constante. Me cuenta sobre la traición de aquellos que consideraba amigos, cómo uno tras otro lo dejaron solo.

La voz de Matteo tiembla mientras desgrana cada palabra, dejando al descubierto las heridas abiertas de su alma. Con cada evocación, siento cómo se clavan espinas en mi corazón, sobre todo al escuchar el relato del momento más oscuro, el golpe más humillante: el dibujo que encontró a la salida de su entrenamiento. No era un simple papel; era un dardo envenenado, una caricatura grotesca de crueldad: él, convertido en un personaje ridículo con coletas y una falda rosa, objeto de burla.

Este no era solo un acto de sarcasmo, era un grito estridente de rechazo, una declaración despiadada de que no pertenecía, que su ser más auténtico era motivo de desprecio. Era como si cada trazo de ese dibujo estuviera cargado con el veneno más letal, destinado a infectar su autoestima, a socavar su valor como persona. En ese instante, Matteo no solo perdió amigos, perdió su refugio, su pasión, y se vio forzado a enfrentar un mundo que parecía repudiarlo por ser quien era.

El dolor que transmite al compartir esta memoria es palpable, tan real y crudo que casi puedo tocarlo. La crueldad de sus compañeros no solo lo marcó, lo desgarró, dejándole cicatrices invisibles que aún sangran. Matteo, con su corazón en ruinas, me muestra la brutalidad con la que la indiferencia y el odio pueden destrozar el alma de un niño, dejándolo a la deriva en un mar de soledad y desesperación.

Mientras lo escucho, siento cómo la indignación me hierve por dentro.

—¿Y tu profesora? ¿No interviene? —le pregunto, aferrándome a la esperanza de que al menos un adulto esté al tanto y actúe.

Su respuesta, un suspiro cargado de desesperanza, es un simple «no». Insisto, queriendo saber si al menos sabe de su anhelo de unirse al club. Se encoge de hombros, derrotado, susurrando que ya no tiene importancia, que su sola presencia parece alejar a las demás niñas. Al hablar de las burlas que sufre, sus ojos se inundan de lágrimas, y sus palabras me golpean como si fuesen dirigidas a mí.

Oigo cómo su sueño de convertirse en profesor de gimnasia rítmica, de inspirar a otros niños y niñas, se desvanece, y algo en mí se quiebra. Este entorno cruel, que normaliza el rechazo, me llena de furia. Aunque trato de mantener la calma por él, no puedo evitar expresar mi incredulidad:

—¡Es inaceptable! ¿Cómo se permite que esto suceda?

Intento infundirle coraje, recordándole que tiene una fuerza interior imbatible, que puede ser quien él quiera ser. Le insisto en que no permita que nadie limite sus sueños, que no hay barreras para sus aspiraciones. Pero al mencionar la posibilidad de hablar con su profesora o con su padre, se cierra aún más, temeroso de las consecuencias o de exponer su dolor.

Siento una mezcla de ira y tristeza al verlo así. Le tomo las manos con ternura.

—Cariño mío, tienes que hablar de esto con tu padre y con tu profesora. Lo que te están haciendo no está bien.

Baja la vista, desamparado.

—No puedo. Emmanuel no me entiende. Siempre está serio conmigo y apenas lo veo.

Su forma de referirse a su padre me lleva a preguntar:

—¿No le dices papá?

—A veces… —responde con un gesto de resignación.

Con todo el amor y la firmeza que puedo reunir, le aseguro:

—Matteo, tu padre te quiere, más que a nada en este mundo. Es fundamental que sepa lo que está pasando. Eres un valiente, y es hora de enfrentar esto. Estoy aquí para ayudarte, ¿vale?

Esto marca un cambio no solo para él, sino para mí. Reconozco la importancia de ser su apoyo, su escudo, y de promover la tolerancia y el respeto por las diferencias. Quiero que Matteo entienda y lleve este mensaje de amor y aceptación siempre consigo.

Se lanza a mis brazos, sollozando. Su pena se siente en cada lágrima. Trato de mostrarme fuerte por él, pero por dentro, una tormenta de rabia y desolación me sacude y no puedo evitar llorar con él. Verlo sufrir así es desgarrador, me parte el alma.

respeto y la
lealtad
no tatuaje en mi
alma.

28

CHUS SERRANO

«El respeto hacia otros es un reflejo del respeto que tenemos hacia nosotros mismos».

—Tranquilo, cariño mío, juntos vamos a encontrar una solución. ¿Te parece?

Me tomo un momento para mirarlo directamente a los ojos.

—Matteo, ¿sabes? Eso que has hecho, al hablar de cómo te sientes y de lo que te gusta, es algo muy valiente. No todo el mundo tiene el coraje de ser sincero sobre sus sentimientos, especialmente cuando son diferentes a lo que muchos esperan. Es muy importante y bonito que seas así de valiente.

—¿De verdad piensas eso? ¿Conoces a otros niños que sientan como yo?

—Sí, claro que sí. Y quiero contarte sobre alguien que conozco muy bien, se llama Chus Serrano, quien pasó por algo muy parecido a lo que tú estás viviendo. Chus, desde que era muy pequeño, ya se sentía diferente a los demás niños. Tenía intereses que no siempre coincidían con lo que se esperaba de un niño de su edad, y eso a veces lo hacía sentirse aislado. Pero eso también lo hacía único. Aunque sentirse diferente puede ser difícil, Chus era increíblemente valiente, justo como tú.

»Chus disfrutaba de cosas que algunos consideraban solo para niñas, y eso provocaba que algunos niños no fueran muy amables con él. Pero Chus amaba esas actividades y no quería dejar de hacerlas solo porque otros no estuvieran de acuerdo. Vivía con miedo constante. Pero le gustaba tanto estar con las chicas que, si veía a alguien venir, decía «¡jolines, me han pillado!» porque quería evitar cualquier conflicto.

—¿Y qué ocurrió?

—Un día estaba jugando con unas chicas en el portal de su casa, y un niño comenzó a insultarlo llamándolo «maricón»; esta palabra no se dice, es un insulto muy feo. —Aquí cambio mi voz a un tono más severo, y hago un gesto firme con mi dedo índice, como si dijera: «Esto no se dice»—. Justo en ese momento, su madre salió del portal, que iba a llevarle comida a su abuela, y lo vio todo. ¡Le cayó una bronca monumental! ¡¡Pero bueno!! ¿Cómo se atrevía a tratar así a su hijo? El pobre Chus rompió a llorar de la impotencia que sentía, preguntándose qué había hecho para merecer eso.

»Ese momento, cuando su madre lo defendió, sintió que su mamá era la más valiente de todas, su propia heroína personal. Aunque esa situación le enseñó que a veces el mundo puede ser un poco difícil, también aprendió que siempre habría personas que lo amarían y protegerían. Además, comprendió que era mejor evitar a quienes intentaban hacerle daño.

»A medida que fue creciendo, comenzó a enfrentarse a ellos, pero no servía de mucho. Pasó por la escuela primaria, luego al instituto… Sabía que recibiría insultos en cualquier lugar. Durante mucho tiempo intentó cambiar su forma de ser por miedo a las burlas, Pero Chus tenía un secreto muy especial: la música, que para él era una conexión única. Dentro de él, una luz brillaba con mayor intensidad cada vez que cantaba o actuaba, reflejando la profundidad de esa conexión especial. A través de la música,

Chus podía escapar del dolor de las burlas y sumergirse en un mundo donde todo cobraba sentido, donde cada canción se convertía en un refugio que le ofrecía paz. Esa luz lo hacía sentir poderoso y libre, capaz de enfrentar cualquier desafío. Aunque recibía insultos incluso cuando actuaba, quería gritar «¡respetadme!», pero no quería que eso afectara a su orquesta. Así que aguantaba y hacía de tripas corazón, fingiendo ser algo que no era para evitar problemas.

Matteo escucha atentamente, intrigado por saber más sobre Chus.

—Hasta que un día decidió dar un gran paso y gritarle al mundo que él era una persona tan respetable como cualquiera y se presentó al programa de *Got Talent* para dar visibilidad a las personas que pasan por lo mismo que él, y para reivindicarse a sí mismo. ¿Tú ves *Got Talent*?

—Sí, algunas veces lo veo con Camelia.

—¿Y qué te parece Risto? —pregunto, esperando la respuesta típica sobre el jurado más temido.

—Es muy serio, nunca le gusta ninguna actuación y siempre le dice que no a todos —replica con la usual observación.

—Exacto. El hombre del «no» más famoso de la televisión. Ese hombre tan serio como un profesor de matemáticas un lunes por la mañana —comienzo a decirle, mientras cambio mi voz a un tono humorístico y grave, casi como si estuviera narrando un documental sobre una especie en peligro de extinción—. Siempre con su cara de «esto no me impresiona en absoluto». Probablemente tiene una fábrica secreta de botones rojos en su sótano, y pasa los fines de semana afinando cada uno para asegurarse de que suene con la máxima decepción posible.

—Ja, ja, ja —Matteo se ríe a carcajadas.

—¡Pues mira esto, Matteo! —le digo, todavía con un eco de humor en mi voz mientras buscamos el vídeo de Chus en mi teléfono.

¡Aquí está! No puedo evitar sentir un cosquilleo en el estómago al ver de nuevo su actuación. Presiono *play* y la pantalla se ilumina con la actuación de Chus, cantando con toda su alma. ¡Vaya voz que tiene!

Matteo está más emocionado que yo, y no sé si está captando toda la letra o el mensaje, pero está completamente hipnotizado. Cuando Chus llega al final y se quita la peluca y los pendientes, diciendo «este soy yo», puedo ver una lágrima asomándose en sus ojos, y ni siquiera parpadea.

En la habitación se siente la emoción a flor de piel mientras esperamos la decisión de los jueces; yo, por supuesto, ya la sé, pero me emociono igualmente.

Y entonces, ¡bum!, Risto le da un sí a Chus. Es como si un chispazo de felicidad nos recorriera a los dos. Matteo se queda sin palabras, con los ojos brillantes de emoción. Me mira con una sonrisa enorme, como si estuviera viendo un milagro.

—¡Lo logró! ¡Lo logró! —exclama, saltando de alegría en la cama—. ¡Es increíble, Katya! ¡¡Es el mejor!! Ha conseguido el sí de Risto.

Lo que ahora resuena en mi corazón son sus gritos, llenándome de felicidad. Ver su carita dulce iluminada por la emoción es un regalo único para atesorar siempre.

Risto y los demás no solo le dieron el sí, ¡sino que también le entregaron el pase de oro directo a la final! Mientras veíamos el vídeo en la página web de Chus, la emoción crecía con cada segundo, volviéndose casi palpable. En la pantalla, el escenario parecía encenderse con una chispa que lo inundaba de una luz deslumbrante. De repente, el público se levantó de sus asientos, gritando con entusiasmo desbordante: «¡Chus Serrano! ¡¡Chus Serrano!!». Los aplausos y los vítores resonaban con fuerza. Las sonrisas y la alegría eran tan contagiosas que nosotros, desde nuestra habitación, comenzamos a aplaudir y a gritar con la misma intensidad, quizás incluso más fuerte que el público en el vídeo. La euforia era tan grande que parecía que estábamos allí, viviendo ese momento mágico en directo, junto a Chus. Fue algo tan especial y emocionante que ese momento no solo quedaría grabado en la memoria de Chus, sino ahora también en la nuestra.

—Me gusta mucho cómo canta, Katya. Yo lo quiero conocer algún día.

—Te prometo que lo conocerás. En cuanto le hable de ti querrá conocerte también.

—¡¡Sííí!! ¡¡Qué bien!!

Me encanta verle dar saltos en la cama de la emoción. Intento evitar que lo haga, pero está tan feliz que es imposible. Después de haber profundizado en la historia de Chus, haber visto un par de vídeos de sus actuaciones, se abre aún más a mí.

De repente se frena en seco y se sienta mirándome con tristeza:

—¿Cuándo se lo contó Chus a sus padres? —pregunta con un hilo de voz, buscando quizás encontrar un poco de coraje en la experiencia de Chus.

—Cuando tenía diecisiete años, y está muy arrepentido de no haberlo hecho antes —le respondo, intentando abrirle una ventana a la posibilidad de no cargar solo con este peso.

Le propongo un trato: hablar con su padre yo misma, intentando encontrar una manera de hacerle entender que no es algo de lo que deba avergonzarse, sino una batalla que debemos enfrentar juntos. Así, entre la vulnerabilidad y la valentía, entre el miedo y la determinación, trataré de encontrar un camino. Un camino que, espero, le enseñe a Matteo, y a todos nosotros, que la verdadera fuerza reside en ser auténticos, en luchar por lo que amamos, sin importar los obstáculos que el mundo nos ponga delante.

Tras poco que reflexionar, he tomado la decisión de hacerme cargo de Matteo. A pesar de su resistencia a hablar con un psicólogo y su nerviosismo al pensar en salir de casa, he decidido que voy a ayudarlo yo misma. Con algunos consejos del psicólogo y mi propia determinación, me lanzaré a este reto. Dimitri, en un gesto que me ha conmovido profundamente, me ha alojado en la mansión con ellos, en una de las habitaciones cerca de Matteo, y me deja tener a Mía conmigo, a cambio de que yo me encargue del pequeño; sabe que conmigo tiene un lazo especial.

Aunque aún tengo pendiente trabajo y sigo formándome, esta nueva dirección en mi vida me llena de emoción. Y esta vez, por puro convencimiento propio, o mejor podría decir, por esa chispa en mi interior que me empuja a seguir aquí en la mansión, debo destacar, sin que sirva de precedente, que algo en mí se agita.

Trato de mantener la calma y ser cauta, pero no puedo negar que una parte de mi decisión tiene mucho que ver con él, con Emmanuel: es encantador, siempre tan atento y amable conmigo. Cuanto más tiempo paso a su lado, más feliz me siento. Sé que estoy adentrándome en un territorio complicado, sobre todo después de escuchar aquella conversación entre él y Dimitri en el hospital. Sin embargo, su compañía me reconforta y me ofrece un refugio donde puedo dejar atrás todas mis preocupaciones, donde puedo olvidarme de todo, incluso de Bat.

29

SIN MARGEN PARA EL ERROR

DOS SEMANAS DESPUÉS (20 DE DICIEMBRE)

Nos hemos encargado de rentar un despacho bastante elegante. Durante este tiempo, he puesto en marcha una página web ficticia donde presento a Emmanuel como un destacado ejecutivo, apodado señor Marchetti. Es lógico pensar que podría haber quien quiera saber más sobre nosotros, por lo que he preparado bastante información falsa para mantener las apariencias.

Por otro lado, lo primero que hice esta mañana fue ponerme en contacto con mis padres. Y, por cierto, me había olvidado completamente de que hoy es el cumpleaños de mi papá.

—Emmanuel, voy a escribirle a mi padre, dame un momento, es su cumpleaños.

Tengo tanto miedo ahora mismo por lo que pueda pasar que, al escribirle, me sensibilizo tanto que hasta me emociono.

Felicidades al hombre más importante de mi vida, porque, sin ti, nada hubiera tenido lugar. Porque no hay mejor día que este para recordarte todo lo que te quiero. ¡Feliz cumpleaños! Y gracias a ti he conseguido ser quien soy. Un beso enorme y que sigas cumpliendo muchos más y que yo los pueda compartir a tu lado. Seguiré tu ejemplo, siendo una persona de corazón y bondadosa, ojalá tanto como tú.

En este caso, no me contesta él, lo hace mi madre.

Hola, hija. Has hecho llorar a tu padre con las cosas que le has dicho, se ha quedado sin palabras. Se lo he tenido que leer yo porque él no podía. Dice que muchas gracias.

Os quiero. Luego os llamo, estoy ocupada ahora.

Dejo mi móvil apagado y olvidado en el coche, como si con ese gesto pudiera dejar atrás también mis nervios y dudas. Emmanuel, siempre tan atento y previsor, me alcanza un móvil nuevo.

—¿Lista? —me pregunta, con esa sonrisa suya que siempre parece prometer que todo irá bien, aunque el mundo se ponga patas arriba.

—Pufff, eso espero… —respondo, intentando que mi voz suene más segura de lo que realmente me siento por dentro.

—Venga, va a ser pan comido. —Su optimismo es contagioso, y no puedo evitar que una pequeña chispa de esperanza prenda en mi interior.

—Cruza los dedos por mí. —Aunque suene a juego de niños, en este momento, cualquier ritual de buena suerte es bienvenido.

—No lo necesitarás. Confío plenamente en ti. —Sus palabras son firmes, cargadas de una fe en mí que a veces yo misma no consigo encontrar.

17:30 HORAS

Me planta un beso en la frente, un gesto que, lejos de calmarme, hace que mi estómago se llene de mariposas nerviosas.

Movemos ficha con la mayor de las cautelas. No es un juego de niños; hemos contratado, por recomendación de la parte contraria, una empresa de seguridad que nos cubre las espaldas en esta operación que roza lo cinematográfico. Nuestro objetivo no es otro que simular la compra de un rubí valorado en la friolera de trece millones de euros. Ahí es nada.

Llegamos al aeropuerto, fingiendo ser una pareja de italianos con un motivo de viaje más que convincente. La empresa de seguridad nos recibe tal y como habíamos acordado con el dueño del diamante. Hoy, mi papel es el de tasadora de confianza de la familia de Emmanuel. Él, el comprador estrella, impecable como siempre, luce un elegante traje de seda y lleva un maletín en mano, personificando a la perfección la imagen de un magnate dispuesto a cerrar un trato millonario.

Nuestra cita tiene lugar en un hotel de esos que quitan el hipo. Allí estamos: Emmanuel, el dueño de nuestro objetivo, un representante de la empresa de seguridad y yo. Con una excusa de manual, conseguimos que el representante de seguridad se quede esperando abajo en el coche, dejándonos campo libre para maniobrar.

Y llega el momento de la verdad. La joya se presenta ante mí, deslumbrante. Me calzo los guantes de nitrilo y me ajusto la mascarilla, sacando mi kit de experta en joyas. La piedra emite destellos de un rojo que no deja lugar a dudas sobre su autenticidad, y su brillo es simplemente hipnótico.

Paso a hacer mis comprobaciones: coloco el rubí sobre un papel y verifico que puedo leer el texto a través de él sin problema. Luego, repito el procedimiento con un periódico y después con un cristal de contacto, evaluando así su dureza.

Para estar totalmente segura de su autenticidad, le aplico calor al diamante y, acto seguido, lo sumerjo en agua helada. La piedra sale airosa de la prueba, intacta. Lo observo en completo silencio, consciente de las miradas expectantes que me rodean.

Soplo sobre él varias veces, comprobando que no se empaña. Otro punto a su favor. Ya solo queda proceder con la tasación, teniendo en cuenta las famosas cuatro ces: *carat* ('peso'), *clarity* ('pureza'), *color* ('color') y *cut* ('talla').

Una vez comprobado, le aseguro a Emmanuel o, mejor dicho, al señor Marchetti que todo está en regla. Es el momento de actuar.

Con la misma destreza con la que cambiamos de identidades, lo introduzco en un cofre dorado, una pieza que parece sacada de un cuento de hadas. Pero justo cuando todo parece marchar sobre ruedas finjo un olvido imperdonable:

—Esperen un momento —digo con un tono cargado de urgencia, extrayendo nuevamente el cofre—. Parece que hemos olvidado añadir el certificado de autenticidad al cofre… —Hago hincapié en la importancia de este descuido, invocando las palabras de mi difunto abuelo sobre la relevancia de las firmas como sello de autenticidad. Este interludio sirve de distracción, permitiéndome con sutileza remover el precinto, en un gesto rápido y eficaz, para luego volver a colocar el cofre dentro de la caja fuerte.

Mientras tanto, Emmanuel divaga sobre mi abuelo Mario Buccelatti, un renombrado joyero milanés, y su obsesión por los detalles, todo parte de nuestro teatro.

—Todo está en orden, señor. Están a punto de realizar una adquisición excepcional. Mis felicitaciones —comento con formalidad, dirigiéndome a Emmanuel para enfatizar el éxito inminente de nuestra operación.

—Sí, hemos estado tras esta preciosidad desde hace tiempo. Ahora, llamaré a mi socio para finalizar la transacción. Señorita Benavente, ha sido un privilegio contar con su asistencia. —Emmanuel reconoce mi contribución al proceso con gratitud.

—Ha sido un honor —digo, empezando a recoger mis herramientas. Mi parte ya está hecha.

—Señor Cortecci, ¿me permite un momento para comunicarme con mi socio y cerrar el trato? —pregunta Emmanuel con cortesía.

—Naturalmente, no hay problema —responde el señor Cortecci, facilitando así el siguiente paso de nuestro meticuloso plan.

—Será breve, gracias —asegura Emmanuel, señalando el acercamiento al desenlace de nuestra estrategia.

El señor Cortecci se vuelve a sentar y Emmanuel desaparece «a hablar con su socio».

Me encuentro inmersa en un cambio radical de escena. He dejado atrás la sofisticación de mis atuendos por prendas que priorizan la funcionalidad y me lanzo a la aventura en una moto junto a mi inseparable compañero de esta aventura, experimentando una adrenalina que me revive, que me recuerda lo que significa sentirse plenamente viva. Nos separamos, cada uno dirigiéndose a un destino previamente acordado.

La libertad que me brinda conducir, sentir cómo el viento se enfrenta a mí mientras zigzagueo por carreteras casi vacías, es una sensación incomparable. Es mi escapatoria, mi pequeño gran escape de la realidad. Pero en un segundo de descuido, paso por alto un control de velocidad. No me perturba el hecho de que la moto no sea mía, ni siquiera el destello del radar al capturarme me saca de mis casillas. Lo que realmente me desconcierta es darme cuenta de que estoy a una buena distancia del punto de encuentro con Emmanuel. Un pequeño desvío ocasionado por la confusión con el GPS instalado en la moto me hace perder preciados minutos.

Al echar un vistazo al espejo retrovisor, la adrenalina se dispara nuevamente al notar una presencia inesperada: una moto negra me sigue con persistencia. Mis esfuerzos por evadirla resultan infructuosos; la persecución se intensifica con cada giro, con cada aceleración, hasta que, en un intento desesperado por desaparecer de su vista, me sumerjo en las laberínticas calles de Poble Sec.

Sin cobertura, maldiciendo mi suerte y buscando un halo de esperanza en un bar a punto de cerrar, el dueño se convierte en mi héroe accidental con su consejo envuelto en un acento extranjero que baila al borde de mi comprensión. La noche me envuelve con su manto de inquietudes cuando salgo, y allí está la moto negra esperándome.

La silueta se acerca, y aunque me digo para mí que la joya no está conmigo, que no tienen nada contra mí, el miedo es un animal salvaje que no entiende de razones. De repente, su voz ronca irrumpe en el silencio, fría, directa, haciéndome temblar desde el interior.

—Soy de la Policía secreta.

Trato de armarme de valor, aunque por dentro estoy hecha un flan.

—¿Policía secreta? ¿Pero…? —Mis palabras se pierden en el aire.

Él avanza un paso hacia mí; retrocedo instintivamente, buscando algo de espacio entre nosotros.

—No se mueva —ordena con una voz que no admite réplica—. Quítese el casco y póngase contra la pared.

Respiro hondo, tratando de que mi suspiro pase desapercibido, y obedezco. Mis movimientos son mecánicos, impulsados por un miedo que cada vez se apodera más de cada fibra de mi ser. A medida que empieza a cachearme, cada contacto me recuerda lo vulnerable que estoy.

—Cuidado —le advierto con voz temblorosa—. Debería ser una mujer quien hiciese esto.

—Cuando es posible, preferimos que así sea —responde, su voz grave ahora parece venir de lejos—. Pero las circunstancias no siempre lo permiten —añade.

Su explicación me deja aún más helada, la dura realidad de la situación me penetra hasta lo más hondo. Me encuentro sola, a merced de un desconocido que afirma ser policía.

—¿A dónde se dirigía? —pregunta, y siento cada palabra como un puñetazo en el estómago.

—Estaba dando un paseo.

—¿Y su documentación? —insiste él con una firmeza que intenta disfrazarse de cortesía.

En un destello de rebeldía, me refugio en la mentira, sintiendo que es el último vestigio de control que me queda en esta situación.

—Oh, la he olvidado en mi otro bolso. ¿Podría marcharme ya? —Mi voz intenta esconder el nerviosismo detrás de una falsa despreocupación.

—Lo siento, pero aún no. —Su respuesta me encierra más, es como una puerta que se cierra con llave—. Tenga paciencia, por favor.

El cacheo sigue su curso, un procedimiento estándar que, sin embargo, se siente invasivo, casi personal. Y entonces, en un giro inesperado, se inclina, reduciendo la distancia entre nosotros. Su pierna presiona sutilmente entre las mías, mi cuerpo contra la pared. Es en ese momento, entre la tensión y la cercanía forzada, que un aroma se cuela en mi conciencia, deslizándose por mis defensas como si fuera un recuerdo hecho fragancia. Proviene de su cuello, un olor sutil pero absolutamente inconfundible. Ese aroma… tan familiar, tan profundamente entrelazado con recuerdos pasados que…

30

SECRETOS QUE LA MENTE

SE NIEGA A ACEPTAR

Paso de un nerviosismo que me paraliza a una excitación que me hace perder la noción del tiempo y del espacio. La forma en que sus manos recorren mi cuerpo, audaces y seductoras, despierta en mí una vorágine de sentimientos y pensamientos que, aunque desconocidos, me resultan extrañamente familiares.

Cuando la tensión parece insoportable, se detiene todo. Escucho una voz bastante lejana, de otro supuesto agente a través de su intercomunicador.

—Adelante. Agente Da Donnie aquí. Nos hemos equivocado. Esta no es la persona que buscamos. Abortamos la misión de inmediato —anuncia con una voz cargada de profesionalismo. Me mantiene inmovilizada con su pierna, una precaución estándar que, en este momento, parece más un acto provocativo que protocolario.

Confusa pero intrigada, no puedo contenerme y pregunto, buscando entender el giro dramático de los acontecimientos.

—Entonces, ¿iba a detenerme? —La curiosidad pica en mi interior, intentando comprender la lógica detrás de sus acciones.

—En otras circunstancias, quizás. Pero hoy, por suerte para ti, no será necesario. —Su voz es seria, aunque detecto un hilo de titubeo en ella.

—¿Quiere decir que puedo irme? —Mi incredulidad pinta cada palabra, aún asombrada por lo rápido que todo ha cambiado.

—Así es. Eres libre. Ha sido un error.

—¿Y todo esto? ¿La persecución, el cacheo, y ahora todo acaba aquí? Por poco me mato intentando escapar…

—¿Puedo saber por qué huías? —Su pregunta es directa, manteniendo esa profesionalidad inquebrantable.

—Estaba aterrorizada, no sabía qué estaba pasando. ¿Cómo se supone que debe reaccionar alguien ante un ataque tan… intenso? —Mi voz tiembla, frustrada y enfadada, mientras intento, sin éxito, liberarme de su agarre.

—Consideraremos este incidente una confusión y evitarás cualquier sanción administrativa. Es todo lo que puedo decirte por ahora —finaliza el agente, levantando la presión de su pierna y permitiéndome moverme libremente.

—Esto es inaceptable. No voy a dejarlo pasar. Actuaré —afirmo, con una tormenta de indignación y un suspiro de alivio luchando dentro de mí, mientras intento asimilar lo ocurrido.

De repente, el sonido lejano de una moto captura toda mi atención. ¿Podría ser Emmanuel? Sin atreverme a mirar atrás y arriesgarme a ser reconocida, me monto en la moto con determinación y acelero por la carretera, buscando no solo alejarme físicamente del lugar, sino también dejar atrás el torbellino emocional en el que me he visto envuelta.

Intento concentrarme en el camino, pero es inútil. Ese aroma me persigue, me atormenta, me hace cuestionar todo. Tiemblo, no de frío ni de miedo, sino por la resonancia de un perfume ajeno que ha despertado algo en mí. Me resulta cercano y a la vez… hechizante.

Finalmente, logro comunicarme con Emmanuel, sintiendo un alivio inmenso al tener señal. Le explico que todo está en orden y que me habían confundido con alguien, la velocidad y mi forma de conducir fue lo que llamó su atención.

—Estoy justo detrás de ti, a un par de kilómetros. Sigue adelante, yo te sigo hasta el siguiente desvío. Mantengámonos discretos, Katya. No podemos llamar más la atención —instruye Emmanuel a través del interlocutor.

Asiento para mí misma y acelero, deseando dejar la ciudad atrás.

Al llegar a la casa de campo, casi simultáneamente, Emmanuel y yo coincidimos en el porche del lugar. Apenas apaga el motor de su moto, sin perder un segundo, se dirige hacia mí con una sonrisa radiante. Sus pasos decididos, mientras se quita el casco, se acortan rápidamente, y en cuestión de segundos me envuelve en un abrazo cálido y profundo que, con su intensidad, me levanta del suelo, haciendo que el mundo parezca desfallecer por un momento porque en ese instante, el recuerdo del agente me invade con una intensidad abrumadora. Nunca había sentido algo tan contradictorio: un escalofrío que se convierte en un calor ardiente, corriendo por mi vientre, incendiándome por dentro. La cercanía del agente, su pierna entre las mías..., apretado a mí...

—Has hecho un trabajo increíble, Katya. Me has dejado impresionado. Has superado todas las expectativas con esta misión —Emmanuel me lanza esas palabras como si fueran estrellas fugaces, pero yo, atrapada en mi propia constelación de emociones desbordadas, apenas logro captar su brillo.

Sus intentos por reconfortarme chocan con la tormenta que arremolina dentro de mí. Las imágenes de aquel encuentro clandestino con el poli se enredan con el deseo, avivando llamas internas que claman por ser saciadas. Ahí está, la pulsión de descubrir hasta dónde pueden llevarnos estos sentimientos encontrados, esta pasión que se alza feroz, desatando mi yo más salvaje, más íntimo. ¿Es acaso mi lado Cat quien ruge, pidiendo salir a jugar en este preciso instante? Ay, Dios… Aún me encuentro atrapada en la red de esa excitación inoportuna.

—Katya, ¿estás bien? —Emmanuel me saca de mis devaneos con su pregunta, mientras caminamos hacia el refugio de la casa.

—Sí, claro, todo en orden. Ha sido una locura, pero, sin duda, ha merecido la pena. ¿Y el rubí? ¿Ya está a salvo con Dimitri?

—Totalmente. Ya lo tiene en sus manos. Lo enviamos en un vuelo privado. Me dijo que te felicita, que has sido impresionante. Tranquila, está todo controlado. En unas horas pensarán que se ha perdido ya en el mercado negro.

—Eso suena bien. Pufff, con toda esta emoción, apenas me había dado cuenta, pero tengo un hambre que podría devorar un elefante. ¿Hay algo para picar?

—Justo he preparado algo especial, para celebrar nuestra victoria. Pero te sugiero primero tomar una ducha y cambiarte de ropa.

—¿Algo especial, dices? Eso sí que me intriga.

—Así es, pero te pido un poco de paciencia. Yo también me daré una ducha. Ah, y esta vez nuestras habitaciones serán separadas.

Su comentario, lanzado al aire con ligereza, despierta una chispa de decepción en mí. No es que esperase compartir su cama, pero después de la intensidad del día y todas las otras veces en la misma habitación, la idea de estar separados me desagrada. Y es que hay algo en Emmanuel, más allá de su encanto evidente, que me atrae de forma inesperada. Y después de un día envuelta en tensión, todo mi ser solo ansía, bueno, liberarse. Mi deseo, impulsivo y ardiente, se desborda. Su acento, ese matiz italiano en sus palabras, me remueve por dentro de una manera indescriptible. Necesito enfriar mi cabeza, enfocarme en otra cosa. La intensidad de lo vivido parece haber magnificado cada sensación y estoy mezclando y confundiendo todo. Por ahora, una ducha fría parece la única salida.

Cruzo el umbral de la casa, decidida a cambiar de chip. La villa, escondida como un tesoro junto a Roses en Cala Calitjás, no es una simple casa de campo, sino un paraíso privado. Me prometo disfrutar esta noche a pleno, dejarme llevar por las sorpresas que Emmanuel tenga preparadas. Quizás, solo quizás… «¡Katya, necesitas enfriarte ahora mismo!», me ordeno, tratando de apaciguar mis pensamientos errantes.

—¿Qué te parece si nos vemos en mi habitación en una hora? He dejado algo de ropa sobre tu cama —me propone, entregándome la llave de mi habitación.

—Gracias —le respondo, subiendo las escaleras con una mezcla de anticipación y nerviosismo.

La habitación es de ensueño, amplia y cuidadosamente decorada. Tanto lujo me deja frente al dilema de elegir mi atuendo. Después de un desfile personal de casi media hora, elijo el vestido rojo, que promete ser mi aliado esta noche. Ajustado, con un escote de infarto que invita a soñar, y una abertura lateral que añade un toque de atrevimiento. Los tacones a juego completan el conjunto, y para mi sorpresa, Emmanuel ha pensado en todo, incluida una lencería que roba el aliento. Un corsé negro, sexi y atrevido, acompañado de medias con liga, que prometen…

Me enciendo, sin razón aparente, permitiendo que mi imaginación se desborde. Y ahí estoy, preguntándome otra vez: ¿cómo es posible que este deseo me embargue de tal manera? Claro, esta lencería tan insinuante y atrevida no hace más que avivar el fuego. ¿Habrá sido idea de Emmanuel con alguna intención más allá? Sabe perfectamente que lo nuestro es imposible.

Todo en mí clama que lo nuestro es utópico y, aun así, aquí estoy, explorando las profundidades de mi deseo.

Con un suspiro resignado pero lleno de una curiosidad que me consume, agarro el teléfono y me lanzo a bucear por internet, buscando descifrar el misterio de esta atracción que me tiene atrapada. Me sorprende descubrir que la excitación no solo juega en el campo de lo físico, sino que puede ser encendida por aromas específicos, que las feromonas tienen un papel estelar en el juego de la seducción. Me sumerjo, fascinada, en el océano de información sobre cómo funcionan nuestros sentidos, descubriendo maravillada que a veces el corazón y la piel entienden secretos que la mente se niega a aceptar. Me doy cuenta de que este juego de atracciones sensoriales es mucho más complejo de lo que había imaginado, lleno de reglas no escritas que quizá, y digo solo quizá, esté dispuesta para explorar.

Cierro la última pestaña del documento, no puedo evitar que se me escape una sonrisa pícara, medio abrumada, medio maravillada con todo lo que acabo de devorar con los ojos. Y justo entonces me sale del alma, como quien no quiere la cosa: «Ay, por favor, ¿y nadie se acordó de traer mi Satisfyer?». Me río yo sola, dejando que la carcajada resuene por las paredes, como si estuviera compartiendo el chiste con una habitación llena de amigos invisibles.

Me quedo pensativa, preguntándome si, en el fondo, todos estamos en la búsqueda constante de esa pieza que encaje perfectamente con nosotros, sea mediante un aroma que nos envuelva, un gesto que nos desarme o una mirada que nos comprenda. Por ahora, solo tengo mi propia compañía, una curiosidad que no sabe lo que es el descanso, «tan insaciable como si fuera un buffet libre», y un vestido rojo con más ambición de fama que un *influencer* en Coachella. El vestido está más que preparado para robarse todas las cámaras en cualquier escenario que mi imaginación pueda inventar, mientras yo intento no quedarme en un segundo plano.

31

DESEO FUGAZ

«¡Uy, ya es la hora!». Salgo rápidamente, Emmanuel me espera. Bajo por el ascensor, camino con precisión hasta su puerta, toco y espero. Cuando abre la puerta, se queda pasmado.

—¿Estás listo? —pregunto, con un toque de emoción en mi voz.

—Sí, sí. —Me mira de arriba abajo con paradas intermitentes—. Estás… estás… preciosa. *Molto bella.*

Una risa tímida se me escapa, sonrojada por su halago.

—Ay, por favor, que no te engañe esta fachada de glamur. Todo es una parafernalia, cortesía de un estilista que es todo un mago, eso sí. Pero la verdadera magia radica en este corsé. Está tan ajustado que casi me convierto en la próxima Houdini, lista para un acto de escapismo. ¡Ja, ja, ja! Casi puedo oír los tambores de expectación con cada respiración.

—Estás completamente deslumbrante, de veras. Y ya que mencionas a Houdini, ¿puedes liberarme de este dilema con la corbata, por favor? ¿Sabes hacer el nudo? ¡No logro que me quede bien!

Me acerco, y en ese espacio que compartimos, el rubor se teje entre nosotros tan tangible como la tela de la corbata.

—Sí —le contesto—. Mi padre me enseñó cuando era pequeña. A ver si lo recuerdo, ya hace tanto…

Mis dedos juegan con el tejido, en un tímido desliz que pretende ser más sobre el lazo que formamos que sobre el nudo en sí, como si en este pequeño acto, mi pulso se acelerase solo por la cercanía y no por el desafío del nudo.

De repente, algo me llama la atención, algo que no había notado antes en su mano.

—Pero ¿qué te ha pasado? ¿Cuándo te has hecho esto? —le pregunto, con cierto sobresalto al notar el estado de su mano, hinchada y adoptando tonos que van del azul al morado.

—Ah, esto… —comienza, adoptando una expresión entre la sorpresa por mi descubrimiento y la humildad de quien no quiere hacer de un problema personal el centro de atención—. Verás, cuando estaba llegando al pueblo, después de que me enviaras tu ubicación, me topé con otro motorista y…, bueno, digamos que tuve un encuentro un poco desafortunado. Apareció de la nada, saliendo de un callejón estrecho, y en mi intento por esquivarlo, acabé dándome contra la pared. Resultado: mi mano acabó atrapada contra esta.

—¡Dios mío! —exclamo, sin poder evitarlo—. ¡Pero si eso está morado! Tenemos que ponerle hielo ya.

—Vale, pero ¿puedes terminar con el nudo primero? —me pide, con su voz un poco agitada y ese toque de vulnerabilidad que rara vez deja ver.

Siento su aliento cerca de mi boca. El pecho se le agita y está algo conmovido.

—Casi lo tengo… —susurro concentrada en mi tarea.

Emmanuel se inclina ligeramente hacia mí, su aliento cálido roza mi mejilla.

—Hueles… increíble, ¿sabes? —murmura, acercando su nariz a mi cuello de manera que puedo sentir la suavidad de su respiración.

—Gracias. Cortesía de tu gente, al igual que con la vestimenta que llevo —respondo con una sonrisa cómplice, mientras me concentro en la tarea—. Me tienen mimada con muchas atenciones, y cuando digo muchas es que realmente se han excedido. No necesito tanto, Emmanuel. Yo…

—Ese aroma… —me interrumpe, su voz baja a un susurro conspirativo—: Definitivamente, es el último perfume de Paco Rabanne. Tiene ese *je ne sais quoi* que te describe: audaz, brillante, un poco salvaje… —Sus palabras se deslizan en susurros, como si revelaran secretos al viento.

Me detengo un momento, sorprendida pero divertida por su conocimiento.

—¿En serio, Emmanuel? ¿Cómo sabes eso?

—¿Cómo no iba a saberlo? Lo he comprado yo personalmente para ti —dice con esa mezcla de orgullo y ternura en la mirada que tanto me revoluciona por dentro—. Quentin Bisch, ese maestro de los aromas, ha conseguido encapsular algo que…, no sé, es tan tú. Ese ylang-ylang, la vainilla, los susurros de ambreta y almizcle… Te sienta increíble. Captura tu esencia, tanto lo que se ve por fuera como lo que llevas por dentro. Hasta el frasco, con esas curvas sugerentes, adornado por una serpiente dorada, es la definición misma de sofisticación con un toque de rebeldía. Un espejo de ti. Es pura elegancia, pero con un toque rebelde, ¿sabes? Igualito que tú.

Me quedo ahí, con la palabra en la boca y el corazón en un vuelo sin motor. No es solo el halago, es el gesto, la atención en los detalles lo que hace que me sienta tan apreciada, tan reconocida.

Logro terminar el nudo de su corbata, dando un paso atrás para admirar mi obra.

—Ahí está, ha quedado perfecta —prosigo con mi voz flotando entre emoción y una especie de nerviosismo, pues me faltan las palabras. Bueno, esto no es del todo cierto, porque una montaña de gracias querría soltarle ahora mismo. Pero a veces las palabras se quedan cortas, y se pierden en el camino entre querer decir y poder expresar, como ahora me pasa—. Gracias por esto. —Me detengo un instante, tomando una bocanada de aire, antes de dar un paso hacia delante, cerrando esa distancia que nos separa y dejo que un abrazo hable por mí.

Él me recibe, sonriendo suavemente, y siento cómo se relaja en el abrazo. Es un momento de esos raros y preciosos, donde todo lo demás se desvanece y solo estamos él y yo.

—Gracias a ti, Katya —susurra él, su voz envolviendo el momento en una capa adicional de felicidad—. Por convertir esto en realidad. Ahora, ¿lista para la cena?

—Sí, vamos. Se me acumula el hambre —digo con una risa, aceptando su brazo extendido.

Al entrar al restaurante, el escenario que se despliega ante nosotros es de una belleza arrebatadora. La terraza ofrece una vista privilegiada del mar Mediterráneo, cuyas aguas oscilan bajo la luz plateada de la luna, creando un mosaico de destellos que danzan al ritmo suave de las olas.

Mis ojos no pueden dejar de absorber cada detalle, y cuando finalmente encuentro mi voz, las palabras me salen entrecortadas por la emoción.

—Esto es… es… increíble, Emmanuel. No sé qué decir. Es como si hubieras leído mi mente, como si supieras exactamente qué es lo que más me gusta.

Emmanuel, con esa sonrisa suya que parece iluminarlo todo a su paso, me mira con ternura.

—Katya, no tenía que leer tu mente. Solo tenía que escucharte, prestar atención a lo que te hace sonreír, a lo que te ilumina los ojos. Y, bueno, la idea era crear una noche que fuera tan especial como tú lo eres para mí.

Las palabras me llegan directas al corazón, y siento cómo un calor agradable me inunda. Intento contestar, pero solo consigo balbucear algo incoherente, así que opto por sonreírle, esperando que mi expresión le diga todo lo que mis palabras no pueden. Simplemente, me quedo en silencio.

—Y espera a probar la comida —retoma la conversación—. He asegurado que cada plato sea una experiencia en sí misma. —Su entusiasmo es contagioso, y no puedo evitar la risa que me escapa—. Espero que te guste.

Le guiño un ojo, decidida a entrar en su juego de complicidad.

—¿Y cómo sabías que me encantan las carnes a la brasa? —le lanzo la pregunta, mis ojos brillan de entusiasmo al recorrer la carta detenidamente.

—Bueno, aparte de prestar atención, hice un poco de investigación. Quería que esta noche fuera perfecta. —Se encoge de hombros como si lo que ha hecho no fuera gran cosa, pero para mí lo es todo.

El camarero se acerca discretamente para tomar nuestra orden, y Emmanuel me mira, dándome el honor de elegir primero.

—Creo que empezaré con… —Mi vista recorre el menú, pero en realidad mi mente está en otra parte, asimilando aún la magnitud de este gesto, de este momento.

Elegimos los primeros platos y mientras esperamos, no puedo evitar seguir hablando, seguir descubriendo capas de este hombre que ha decidido poner el mundo a mis pies esta noche.

—Emmanuel, todo esto está significando muchísimo para mí. No encuentro palabras para agradecerte lo suficiente por todo lo que haces, por esta noche y por crear momentos tan únicos e inolvidables. Esto, esto es…

Mis palabras se pierden en el aire, mi atención capturada por la inmensidad del mar y la delicada decoración que adorna nuestra mesa, situada en el lugar más pintoresco de la terraza. Es como si hubiera reunido todos mis gustos y los hubiera fusionado en un instante, justo aquí y ahora.

Emmanuel sonríe, satisfecho por mi reacción.

—Katya, en serio, deja los agradecimientos. Esto no es nada comparado con lo que tú has hecho. Esta cena es apenas un detalle para celebrar dos cosas muy importantes: primero, tu actuación de hoy, que ha sido de otro planeta, brillaste con luz propia, eclipsando hasta al mismo rubí; y lo segundo, y más importante, es todo lo que has hecho por mi hijo. Gracias a ti, está sanando y encontrando su camino de vuelta, volviendo a ser él.

—Venga, Emmanuel, me vas a hacer llorar, ¿eh? Todo esto, tus palabras, la cena… Es demasiado. Lo de Matteo lo hice porque quise, porque lo sentí.

—Katya, eres increíble, ¿lo sabías? —dice él, regalándome esa sonrisa que podría parar el tiempo—. Tu generosidad hacia él, eso no tiene precio.

Mis mejillas adoptan un tono carmesí. Siempre he sido de las que actúan impulsadas por el corazón.

—Oh, Emmanuel, exageras. Ayudar a Matteo era lo mínimo que podía hacer. Verlo recuperar su sonrisa, eso es más valioso que todas las riquezas del mundo.

Emmanuel asiente, sus ojos reflejando un destello emocionado.

—Y es por eso, y por incontables razones más, que esta noche es una noche de celebración. Celebrar a la maravillosa mujer que eres, celebrar cada pequeño triunfo y, sobre todo, celebrarnos a nosotros, a este… ¿equipo?, ¿amistad?, ¿aventura que estamos viviendo?

La idea de un «nosotros» me rodea con la calidez de un abrazo que no quiero soltar. Todo está tomando forma a una velocidad inesperada, fluyendo de manera tan natural y surrealista que a veces me siento como la protagonista de una de esas novelas de la extraordinaria Luz Barreras. Esta andaluza de pura cepa, de Granada, tiene el don de atraparte desde el primer párrafo. Su habilidad para hacer que los personajes salten de las páginas y permanezcan contigo mucho después de cerrar el libro refleja a la perfección esta experiencia. Al igual que en sus relatos, me siento completamente inmersa y cautiva en cada instante, como si viviera una trama tan absorbente y conmovedora como las que ella crea con maestría. Anda, que si mi historia cayera en sus manos, ¡sería un fenómeno literario total! Con su toque mágico, convertiría cada giro y vuelta de mi vida en un *best seller* tan irresistible que los lectores harían fila para descubrir qué sucede en la siguiente página.

Entre el cálido resplandor de emociones que me envuelve, una sombra de duda se cuela sutil pero persistente. Una parte de mí, quizás la más precavida, aquella que aún lleva las cicatrices de desilusiones pasadas, se muestra reticente a sumergirse de lleno en este mar de sentimientos. Hay un temor latente, una cautela que me susurra al oído, advirtiéndome con el pánico de soñar demasiado alto, de invertir mi corazón y caer demasiado fuerte.

Pero justo cuando esos miedos amenazan con tomar el control, Emmanuel me mira. Y hay algo en esa mirada, un fulgor único, una parte borrosa de un recuerdo, una promesa silenciosa que parece decirme que vale la pena arriesgarse, que debo atreverme a saltar al vacío con la fe de que habrá una red que me atrape. En este momento, cuando nuestros ojos se encuentran y todo lo demás desaparece, puedo casi creer que, de vez en cuando, el universo se alinea perfectamente para brindarme destellos de magia pura, instantes donde todo, absolutamente todo, parece alcanzable.

Así, en este supuesto «nosotros», entre risas compartidas y miradas que dicen más que mil palabras, empiezo a dejarme seducir por la idea de que quizás, solo quizás, los sueños no son tan inalcanzables como pensaba. Pero entonces, como un jarro de agua fría, la realidad se impone con fuerza, recordándome que no hay un «nosotros» ni parece que vaya a haberlo. La distancia entre la fantasía y la realidad se marca tan clara y dolorosamente que me obliga a replantearme todo, a volver a poner los pies sobre la tierra y recordar que, a veces, los sueños solo son eso, sueños. Y el corazón, aunque valiente, también debe ser sabio.

—Hablemos de retos, Katya. Y qué mejor manera de hacerlo que desafiando al chef con algo fuera de menú. Algo que mezcle Italia y Argentina, dos pasiones en un solo plato. ¿Qué te parece? —me insta Emmanuel como si pudiera leer mi mente, como si quisiera arrastrarme lejos de mis propios pensamientos que ahora mismo me invaden.

—Me parece una idea tentadora.

Cambiamos de tema tan fluidamente como si hubiéramos estado ensayando este momento toda la vida. Hablamos de Mauricio, el chef italiano que está en la cocina, un chef con alma de andariego, cuya historia es tan de ficción como podría ser la nuestra: un hombre que cruzó el océano por amor y que ahora mezcla su pasión por la cocina italiana con los sabores argentinos.

Mauricio, según cuenta Emmanuel, no es solo un chef. Es un poeta de los sabores, un trotamundos del paladar. Nació en Niza, en una familia donde la cocina era tanto una necesidad como una pasión. Desde pequeño ayudaba a su abuelo a amasar pasta, y aunque esos momentos eran simples, forjaron en él un amor por la cocina que definiría el curso de su vida.

Pero Mauricio también era un soñador. Estudió Arquitectura, creyendo que su futuro estaba en la creación de espacios físicos, en diseñar edificios que tocaran el cielo. Sin embargo, la vida tenía otros planes para él. Trabajando en una pizzería para financiar sus estudios, se dio cuenta de que su verdadera pasión no era construir edificios, sino construir experiencias, crear momentos inolvidables a través de la comida.

Terminó sus estudios, sí, pero su corazón ya estaba en otra parte. Viajó, exploró diferentes culturas culinarias, y en ese vagabundeo, en ese viaje tanto físico como espiritual, encontró el amor: una argentina que capturó su corazón tanto como su país de origen lo hizo eventualmente.

Decidido a seguir su instinto, Mauricio dejó su país natal, su carrera en arquitectura, y se mudó a Buenos Aires. Allí, fusionó su amor por la cocina italiana con los sabores argentinos, creando algo único, algo que solo alguien con su historia podría haber imaginado.

—Y ahora —concluye Emmanuel con una sonrisa— este hombre que ha construido su vida en torno a la pasión, al amor y a la cocina va a cocinar para nosotros. ¿No es maravilloso pensar en lo que nos puede sorprender?

—Sí, es maravilloso. ¿Sabes? Esa historia de Mauricio… es tan de película, tan… Me recuerda a la de *Más allá del tiempo* —bromeo, intentando aligerar mi repentino ataque de entusiasmo sobre querer que alguien se desviva por mí de esa manera.

Emmanuel ríe, una carcajada franca y abierta que me hace olvidar por un momento mis propias inseguridades.

—Katya, no necesitas ir a buscar en historias ajenas lo que ya puede que tengas delante.

Me quedo sin palabras y le doy un buen sorbo al vino, y dos, y tres…

Y mientras hablamos, reímos y planeamos desafíos culinarios para Mauricio, no puedo evitar pensar que quizás ya he encontrado a alguien dispuesto a cruzar océanos por mí. Alguien que, sin darme cuenta, se ha colado en mi vida para cambiarla, para mejor, para siempre.

Ah, pero dónde voy yo con estos pensamientos ficticios. Si es que me pierdo yo solita en mis fantasías.

—¡Ostras, el hielo! —exclamo de súbito, sacudida de mis ensoñaciones. Me pongo de pie, lista para buscar a algún camarero que nos asista.

—Katya, Katya, tranquila. Mira esto. —Emmanuel me detiene con una carcajada, señalando un discreto botón en la mesa—. Esto es para llamar al personal. Vuelve a sentarte, preciosa. Esto no es un McDonald's —dice, y su risa me contagia.

—Soy así de payaseta, te irás acostumbrando a mis impulsos.

—¿Payaseta? ¿Eso no es un insulto?

—¡No, no lo es! Al contrario, para mí es una definición muy apropiada a mi forma de ser y conlleva mucho cariño —suspiro.

Me acabo de acordar de Bat, él es quien me llamaba así cuando hacía mis tonterías.

—Bueno, espérame aquí. Voy a saludar a Mauricio y le pido personalmente nuestro plato aventura y, de paso, me aplico un poco de hielo.

Sigo con la mirada a Emmanuel mientras se aleja. Sus hombros anchos y su porte seguro realmente lo hacen tan atractivo, tan arrollador. Qué bien le queda ese traje… Observo cómo camina con una elegancia natural, moviéndose con confianza.

Antes de desaparecer por la entrada de la cocina, se gira levemente y nuestros ojos se encuentran en un segundo. Su mirada intensa me provoca un cosquilleo en el estómago, dejándome momentáneamente sin aliento.

Sus labios se curvan ligeramente en una sonrisa antes de desaparecer por completo de mi vista, como si quisieran advertirme de algo. Me quedo completamente desconcertada, preguntándome qué podría significar ese gesto que acaba de hacer. Mi atención se desvía rápidamente hacia el camarero, que vuelve a llenar mi copa de vino. Apenas he dado un par de sorbos, jolines, así no hay manera de controlar cuántas copas llevo, porque antes de que se vacíe, ya la tengo llena de nuevo.

La banda de música empieza a tocar suavemente, y aprovecho para girarme hacia ellos, llevando mi copa de vino a los labios. De repente, una voz melodiosa surge de la cocina, interrumpiendo momentáneamente la armonía de la banda.

Mis ojos casi se salen de sus órbitas y mi boca queda colgando en un gesto de asombro absoluto. Ahí está Emmanuel, pero no el Emmanuel al que acabo de ver entrar en la cocina hace unos cinco minutos, no. Este Emmanuel es otra cosa, una versión 2.0, digna de portada de revista, esas que evito comprar porque me convencen de que necesito una vida que no tengo.

Se ha metido en un traje de esos de pingüino de los que te hacen pensar en James Bond y en noches de gala y secretos en habitaciones cerradas, o más bien de esos que te hacen cuestionar la realidad, preguntándote si acaso estamos en una entrega de premios y nadie me ha avisado.

Pero no es solo el traje, no. Es el pelo también, peinado hacia atrás no con gel, sino con lo que juraría que es pura magia, brillando bajo las luces. Camina hacia mí, con un micrófono en la mano, con una sonrisa que me hace pensar que tal vez me he caído en un episodio de *Sorpresa, Sorpresa* y en cualquier momento va a salir la presentadora de detrás de una cortina, o ¿tal vez habré caído en medio de un programa de cámara oculta sin darme cuenta? Y mientras lo miro, no puedo evitar pensar: «¿Pero esto qué es? ¿Cuándo se ha convertido Emmanuel en este huracán de majestuosidad?».

Pero el asombro no termina ahí. Emmanuel se lanza a cantar, eligiendo nada menos que *L'italiano* de Toto Cutugno, con una pasión y una supervoz que me hace dudar si no será el mismísimo cantante disfrazado.

Lasciatemi cantare
con la chitarra in mano.
Lasciatemi cantare
sono un italiano…

Las palabras fluyen con pasión y sentimiento, mientras su mirada se fija intensamente en la mía, como si la canción estuviera dedicada únicamente a mí. Bueno, la verdad es que es para mí.

*Buongiorno, Italia, gli spaghetti al dente
e un partigiano come presidente
con l'autoradio sempre nella mano destra
e un canarino sopra la finestra...*

Todo esto parece desprendido de las páginas de un sueño. Su voz posee una belleza inigualable, envolvente y melodiosa.

*Buongiorno, Italia, che non si spaventa
e con la crema da barba alla menta
con un vestito gessato sul blu
e la moviola la domenica in TV.
Buongiorno, Italia, col caffè ristretto
le calze nuove nel primo cassetto...*

La melodía fluye con una gracia cautivadora, mientras los demás músicos se unen: el guitarrista, el cavaco, el saxofonista, el ukelelista... No puedo evitar sonreírle. Esto es inesperado, pero absolutamente maravilloso. Emmanuel me toma de la mano y me invita a bailar al ritmo de la música italiana, y mientras giramos y nos deslizamos, siento que todo se desvanece, dejándonos solos como en una burbuja.

La, la, la, la, la, la, la, la.

*Lasciatemi cantare
con la chitarra in mano.
Lasciatemi cantare
una canzone piano piano...*

—¡Jolines! No me esperaba esto, ¡cantas increíble! —exclamo, mi sonrisa brillando tanto como mis ojos, después de que él me suelta la mano al terminar la canción. Doy un pequeño paso hacia atrás, todavía maravillada.

—He de admitir que estaba nervioso. No había vuelto a cantar así desde que Nikita no está en mi vida —revela, dejando traslucir un halo de tristeza en su voz.

—Pues no deberías dejarlo, tienes un talento increíble. Ains, ¡mi madre se habría emocionado escuchándote! Es una verdadera apasionada de la música. Recuerdo desde niña cómo siempre estaba canturreando alguna melodía. Los sábados por la mañana, nuestra casa se convertía en un concierto de viejos éxitos de los sesenta y setenta. Parecía que ella le daba vida a esas canciones —le digo, mientras la nostalgia tiñe mis palabras—. Todavía hoy su pasión por la música sigue intacta. ¿Y sabes qué? Curiosamente, hace poco mi madre me mandó un vídeo por WhatsApp. Era esta misma canción, la que acabas de interpretar, y ocurría en un restaurante, justo como ahora —digo, deteniéndome al darme cuenta de la sorprendente coincidencia. Mi sorpresa crece mientras pienso en ello—. Es asombroso, ¿no crees? Como si de alguna manera, estuviera destinado a que viviera este momento, a que escuchara esta canción en un contexto tan similar, como si estuviera reviviendo pedazos de mi vida que, de algún modo, ya habían dibujado este breve lapso, como fragmentos de un sueño que se hace realidad de improviso. Justo como me sucedió antes con ese aroma del policía en moto. Realmente es extraño —reflexiono en voz baja.

Entre charlas y risas, vamos descubriendo que tenemos más en común de lo que imaginábamos, especialmente en cuanto a música se refiere. A pesar del encanto del momento, el tiempo pasa volando, y pronto llega la hora de despedirnos.

—Uf, estoy que me caigo de sueño —comento, bostezando discretamente mientras nos levantamos de la mesa.

—Claro, después del día tan largo y movido que hemos tenido… Esto… Katya… —Emmanuel parece buscar las palabras adecuadas, y su titubeo me hace mirarlo embobada.

—¿Qué pasa? Dime —lo animo, esperando a que se exprese.

—Es que… Bueno, tú… Ay, olvídalo. Es solo que me gustaría que las cosas fueran distintas entre nosotros.

Su mirada se torna intensa, llena de un sentimiento que no necesita palabras para ser comprendido. Siento un eco de ese sentimiento en mi interior, una conexión innegable que, sin embargo, sé que no puede llevar a nada y que es imposible.

Él es una línea que no debo cruzar, un territorio marcado como prohibido en mi mapa personal, y en el suyo también, mucho más. Aunque tenga sentimientos que puedan sugerir lo contrario, la realidad es la que es: embarcarme en algo con Emmanuel sería complicar aún más mi vida. Y lo último que necesito ahora es sumergirme en una historia sin futuro.

—Bueno, descansa, *amore* —me dice con esa sonrisa que me desarma por completo, y que casi hace que se me caigan las bragas al oírle pronunciar «amore» con ese acento italiano.

—Claro. Tú también, descansa —respondo, tratando de ocultar mis emociones, aunque mi mente está como una lavadora en modo centrifugado pensando en que le haría el *amore* una vez detrás de otra. ¡Qué guapo que está, joder!

Nos despedimos y cuando me alejo hacia mi habitación, una chispa traviesa enciende mi mente. Sin pensarlo demasiado, me doy la vuelta, lo llamo y corro hacia él. Le planto un beso fuerte y apretado en la mejilla, sintiendo su piel cálida y su aroma embriagador, y de repente, como si el viento me empujara hacia él, acelero el paso en dirección contraria hacia mi habitación.

Una vez dentro, me dejo caer en la cama, en plancha, sintiendo la adrenalina correr por mis venas. Me abrazo a la almohada, dejando escapar un suspiro cargado de deseo. «Dios, ¿qué estás haciendo?», me reprocho a mí misma, mientras mi mente se llena de pensamientos pecaminosos.

Su canción ha sido como un hechizo que me ha envuelto por completo, atrapándome en su melodía seductora. Cierro los ojos y repaso cada escena con detalle de esta noche, permitiendo que mis fantasías más osadas tomen el control. Mi sonrisa se dibuja en la almohada mientras me hago la ilusión de que estoy abrazando su cara, imaginando sus labios rozando los míos con pasión desenfrenada. «Katya, cálmate, bonica. No más tonterías, por favor», me recrimino a mí misma, pero sé que es demasiado tarde para contener la tormenta de emociones que me consume. Estoy a punto de sumergirme en otro nivel, y es cuando sin darme cuenta, tras esos segundos de ensoñación, me subo el vestido y mi mano acaricia el interior de mis muslos…, asciendo hasta llegar a mi braguita.

De sopetón, me quedo quieta, un sonido me congela. Viene de debajo de mi cama. Un susurro casi imperceptible, seguido de respiraciones. El pánico se apodera de mí. ¿Quién demonios puede estar ahí abajo?

La duda y el miedo se entrelazan en mi mente mientras intento convencerme de que todo es producto de mi imaginación. Sin embargo, el sonido vuelve a irrumpir en el silencio: una respiración lenta y pesada, inconfundiblemente real.

Paralizada, me quedo inmóvil, sintiendo cómo mi corazón golpea con fuerza mi pecho, amenazando con romperlo.

—¿Hay alguien ahí? —logro susurrar, aunque mi voz suena tan frágil y distante que apenas puedo creer que sea la mía.

Un silencio angustioso se cierne sobre la habitación, solo roto por la continuación de esa respiración entrecortada, ahora acompañada por un crujido sutil, como el peso de un cuerpo moviéndose con cautela.

Mis dedos se clavan en las sábanas.

—Por favor —murmuro, suplicando al vacío bajo mi cama, o a quien sea que se oculte allí, que me deje en paz, que no me haga daño—. Por favor… —Mi voz tiembla, luchando por mantener la compostura—. ¿Quién hay ahí?

El silencio se hace aún más opresivo, pero puedo percibir el leve sonido de movimiento aún más cercano. Alguien está a punto de salir.

Mis ojos se turban… Siento que desvanezco…

32

LA INCÓGNITA DEL AMOR

El silencio se corta con la tensión del momento cuando una voz ronca y silenciosa me hiela la sangre.

—¡Silencio! No se te ocurra gritar. Apaga la luz. ¡Ponte contra la pared, junto a la cómoda y con las manos en alto!

—Pero…

—Rápido y calladita —me ordena.

Cumpliendo su orden, me quedo inmóvil, invadida por un miedo paralizante.

Siento cómo se acerca en la penumbra, su aliento rozando mi cuello me envía un escalofrío de ansiedad y expectativa.

—Ni un movimiento —dice con una voz grave y firme, cargada de un poder intimidante que me hace recordar aquel encuentro con el policía esta tarde. La idea de que pueda ser él de nuevo se me antoja demasiado perturbadora para ser cierta.

—¿Qué quiere? —logro decir, intentando que mi voz suene más firme de lo que me siento por dentro.

Mientras se aproxima, el aire se carga con su fragancia, un aroma tan distintivo que no deja lugar a dudas. Un estremecimiento de temor me recorre, aunque hago un esfuerzo sobrehumano por mantenerme firme.

—¿Vas a cachearme otra vez? —le lanzo el reto, buscando ganar algo de tiempo y claridad en esta situación tan enrarecida.

No hay duda, es él. Pero mil preguntas asaltan mi mente: ¿cómo ha llegado hasta aquí? ¿En qué momento? ¿Por qué?

—Esta vez, te arrestaré. —Sus palabras fluyen pesadas, llenas de tensión.

Su pierna se cuela entre las mías, de la misma forma que esta tarde en el pueblo, pero con la diferencia de que ahora me desagrada aún más, pero que irónicamente me ofrece la oportunidad que tanto busco.

—¿Arrestarme? ¿Por qué razón? —indago, mientras mi cerebro trabaja a marchas forzadas buscando una salida a este laberinto.

La tensión en el aire es casi tangible, a punto de estallar. Se adentra más, en un acto invasivo que me empuja contra la pared. La abertura de mi vestido facilitando su osadía, pero también dándome ese instante de ventaja que necesito. Mientras continúa su monólogo, repaso mentalmente cada enseñanza de defensa de Emmanuel, que ahora resuenan en mi cabeza con claridad meridiana: «Inclina tu cabeza hacia atrás, ataca su rostro o cuello. Si se mantiene firme, baja rápidamente, agarra sus piernas, tira con fuerza. Desestabilizarlo es tu escapatoria». Su voz me impulsa, infundiéndome el valor necesario para actuar. ¡Ahora es el momento!

Con un coraje que no sabía que tenía, me preparo. La adrenalina me recorre, tomo aire, me enfoco, y con todas mis fuerzas intento un cabezazo. Pero él, con una destreza que me desconcierta, esquiva mi intento.

—¿Eso es todo lo que tienes? —se mofa, menospreciando mi esfuerzo.

—¡Déjame! No he hecho nada.

—¿Nada? ¿Y el asunto del rubí? Parece que vas a tener problemas.

—Te lo repito, no tengo ni idea de lo que hablas. Registra todo lo que quieras, no encontrarás nada.

—Ya lo hice. Llegué minutos antes que tú. Vi el GPS de tu moto mientras entrabas en aquel bar y marcaba esta dirección. Por eso dejé que te marcharas, quería saber más de ti. He estado aquí todo el tiempo. He visto cómo te desprendías del maquillaje protésico, cómo te desnudabas, y hasta cómo te duchabas… Cómo te vestías tan elegante, te calzabas y, por si fuera poco, escuché tu necesidad de tu Satisfyer. Pero tranquila, también te puedo ayudar con ello. Te traigo algo mejor. Además, donde se ponga algo real, siempre mejor que el plástico, ¿no crees?

Quedo atónita, sin palabras, preguntándome cómo he acabado en esta situación tan surrealista. ¿Quién es este hombre y qué es lo que quiere de mí? Sin embargo, a pesar de mi confusión, algo en mi interior se enciende, una chispa de deseo inapropiada en este momento.

—Será mejor que te vayas, mi chico puede llegar en cualquier momento —intento desviar la situación, buscando una escapatoria.

—¿Chico? ¿Te refieres al que casi se estampa con la moto? Ay, ese pobre se llevó un susto de muerte al verme. Aunque, he de admitir, tuve algo que ver con su pequeño «accidente». Pero el chico tiene reflejos, eso sí.

—¡Eres un completo…! —No logro terminar la frase, indignada.

—Soy todo lo que quieras —su voz se cuela en el aire, pausada y cargada de intenciones— siempre que quieras.

Esas palabras resuenan en mi mente, provocando una avalancha de sensaciones. Esa frase… Solo hay una persona que…

Titubeo, las palabras se atascan en mi garganta, y me sumo en un breve silencio. Sin darme cuenta, bajo la guardia, vulnerable.

—Sí, gatita, soy yo —confirma con un tono que derrite mis defensas.

Entonces, me gira con delicadeza pero firmeza, dándome media vuelta hasta que mi espalda choca contra la pared fría. Ahora estoy frente a él, sus ojos clavados en los míos, y el mundo parece reducirse a este intenso momento entre nosotros.

—Con los distorsionadores de voz puedes ser un desconocido, y con un cambiador, alguien completamente diferente. —Se quita el pasamontañas, revelando su rostro, y yo me quedo sin palabras.

—No puede ser —digo, negando la realidad ante mis ojos—. ¡Esto es imposible! —grito, pero es como si mi voz se desintegrara en mi garganta.

Mi mente da vueltas, tratando de encontrar una explicación lógica, pero se choca contra las paredes de lo absurdo. Mis manos tiemblan, y sin pensar, me las llevo a la cara, arañándome en un intento desesperado por despertar de esta pesadilla surrealista.

—¿Bat? Pero… ¿Cómo? —balbuceo, pero las palabras se me enredan en la lengua. Es como si el mundo hubiera perdido todo sentido. Otra vez, me pellizco tan fuerte que siento cómo mi piel protesta, buscando el dolor que confirme que esto no es más que un sueño, pero el dolor es real, demasiado real.

Necesito un momento para asimilar esto, para respirar y encontrar una explicación lógica a este caos. Pero él insiste en hablar, en explicarme, mientras yo lucho por superar el recuerdo de su indiferencia.

—Tú… tú estabas en Menorca. Y… ¿Eras tú? En el concierto de Queen. ¿Con una chica? ¿Qué haces aquí? No, esto no está sucediendo.

Intento encontrar algo de lógica, pero es como intentar agarrar agua con las manos. Me siento mareada, la habitación da vueltas, y mi mente está a punto de explotar.

—Necesito… necesito descansar un momento —logro articular, sintiendo cómo mis piernas pierden toda su fuerza y me voy desplomando lentamente hasta quedar sentada en el suelo.

Respiro hondo, intentando calmar este huracán de irrealidad que me asfixia.

—Esto tiene que ser una broma, una pesadilla… —balbuceo, pero las palabras suenan vacías, insustanciales, incluso para mí.

—Deja que te explique, Cat, ¿quieres? —me dice, agarrándome de las axilas para levantarme del suelo.

Me quedo quieta, recostada contra la pared, sin poder moverme.

—No, tú no, no me toques. Esto no es real. Es una puta locura. Es un… —intento decir, aún completamente desconcertada por lo que está pasando. Pero me interrumpe.

—Sí, sí es real. He venido por ti, Cat. Te lo puedo explicar…

Mientras habla, intento escucharlo, pero es complicado dejar atrás el daño de su indiferencia. El recuerdo de su frialdad aún pica. Mientras habla, mi mente se dispersa, enfocándose en lo que Deborah me dijo sobre él. Lo interrumpo en cuanto empiezo a asimilar que de verdad está aquí, ahora mismo, en esta habitación, sin que pueda entender cómo o cuándo ha llegado hasta mí.

—Ya no quiero saber de ti. Dijiste que estabas ocupado. Esta vez pensé que sería diferente, pero no deja de ser más de lo mismo. No contestas mis mensajes. Entras y sales de mi vida cuando quieres. Ya sabes lo que siento, te lo he dicho mil veces. Eras mi excepción. Por ti habría cambiado tantas cosas… ¿Acaso no lo entiendes?

—¿Y tú? Hay alguien más en tu vida ahora, ¿no?

—¿Y qué si lo hay? ¿De verdad te importa? A pesar de todo, lo que siento por ti va más allá de la lógica. Nada más tiene importancia. Solo te deseo a ti. —Mi voz se vuelve casi silenciosa.

¿Qué coño estoy diciendo? No tengo idea de qué me sucede. ¿Por qué le digo estas cosas? Cada palabra se me escapa casi sin querer, revelando sentimientos que pensé haber enterrado, como si estuviera confesando algo profundo que pensaba haber dejado atrás y superado.

Ahora mismo me siento desnuda en mi propia vulnerabilidad y deseo, en el umbral prohibido y lo infinitamente deseado, perdida entre sus medias mentiras y mi pasión que no conoce límites, entre lo que veo y lo que siento. Mis palabras se convierten en metáforas sin mi consentimiento, como si tuviesen vida propia, danzando y jugueteando en mi mente sin restricción ni control. Cada frase se convierte en un lienzo donde los matices y las imágenes se entrelazan en un algo inexplicable, escapando de mis manos y desbordando mis límites. En mi intento por contenerlas, solo consigo alimentar su fuerza y vitalidad, como un río que desborda su cauce y se expande por todos los rincones de mi ser.

—Gatita…

Con un ímpetu que raya en la desesperación, se lanza hacia mí. De repente, el mundo exterior desaparece. Olvido dónde estoy, olvido las posibles consecuencias. Una fuerza poderosa y misteriosa se apodera de mí, me excito derramando una parte que no consigo controlar, sintiendo un ardor profundo entre mis muslos. Me transformo, sin control, fuera de mi realidad. Contesto a su avance con una urgencia igualmente desesperada, empujándolo hacia la pared.

—Ese vestido te hace ver espectacular, gatita.

—¿Te gusta?

—Mucho.

—Entonces, te encantará descubrir lo que escondo bajo él.

Sin apartarme de él, pero sin perder el equilibrio en mis tacones, dejo que mi vestido se deslice al suelo lentamente, revelando la lencería al completo. Su mirada se fija en mí, capturada por cada detalle del encaje de mi corsé.

—Dios… Esto… —Su voz se quiebra ligeramente.

—¿Qué? —Mi voz, apenas un susurro.

Bat está tan fuera de sí como yo.

El corsé resalta mi figura, atrayendo su atención y despertando su deseo. Sus ojos cautivados exploran cada detalle del encaje. Sin pensarlo dos veces, se acerca para saborear la dulzura de mis pezones, desencadenando una ola de excitación.

—Mmm… Cat —dice Bat, su voz cargada con un significado más profundo que el de simples palabras—. Quiero atarte.

Mis ojos brillan inmediatamente.

—Me estoy refiriendo a… un verdadero amarre, gatita —añade.

Mis piernas se abren tanto como mis ojos, y una ola de excitación vuelve a sacudir mi bajo vientre, ya bastante húmedo.

—¿En serio? —susurro, mi voz suena baja y casi infantil.

—Y tan en serio, quiero esposarte a la cama —afirma Bat—. Te has portado mal y te daré tu castigo, pero seré cuidadoso, te lo prometo.

Una parte de mí anhela que cumpla su promesa, mientras otra parte, igual de intensa, desea lo contrario.

—¿Qué buscas? —pregunto impaciente, viéndolo tardar.

—Ahora lo verás.

Cada movimiento agudiza mis sentidos. La humedad hacia mi tanga se vuelve más transparente, filtrándose sin control por mis piernas al verlo sacar las esposas.

—Eres una gatita ladrona… De ahora en adelante te llamaré Catrona, y te voy a detener. Tendrás tu castigo. Vas a rogarme con todas tus fuerzas que te folle sin descanso. Sé que no vas a poder resistir pasar mucho tiempo sin esto y volverás a mí —susurra en mi oído, mientras pasa su lengua trazando círculos en mi cuello.

Sus palabras me excitan de forma colosal.

—Y ahora ponte a cuatro, Catrona —me susurra con su voz ronca.

El roce de las esposas con mi piel me provoca un escalofrío, endureciendo aún más mis pezones.

Me sumerjo en la obediencia ansiosa, permitiendo que me ate al pie de la cama con las varillas de ratán. Seguidamente, tras sacar una venda de seda roja pensando que era para vendarme los ojos, me la coloca suavemente en la boca a la vez que me susurra:

—Vas a retorcerte de un placer indescriptible, no podemos permitirnos que te oigan.

Y aquí me veo, a cuatro, mis muñecas atadas a los pies de la cama, y completamente amordazada, mientras buceo en una especie de película de adultos donde yo soy la protagonista y la espectadora a la misma vez, provocando que mis pensamientos se anticipen a este juego de seducción.

Con una maestría que despierta la lujuria más profunda, se desliza bajo mi cuerpo apartando mis piernas, con la destreza de un amante experto. Su habilidad, sin duda, aviva la envidia de cualquier amante del placer.

Sus labios primero depositan un beso largo en mi boca y baja para devorar mis pezones con avidez, mientras sus manos recorren mi piel con ansias de posesión. Desciende lentamente por mi torso, deteniéndose en mi ombligo como si fuera el epicentro de un terremoto de deseo. Antes de llegar al momento culminante, me veo envuelta en una nueva postura, que al estar en esta situación de semiatada, a perrito y, además, con la boca amordazada, no llega a completar la del 69, así que la reduzco por mis limitaciones a una nueva postura para el *Kamasutra*, la del 64 invertido, podría definirla como la del mapa del placer, o tal vez, bautizarla con el mismo nombre con el que he sido apodada: Catrona.

Su lengua ardiente y juguetona explora cada rincón de mi ser, mientras sus dedos se aventuran en mi interior con la determinación de un conquistador y acarician mi clítoris con la maestría de un artista del placer. Su forma de satisfacerme se convierte en una danza erótica, creando una sinfonía de sensaciones que despiertan mi deseo más intenso.

Cada succión, cada lamida es como una melodía de pasión que me transporta a un lugar de éxtasis, donde el tiempo se detiene y solo existimos nosotros dos, entregados a ese deleite desenfrenado.

Aunque ahora no me salgan las cuentas y parezca que él lleva ventaja, reconozco que en la matriz de esta postura me quedo debiéndole cinco. Sí, cinco. Es entonces cuando me asalta ese famoso dicho que dice: «En el amor y en las matemáticas, siempre hay que sumar y restar con cuidado»; en esta ecuación, estoy ansiosa por saldar mi cuenta, y para no quedarme con desventaja, aplico el teorema del amor, una estrategia infalible en esta incomprendida aritmética:

Sumo las oportunidades: Cada momento compartido, cada mirada cómplice... un café (in)esperado, ese mensaje sencillo que solo dice «hola», pero consigue iluminarme el día, un encuentro casual que parece obra del destino, o no. O ese abrazo breve que, de algún modo, logra detener el tiempo y se siente eterno. Todo suma. Porque son estos detalles —mínimos pero llenos de significado— los que verdaderamente añaden valor al conjunto y transforman lo ordinario en extraordinario.

Resto las expectativas: Esas ilusiones absurdas que nos creamos nosotros mismos, como esos decimales interminables que prometen precisión, pero solo consiguen desviar el cálculo. Cuantos menos espere, menos posibilidad de equivocarme tengo. Prefiero partir de cero y dejar que la realidad se muestre tal como es, sin distorsiones ni engaños mentales. Menos expectativas, menos rango de tolerancia, y puede que la ecuación de la vida se vuelva más clara, auténtica y, sobre todo, más fácil.

Multiplico este numerito irracional: Aquí es donde las matemáticas tradicionales me abandonarían. Siendo sincera, siempre fui de suspender esta materia, pues no soy de seguir las reglas a rajatabla. Por eso multiplico este sentimiento indomable, esa variable salvaje que se niega a ser encasillada o predicha, como un eco de mi propia asignatura pendiente, y «él» vuelve a ser la misma asignatura para septiembre, sin importar cuántas veces lo intente resolver. Una constante, imposible de simplificar o controlar, pero que, contra todo pronóstico, siempre encuentra la forma de manifestarse.

Por último, divido mi dígito primo —único, irreducible y eterno— y obtengo el siguiente resultado: **«La incógnita del amor».** Un enigma que desafía toda lógica y permanece siempre presente, haciendo que su resolución sea el desafío más emocionante. Aunque no llegue a la respuesta esperada, siempre será «mi constante». Mientras tanto, disfruto del reto de intentar resolverlo, ya que requiere más que conocimientos matemáticos; demanda coraje, paciencia y, sobre todo, la voluntad de sumergirse en los recovecos más profundos del corazón humano.

Aquí estoy, con una sonrisa en los labios y la calculadora en mano, preparada para desentrañar esta incógnita con entusiasmo y una ligera resignación.

Porque, en definitiva, el verdadero valor no reside únicamente en alcanzar el resultado final, sino en la belleza y complejidad del camino que nos conduce a él. Cada paso dado, cada fórmula resuelta, cada emoción vivida, teje un eslabón fundamental que transforma el resultado final en una experiencia profunda y significativa.

Con cada gemido que suelto ahogado a través de la seda, siento como si estuviera estrangulando esos recuerdos amargos que se quedaron en mí. Lo mal que lo pasé: las veces que me sentí ignorada, cada mensaje que quedó sin respuesta, todos esos planes que se esfumaron sin previo aviso… Todo el dolor y la frustración empiezan a desvanecerse, dejando solo espacio para el presente. Un instante de consuelo me lleva a pensar que, a pesar de todo lo que he pasado, de algún modo ha valido la pena.

Se detiene y me contiene. Sale de debajo de mí. Se baja de la cama. Se acerca a mi rostro, mejor dicho, la acerca. Menuda perspectiva esta. Su erección imponente frente a mi cara, mientras me pregunta:

—¿Aún te interesa el Satisfyer del que hablaste antes, o prefieres esto? —me susurra con una voz baja y envolvente. Su mirada se intensifica, atravesándome con una profundidad inquietante. Se muerde el labio inferior, mostrando una mezcla de deseo y expectación que me deja completamente hipnotizada. Con un movimiento suave, retira la venda de mi boca, dejándola caer alrededor de mi cuello, mientras mis labios, ligeramente húmedos, quedan expuestos y listos para todo lo que está por venir.

Con rapidez, me inclino para atraparla con mi boca a lo largo de su longitud. Mis manos, aunque restringidas, no me impiden la tarea; con esfuerzo, logro acercarla hasta mis labios y la capturo por completo. Con este acto, espero transmitirle inequívocamente mi respuesta.

Me zambullo de ella con mi boca, sintiendo cada pulso de su deseo. Bat me toma por el pelo, enredándolo en su mano para conducirme a su ritmo. Al principio, sus movimientos son pausados, pero a medida que el tiempo avanza, se intensifican, acelerando el ritmo de sus embestidas en mi boca. Disfruto cada momento en que puedo saborearla, jugar con ella con mis labios y lengua, provocándome sensaciones deliciosas. De repente, se aparta, alargando el juego y haciendo que el momento se vuelva aún más intenso. Agradezco la tensión creciente, deseando que el momento se alargue aún más. Regresa de nuevo a la cama, situándose detrás de mí. Yo permanezco a cuatro patas y siento el roce de sus manos por mi espalda, generando escalofríos en mi piel. Su lengua sigue el mismo camino, explorando cada centímetro con precisión. Me susurra con tono suave y seductor lo caliente que estoy, incrementando mi deseo. Me da un azote suave, seguido de otro más fuerte, y otro, y sin previo aviso, me introduce toda su envergadura de un solo golpe.

—¡Aaaah! —rompo en un grito sordo que cae al vacío del silencio, sobrecogida más por la inesperada acometida que por el dolor.

Empieza a embestirme con un mete-saca suave, pero en segundos se enciende, se enfurece y se asalvaja como jamás antes lo había visto. Me taladra iracundo, enérgico, vehemente. Eso me vuelve loca. Intento no hacer ruido, Emmanuel está en la habitación de abajo. Me muerdo los labios…

No para de darme pequeños azotes, un gesto que me transporta instantáneamente a nuestra primera noche juntos en mi apartamento, y a la vez en su piso trece años después. Aquel toque suyo, tan encantador, tan Bat, me cautiva otra vez de manera intensa.

Mientras continúa con su ritmo constante, su mano se desliza otra vez a mi clítoris. Con una audacia cariñosa, comienza a jugar sutilmente, aumentando la intensidad del momento. Me siento al borde, ardiente y expectante, a punto de llegar al orgasmo. Su forma de avivar el deseo es simplemente arrebatadora.

—¿Cómo vas, Catrona?

No puedo contestar, abrumada por lo que estoy sintiendo. Todo pasa a otra dimensión. El mundo a mi alrededor desaparece, dejándonos a nosotros en el centro de una escena que parece sacada de un sueño. Cada toque, cada palabra suya me eleva más allá de lo ordinario. Empiezo a gritar fuerte, incapaz de contener tanto placer.

Mis gritos se tornan cada vez más altos, mientras él se embelesa aún más. Me agarra del pelo y tira de él, intensificando la fuerza de sus embestidas. En un instante de agitación, me sube la venda con rapidez para cubrir mi boca nuevamente, presumiblemente para silenciarme, pero esto solo intensifica el morbo de la situación. Un grito ahogado, desesperado, escapa de mi garganta, desbordando un placer máximo, una sensación de liberación que se extiende de dentro hacia fuera, hastiando mi pulso y haciendo que mi corazón lata a toda velocidad. Hiperventilo, acelerando porque todo mi ser me lo pide a gritos.

—Eso es, Catrona mía, dame ese *squirting* para mí. Vamos, eso es, derrámate toda —me insta con un tono lleno de excitación.

Hasta ese momento, solo había sido una observadora de historias y contenidos visuales destinados a un público superadulto, nunca una participante activa de esa experiencia. Pero ahora, en el ápice de un placer inexplorado, me hallo adentrándome en una dimensión antes desconocida. Se desencadena algo parecido a un chorro, una profunda liberación que señala mi clímax, añadiendo a la experiencia una intensidad que nunca antes había sentido.

Es como si mi ser decidiera expresarse de una manera completamente nueva. La sensación es de empuje hacia fuera, un llamado a liberar, no a reprimir o tensar; como si se abrieran cortinas internas, permitiendo una inundación de placer puro y sin restricciones. Como si se descorrieran velos internos, facilitando un desbordamiento de placer puro y sin cortapisas. Es la cima del deleite, el sumun del éxtasis, una expresión corpórea magnífica y emancipadora conocida como *squirting*, que imprime una marca indeleble en el lienzo de mi experiencia sensorial.

Siento las convulsiones de su dilatación en mi interior, mientras se está corriendo dentro de mí, agarrándome de los hombros para profundizar hasta el final. Joder, yo me muero de placer mientras él empieza a gritar fuerte:

—¡Me corro, gatita! ¡¡¡Dioooos!!!

Nos desplomamos sobre la cama, exhaustos y sumidos en un gozo profundo. Cae encima de mí. La experiencia ha sido, sin duda, alucinante. Jamás imaginé que este tipo de juego pudiera cautivarme de tal manera.

Intento recobrar el aliento y, con un esfuerzo, giro mi cabeza hacia él.

—Quítame esto, por favor —le ruego dentro de lo que la venda me permite vocalizar. Sigo con las esposas que aún me atan, y la mordaza, ya empieza a molestarme. Pero él se niega.

—No —responde con firmeza.

Insisto, un poco más urgida.

—Bat, venga, quítame esto.

Nuevamente, su respuesta es un rotundo «no». Mi frustración crece.

—No.

—¿Cómo? ¿Me vas a dejar así? Venga, no seas así… Déjate de tonterías.

—Adiós, gatita —dice, con una despedida que suena final, aunque su risa parece sugerir otra cosa.

Se baja de la cama y se pone frente a mí. Sigo esposada, intento incorporarme, pero las esposas me lo impiden. Lo miro, incrédula.

—¿Otra vez con esa broma? No tiene gracia —le reprocho, evocando aquel recuerdo incómodo en el que se resistía a dejarme ir mientras me hacía el cacheo en el pueblo esta tarde.

Gira sobre sí mismo y, en un instante fugaz, se viste sin concederme siquiera un destello de su mirada. Y, como si se desvaneciera en el aire, se esfuma.

—¡¡¡Bat!!! ¡¡¡Por favor, Bat!!!

Mis gritos, desesperados, parecen resonar más dentro de mi ser que en el espacio que me rodea; es un esfuerzo vano.

—¡¡Baaat!! —sigo clamando, poniendo toda mi energía y más en esos gritos ahogados por la tela que me sella los labios.

Una angustia abismal me envuelve, torturada por la idea de que Emmanuel podría descubrirme en este predicamento de un momento a otro.

—¡¡¡Baaat!!! ¡Por favor, regresa! ¡¡Te lo suplico!! ¡Auxilio! ¡Socorro!

Mi corazón galopa desbocado. Mis latidos, frenéticos, como si buscaran liberarse a través de mi boca sellada. Lanzo tirones desesperados con mis brazos, intentando en vano liberarme de las ataduras que me unen a las varillas forjadas de la cama.

La desesperación se convierte en lágrimas.

—¡Por favor, Bat!

33

CUALQUIERA EN SU SANO JUICIO SE HUBIERA VUELTO LOCA POR TI

—Katya, Katya… Despierta, por favor. Tranquilízate, ya ha pasado… Shhh, *amore*.

Las lágrimas corren sin control por mis mejillas, la ansiedad me consume, estoy al borde de vomitar.

—Katya, tranquila, solo fue una pesadilla… Ya pasó, respira profundo.

Emmanuel me abraza suavemente, tratando de calmar mis temblores. Hago un esfuerzo por controlar mi respiración, mientras reviso mis muñecas, aliviada al no encontrar señales de haber estado atada. Seguidamente, llevo mis manos a mi boca. Mi mirada escudriña cada rincón de la habitación en busca de peligro. Trago saliva, intentando tranquilizarme. Con cautela, miro debajo de la cama.

—¿Qué buscas? —pregunta Emmanuel, su voz cargada de preocupación.

Mis palabras se escapan entre sollozos, una mezcla de alivio y confusión tiñe mi voz.

—No lo sé… Parecía que… ¿Has visto a alguien salir?

Emmanuel niega con la cabeza, su mirada reflejando su inquietud.

—No, Katya. No hay nadie más aquí. Me alarmé al escucharte gritar desde mi habitación. Debes haber tenido una pesadilla muy intensa y perturbadora. Pero tranquila, estás a salvo. ¿Quieres hablar sobre lo que soñaste?

Aún agitada, reviso frenéticamente la habitación. Las sábanas están secas. Mis manos se posan otra vez en mis muñecas, buscando el dolor que imaginé, como si realmente hubiera luchado por liberarme. Aún estoy completamente vestida.

—Estoy bien. Pero, joder, ¡qué susto! —murmuro, tratando de controlar mis temblores.

—¿Recuerdas algo del sueño? —pregunta Emmanuel con delicadeza.

—No del todo. Creo que alguien entraba en mi habitación…

—¿Y quién es Bat? No dejabas de gritar su nombre.

—¿Podrías traerme un poco de agua, por favor? —le pido, ignorando su pregunta.

Emmanuel asiente y en un instante regresa con el agua. Me ayuda a incorporarme un poco y a tomar unos sorbos.

—Katya, quiero que sepas que estás a salvo aquí. Hay cuatro hombres de Dimitri vigilando por toda la casa y otros dos en la entrada. No hay nada que temer.

—Quédate conmigo, por favor.

—Por supuesto, no te dejaré sola. ¿Qué te parece si te cambias a tu pijama para estar más cómoda?

Asiento, agradecida por su comprensión. Se dirige al armario, saca mi pijama y me lo pasa.

—¿Te sientes un poco mejor? —pregunta mientras se sienta junto a mí en el borde de la cama.

—Ha sido una pesadilla horrible, Emmanuel. Nunca me había sentido tan aterrorizada.

—Es totalmente comprensible que te sientas así, dada la montaña de estrés que has acumulado hoy. Pero quiero que sepas que aquí estás segura, y que es imposible que te vean implicada en este asunto. ¿Y sabes por qué?

—¿Por qué? —pregunto con la voz perdida, anhelando un atisbo de consuelo en sus palabras.

—Mira, Dimitri ha estado obsesionado con ese rubí porque sospecha, desde hace mucho tiempo, que es el mismo que fue sustraído el día que Nikita murió, en lo que todos hemos considerado un supuesto accidente. Su intención es recuperarlo no por egoísmo o gloria personal, sino para restituirlo a su legítimo lugar de manera anónima. Se trata, ni más ni menos, del rubí de la Corona real. Puede que Dimitri no sea un santo, pero sus intenciones son nobles. Solo busca justicia para su hija, o sea, para Nikita. Por eso estoy con él, porque su sed de venganza resuena con la mía. Estoy aquí para lo que necesite, para llevar esto hasta las últimas consecuencias.

Un suspiro de alivio escapa de mis labios. Eso me reconforta. Y él continúa hablándome:

—Tu grito me asustó. Creí que algo malo te había pasado y, joder, el pánico que sentí mientras corría hacia aquí no se puede describir con palabras. Pero aquí estás, a salvo, y eso es lo único que importa. No podría vivir conmigo mismo si algo te sucediera por mi culpa. Ahora respira hondo y dime, ¿ya estás algo más tranquila?

—Bueno, sí, pero… Me siento como si me hubiera atropellado un tren, para ser honesta.

Emmanuel sonríe, y con ternura me dice:

—Por cómo gritabas, cualquiera diría que te atropellaron varios trenes, uno tras otro.

Le agradezco sinceramente por estar aquí conmigo. Sin él, no sé qué haría. En un impulso, tomo su mano y la coloco sobre mi corazón, agradecida por su apoyo. Él me mira con ternura y me susurra mi nombre con una voz llena de afecto.

—Katya... —Su voz vibra con un tono de sensualidad.

—Emmanuel... —susurro su nombre como si fuera una plegaria.

—Espera un momento —murmura él, levantándose y dirigiéndose hacia el baño. Regresa con una vela de aceite, que directamente enciende y deja reposar durante unos segundos—. Túmbate boca abajo, voy a ayudarte a relajarte.

Siguiendo su gesto silencioso, me giro lentamente en la cama, adoptando una postura que me deja expectante. Emmanuel se acerca, sus manos tiernas pero firmes al deslizar el vestido por mis hombros, revelando la piel suave de mi espalda. Con movimientos pausados y precisos, deshace el lazo de mi corsé, liberando mi cuerpo. El roce casual de su piel contra la mía desata un escalofrío que me enciende todita.

La primera gota de aceite toca mi piel, su calor se filtra en mí, dispersando un halo de confort y sorpresa. Me intriga y maravilla a la vez la magia de la vela, cuya cera se transforma en un aceite inebriante, desprendiendo un aroma que me envuelve en un abrazo olfativo. Es una revelación, el descubrimiento de una sensualidad hechizante.

Emmanuel inicia su danza de manos sobre mi piel, cada movimiento es una palabra en el idioma del tacto. El aceite se convierte en el medio a través del cual narra historias de relajación. Cuando llega a mi cuello, le dedica una atención casi reverente, sus dedos expertos liberan las cadenas invisibles de tensión que me aprisionaban. En ese instante, cada parte de mi ser se siente venerada, escuchada y, sobre todo, profundamente conectada con el momento presente, bajo la luz tenue y el aroma que ahora define este instante eterno.

—Esto debería ayudarte a soltar un poco de esa ansiedad —dice suavemente, su aliento acariciando mi piel.

No respondo, simplemente cierro los ojos y me dejo llevar por las sensaciones. A medida que sus manos se mueven sobre mi espalda, empiezo a soltar tensión y a acumular otra totalmente diferente, más que excitante.

La manera en que sus dedos trazan caminos sobre mi piel, tan conocedores y, sin embargo, llenos de una delicadeza conmovedora, hace que mi corazón se acelere, y me encuentro anhelando más de su toque. El masaje se convierte en una conversación silenciosa que habla de deseo, de una conexión que va más allá de lo físico y a la vez algo que no puede pasar. Tumbada bajo sus manos, me siento vulnerable y a la vez protegida.

Mientras sus manos avanzan desde mi cuello hacia cada hombro, el ambiente se llena de una calma tranquilizadora. Con delicadeza, me pregunta:

—¿Puedo bajar un poco más el vestido? Es demasiado hermoso para mancharlo.

Con voz bajita y algo alelada de estar disfrutando, le indico que no dude en quitarme lo que le estorbe. Me alegro de no haberme puesto aún el pijama. Atiende mi petición y comienza a deslizar mi vestido hacia abajo, liberándolo suavemente de mis pies. Con movimientos acompasados, colaboro en este baile de desprendimiento. Luego, con una habilidad que sugiere experiencia, se deshace por completo de mi corsé, dejándome aún más expuesta a la calidez de sus manos. Por su destreza, parece haber desabrochado más de uno.

Continúa su cuidadosa labor, liberando mis piernas de la delicada tela de mis medias, una tras otra. Me dejo llevar por la corriente de sus acciones. Después del mal rato en la pesadilla, necesitaba algo real, aunque parte de mí parece flotar lejos, desapegada de la realidad del momento.

Comienza a trazar líneas de calor a lo largo de mi espalda baja. Sus manos se desplazan con suavidad, descendiendo por mis piernas hasta detenerse en mis pies, dedicándoles un momento de atención antes de regresar a explorar la otra pierna con igual dedicación. Al presionar mis muslos, cada músculo bajo su toque se relaja con un regocijo profundo y liberador.

Se acomoda sobre mí, su cuerpo se inclina, deslizándose con facilidad gracias al aceite, su calor y peso añadiendo una dimensión seductora. Su voz, dulce y clara, me trae de vuelta del borde del ensueño, instándome a girar y quedar boca arriba.

Lo hago sin pensármelo, girándome para encontrar su mirada, que me hace temblar por dentro.

—Túmbate, todavía no he terminado —me dice con una voz que parece acariciarme. Asiento, dejándome llevar por su tono sereno—. Cierra los ojos, vamos a relajarnos.

La cera se derrama directamente sobre mi piel, un río ardiente que se aventura a través de sus manos por encima de mi pecho con un respeto y una atención que me hacen arder por dentro, deslizando un poco la sábana dejando al descubierto solo mi escote. Cada célula de mi cuerpo responde, vibrante, a su contacto. Es un maestro, un artista dedicando su obra a mi piel, envolviéndome en un halo de placer que bordea lo irreal.

Su voz, esa mezcla de ternura y seducción, me invita a cerrar los ojos de nuevo, a entregarme al momento, mientras su sonrisa, tan genuina, me pide besarlo, y no puedo, no debo. Esto se está yendo de nuestras manos. Bajo su mirada, no puedo evitar pensar en lo increíblemente guapo que es, y en cómo, de alguna manera, esto parece justo lo que necesito.

—Dios mío, Katya, me vuelves loco. No puedo detenerme, pero… no deberíamos hacer esto, no es correcto. *Mi piaci, piccola…*

Estoy al borde de un potente orgasmo aun sin haberme tocado aún ahí, abajo, y oírle decir eso me hace despertarme de esta extraña vivencia tan provocadora como excitante.

Me quedo inerte boca arriba en la cama. Mi cabeza está en blanco, pero Emmanuel pronto me saca de mi abstracción colocándose tumbado encima de mí al tiempo que se acerca a mi oído, diciéndome lo preciosa que soy y lo mucho que me desea.

—No sigas, por favor, Emmanuel. Tienes razón, esto… esto no está bien —le susurro al oído, al tiempo que sus manos rebeldes comienzan a retomar lo que habían dejado hace unos segundos, pero esta vez con vehemencia.

—*Amore*, sé que esto es una locura, pero no puedo detenerme. Solo lo haré si tú me lo pides.

Me abraza con una pasión desbordante y no puedo hacer otra cosa que entregarme también a la frenética labor, palpando ansiosa con la mirada el vértice de su destacado bulto, que, de forma poderosa, apunta a una sola dirección.

Por un lado, estoy algo intranquila; tengo miedo de estropearlo todo. El recuerdo de Dimitri advirtiéndonos sobre las consecuencias de estar juntos me persigue. No quiero que esto perjudique a Emmanuel, ni a mí. Hay mucho en juego y he llegado demasiado lejos para ceder ante un impulso.

Para mí, la presencia de Emmanuel es como un oasis en medio del desierto, una oportunidad para el alivio, pero al mismo tiempo dudo si es algo más, o si otra vez estoy tratando de tapar mis vacíos o mi sensación de despecho por Bat.

Una extraña y recíproca atracción se interpone entre los dos. Comenzamos a hablar de ello. Si algo me gusta de él es que es claro y transparente cuando se abre a mí. Las palabras me sensibilizan, y aquel cariño correlativo se va tornando en deseo.

En ese momento, mi cuerpo y mi mente se divorcian de mutuo acuerdo; no hay cabida entre la locura, el pensamiento y el deseo. Este último, por cierto, se impone, dejando a un lado cualquier pensamiento racional.

Con un cuidado exquisito, besa mi mejilla con suavidad, dejándome abierta, vulnerable, y al mismo tiempo, deseosa. Atravieso con la mirada ese momentazo, captando su figura ante mí. Mi corazón late fuerte.

34

BDSM

Mis senos grandes y erectos se dejan apreciar tras la inexistente sábana con la que tímidamente los cubría hace unos segundos. Para mí, todo este tiempo de continencia sexual obligada, mitigada tan solo por la eventual atención de mí misma, ha sido más que suficiente. El bulto entre las piernas de mi atractivo hombre se hace cada vez más notorio y produce en mí mayor excitación. Sabemos que, bajo circunstancias normales, deberíamos detenernos, pero hay algo, una fuerza mayor que cualquier reserva moral, que nos impulsa a continuar. Nos trunca una repentina deshora, inventada para que algo así pueda suceder, y ya es tarde para todo lo demás.

Me besa con una pasión propia de la primera vez y, a cambio, le ofrezco a una mujer entregada, en cuerpo y alma. Me abre con delicadeza las piernas y se da a la tarea de saborear el delicioso almíbar que de entre ellas emana. Para mí es un momento sublime. Su dulzura es única. Retira su lengua haciendo un intercambio por su mano para continuar con el masaje.

—Eres la razón por la que creo en el amor a primera vista. En tus ojos encuentro nuestro futuro, y en tu sonrisa, mi felicidad. ¿Por dónde lo habíamos dejado, *amore mio*?

—Pufffff, creo que no estoy en condiciones de acordarme de… —En ese instante y antes de acabar lo que iba a decirle, siento su dedo juguetear con mi clítoris, eso me embelesa y rompo en un gemido súbito.

De forma inesperada y diligente, viene un orgasmo con una velocidad increíble… Mis piernas se debilitan, tiemblan sin cesar, mis manos tiran de las sábanas. No puedo controlar los movimientos involuntarios de las continuas sacudidas de mis piernas, y una gran impregnación, empapada de una humedad colosal. Nunca jamás había tenido un orgasmo de este calibre insólito y tan duradero. El dedo de Emmanuel permanece en movimiento, alargándome el placer. Cuando ya mi cuerpo está casi relajado, de nuevo noto como introduce dos dedos más en mi relente, jugando, sacándolos y metiéndolos, girándolos mientras la otra mano aprieta y coacciona con delicadeza mi pubis. No puedo parar de sollozar, de suspirar…

Tras recobrarme sin llegar a recuperarme del todo, cambia a algo peculiar, y con solo un dedo en forma de gancho dentro de mí, va a buscar mi punto G, recreándose con él. Pierdo el sentido, cierro los ojos y vuelvo a ceder de nuevo al placer. Su gancho transita el interior en todos los sentidos habidos y por haber, haciendo presión sobre mis paredes. Con la otra mano empieza a acariciarme de nuevo mi clítoris, esta vez con dos dedos en forma de pinza, mordisqueándolo con la punta de sus dedos de forma sensual. Mi respiración es cada vez más vibrante y oscilante.

Me lleva a un estado alocado a la vez que impetuoso que hace elevar mi respiración, suministrándome dosis agigantadas de más intensidad en mi punto G y mi clítoris, a la vez que desciende el ritmo, me relaja y vuelve a acelerarme. Tras varias veces en que repite su ritual, de nuevo vuelvo a sentir como una magnitud fortísima me acomete, provocándome un barullo y un temblor que no puedo controlar. Pataleo y chillo soltando en cada grito dosis de placer exaltado. Intento apaciguarlo de forma discreta contra la almohada. No soy capaz de abrir los ojos. No entiendo ahora este placer tan infinito…

—Me encanta cómo te vas, cómo gimes, cómo gritas…

—Tiempo mucrto —le digo, haciendo el gesto con las manos. No puedo ni hablar. Su voz es hipnótica, me tiene totalmente embrujada.

—Me gustas mucho, Katya. Sé que esto es algo prohibido, pero es que, como se suele decir, lo prohibido siempre es más tentador. Quiero hacértelo, pero solo si tú quieres. Veo que me deseas, yo también, pero no sé si puedes darme lo que necesito de ti, lo que quiero de ti…

—¿Y qué es lo que quieres? —le pregunto con la voz entrecortada.

—Katya, ¿te someterías a mí? Me gusta tener el control, siempre…

—Ah, ¿por eso lo de macho alfa? —le digo sonriendo, mientras me incorporo y me acerco a su boca.

—Nada que ver. Me gusta someter a mi pareja a un nivel sexual intenso, siempre de forma consensuada y de mutuo acuerdo.

Oírle decir eso, en cierto modo, me excita. «¿Quién no quiere un sexo intenso? Yo sí», pienso. Él prosigue:

—Soy exigente, riguroso, pero no sé si tú puedes permitirte esto. No sé si podrás controlarlo. Quiero practicar contigo BDSM.

Mi cerebro tarda un segundo en procesar, y luego, casi sin querer, doy paso a una broma.

—¿BDSM? ¿Eso tiene que ver algo con la conexión del rúter, como el ADSL? —bromeo, intentando ocultar mi nerviosismo detrás de una capita de humor. La risa que su comentario provoca es inmediata, agacha la cabeza y me mira sonriendo.

—Claro, el BDSM es justo como el ADSL, pero en lugar de garantizar una conexión a internet, asegura una conexión mucho más… personal e intensa. Y no te preocupes, prometo que la velocidad de subida y bajada será totalmente rápida y satisfactoria —replica con un guiño, siguiendo el juego de palabras.

Agradecida por la ligereza que el humor aporta a nuestra conversación, asiento, más abierta… a la idea.

—Bueno, en ese caso, asegúrate de que no haya interrupciones en el servicio. Estoy dispuesta a explorar esa… conexión.

—Verás, el BDSM es una exploración de confianza, límites y placer, siempre dentro de un marco de seguridad y consentimiento mutuo. No se trata solo de dominación y sumisión, sino de entender y respetar nuestras necesidades y deseos —aclara, su tono ahora más suave y serio, aunque la sonrisa cómplice no desaparece de sus labios.

—Pero podemos probar y ya te digo yo hasta dónde sí y hasta dónde no.

—No. Aceptas sí o no. Es un todo o nada, dejarte llevar por mis deseos, en mis momentos y a mi manera. Se trata de descubrir el placer a través de mi perspectiva, con mi método. Lo que yo quiera, cuando yo quiera y como yo quiera.

La verdad es que suena bien, o no suena tan mal. Me está excitando con solo escucharlo. Jamás nadie me había hablado así, pero a mi cuerpo le encanta la idea. Estoy más que eufórica, y eso es un «por supuesto que sí». Lo que más me sorprende es que me está hablando como un proyecto entre ambos, algo más que un rato de placer. Al oírle decir lo de «someter a mi pareja», en cierto modo me ha gustado. Yo necesito alguien de verdad, no rogar sexo a alguien que aún dudo si siente o sintió algo por mí alguna vez.

—No tienes por qué responderme ahora, piénsalo.

—Quiero hacerlo, no tengo que pensar nada. Lo único que me inquieta es… Dimitri. ¿Y si se entera de esto?

—Bueno, técnicamente ya he cruzado la línea contigo. No debería haber siquiera rozado tu piel, y acabo de hacer mucho más que eso. Y no imaginas cuánto he disfrutado haciéndolo. Aunque eso es lo de menos ahora. No es que no me preocupe, conozco a Dimitri mejor que a nadie. Jamás soportaría verme con otra persona para proteger a Matteo, pero necesito seguir adelante con mi vida. Lo que te estoy proponiendo es algo muy serio. No te voy a mentir: el control, dominar, es algo que disfruto. Pero quiero que sepas que jamás te presionaría a hacer algo con lo que no te sientas cómoda. Tu respeto es mi prioridad —me explica con una sinceridad que me toca profundamente el alma. Me mira con esa intensidad y ese deseo que yo solamente ahora mismo quiero derretirme en él, con él y sobre él.

—Sí —le digo que sí de nuevo—. ¿Probamos ya? —le pregunto con un tono de voz sensual, mirándolo con deseo. «¿Qué tienen los italianos que me hacen perder la cabeza?».

Se levanta y me mira con intensidad. Me agarra y me levanta con uno solo de sus brazos. Me coloca sobre la mesa del escritorio de mi habitación, me toma la cara con ambas manos y me da el beso más intenso y ardiente que alguien jamás me ha dado, superando incluso a Bat, o eso creo. Se deshace de la vestimenta de su parte superior, que le escondía su torso musculado. Ahora le da prioridad a besarme de una forma sensual y acometedora. El deseo incrementa desmesuradamente. Yo le correspondo de la misma manera. Llevaba tiempo queriendo probar estos labios italianos que me hipnotizaron en el minuto uno que lo vi. Supera con creces las veces que lo había imaginado besándome.

Su entrepierna detecta la presencia de un erguido ariete desesperado por ingresarla. No puedo más. Nos sumergimos en un intenso, afanoso, diligente y anhelado vaivén, colmado de placer y ausente de pudor. Y hasta el silencio que debería acompañarnos abandona la habitación, desapareciendo por completo. Baja su lengua a mis pechos, besándolos, absorbiéndolos con pasión, delirio, arrebato. Eso me enciende aún más. No para de acariciarme a la vez que me besa.

Empieza a hablarme en italiano:

—*Ti auguro bella, ti amo, ho bisogno di te, voglio sentirti dentro di me...*

«¡Amén! A pecar se ha dicho», digo para mí. Me coge de un puñado y me lanza a la cama. Sigue besándome sin descanso hasta llegar a mi bajo vientre.

—Abre las piernas para mí —me ordena.

Obedezco sin rechistar.

—Tócate.

Obedezco de nuevo. Me acaricio el clítoris.

—Muy bien, *amore*. Ahora profundiza tus dedos y busca tu punto G.

No rechisto, coloco mi dedo como él me pide, en forma de anzuelo haciendo lo que ordena paso a paso.

—Presiónate fuerte, y prepárate, no lo saques de ahí hasta que yo te avise. ¿Entendido?

Asiento con la cabeza. Estoy muy turbada, a un solo paso de «mas-turbada». Se pone de rodillas y se inclina hacia mí. Se desprende de sus pantalones y sus calzoncillos de un solo movimiento. Se acopla entre mis caderas.

Me acomete sin advertencia. Me deja sin respiración.

—No saques tu dedito de ahí, vas a ver lo que es placer, *amore*.

Empieza a embestirme de forma delicada y exquisita. Es un maestro en el meter y sacar. Es especialista en tenerme al borde y dejarme sufriendo y pidiendo más cuando para y vuelve a la lentitud. Al principio lo agradezco, pero… Me atormenta por lo que creo que son largas horas practicando sexo de mil maneras. Estoy tan precisada de un orgasmo que empiezo a exigírselo con todas mis ganas, lo necesito. Se detiene en seco, suelta mis manos sin decir nada y me coloca encima de sus piernas, en su regazo con el culo al aire.

Me dice que por ser tan exigente me va a dar una lección y empieza a azotar mi culo con vehemencia. Estoy tan caliente que, aunque al principio me siento algo molesta e indignada por la forma en que me ha colocado, a eso del cuarto azote siento tal placer que me corro súbitamente. Ya sí que no puedo hablar, entre sollozos, gimoteos y gritos estoy sin voz. Me voltea en un desliz:

—Escúchame bien, porque esto es fundamental: soy yo quien lleva las riendas aquí, quien decide cuándo y cómo alcanzarás el clímax. Lo que acabas de experimentar es una leve reprimenda por intentar dictar el momento de tu placer. Recuerda, bella, soy yo quien orquesta tus tiempos de éxtasis. Considera esto como el preludio a un deleite aún mayor. Entrégate a la experiencia y confía en mí; te aseguro que nadie podrá brindarte el placer que yo puedo ofrecerte. Estoy más que dispuesto a demostrártelo. Y si en algún momento deseas pausar, solo una palabra bastará para detener todo: «eclipse». Será nuestra palabra de seguridad.

No puedo apartar mi mirada de él, hipnotizada por sus palabras. Me deja desconcertada y, a la vez, extasiada. Su miembro se adentra en mi interior ahora, muy muy lentamente. Entra ajustado por su gran grosor, pero mi lubricación le permite el acceso aceptablemente, de modo que mis labios vaginales lo abrazan de lleno, abriendo paso hasta que penetra por completo. Inicia un movimiento de caderas pistoneando dentro de mí. Mientras, no para de besarme el cuello, y todos los puntos cardinales de los alrededores, captando de cada uno de ellos un gozo absorbido por notas de gemidos y crujidos que viajan indiscretos por toda la casa, amenazando con alertar a cualquiera de los guardias.

Sinceramente, no me importa. El embeleso en el que estoy sumergida es tal que la intuición no cabe. Mi deseo, junto a la pasión que se derrama, es lo único que gobierna mis acciones. Estoy fuera de mí, pero disfrutando de un fruto prohibido cuyo deseo se remonta en algo más que simple sexo.

—Apoya tus codos en esa mesa, inclínate sobre ella, ponte en pompa para mí, abre tus piernas y no me mires.

Pienso que me va a azotar otra vez. Pero esta vez no le he protestado por nada. Sin embargo, en un giro abrupto y sin preámbulo alguno, su mano se posa en mi nuca con autoridad, hasta que mi rostro queda presionado contra la mesa, en una posición lateral que me deja con una vista detallada e íntima de la textura de la madera, sumergiéndome en un estado de vulnerabilidad y anticipación palpable.

Desde atrás me penetra de forma combatiente, sin pausa y de una manera provocadora y deliciosa hasta hacerme llegar al orgasmo. Finalmente, llega su punto culminante. Emmanuel descarga con frenesí. Los impúdicos gemidos de Emmanuel apenas se contienen mientras hunde su boca en mi hombro, tratando de contenerse. Yo jamás había oído tal rugido de placer explotando en el gozo y la satisfacción que no tenían fin.

—Bella mía, tú y yo nos vamos a entender muy bien. Te confieso que hacía mucho tiempo no había tenido un orgasmo tan brutal. No recuerdo algo así en toda mi vida. Encajas en mí como nadie lo ha hecho jamás.

Me sonrojo y, en ese instante, me lleva a pensar que eso mismo que me está diciendo es lo que yo sentía exclusivamente con Bat.

Permanecemos en prolongado abrazo hasta que mi sentimiento de culpa rompe el silencio.

—Emmanuel, ¿qué hemos hecho?

No me responde. Simplemente basta con un prolongado beso posterior para contestar:

—Algo de lo que no podremos arrepentirnos jamás.

Me quedo mirándolo, perdida en sus ojos oscuros y profundos, que parecen contener un universo de emociones. Por un momento, el peso de la situación se hace visible en el aire, pero también siento una extraña sensación de liberación y conexión. No sé qué nos deparará el futuro, pero estoy completamente entregada a él y a lo que sea que venga.

—Katya, escucha —dice Emmanuel finalmente, rompiendo el silencio—. Lo que hemos compartido aquí es algo especial, algo único. No podemos borrarlo ni negarlo. Pero también sé que hay cosas que debemos enfrentar y decisiones que debemos tomar.

Asiento lentamente, comprendiendo el peso de sus palabras. Sé que esto no es solo un encuentro pasional, sino el comienzo de algo más complicado y profundo.

—No puedo dejar de pensar en ti —continúa Emmanuel, su voz llena de sinceridad—. Pero sé que tenemos responsabilidades y complicaciones que no podemos ignorar. Dimitri, Matteo… Todo eso está ahí y no desaparecerá.

Me muerdo el labio, sintiendo la tensión en el aire mientras intento procesar todo lo que está sucediendo. No puedo negar que estoy profundamente atraída por Emmanuel, pero también sé que nuestra situación es complicada y todo lo que hay en juego.

—No lo sé, esto es increíble… —admito finalmente, dejando escapar un suspiro.

Estoy exhausta, satisfecha, pero totalmente agotada. Nunca había tenido tanto sexo en una noche, sin contar el de la pesadilla con Bat, y lo peor de todo es que quiero que continúe.

A medida que me dejo llevar por los brazos de Morfeo, un pensamiento juguetea en mi mente, audaz y desafiante: ¿esto es, quizás, el destino haciendo de las suyas, un inicio imprevisto de algo grande? ¿Una historia que, a pesar de los convencionalismos, la mirada puritana de la sociedad o incluso la presencia inquietante de un mafioso con un corazón que a veces parece de oro, no podrá ser silenciada ni destruida? ¿A dónde me está llevando todo esto?

35

SIN BUSCARTE, TE ENCONTRÉ ENTRE TODAS LAS PERSONAS DEL MUNDO

Me despierto con el suave toque de Emmanuel, sintiendo la calidez de sus labios y su aliento cerca de mi rostro. Escucho su voz susurrándome un cariñoso «buenos días, *piccolina*», mientras sus besos dulces me hacen sonreír aún con los ojos cerrados.

Entre medio del sueño y la vigilia, percibo el aroma tentador del café que él ha preparado, y que llena la habitación. Me estiro con pereza entre las sábanas, agradeciendo profundamente estar junto a él ahora.

Con una sonrisa luminosa, Emmanuel me ofrece la taza humeante de mi expreso, exactamente como me gusta. Nos tomamos nuestro tiempo para disfrutar del desayuno, compartiendo risas y pequeñas confidencias.

Hacemos el amor de nuevo, esta vez en el *jacuzzi* que hay en la misma casa rural donde estamos instalados, con el privilegio de que está exclusivamente cerrada para nosotros dos. Más y más sexo; bueno, diría que, más que eso, sexo del suyo, todo muy diferente a lo que he tenido anteriormente y que me excita como jamás hubiese imaginado. Me lleva al límite. Y yo sin saber que esto existía. Me encanta.

Después del *jacuzzi,* nos sumimos en un sueño reparador durante un par de horas más. Al despertar, retomamos nuestra conversación sobre su método. Llego a la conclusión de que, por mi parte, hay cosas que no sé si me atrevería a hacer, pero si tengo algo claro es que no sé ni cómo ni desde cuándo lo quiero todo con él.

Emmanuel, simplemente, es complaciente, le gusta tener el control, y a mí eso no me incomoda, al revés, me vuelve loca.

Pienso que es muy importante disfrutar del sexo, pero le insisto, y es algo que tengo muy claro, en que no estoy dispuesta a hacer intercambios ni ir a sitios de esos para compartir y hacer orgías, pues hoy en día eso no me agrada.

Me mira con ojos cálidos y una sonrisa tranquilizadora, como si quisiera asegurarse de que me sienta cómoda en cada momento.

—No pienses en lo que no es —dice con voz serena, como si quisiera borrar cualquier preocupación de mi mente o, mejor dicho, de la expresión de mi cara. Y entonces añade—: Temas así no me gustan, pero son tan respetables como todas las demás preferencias.

Me siento aliviada al escuchar sus palabras, sintiendo que puedo abrirme completamente a él.

—Lo que realmente quiero es darte un placer ilimitado y sin censura —susurra, con una intensidad que hace que mi piel se erice.

Siento cómo mi cuerpo reacciona de inmediato. Un calor abrasador se extiende por cada poro de mi piel, y el pulso entre mis piernas se intensifica hasta convertirse en un palpitar inesperado.

Madre mía, mis bragas han tomado una decisión independiente y han decidido rendirse bajo el peso de tanto empaparse.

Acabo de notar la sensación de como si se me hubieran caído al suelo por sobredosis de flujo por la excitación.

Me asegura que necesita sentirse poderoso antes de poder disfrutar plenamente del sexo y me explica que no se trata de un deseo de dominación pura, sino más bien de construir una fantasía de dominio, ya sea para sí mismo o compartirla verbalmente con su pareja durante el acto, y que esa fantasía implica cierta sumisión, pero a un nivel moderado y realista, con el único propósito de aumentar la pulsión sexual de ambos. Nada tiene que ver con el sadismo. Me repite la promesa de respetarme sobre todas las cosas. Eso me tranquiliza. Debo admitir que su forma de dominar me atrae más que la idea de dominar yo.

—Bueno, haz la maleta, nos vamos —me dice.

—¿Otro trabajo?

—No, es una sorpresa…

Nos dirigimos en taxi al aeropuerto de Barcelona. Durante todo el camino no suelta mi mano y no puedo ni contar las veces que me ha besado desde que salimos del hotel.

Llegamos al aeropuerto. Mientras Emmanuel asegura su maleta con un gesto meticuloso, no puedo evitar que mi corazón se acelere ante la perspectiva de volver a casa después de tanto tiempo.

—Bien, Katya, te diriges directamente a Cádiz. Aquí tienes el billete. Tienes vía libre. Pasarás esta Navidad con tu familia, tal y como te prometí.

Su voz suena firme, pero hay un matiz de ternura que no me pasa desapercibido.

—Puedo confiar en ti, ¿verdad?

Intento articular palabras, pero solo consigo balbucear al principio.

—Pe… pero… ¿A Cádiz? ¿Por qué no volvemos a…? ¡Pensaba que volvería a casa! Que iría a por Mía. Pero… ¿Y, entonces, tú?

—Yo tengo que regresar a Menorca, necesito hablar con Dimitri sobre esto, y es algo que tengo que hacer solo. Y no te preocupes por Mía. Nosotros la cuidaremos mientras.

Al decir esto, abre su maleta y saca la férula que me hicieron a medida, ofreciéndomela con un gesto que me parece extraño.

—Déjame que te la ponga, dame tu brazo. Tus padres deben saber que sigues de baja y con las jornadas de cocina. Intenta quitártela para dormir. Mira, el truco de los broches, son magnéticos y solo necesitas hacer una pequeña palanca.

Mientras Emmanuel ajusta la férula en mi brazo, la realidad de esta situación me golpea de lleno.

—Emmanuel, pero ¿qué va a pasar a partir de ahora?

—No lo sé. Por ahora, hemos terminado uno de los trabajos más importantes que Dimitri nos encargó. Disfruta con tu familia y nos vemos en diez días. Bajo ningún concepto puedes decir nada. Confiamos en ti. Dimitri me ha transmitido que te recuerde que Pietro sigue desaparecido y que Mía sigue estando bajo su poder. Es lo único que puedo decirte, *piccola* mía.

Su mención de Pietro y Mía añade una capa de inquietud a mi ya agitado estado:

—¿Podrías…? No sé… ¿Por qué no me acompañas a Cádiz?

La pregunta sale de mí casi sin pensarlo, impulsada por un deseo inconsciente de no separarme de él.

Emmanuel se detiene. Su mirada se pierde en algún punto más allá de la inmensidad de este aeropuerto, como si estuviera considerando todas las posibilidades, todos los riesgos. Luego, sus ojos se encuentran con los míos, y hay una profundidad en ellos que nunca había notado antes.

—Katya, sabes que, si pudiera, lo haría. Pero hay cosas que debo hacer cuanto antes. Cosas que… Bueno, no todo es lo que parece.

Sus palabras desencadenan un torbellino de preguntas en mi mente. ¿A qué se refiere exactamente? ¿Me está ocultando algo? La intriga me consume, pero intuyo que este no es el momento de indagar más. Su mirada lleva una despedida no pronunciada.

—Pero… —Mi voz se rompe. Quiero preguntarle más, pero no sé qué decirle.

—Katya, tengo que volver con Matteo, y ya te he dicho antes, he de aclarar algunas cosas. Entre ellas, nuestra situación. Dimitri pronto se enterará, pero quiero que sea por mí. —Hace una pausa, como sopesando sus próximas palabras—. Porque después de lo que hablamos ayer, ¿sigues queriendo seguir adelante con esto? Con nosotros…

Yo vacilo, consciente de la rapidez con que todo se ha desarrollado y lo complicado que podría resultar. Pero la verdad brota de mí sin esfuerzo.

—Sí. Por supuesto que quiero. Me gustas.

—Entonces ya somos dos. —Su voz es firme, decidida—. Y por eso quiero ser sincero y transparente con mi exsuegro, hablarle de nosotros con calma y cuidado, por mi pequeño.

—Lo entiendo. Está bien.

Tomándome suavemente de las muñecas, Emmanuel busca mi mirada con la suya, asegurando mi total atención antes de impartir sus últimas instrucciones.

—Escúchame bien —empieza, con esa mezcla de seriedad y cuidado que le caracteriza—, apenas llegues a Sevilla, te estará esperando un taxi. Lo reconocerás fácilmente por el número 27. Te llevará directamente a casa de tus padres. Está todo arreglado y el servicio está completamente pagado.

Se detiene un breve lapso, como para enfatizar la importancia de sus palabras y asegurarse de que las estoy asimilando correctamente.

—Y esto —continúa, extendiéndome un billete de avión— es tu vuelo de regreso a Menorca. Es muy importante que mantengamos nuestros protocolos habituales, ¿entiendes?

Su voz resuena con autoridad, matizada por una preocupación latente. Luego, con un gesto que parece casi espontáneo, pero sé que es resultado de su meticulosa planificación, agrega:

—Ah, y casi se me pasa. Aquí tienes un nuevo teléfono. —Con precisión, lo extrae de su bolsillo y me lo entrega con una sonrisa cómplice que apenas oculta su inquietud—. He pasado todas tus fotos, vídeos y contactos del teléfono anterior. He añadido el teléfono de Camelia, el suyo personal, por si te surgiera cualquier contratiempo, puedes confiar en ella. Pero ten mucho cuidado, por favor.

Su tono es firme pero impregnado de un sentido de vulnerabilidad.

—Si alguien pregunta, simplemente perdiste el tuyo. Cambiar tu número temporalmente es clave para nuestra discreción —concluye, destacando la importancia de la discreción con un toque de urgencia en su voz.

No puedo evitar sonreír ante su meticulosidad, aunque mi curiosidad me lleva a preguntar:

—¿Este también está intervenido, supongo?

—Sí —admite sin rodeos, mirándome directamente a los ojos—. Ya sabes cómo funciona esto.

Su respuesta, aunque esperada, me recuerda la red de precauciones y secretos que envuelve mi vida. La entrega del nuevo dispositivo no solo subraya la seriedad de nuestra situación, sino que también recalca el cuidado y la precisión con los que Emmanuel maneja cada aspecto de nuestras vidas, recordándome una vez más el delicado cuidado que debo mantener.

—Anda, date prisa. Tu vuelo está a punto de salir.

Me envuelve en un abrazo que parece querer compensar la distancia que pronto nos separará, y me besa con una pasión que roba mi aliento, capturando cada suspiro, cada anhelo, cada sinsentido y cada sentimiento. Se separa de mi boca, alejándose poco a poco, y nos sumimos en un silencio cargado de palabras no dichas, hasta que, en un impulso efímero, me giro hacia él y me acerco para dejar un último beso suave en sus labios.

—No quiero irme sin ti… —le digo mientras separo muy lentamente mis labios de los suyos.

—Katya, tiene que ser así. Ahora debemos separarnos. Nos veremos en unos días. —Su voz es un susurro, una promesa envuelta en la inevitabilidad de nuestro adiós temporal.

Asiento, resignada. Por dentro, me debato entre algo extraño, como una mezcla de incredulidad y euforia que se apodera por completo de mí. No. No quiero irme sin él. No ahora que he descubierto este sentimiento intimidante, ahora que me siento más que correspondida, ahora que siento esta conexión profunda que parece haber surgido de la nada, tan inesperada como inevitable, borrando de un plumazo todo lo vivido antes. No puedo evitar sentir que algo ha cambiado, algo profundo y poderoso que me deja sin aliento.

Madre mía, ¿esto es verdad? Qué encoñamiento tengo. ¿Cómo es posible enamorarse tan rápidamente, tan completamente, sin buscarlo, sin siquiera imaginarlo? Es como si mi corazón hubiera tomado una decisión por sí mismo, desoyendo toda lógica, ignorando las complicaciones, simplemente cayendo, cayendo de una manera tan profunda que el mundo entero parece girar en torno a él.

Subo al avión con un nudo en el estómago. La incertidumbre me aprieta el pecho como un peso que no puedo sacudirme. Este embrollo en el que me encuentro es algo que nunca imaginé que experimentaría. Me repito una y otra vez que esto no puede ser real, pero la cruda realidad está ahí, delante de mis ojos: estoy atrapada en un mundo de mafia y sigo sin ser consciente de ello.

Es surrealista pensar que una parte de mí se siente emocionada por la adrenalina del peligro en medio de todo este caos, como si estuviera viviendo mi propia película de acción o protagonizando una de esas interminables novelas turcas. Ya hace mes y medio que todo esto comenzó, y cada día parece añadir un nuevo capítulo a esta historia extraña y loca que estoy viviendo, una que se extiende y complica con el paso de cada jornada, sin vislumbrarse un final.

Intento concentrarme en lo que puedo controlar, en encontrar un equilibrio entre aceptar lo inevitable y luchar por cambiar lo que esté en mis manos. Al principio, esta montaña rusa de emociones me desbordaba, pero ahora, con la compañía de Emmanuel en esta locura, siento una extraña sensación de paz. Tal vez, después de todo, pueda encontrar mi camino en este caos.

Acabo de aterrizar en Sevilla y me dirijo directamente al taxi que me espera justo a la salida de la terminal. No necesito decirle nada; él ya sabe exactamente adónde llevarme. De forma muy amable, me ayuda con el equipaje y, sin más preámbulos, nos ponemos en marcha.

Las ganas por llegar a casa y ver a mis padres son intensas. Ellos no saben nada de todo esto y van a llevarse una gran sorpresa. Mientras voy en el taxi camino a Cádiz, decido escribirle a Emmanuel por WhatsApp:

¿Ya despegó tu vuelo?

No, aún estoy esperando. Sale con retraso, unos treinta minutos más. Por cierto, ya sé que has llegado a Sevilla, te estoy siguiendo por el GPS.

¡Vaya control! ¿Acaso piensas que me voy a perder? ¿O crees que voy a escapar, así, sin más? No te preocupes, no tengo intención de hacerlo.

Bromeo, intentando aligerar el ambiente.

Lo sé, pero es parte de mi responsabilidad mantener un ojo en ti.

Lo llamo por teléfono, necesito oír su voz:

—¿Para qué mantener un ojo en mí pudiendo mantener los dos? Además, ¡soy como una gatita, pero con un sexto sentido para seguir el camino adecuado! Aunque si me distraen con un poco de atún, ¡no respondo por mis acciones!

Soltamos una risa al unísono, ligera y liberadora.

—Te extraño —confieso, dejando ver mis sentimientos sin filtros.

—Yo también te echo de menos. Es extraño, Katya. Siento como si me faltara algo. ¿Qué me has hecho? No logro entenderlo —comenta, revelando su confusión, la misma que la mía.

Quedamos en silencio. Respondo con un suspiro.

—Realmente, no lo sé… ¿Y tú? ¿Qué magia has usado en mí? Nunca imaginé que mi corazón se adentraría en este sendero contigo.

—Escríbeme en cuanto llegues. Si no contesto es porque estoy reunido con Dimitri —me dice, intentando desviar la conversación hacia algo más ligero—. Te llamaré en cuanto pueda. Parece que a Dimitri ya le han adelantado lo nuestro. Te mantendré informada.

Respiro hondo, cambiando de tema con la rapidez de quien busca evitar un camino demasiado emocional.

—¿Ya has avisado a tu pequeño de que vas? —inquiero, buscando desviar la atención hacia algo más ligero.

—Sí, justo acabo de hablar con él. Lo primero que me suelta es: «¿Y Katya vendrá?» —comparte con una sonrisa tierna.

—¡Qué encantador es! —comento con una sonrisa cómplice.

—Te tiene un cariño enorme, ¿lo sabes?

—Es un amor. Yo también le tengo muchísimo cariño.

—Por cierto, ¿tienes tu chaqueta contigo o la dejaste en el maletero? —me pregunta, cambiando de tema con la agilidad de quien busca mantener la ligereza en la conversación.

—La tengo aquí. ¿Por qué lo preguntas?

—Mira en tu bolsillo izquierdo, pequeña.

—¿Qué es…? Pero… ¿y esto?

Me quedo boquiabierta y pasmada al ver una cajita pequeña de joyería envuelta y un sobre cerrado.

—Es mi regalo de Navidad para ti. Así que no lo abras hasta ese día, por favor, prométemelo.

—Claro, pero… yo no te compré nada. No es justo. Me habría encantado tener algo para ti de saber que estaríamos en esta situación, separados.

—Pequeña mía, tú ya me has dado el mejor de los regalos, créeme… Bueno, debo colgar, están anunciando algo por megafonía… Parece que hay algún problema con mi vuelo. No estoy del todo seguro, pero suena a que podría haber otro retraso o tal vez un cambio de puerta, no lo escuché bien. Voy a ver qué ocurre. En cuanto aterrice, te escribiré. Nos vemos pronto, *amore*.

Guardo el teléfono en mi bolsillo y me acomodo en el asiento del taxi, dejando que mi cabeza se apoye contra el respaldo mientras mi mente comienza a vagar. Justo cuando intento relajarme un poco y ordenar mis pensamientos, me asalta un recuerdo repentino que me hace abrir los ojos de golpe. ¡Los correos a Bat! ¡Dios, cómo he podido olvidarme de ellos! Están programados para enviarse a finales de este mes. Necesito eliminarlos cuanto antes. Lo primero que pienso es hacerlo desde el teléfono móvil, pero no. No puedo, está supuestamente controlado. En cuanto llegue a casa, eso será lo primero que haga desde el ordenador de mi padre. No puedo permitir que Bat se entere de esto. Siento un vuelco en el estómago, como si acabara de montarme en una montaña rusa sin cinturón de seguridad. Joder… La idea de que Bat descubra algo por este despiste mío me llena de ansiedad. Podría traer consecuencias desastrosas.

Llego a mi barrio y el taxi me deja justo delante de la casa de mis padres. Le pregunto al conductor cuánto le debo, pero me asegura que ya está todo pagado. Nos despedimos y él se marcha. Cruzando la calle, me apresuro emocionada, ansiosa por darles la sorpresa a mis padres. Es una de esas llegadas inesperadas, como en los anuncios, vuelvo a casa por Navidad, ¡y es que es así!

Camino hacia la acera con mi maleta, que resulta ser más pesada de lo que recordaba, parece contener más que ropa, recuerdos personales y su peso en oro. Cada paso me acerca más a la casa que siempre ha sido mi vida, mi infancia, mi refugio, donde me invade el olor a galletas recién horneadas y el sonido de las risas familiares hace que todo parezca más cálido y acogedor. La emoción se apodera de mí mientras visualizo el abrazo que estoy a punto de recibir y las miradas sorprendidas de mis padres al verme aparecer de repente en su puerta. Hace tanto tiempo que no los veo…

Al intentar subir el bordillo, que es más alto de lo que parece, me giro de golpe al escuchar el ruido de un motor. De repente, una moto surge, acelerando directamente hacia mí. Por instinto, doy un salto hacia atrás, soltando la maleta, que cae al suelo con un golpe sordo. La moto frena con un chirrido, deteniéndose a unos pocos centímetros de mí.

El conductor se levanta la camiseta para mostrarme una placa que lleva en el bolsillo delantero de sus vaqueros. A simple vista, parece la placa de un policía. La sorpresa y el susto se dibujan en mi rostro mientras intento comprender lo que está pasando.

—¡Súbete! ¡Vamos! —me insta con urgencia.

Pero yo estoy demasiado en *shock* para obedecer sin más.

—No, no me voy a subir —digo, todavía intentando recuperarme del susto, mientras recojo mi maleta del suelo, decidida a ignorarlo y continuar hacia la puerta de mis padres.

36

CADA PECADO LLEVA CONSIGO SU PROPIA REDENCIÓN

Abro los ojos lentamente, intentando hacer sentido de dónde estoy. La habitación es desconocida, y un ligero dolor de cabeza late en mis sienes. Lo último que recuerdo es a ese tipo bajarse de la moto y agarrarme de las manos, amenazando con irrumpir en la casa de mis padres si no lo obedecía. Después de eso, todo es borroso, como si me hubieran dado algún tipo de droga.

Intento poner en orden mis pensamientos, pero es como atrapar humo con las manos. Me levanto de un sofá viejo y mundano, donde he estado tumbada no sé cuánto tiempo, intentando recordar cómo he llegado hasta aquí. ¡Dios, Emmanuel debe estar volviéndose loco buscándome! Busco de inmediato mi teléfono, pero mis bolsillos están vacíos. No tengo nada, ni siquiera mi documentación.

Retomo mi asiento en el sofá, intentando calmarme, pero no puedo. De repente, las luces se encienden y la puerta se abre con un chirrido. Dos tipos entran, y todo mi cuerpo se tensa. Intento levantarme, pero me desvanezco de inmediato.

—Cat… Cat, despierta. ¿Estás bien? —resuena una voz conocida, llegando a mí como si atravesara la distancia.

La sensación de mareo es abrumadora.

—No, es que… yo… —tartamudeo, luchando por aclarar mis pensamientos.

—Tranquila, Cat. Estás a salvo, somos nosotros, aquí no te va a pasar nada. —Su voz ahora se convierte en un bálsamo en mi confusión.

Con un esfuerzo sobrehumano, enfoco mi mirada y ahí está Bat, observándome lleno de inquietud. En ese momento, la figura de alguien más se perfila en la entrada. Por un instante fugaz, un estremecimiento gélido se arrastra por mi columna, cuando mi mente me engaña haciéndome creer que es Emmanuel quien atraviesa la puerta, pero a medida que mis ojos se aclimatan contra el empañamiento de la confusión y la figura comienza a tomar forma frente a mí, la realidad se despeja revelando que es Darío, su compañero, su mejor amigo, quien se aproxima. Incluso me veo obligada a parpadear un par de veces, desafiando a mis propios ojos, porque su parecido con Emmanuel es tan sorprendente que, por un segundo, me veo atrapada en una ilusión óptica. Acaba de venirme a la mente la misma escena de la noche de Halloween cuando vi entrar a Bat con Darío, en el *pub* Chicago. Todo es tan extraño que no doy crédito a lo que está sucediendo.

—¿Bat? Tú… Pero ¿qué…? ¿Dónde estoy? ¿Qué ha pasado?

—Lo siento, Cat. Tengo que contarte muchas cosas. Te he mentido durante todo este tiempo —empieza, y siento como si el suelo debajo de mí se desvaneciera—. Darío y yo no somos bomberos. Somos de la CIA, policías infiltrados en el Cuerpo de Bomberos desde hace quince años. Estamos siguiendo a una banda mafiosa, y eso nos ha llevado hasta ti.

Mis pensamientos se paralizan. Esto es un sinsentido. Imposible de creer. Me siento atrapada en un bucle de realidad alterada, donde el peor de mis sueños parece estar cobrando vida ante mí. La línea entre lo real y mis miedos se borra, dejándome en una nebulosa de *shock* total, como si mi pesadilla de anoche fuera un aviso de este preciso instante.

Su interrogatorio avanza con mucha tensión. La incredulidad y la frustración colorean cada una de mis respuestas.

—¿Dónde andas metida, Cat?

—¿Así que ahora resulta que soy la protagonista de tu investigación? ¿Me estás diciendo que todo este tiempo has estado siguiéndome, Bat? —Mi voz es una mezcla de desconfianza y enfado—. Porque tu nombre verdadero es Bat, ¿no? ¿O también me has mentido en eso? —recalco.

Mis ojos se clavan ahora en los de Darío, que permanece distante, pero no deja de observarme como queriendo decirme algo. Sigo sin entender nada.

—Cat, no es tan simple. Aquella persecución en Barcelona… Era yo quien estaba al mando. Te dejé escapar. Al reconocerte, todo mi plan se desmoronó. No podía simplemente detenerte, pero no dejamos de investigar. Y, una vez más, los caminos nos llevan a ti… y a tu amigo. —Bat habla con una seriedad que me hiela la sangre.

—¿Y… mi amigo? ¿Dónde está él ahora?

—Fue detenido esta mañana en el aeropuerto de Barcelona. —Bat suelta la noticia como si fuera una bomba.

—Pero si no hemos hecho nada malo… —intento defender nuestra inocencia, pero la conversación da un giro inesperado.

—Cat, a ver cómo te explico esto. Estás vinculada a una organización criminal. Hay robos, incluso muertes implicadas. ¿Qué relación tienes con Leonardo Capone? —Bat me mira fijamente, esperando una confesión.

—Te lo juro, no tengo nada que ver con ese tal Leonardo. He oído su nombre, pero nunca nos hemos cruzado. —Mi desesperación es evidente en cada palabra.

La conversación se torna aún más personal, adentrándose en terrenos que preferiría evitar. La mención del concierto de Queen transforma rápidamente el interrogatorio, en el que soy yo quien no puede dejar de lanzar preguntas sobre esa noche y, por supuesto, la supuesta mujer con la que lo vi acompañado, y esto desata una avalancha de todo lo que he reprimido estos días.

—Vi cómo estabas con ella, Bat. Parecíais demasiado cercanos para ser solo compañeros de trabajo. —Mis palabras están teñidas de impotencia y celos.

—Cat, no estamos aquí para hablar de nuestros asuntos personales. Esta situación es grave. Y sí, estaba en el concierto, pero ya te lo he dicho, estaba por trabajo, no por placer. De hecho, te mandé la foto porque me acordé de ti, no porque supiera que estabas. Nunca pensé que tú estarías involucrada con alguien como Leonardo.

Hago un esfuerzo por reconducir la conversación hacia el tema principal.

—Escúchame, yo no tengo nada que ver con ese tal Leonardo. Ni siquiera lo conozco. No sé cómo hemos acabado hablando de esto —digo, mi voz un cóctel de confusión y temor.

—Necesito que seas completamente sincera conmigo, Cat. Si quieres que te ayude, necesito saber toda la verdad. De lo contrario, ambos, tu amiguito y tú, podríais acabar pagando por los crímenes de Leonardo —insiste, su mirada cada vez es más seria.

Me derrumbo. Me siento totalmente abrumada y las lágrimas empiezan a caer sin control. Es como si de golpe todo lo que ha pasado se me viniera encima, sin dejarme respirar. Con la voz entrecortada por el llanto, consigo preguntar:

—¿Y mis cosas? ¿Dónde están?

—Tus cosas están guardadas en este piso piloto. Pero ahora eso es lo de menos, ¿no crees? —Bat intenta suavizar el ambiente, aunque su voz ya no me transmite la misma calidez que antes. Estamos en diferentes orillas de un río turbulento, y no sé cómo volver a la seguridad de sus brazos sin ahogarme en el intento.

La desesperación hace eco en mi voz cuando le suplico:

—Por favor, Bat, necesito hacer una llamada. Antes de que esto se complique aún más. —Mi voz se hace débil, casi ahogada en el miedo.

Él se toma un momento, pensativo, como si estuviera midiendo cada posible consecuencia de su siguiente movimiento.

—Vamos a poner las cosas en claro tú y yo primero, Cat. Después, podrás hacer todas las llamadas que necesites. Incluso podrías marcharte si logras convencerme de tu inocencia… y la de tu amigo. —Entonces, con un gesto casi imperceptible, le indica a Darío que nos deje solos.

No puedo creer que esté pasando por esto. Es casi irreal esta situación en la que me encuentro. Hace apenas dos meses, Bat y yo estábamos teniendo sexo como animales, enredados en una pasión desenfrenada, perdiéndonos el uno en el otro sin reservas. Y ahora aquí estoy, atrapada en este embrollo, escuchando esa voz que una vez me cautivó, pero que ahora resuena con una frialdad que me descorazona. Me siento fatal, un desastre. Pero sé que tengo que sacar fuerzas de donde sea para aclarar este dilema y salir de aquí.

Mi mente da vueltas a mil por hora, intentando hilar mis pensamientos para explicarle todo a Bat sin comprometerme más de lo que ya estoy.

—Está bien, te contaré todo lo que sé, pero a cambio, debes prometerme que me dejarás marchar. Lo único que quiero es reencontrarme con mi familia.

Se me acerca y, de pronto, estoy envuelta en ese olor que ya conozco de memoria, ese que se me ha metido bajo mi piel sin pedir permiso. De golpe, todo encaja. Ese aroma que ya me volvió loca el día de la persecución, el mismo que flotaba en su piso aquella tarde, que el mundo pareció pararse solo para nosotros, y también esa mañana, cuando le llevé la máquina de la pasta. Incluso, el mismo que me rodeó en aquella enigmática noche del 31 de octubre, hace catorce años, y aún lo puedo percibir.

Esas notas olfativas, una amalgama de virilidad y dulzura, tan distintivas y hechizantes, que tienen el poder de catapultarme de vuelta a aquellos momentos transitorios de deseo abrasador, me zarandean en el presente, desafiando mi capacidad para permanecer anclada ante la gravedad de la situación. Me hace perderme aquí y ahora.

—Cat, por favor, cuando estés lista. Estoy aquí para escucharte y ayudarte a salir de esta —dice, su voz intentando transmitirme confianza.

Empiezo a contarle todo, omitiendo cualquier mención a Dimitri y Emmanuel, por supuesto. Le hablo sobre el abuelo de Pietro, la desaparición de su familia, y cómo me han confundido con alguien más, obligándome a realizar ciertos trabajos bajo amenaza. Bat se tensa, su expresión se endurece, y siento su mano en mi hombro, presionando ligeramente, un gesto que percibo como de frustración.

—Cat, necesito la verdad. Esto podría llevarte a la cárcel. ¿No te das cuenta? —Su tono es severo, casi un ultimátum.

—Ya te he dicho que no he hecho nada. Te he contado todo lo que sé, por favor, déjame ir —le respondo, la desesperación creciendo en mi voz.

—Pero no me has dicho todo. ¿De dónde venías el día de la persecución? ¿Qué haces aquí en la península?

Su interrogatorio se intensifica, y en un intento desesperado por desviar su atención, suelto:

—Estoy de vacaciones con alguien…

—¿Con alguien? ¿Debería conocerlo? —Su interés parece picado, pero le respondo con firmeza.

—Eso no te incumbe.

—Pero sí me importa. Me pides respeto cuando tú… —Su voz se suaviza, se acerca peligrosamente—. ¿Ya no te acuerdas de nuestra última vez?

Desvío la mirada, resistiendo la tentación. Bat sabe cómo desarmarme, jugar con mis debilidades.

—Cat, necesito saber. ¿Estabas pensando en ese alguien cuando estábamos juntos follando como locos en mi coche?

Su pregunta me descoloca. ¿Cómo puedo responderle sin mentirle y sin herirlo?

—¿Acaso eso importa para tu investigación? —replico, intentando mantenerme firme.

—Cat, no empieces —me replica, visiblemente frustrado, golpeando la mesa con el puño—. Tengo derecho a saberlo.

Y entonces se acerca tanto que puedo sentir su respiración sobre mis labios, provocándome, sabiendo exactamente el efecto que tiene sobre mí.

—Bat… —apenas susurro.

CHENO G

—¡Habla, Cat! —insiste, esperando una respuesta que ni yo misma sé cómo dar.

Giro la conversación a mi antojo.

—Tú… ¿alguna vez has sentido algo por mí? ¿O solo fue sexo y nada más? —Necesito saberlo, las palabras salen de mi boca antes de que pueda detenerlas.

—¿Qué estás diciendo? —Bat parece genuinamente sorprendido por mi pregunta.

—Pues que yo también quiero la verdad.

—No estamos hablando de eso ahora, Cat. Esto es una cuestión de respeto.

—¿El respeto que tú me tienes? ¿A ese respeto te refieres? Siempre he sido honesta contigo, siempre has conocido la verdad por mi parte. Pero de ti, nunca he sentido esa sinceridad. Me he inventado historias para convencerme de que sí sentías algo por mí, pero ahora lo veo claro. Solo era una consolación momentánea para ti. Lo sé, tus acciones lo demuestran.

—Cat, había muchas cosas en mi cabeza. Cuando nos reencontramos, no lo sé, no pensé en nada en particular. Y luego sucedió. Y después me sentí mal, como si estuviera haciendo algo incorrecto. Fue como pasar por dos rupturas al mismo tiempo. Estaba recién divorciado.

—¿Y qué te llevó al instituto? Indagué sobre tu sobrino y resulta que me engañaste: él no recibía clases allí, nunca estuvo matriculado. Dime, ¿cuál era tu verdadero propósito esa tarde? ¿Qué buscabas al venir?

—Cat, por favor. A ver…

—Y… ¿qué fue lo que hice mal? Dime, ¿por qué no me dijiste que no iba a repetirse, que solo seríamos amigos o que

372

no seríamos nunca nada? Lo hubiera aceptado. Podría haberlo manejado por mi cuenta. Siempre me dejas esperando algo más, y hasta hoy no sé qué significaron para ti aquella noche y las veces que siguieron después de todos esos años sin ti. Me conformaba con las migajas que me ofrecías: un saludo de pasada, un segundo robado, una conversación fugaz… Y ya perdí la cuenta de los mensajes que dejaste sin respuesta, sin mencionar las innumerables veces que te supliqué por un café. Sí, un simple y maldito café de treinta minutos. Hubo ocasiones en las que incluso imploré por cinco míseros minutos de tu tiempo. ¿Quién hace eso? ¿Quién se rebaja a suplicar por un puto café? ¡Es de locos! ¿Acaso no lo ves? Siempre anhelé más de ti, más de tu tiempo, ese tiempo que yo soñaba compartir contigo, pero que tú, siempre con una excusa bajo la manga, te las arreglabas para esquivarme y restarme importancia. Nunca fuiste sincero conmigo, me decías que sí para luego terminar en un no. Podríamos haberlo conversado, aclarado las cosas, incluso podríamos haber llegado a algún tipo de acuerdo.

—Te busqué y te propuse… —Bat se detiene y se aleja.

—¿Me propusiste qué? ¿Qué me estabas sugiriendo aquella vez? ¿Una cena, justo cuando tu esposa visitaba a su hermana en el pueblo? Yo estaba saliendo con alguien en ese entonces, y te lo hice saber. Hablamos sobre mi relación actual. Y, créeme, me arrepiento. Lamenté profundamente no haber aceptado tu invitación, a pesar de las circunstancias. Me atormenta pensar que, si te hubiera dicho que sí, quizás todo entre nosotros habría sido diferente. Siento que dejé escapar una oportunidad dorada por miedo, y lo peor es que intenté compensar ese remordimiento cuando estaba con Pietro y volví a ti. Cometí una infidelidad solo para vivir un instante a tu lado. La única vez que me fui fiel a mí misma en toda mi vida. Y no, no suelo actuar así, yo no soy así, pero es que tú… tú tienes esta habilidad para sacarme de mi realidad, para superar cualquier barrera que ponga mi conciencia… Pero sobre todo para evadirme de este mundo, como ahora mismo.

—Cat, eso no importa ahora.

—Claro, para ti eso es lo de menos, ¿verdad? Nunca has visto lo nuestro como algo serio, por eso te esfumas, como si nada. Y, en el fondo, siempre lo he sabido, pero me aferraba a esos breves momentos contigo como si fueran oxígeno puro. Eso era lo que me mantenía viva, aunque tú jamás llegarás a comprenderlo. Yo no soy de las que se van a la cama con alguien por quien no sientan absolutamente nada, alguien que no les mueva el suelo. Jamás podría. Pero tú, por lo que se ve, no tienes problema con eso, ¿cierto?

—No estamos aquí para hablar de nosotros. Cat, lo que pasó entre nosotros fue con deseo y pasión.

No puedo creer que, cuando aparto la mirada de sus ojos, todo dentro de mí se revuelve.

—Entonces, ¿qué? ¿Qué te impide que seamos algo más? —le pregunto, buscando en sus ojos una respuesta que probablemente ya conozco.

—Son muchas cosas, mi divorcio, mis hijos… No es fácil.

Su voz suena cansada, derrotada.

—No te he pedido nada, solo que seas sincero conmigo y no me dejes por tonta más veces. Que te pongas en mi lugar. —Pienso en todas esas veces que le he escrito, rogándole vernos, o esas veces que quise sorprenderlo con algo y me tuve que aguantar las ganas.

—No es lo que tú piensas. Cat, yo… —intenta explicar, pero ya estoy cansada de excusas.

—¡Da igual! —grito, con la furia apretada en cada palabra, mis manos temblando de rabia—. ¡Mira, te voy a decir algo! ¡Se acabó! —mi voz tiembla, pero no cedo ni un milímetro—. ¡Siempre te he dicho que te quiero en mi vida, pero ya no! ¡Ya no quiero verte, ni escucharte, ni sentirte cerca! —Cada palabra es como un disparo, directo al pecho, tanto el suyo como el mío—. ¡No eres tan importante como crees! ¿Sabes qué? ¡No significas nada! —Me duele admitirlo, arde como un hierro candente en mi garganta, pero no me detengo—. He sido una maldita ciega… ¡Demasiado tiempo perdiendo el tiempo contigo! —mi voz sube más, desesperada, rota—. ¡Mi tiempo es demasiado valioso para seguir regalándotelo! ¡Ni un segundo más! —Mi pecho se agita, respirando pesado, luchando por controlar la rabia, por no desmoronarme en el suelo—. Al final, ¿qué importa, eh? —escupo las palabras como veneno—. ¡No hemos perdido nada porque nunca hubo nada! ¡Jamás me has tenido en tu vida! ¡Jamás me has dado un lugar! —Me estoy ahogando en mis propias palabras, pero no puedo parar—. No te dolerá, ¿verdad? ¡Porque nunca te importé de verdad! ¡Nunca fui más que una sombra! ¡Pero a mí...! —mi voz baja, casi quebrada, pero aún llena de veneno—. A mí... ¡me destroza! Pero no más… ¡Voy a hacer lo imposible por arrancarte de mi cabeza, de mi maldita piel! —Las palabras salen como un último aliento de furia—. Fui una estúpida, ¡una completa imbécil! ¿Todo por qué? ¿Por qué? —Me río con una amargura que quema—. ¡Porque me follas como me gusta! Porque cuando lo haces me llevas al puto cielo y me haces sentir que el mundo desaparece, solo por un segundo... —Mis ojos arden de odio y frustración—. ¡Pero no eres el...!

¡BAM! El golpe resuena como un cañonazo cuando su mano se estrella contra la mesa, cortándome de golpe. El sonido rebota por las paredes, haciéndome saltar el corazón. Me mira, y sus ojos... Joder, sus ojos arden como nunca los había visto, una furia contenida que amenaza con devorar todo.

—¡Cat! —ruge, su voz cargada de rabia.

De repente, se aparta unos centímetros, sus ojos se abren con asombro y su respiración se acelera. Un brillo inesperado en sus ojos revela una excitación contenida. Se queda inmóvil, con un gesto de desesperación, y lleva las manos a la cabeza, temblando ligeramente. Finalmente, deja escapar un largo suspiro y, con tono suplicante, dice:

—Esto... esto se nos está yendo de las manos.

Yo, con la voz temblorosa y llena de un cansancio desgarrador, respondo:

—Déjame en paz... Basta ya. No puedo seguir con esto, no puedo más...

—No digas eso, Cat, por favor. No puedes decirme...

Su tono, ahora quebrado y casi suplicante, refleja una vulnerabilidad bastante cruda.

Pero ya es imposible dar marcha atrás, hemos cruzado un punto de no retorno, es irremediablemente tarde, pero para algo con lo que, por una vez en todo este tiempo, juro que no contaba. A medida que las palabras abandonan mis labios, no puedo evitar notar la evidente tensión que crece en su pantalón, un deseo palpable que se manifiesta sin pudor. Instintivamente, me pongo de pie, intentando inútilmente crear alguna distancia entre nosotros.

Sin embargo, mientras le expreso mis pensamientos, él disminuye ese espacio que tanto ansío, hasta que, sin apenas darme cuenta, me encuentro atrapada contra la pared. Ahí está él, inquietantemente cerca, su aliento acariciando mi piel, trayendo a la superficie recuerdos tan intensos que creía olvidados.

Inesperadamente, siento su mano acariciar mi pierna, realizando un movimiento ascendente levantando mi falda. Las yemas de sus dedos comienzan a realizar destrezas en la parte interna de mis muslos subiendo poco a poco, esperando mi reacción; pero mi reacción no llega. Estoy ahí paralizada, debatiéndome entre el temor a que se detenga y el deseo de que continúe.

—Bat… ¿Qué… qué estás haciendo? —consigo decir, aunque me cuesta sacar las palabras.

Se detiene, como si buscara en mi cara alguna respuesta. Ahí nos damos cuenta de que hay mucho más entre nosotros que solo este juego de atracción. Quizás lo que necesitamos es hablar, cara a cara, entender qué nos pasa de verdad y decidir.

—Bat, ¿qué… qué pretendes? Quiero que desaparezcas de mi vida, que todo esto termine de una vez —le digo, mientras le doy un pequeño empujón para separarlo de mí.

—Shhhh… Oírte hablar así me ha excitado mucho, gatita. —Su voz es un susurro peligroso, una caricia que roza mi piel, aunque no me toque.

—Tú… tú… —balbuceo, incapaz de formar una frase coherente—. Estás fatal. No puede ser que estemos hablando de todo esto, que me hayas retenido aquí, y ahora…

—Déjate llevar, gatita. No me digas que no te apetece. —Se acerca un poco más, su presencia es…—. ¿Quieres que pare?

Estar aquí, en esta situación que roza lo absurdo, me hace cuestionar mi propia realidad. ¿Cómo he llegado a este punto otra vez? Es como si hubiera sido arrastrada a un vórtice de emociones y situaciones inverosímiles, donde el pasado y el presente chocan en una danza caótica. ¿Es posible que haya muerto y esto sea alguna especie de purgatorio personal, un bucle infinito donde mis errores y deseos se entremezclan en un ciclo sin fin?

Lo peor de todo es que, aunque intento por todos los medios ocultarlo, la verdad es que me tiene tremendamente excitada. La tensión entre nosotros es palpable, y mi cuerpo responde de manera involuntaria a su cercanía, a ese magnetismo que siempre ha existido entre los dos, por mucho que yo quiera negarlo.

—Dime, gatita, ¿quieres que me detenga? Puedo parar cuando me digas. Lo haré. Esta vez te prometo que lo haré. Quiero sexo contigo.

Su mirada se pierde un momento en la mía, y en ese silencio compartido, siento una conexión casi eléctrica. Es un deseo de cercanía, de comprensión, más allá de lo físico. Bat, con un gesto que parece meditar cada movimiento, lleva su mano hacia mi cara, deslizando su pulgar suavemente por mi mejilla. Es un toque ligero, que me hace cerrar los ojos y suspirar.

Con la otra mano, continúa con sus dedos hasta alcanzar mi sexo y pasa su dedo sobre él tras habérselo metido antes en su boca y, seguidamente, en la mía. Al ver que no me muevo, lleva su mano hacia uno de mis pechos y roza mi pezón por encima de la blusa.

—Estás fatal —le digo, mientras mi voz se quiere contener por el placer—. Estás loco…

—Y tú loca por mí, lo veo en tus ojos, y lo noto en… Lo noto ahí, y aquí —me dice mientras hace presión contra mi clítoris y me roza el pezón, esta vez más fuerte—. Estás tan húmeda que has mojado tus braguitas. Y tus pezones me están reclamando a gritos que te lo haga fuerte, aquí y ahora.

Me asalta de repente el recuerdo de la conversación con Emmanuel justo antes de subirme al avión, cuando le dije medio en broma: «¡Soy como una gatita, pero con un sexto sentido para encontrar el camino adecuado! Aunque, si me distraen con un poco de atún, ¡no respondo por mis acciones!». Ahora, esas palabras vuelven a mí, pesadas, cargadas de un significado que antes no tenían. Aquí estoy, con Bat siendo ese «atún», ese distractor que jamás pensé que cruzaría mi camino de esta manera. La comparación me hace sentir un nudo en el estómago. No es solo por el deseo o la tensión que Bat despierta en mí, sino por la sensación de estar traicionando a Emmanuel, de estar traicionando algo en mí misma.

Me besa y yo intento resistirme. Desliza su lengua por mis labios, presionando suavemente para encontrar un espacio por donde colarse, algo que logra, alcanzando la mía y entrelazándose con ella. De alguna manera, con una sutileza que no anticipé, consigue separar mis piernas para facilitar su acercamiento, pero entonces se detiene.

—¿Quieres que pare? Dime, ¿quieres que me detenga? ¿O prefieres que siga?

Mi respiración se acelera, y no respondo. Mi corazón late a mil por hora, y siento el calor subir por mi piel, quemando cada centímetro. Su voz, baja y ronca, se vuelve más insistente, más cercana.

—Di algo —susurra, su aliento rozando mi piel—. No puedo leer tu mente. Necesito saber qué quieres.

Mientras su voz se convierte en un eco en mi cabeza, mis pensamientos se trasladan al sueño de anoche. Esas visiones tan vívidas y perturbadoras parecen estar cobrando vida en este momento y dejándome paralizada. ¿Podrían haber sido señales de lo que estoy viviendo ahora?

—Si no dices nada, te dejaré para siempre —advierte, su tono cargado de un anhelo desesperado.

Pero ya estoy demasiado afectada, encendida de una manera que solo él ha sabido hacerlo antes, y finalmente logro murmurar una palabra que apenas consigue escapar de mi garganta.

—Sí —consigo decir, aunque la palabra apenas logra escapar de mis labios, en un susurro casi inaudible.

—¿Cómo dices? —me pregunta.

—Sí —repito, más firme esta vez.

—¿Sí qué? —vuelve a preguntar.

Aquí estamos, en el epicentro de la habitación, mirándonos fijamente. La tensión es palpable. Él me observa con una intensidad que enciende fuegos por todo mi ser, y yo, con una voz que brota desde lo más profundo de mi ser, ronca pero cargada de certeza, le digo:

—Sí, quiero que sigas. No te detengas por nada del mundo.

Una sonrisa traviesa ilumina su rostro mientras se inclina hacia mí, su voz es un susurro provocador que eriza cada centímetro de mi piel.

—¿Por qué te has hecho de rogar tanto? Sabes que lo deseas tanto como yo.

La habitación se carga de un deseo irrefrenable. Cada palabra, cada mirada, es un paso más hacia el abismo del que no queremos escapar.

—Hueles divinamente —murmura—. Ahora vas a conocerme de verdad, voy a ser muy sincero contigo. Es lo que quieres, ¿no? Empecemos…

Recoge mi cabello y tira de él con firmeza, indicándome que me agache y ponga mi rostro en su entrepierna. Puedo sentir el bulto que se esconde bajo su pantalón.

—Desabróchame, gatita —ordena.

Hipnotizada y sumisa, obedezco. Desabrocho su pantalón, revelando toda su excitación ante mis ojos. Parece estar conteniéndose más de lo debido, a punto de explotar. El aire se vuelve cálido y el aroma se vuelve más espeso.

—Bájamelos —me exige.

Con ambas manos en sus caderas, tiro de la goma de sus *slips* y los deslizo por sus muslos. Me tiene sujeta del pelo, haciendo una coleta con una mano, y no puedo retroceder demasiado.

—Despacio y profundo —me dirige.

Rodeo su glande con mis labios, mi boca está llena de saliva por la excitación, y tal cual, se desliza sobre él, metiendo la mitad y volviendo a la punta, succionando con fuerza. Él gime.

—Mmm… Así, sigue, muy bien —repite una y otra vez, hasta que me empuja hacia delante, haciendo que trague hasta el fondo—. Eres muy buena, echaba de menos esto —dice en tono más alto.

Cuando me deja sacarla, acelero el ritmo con un vaivén rápido e intenso, pero él me empuja hacia atrás, casi tirándome al suelo.

—¡Ponte de rodillas y levanta el culo, gatita! —me exige, tirando de mi cintura hacia él.

Me deja arrodillada y apoyada sobre mis codos en el sofá. Siento cómo separa mis nalgas y me da con la palma de la mano en mi cachete, luego me acaricia suavemente. Cada golpe se acompaña de un «plas», seguido de un gemido que no puedo contener. La excitación comienza a arder desde mi abdomen bajo y se extiende hasta mis muslos, inundándome con una sensación intensa que apenas puedo manejar.

Sin previo aviso, me penetra con una intensidad tan inesperada que me deja sin aliento. Un rugido profundo y salvaje brota de mi garganta, llenando la habitación con su propio eco. Ya no puedo contener mis gemidos.

Lleva la mano a mi sexo y comienza a masajear mi clítoris. Estoy a punto de estallar, pero detiene su longitud a medias dentro de mí. Le imploro:

—No, no, no, por favor, no pares —mientras empujo hacia atrás, buscando que no cese.

—Tranquila, mi gatita, no pienso dejarte a medias, solo quería verte suplicarme que no pare —susurra.

Me derramo literalmente, sintiendo mi humedad descender por mis muslos, mi cuerpo temblar y espasmos recorrer mis brazos y piernas. Me desplomo, con la cara torcida y apoyada en el cojín, inmóvil. Él sigue bombeando, diciéndome:

—Eso es… Disfrútalo, ese es tu orgasmo.

Siento cómo se vuelve aún más duro y acelera, para luego sacarla y penetrarme de golpe. Aprieta con fuerza hasta lo más profundo, gritando y moviéndose con una intensidad que me lleva a un placer infinito. Grita durante unos segundos a la vez que hace leves movimientos, y puedo visualizar en mi mente su punta taladrando un placer inagotable. Cae sobre mí, hundiéndome en el sofá.

Repentinamente, pienso en Emmanuel. «Pero ¿qué estoy haciendo? ¿Qué acabo de hacer?».

Me pongo de pie rápidamente, ajusto mi falda, me abotono la camisa y, con un impulso, me lanzo hacia la puerta, dejándolo atrás. Sin terminar de procesar lo ocurrido, logro escapar de la habitación. Mis piernas se mueven por instinto, corriendo con todas mis fuerzas, sin atreverme a mirar hacia atrás ni un solo segundo. Acelero el paso al percibir que alguien me sigue de cerca, con la sensación creciente de que se aproxima rápidamente.

—¡Señorita, señorita!

Una voz me persigue, insistente y cercana, cortando el aire con cada llamado. Pero no cedo, no me detengo, ni siquiera me atrevo a mirar hacia atrás.

—¡¡Señorita!! Oiga…

La voz de ese hombre me alcanza y me coge por el hombro. Me detengo, me derrumbo y exploto en llanto. Abro los ojos de par en par y veo al taxista sacudiéndome para despertarme.

Mi cabeza da vueltas, el llanto se asoma sin previo aviso y una mezcla de ansiedad y nerviosismo me invade por completo. ¿Otro sueño? ¡Por Dios! Es como si mi subconsciente se empeñara en ponerme la misma película una y otra vez, arrastrándome a esta espiral de sueños con Bat, dejándome exhausta y buscando respuestas que se desvanecen como el viento.

—Ya hemos llegado. Un viaje movidito, ¿no? ¿Está usted bien? —me pregunta el taxista.

Me bajo del taxi, y mis piernas parecen gelatina. Le suelto un «gracias» al taxista y, justo cuando pisa el acelerador para irse, me suelta con toda la tranquilidad del mundo:

—Oye, ¿sabe usted que habla en sueños?

Me quedo roja como un tomate, recordando el sueño. ¡Qué vergüenza! ¿Qué habré dicho en voz alta? Me quedo parada

CHENO G

unos segundos, contemplando mi equipaje, intentando procesar lo ocurrido. Antes de encaminarme hacia la casa de mis padres, miro a mi alrededor con cautela. Estoy tan nerviosa que ni siquiera puedo caminar. ¿Qué me acaba de pasar?

Otra alucinación más que me ha vuelto a hacer de las suyas, pero esta vez, aunque Bat sigue en el reparto, se transforma en la voz de Emmanuel, y su manera de…, digamos, llevar las riendas, con su toque de dominación. Madre mía, qué lío, estoy mezclando todo. Bat con el método de Emmanuel. Por favor, tengo que acabar con esta pesadilla ya.

Me siento como una marioneta en manos de un titiritero invisible, movida sin consentimiento propio, sumida en una realidad que de repente me resulta ajena y dolorosamente vacía. Estoy rara, como si me hubieran extraído una parte de mí y no me dejara ser yo misma. No sé cómo explicarlo. Una sensación de agotamiento desconocido me abruma, sembrando una inquietud profunda que me recorre de pies a cabeza. Los colores vivos que antes pintaban mi existencia ahora se desintegran como por arte de magia…

¿Qué puedo esperar más de mí? Parece que la vida solo me trae aquello que menos deseo, todo lo que intento evitar, todo lo que quiero olvidar…

Al mirar atrás, me doy cuenta de que no hay nada en mi pasado que me haga querer volver a él, ninguna razón para caer en la trampa de repetir lo ya vivido. He llegado a la conclusión de que todo este tiempo he sido simplemente una versión descafeinada de mí misma, viviendo una vida que no era realmente mía, sino todo aquello que no conseguí ser, y eso, sin darme cuenta, se convirtió en mi obsesión.

¿Será esto el desastre necesario para que todo cobre sentido de nuevo? ¿O tal vez la pieza que falta en este rompecabezas emocional que estoy intentando resolver?

37

INEVITABLE

La puerta de casa se abre y, al cruzarla, me envuelve una ola de calor familiar que disuelve las últimas resistencias de mi agotamiento, el dolor y los peligros que he acarreado en esta loca aventura, como una pesada mochila a lo largo de estos días. Mis padres me reciben con abrazos que saben a ese lugar seguro al que siempre puedes volver sin importar lo lejos que hayas ido. Es en ese abrazo, en ese lapso de puro amor incondicional, donde me permito por fin liberar las lágrimas retenidas, esas gotas saladas que arrastran consigo la ansiedad y el miedo acumulados en silencio. Es una liberación de puro desahogo.

Pero incluso aquí, en este remanso de paz, la figura de Bat se cuela de nuevo en mi mente con una persistencia inquietante por esos sueños repentinos, intensos y perturbadores, que parecen querer decirme algo que no logro descifrar. Siguen acosándome cada vez más. No logro entender por qué su sombra me acecha con tanta intensidad, por qué se ha anclado tan profundamente en mis pensamientos. Estos sueños, cargados de emociones y tan vivos que rozan la realidad, me llenan de una inquietud que parece aferrarse a mi ser, resistiéndose a desaparecer.

Algo dentro de mí está cambiando, evolucionando, y aunque trato de resistirme, me siento irresistiblemente arrastrada hacia este torbellino de emociones ilógicas.

Pienso en hablarlo con mi amiga Pilar, la psicóloga, pero la idea de exponerle este embrollo me hace retroceder. Sé que lo más probable es que me mire con esa mirada suya, clínica y preocupada, y me sugiera tomar medidas drásticas.

No, definitivamente, no estoy lista para eso. No quiero acabar entre las paredes asépticas de una institución, con una camisa de fuerza como única compañía. Prefiero el tumulto de mis pensamientos a ese tipo de silencio.

Puf, estoy sumergida hasta el cuello, intentando desentrañar el puto enigma que Bat representa en mi vida. Esto, sin duda, ha sacudido mi existencia, revelándome facetas de mi persona que ignoraba, empujándome a explorar fronteras de mi ser que jamás pensé que cruzaría. Y para colmo, y para sumarle un poco de sal a la herida, está Emmanuel, quien se ha convertido en mi refugio, mi confusión y mi deleite.

En tan solo un mes y medio, se ha colado en el podio de mis personas favoritas. Siempre he deseado un hombre atento, detallista, bueno, y él parece tenerlo todo. Pero, claro, su situación no es precisamente la más convencional. No me imagino presentándolo a mis padres y diciendo: «Ey, papá, te presento a Emmanuel, mi pareja». Y ya me veo a mi padre, con esa generosidad y humildad que lo caracterizan, sentado en el porche de casa, preguntándole con toda naturalidad, mientras le llena la copa de vino: «Bueno, Emmanuel, ¿a qué te dedicas?». Y Emmanuel, con la calma del que no tiene nada que ocultar, responde: «Señor, me dedico a robar diamantes de aquí para allá, trabajo fijo indefinido. Mi jefe es de la mafia rusa…». ¿En serio? Nada más pensarlo me hace temblar toda. ¡Dios, el corazón me acaba de dar un vuelco repentino!

Han pasado ya tres días desde mi regreso, y cada momento ha estado dedicado a reconectar con mi familia. La presencia de mis hermanas ha añadido un toque especial y mágico a estos días. Además, he tenido la oportunidad de pasar tiempo con Deborah, quien ha estado atravesando una etapa difícil. Me ha conmovido bastante ver cómo ha enfrentado sus desafíos. Todos atravesamos momentos en los que no podemos estar para nadie, pero la verdadera amistad siempre perdura, y ambas lo sabemos. Me alegra mucho que esté recuperándose; la quiero muchísimo. Y, la verdad, ¡jolín!, no puedo dejar de pensar en cuánta razón tenía la pitonisa.

Por otro lado, he decidido no salir mucho de casa, siguiendo el consejo de Emmanuel de mantenerme al margen. Parece que Leonardo y su banda están buscando el rubí, así que mejor mantener mi paradero en secreto.

Me siento frente a mi escritorio, abro mi portátil y la pantalla cobra vida, lista para zambullirme en un proyecto que ha estado fermentando en mi mente durante los últimos días. Voy a escribir sobre Bat, pero no la historia tal y como ocurrió. Voy a escribir sobre todo aquello que hubiera deseado que pasara entre nosotros, una versión alternativa de nuestra historia donde mis fantasías y deseos cobran vida.

No será un mero recuento de hechos; será una narrativa rica en detalles, cargada de sentimientos y motivaciones internas. Deseo que los lectores sientan cada duda, cada impulso, cada alegría, cada temor y alguno de los sueños por los que he pasado, desde la voz de Bat a través de mi inspiración.

Comienzo a escribir, dejándome llevar por los recuerdos, las ilusiones y emociones sin necesidad de palabras. Este manuscrito se convierte en algo más que un simple despliegue de amor y desventuras; se transforma en un espejo de mi propia alma. A lo largo de estas páginas, no solo relato una historia, sino que me sumerjo en el abismo de mis anhelos más profundos, mis temores más oscuros y esa pregunta que persiste, incansable, en el fondo de mi ser: «¿Y si él se hubiera enamorado también de mí?».

Este acto de escribir se metamorfosea en una especie de terapia, un enfrentamiento valiente con mis vulnerabilidades y la aceptación de una verdad a veces cruel: que hay capítulos en nuestras vidas predestinados a quedar sin escribir.

Cada página se torna en un viaje introspectivo, un buceo profundo en las aguas turbulentas de mi propia psique. A través de este proceso, a través de él, me enfrento a la dolorosa belleza de la imperfección, del deseo no cumplido, reconociendo que en el corazón de lo que consideramos fracasos yacen las semillas de nuestro crecimiento personal.

Mientras tecleo sin pausa, me doy cuenta de que lo que escribo es mucho más que un tributo a lo que Bat significa para mí. Es mi manera de despedirme de los sueños no realizados, dándoles un lugar para existir en mi memoria.

Aunque reconocer que lo que incluyo jamás se tejiera en los hilos de mi realidad trae una punzada de dolor, encuentro un dulce alivio al haber esculpido un rincón secreto donde, aunque solo sea en las sombras del qué hubiera sido, él se pierde en mí con la misma intensidad desbordante con la que yo caí rendida a sus pies. En estas páginas, he dado vida a un amor que, si bien nunca respiró fuera de mi fantasía, palpita con fuerza, encendiendo cada letra, cada palabra, con el fuego de lo que ardientemente deseé, añadido desde otra perspectiva.

Este es mi regalo personal a mí misma, y a cualquiera que alguna vez se haya perdido en el «qué hubiera sido si...», ofreciendo un refugio en el poder curativo de las palabras y la imaginación.

A medida que las páginas de mi manuscrito se van llenando, me doy cuenta de que no quiero que esta historia se centre únicamente en lo que Bat y yo podríamos haber sido. Ansío darle profundidad, quiero que sea un espejo de la complejidad del tejido de la vida real, que aborde esos temas que nos hacen suspirar, llorar, reír y, sobre todo, pensar.

Me propongo explorar los aprendizajes que surgen de las derrotas, esas caídas que, aunque dolorosas, nos moldean y definen. Deseo adentrarme en cómo los fantasmas de nuestra infancia se instalan en nosotros, forjando quiénes somos, en qué nos convertimos. Quiero desnudar los dramas cotidianos, esos que se cocinan a fuego lento en las cocinas de nuestras casas, en las camas de nuestros dormitorios.

Estoy decidida a desempolvar la realidad del matrimonio, a mostrarlo en todas sus facetas, desde el conformismo hasta el rechazo, pasando por el amor en sus diversas intensidades y el desamor con su capacidad de devastación. No me alejaré de la injusticia social, de lo visible e invisible, de cómo nuestras relaciones, en su esencia, pueden convertirse en campos de batalla, donde cada quien lucha por sobrevivir, por amar, por ser amado.

Quiero que este manuscrito sea una ventana a un universo más amplio, donde Bat no sea solo un personaje, sino el catalizador que invite a abrir los ojos, a cuestionar, a no aceptar pasivamente, sino a luchar por entender y mejorar nuestra realidad. Que cada palabra sea un peldaño hacia una mayor empatía, un llamado a reconocer nuestras propias contiendas y las de los demás, para así, quizás, encontrar un terreno común donde todos podamos coexistir, no solo como individuos, sino como parte de algo mucho mayor.

Y es que, en el fondo, todos llevamos un Bat dentro, esa parte de nosotros que nos empuja a cuestionarnos. Ese lado rebelde, soñador, ese anhelo por algo más. Ojalá esta historia sirva para conectar esos pedazos, para hacernos sentir menos solos en este viaje loco y maravilloso que es la vida, mostrando que, a pesar de las diferencias, hay algo hermoso y valioso en la experiencia compartida.

Cada página que escribo se convierte en un grito conmovedor, una caricia suave en el alma, incluso algún que otro puñetazo lanzado al aire, que proclama alto y claro: «Cariño mío, cada pedacito de alegría y cada sombra de tristeza son simplemente los escalones que necesitamos subir. Son ellos los que nos moldean, nos definen y nos preparan para convertirnos en esas fieras fabulosas que estamos destinados a ser». Escribir esto, creo yo, le da un valor inmenso.

Al acercarme al final del manuscrito, comprendo que este proyecto ha sido un viaje que me ha permitido despedirme de una versión de una relación que nunca existió, celebrando lo poco que sí tuvimos, y aliviando mi corazón.

En lugar de concluir con un «fin» tajante, decido que este capítulo de mi vida merece un cierre más significativo, uno que nazca directamente desde lo más profundo de mi ser: una carta de despedida para Bat, el involuntario muso de estas páginas. Cierro los ojos y tecleo: «A Bat…».

Ahora sí, al llegar a la última página de este manuscrito, mi corazón se debate entre el júbilo y una suerte de tristeza serena. Esta obra, transformada ahora en un relicario de mis más íntimas emociones, es el testigo silencioso de una travesía personal, un viaje a través del amor en todas sus manifestaciones y matices.

Decido llamar a la novela *Inevitable*, un reconocimiento de que, a pesar de los obstáculos, la conexión que siento hacia Bat es así, ineludible, incluso en la ficción. La idea de enviarle el manuscrito a Bat surge tímidamente en mi mente. ¿Cómo reaccionaría al descubrirse como la inspiración detrás de un relato tan lleno de profundidad y detalles? No puedo predecirlo, pero siento que es un riesgo que no voy a asumir, por ahora.

Mi seudónimo es simplemente Cat, y la huella de un gato, como símbolo de la pisada que ha dejado en mí. No hay vuelta atrás una vez que sale de mis manos. Independientemente de si llega a él o no, sé que este gesto marca el inicio de un nuevo capítulo en mi vida. Uno donde he logrado expresar mis sentimientos más íntimos de una manera creativa y liberadora, y donde he abierto la puerta a la posibilidad, por remota que sea, de reconectar con Bat desde un lugar de honestidad y vulnerabilidad.

Mientras el diario viaja hacia la editorial, me siento inquieta pero también aliviada. He hecho mi parte, he compartido un gran pedacito de mí. Ahora, solo el tiempo dirá si *Inevitable* servirá como un puente entre nuestros mundos o simplemente como un testimonio de un amor profundo que, aunque no se materializó en la realidad que vivimos, encontró su expresión en las páginas de un libro que lleva el nombre del amor de mi vida.

Quién sabe… Algún día, quizás, el inevitable encuentro de nuestras almas en este universo o en otro sea algo más que una mera fantasía.

38

CRUZANDO EL UMBRAL

El día de mi regreso a Menorca se acerca con una amalgama de emociones que me embriagan. La ilusión por reunirme con Emmanuel, mi querida perrita Mía y Matteo me llena de una efervescencia que apenas puedo contener. Durante todo este tiempo, solo he recibido un eco fugaz de Emmanuel, una llamada rápida que apenas ha servido para calmar mis ansias, dejando tras de sí un rastro de incertidumbre y preguntas sin respuesta.

Cuando mi teléfono suena y veo su nombre parpadeando en la pantalla, una oleada de alegría me sobrecoge. Tengo que contarle algo muy muy importante. Contesto con una voz cargada de anticipación y emoción, sabiendo que en unas pocas horas estaremos juntos de nuevo. Pero las palabras que salen de su boca pronto eclipsan mi felicidad. Emmanuel no estará allí para recibirme. Ha decidido ocultarme la verdad durante todos estos días para no empañar mis fiestas navideñas con mi familia, pero la realidad es mucho más oscura. Ha infringido las reglas impuestas por Dimitri y eso le ha costado su lugar en el caso.

Menciona que otro compañero, posiblemente Sebastián o Ricardo, vendrá por mí al aeropuerto, ya que Dimitri ha decidido que es mejor que nos mantengamos alejados por un tiempo. Luego, con esa voz que me revuelve por dentro, me recuerda el regalo que me dio hace unos días. Una caja pequeña, envuelta con más amor que el mejor de los regalos, que hasta ahora no me había atrevido a abrir. Me dice, con esa intensidad que me hace temblar, que es hora de descubrir lo que esconde dentro, que lea con detenimiento lo que ha escrito para mí. Que no es solo un regalo de Navidad, sino algo mucho más grande, algo que habla de nosotros, de lo que somos y de lo que seremos cuando volvamos a encontrarnos. Y justo antes de que su voz se pierda en la distancia, me lanza esas palabras cargadas de todo el amor del mundo, prometiéndome que esto no es más que un hasta luego. Con voz firme, pero impregnada de un sentimiento que casi puedo tocar, se despide. Sus palabras se esfuman lentamente, dejándome con el teléfono aún pegado a la oreja, mientras su voz se desintegra en la resonancia del teléfono.

Me siento desarmada, como si un vendaval hubiera arrasado mis emociones y dejado solo confusión y tristeza en su estela. ¿Qué habrá sucedido? Me siento tan culpable como decepcionada. Su presencia y su ausencia parecen entrelazarse de una manera que me deja anhelante. He dejado atrás a Bat para darle a Emmanuel todo mi espacio, toda mi atención, pero ahora me encuentro en un mar de dudas, sin entender nada.

En este cruce de caminos de mi vida, cargo con un secreto que late fuerte dentro de mí, una revelación que a la vez me llena de luz y me pesa en el alma. Esta mañana, después de acudir al médico debido a algunos síntomas que me causaban malestar, he recibido una noticia que jamás hubiera esperado. Mi médico, tras revisar todo, no ha tenido más que felicitarme: estoy embarazada. Una noticia que llega como un murmullo secreto y, a la vez, un imposible inesperado, un enigma que me llena de esperanza y temores a partes iguales, y que aún no he encontrado la manera de compartir con Emmanuel, bueno, mejor dicho, con nadie.

La sola idea de que Bat pueda ser el padre hace que mi cabeza gire a mil por hora. Pero enseguida me detengo a pensar y todo apunta a que es imposible. Después de aquel accidente, los médicos me dijeron que las posibilidades de tener hijos eran nulas, y Bat… Bueno, él se había asegurado de cerrar esa puerta hacía tiempo con una vasectomía, justo después de que Jimena llegara al mundo. Y si a eso le sumamos mi ciclo menstrual jugando al escondite, realmente no debería estar dando vueltas en este carrusel de posibilidades. Es un sinsentido, pero aquí estoy, dándole vueltas.

Mientras el taxi que ha de llevarme al aeropuerto aguarda, motor en marcha, la impaciencia del conductor contrasta con el aura cargado de la emoción que nos rodea. Mis padres, mis hermanas, mi sobrino. Abrazos, palabras susurradas. Todo parece confluir en un punto de inflexión que se siente tan definitivo como un punto y aparte en la historia de mi vida.

Mi madre, siempre la más emotiva de la familia, oscila entre la alegría y la tristeza, su semblante una máscara de serenidad que apenas disimula el torrente de emociones que se agolpan detrás de sus ojos. Mi padre, por su parte, adopta su usual postura de fortaleza silenciosa, aunque el brillo en su mirada delata su congoja. Mis hermanas, incómodas con la solemnidad de la despedida, compensan con bromas y risas nerviosas, intentando aligerar el ambiente.

Cuando ya estoy acomodada en el asiento trasero del taxi, ventana bajada, mano extendida en un último adiós, es cuando mi madre, impulsada por un recuerdo tardío, atraviesa la distancia que nos separa con unos pasos apresurados. Extiende hacia mí un sobre pequeño y acolchado.

—¡Espera, amor! Casi se me olvida darte esto —exclama, su voz llena de alegría rompiendo la seriedad del momento—. Llegó para ti esta mañana. ¡Debe de ser una felicitación muy especial!

Mientras el taxi se desliza por la carretera hacia Sevilla, siento el sobre entre mis manos, un peso que parece aplastar mi alma. Lo abro con dedos temblorosos, como quien descubre un tesoro olvidado. En su interior, hay un pequeño reproductor de música, un mini-MP3 y unos auriculares. ¿Qué significado oculta esto? Casi por instinto, me coloco los auriculares y presiono el botón de reproducción.

Las palabras de Pietro resuenan en mis oídos:

—Katya, hasta ahora no he logrado ponerme en contacto contigo. Espero que este mensaje llegue a tiempo. Tu tío me proporcionó tu dirección con la condición de mantenerlo en secreto para enviarte esto como una felicitación sorpresa por Navidad. Si estás escuchando este mensaje, presta atención, pues se autodestruirá después de ser reproducido.

»Mis padres fueron secuestrados junto a mi hermana Catia, apenas unos días después de mi llamada contigo. Solo tú puedes salvarlos. Me encuentro oculto en un piso. Yo… yo estoy herido, confinado, luchando por mantenerme vivo y coherente. Alessandro, mi única conexión con el exterior, desapareció sin dejar rastro hace una semana.

»Escucha atentamente: en el reloj de pared del salón de tu casa, se halla un secreto vital, un *pendrive* encriptado que contiene información confidencial sobre las actividades de la mafia. Pero hay algo aún más grave: se trata del robo del huevo imperial. Ambos elementos están entrelazados y la información que guardan es crucial. Entre sus archivos se encuentran nombres de miembros de la organización, detalles de operaciones ilegales y una lista de implicados en actividades delictivas, incluido mi propio abuelo. Esta lista es tan valiosa que hay quienes estarían dispuestos a todo por obtenerla. Leonardo, el líder de la mafia, sabe que su organización está en peligro si cae en manos equivocadas. Por otro lado, Dimitri, un hombre destrozado por la pérdida de su hija, cree que la lista revelará la verdad tras la tragedia, si fue asesinada por Leonardo.

»Katya, recuerdo tus palabras sobre el reloj de tu abuelo, cómo lo valoras y proteges. Por eso lo escogí como escondite, sabiendo que estaría seguro contigo. Pero ahora te pido que hagas lo impensable, que llegues hasta él por mí, por mi familia.

La súplica final de Pietro, implorando mi ayuda para salvar a su familia con la entrega del *pendrive*, me deja con el alma en vilo.

—Espero que puedas traérmelo lo antes posible. No puedo permitirme perder a mi familia. En el otro audio te dejo una dirección para hacerlo llegar. Confío en ti, *amore*.

Las palabras de Pietro se desvanecen, dejándome con un nudo en la garganta. «¡Joder! ¡Joder, joder! ¡Tengo que llamar a Emmanuel!».

Cada intento de contactarle es en vano, y la desesperación se apodera de mí al escuchar esa maldita interlocutora que me dice que el número no existe. ¡Vaya mierda, joder!

Con el corazón latiendo a mil por hora y la mente dando vueltas sin parar, pienso que esto no tiene salida. ¿Cómo diablos voy a localizar a Emmanuel ahora? Y ¿cómo demonios voy a poder ir a casa? El trayecto hacia Sevilla se convierte en un laberinto dentro de mi cabeza.

En medio del caos, algo se cuela entre la confusión. ¿Será esto para lo que en realidad me necesita Dimitri?

El trayecto de vuelta a Menorca en el avión se convierte en un jardín de senderos que se bifurcan de mis propias conjeturas, dibujando en mi mente escenarios tan variables como las nubes que me rodean. La importancia del *pendrive* pesa en mi conciencia.

Activando mi modo CSI personal, comienzo a anticipar las consecuencias de cada posible escenario: primero, analizo si llega a manos de Dimitri. Con su conocida falta de compasión, las consecuencias serían inmediatas y devastadoras para Pietro, incluso para su familia. Serían eliminados sin titubear, como si borrar su existencia pudiera limpiar las manchas en el tejido de sus propios secretos. La sola idea envía escalofríos por mi espina dorsal, al pensar en mi historia que tuve con Pietro. Imaginarlos desapareciendo sin más, como si nunca hubieran existido, me llena de un temor profundo. Una parte de mí se siente traicionada al pensar que en algún momento Dimitri me hizo creer que tenía control sobre la seguridad de Pietro y su familia. Esta revelación me golpea duro: ha jugado conmigo, incluyendo a Emmanuel, todo este tiempo.

Luego, está la posibilidad de que Leonardo encuentre el *pendrive*. Él, con su oscuro historial, por el poder y la manipulación, no dudaría en usar a Emmanuel y a mí como monedas de cambio en su juego de tronos personal, o más bien como blancos móviles, que haría extinguir por todo lo que sabemos. La mera idea de caer en sus manos, de ser utilizados y luego descartados como si fuéramos meros objetos, provoca un frío que se me instala en los huesos.

Por otro lado, si Alessandro o Pietro logran apoderarse del *pendrive* antes, la delicada danza de poder podría tomar un giro inesperado. Esto no asegura un final feliz para nadie. La seguridad de Pietro y su familia seguiría siendo una moneda al aire, al igual que la mía, y el velo que cubre la verdad sobre el trágico destino de la hija de Dimitri continuaría intacto, ocultando los secretos y las mentiras que se han tejido alrededor de su muerte.

Mi instinto y mi corazón me llevan siempre al mismo refugio: Emmanuel. Es como si él tuviera el don de saber qué hacer, el único capaz de descifrar este enigma y de proteger a aquellos que, sin buscarlo, se han visto envueltos en esta red de peligro.

Mi confianza en él no viene solo de admirar su inteligencia y valentía, sino también de algo más profundo, más personal. Es esa chispa que veo brillar en sus ojos, ese fulgor que parece gritarme que, pase lo que pase, él sabrá qué hacer.

Perdida en la inmensidad de mis pensamientos y con el cielo como único testigo, abro lentamente el regalo de Emmanuel, un medallón dorado que captura en su diseño algo profundamente místico: dos medias lunas invertidas, casi como si estuvieran en una danza eterna de equilibrio y conexión. Desdoblo cuidadosamente la carta que acompaña al medallón y comienzo a leer, mi corazón latiendo al ritmo de sus palabras.

Katya, este medallón que ahora tienes entre tus manos es más que un simple colgante. Es un legado, una pieza cargada de historia, amor y magia. Perteneció a mi bisabuelo y ha sido transmitido a través de generaciones como un símbolo del amor eterno y la unión trascendental entre almas gemelas. Las medias lunas grabadas sobre él representan esa conexión profunda, el reflejo de dos almas destinadas a encontrarse y reconocerse, no importa en qué vida, en qué universo.

Al entregarte este medallón, algo que no he hecho antes, te entrego también mi promesa, mi corazón y la esperanza de que, al igual que las almas gemelas que simboliza, nuestro amor encontrará siempre el camino de regreso el uno al otro, más allá del tiempo y el espacio. Me bastó mirarte a los ojos el minuto uno para darme cuenta de que, simplemente, te quería.

Que este medallón sea para ti un recordatorio de nuestra conexión, un lazo invisible que nos une más allá de la distancia, del tiempo y de los sueños, un destino compartido que trasciende cualquier barrera. Sé que este medallón te llevará hasta mí.

Bajo del avión con la sensación de que cada paso que doy resuena más allá de las paredes del aeropuerto, en ecos que alcanzan rincones desconocidos y oídos inesperados. La tensión es una segunda piel sobre mí, ajustándose con cada metro que me alejo de la cabina que ha sido mi refugio en las últimas horas. El bullicio del aeropuerto me envuelve, una cacofonía de voces y sonidos que intento, infructuosamente, ignorar.

Al llegar a la salida de pasajeros, lo veo. Un hombre que parece haber sido esculpido en los mismos pensamientos ansiosos que me han acompañado durante el vuelo. Alto, con cabello castaño claro que roza los bordes de un rostro marcado por la determinación, y unos ojos azules que parecen perforar la multitud hasta darme con el blanco de su búsqueda. En sus manos, un cartel con mi nombre y apellido se convierte en el puente entre mi antigua vida y la que me espera.

Me acerco, el corazón palpitando en un frenesí de nerviosismo intenso, que intento sofocar con cada paso. Mi voz se pierde en el camino, así que solo asiento cuando pronuncia mi nombre.

—¿Señorita Saavedra?

No lo reconozco, ni es ninguno de los hombres que solía ver por la mansión. Tal vez Dimitri lo haya contratado para sustituir a Emmanuel. Su gesto es toda la invitación que necesito para seguirlo, arrastrando mi maleta detrás de mí, una maleta que parece pesar más con cada segundo que avanzo.

De repente, como un destello en la oscuridad, una idea se abre camino a través de la maraña de mis pensamientos. Con la excusa de una necesidad urgente, me detengo, comunicándole al hombre que debo ir al baño. Hay una tensión en su asentimiento, una evaluación silenciosa antes de que acepte, quedándose con mi bolso y maleta como un centinela en la puerta.

Dentro de la relativa privacidad del baño del aeropuerto, saco mi teléfono con manos que tiemblan ligeramente, no de frío, sino de anticipación, de miedo, de esperanza. No había caído en la cuenta de que Emmanuel me grabó el número de Camelia. Ella es la única que podrá contactar con él. Redacto el mensaje a Camelia con una urgencia que se siente como si cada letra fuera un paso hacia la salvación o la perdición. Le cuento todo, derramando los detalles como si pudieran formar un escudo de palabras y secretos. Le imploro que encuentre a Emmanuel, que siga las instrucciones sobre la grabación de Pietro con una precisión que no admite errores. «No se puede enterar nadie, ni siquiera Dimitri», escribo, sintiendo el peso de cada palabra como si fuera una sentencia.

Termino el mensaje con la promesa de vernos pronto, insistiendo en que no intente contactarme, que mantenga el silencio como nuestro aliado más fiel. La situación es demasiado delicada, y el hombre que Dimitri ha enviado, este nuevo guardián, no me gusta un pelo. No sé qué voy a encontrarme cuando llegue, y después de haber oído el audio de Pietro, Dimitri no ha jugado limpio y no puedo fiarme de él ni de sus hombres. Sé que Emmanuel es la única esperanza que tengo.

Envío el mensaje, lo borro y me guardo el teléfono, tomando una profunda inhalación que intenta ser calmante. Mi reflejo en el espejo me muestra a una mujer que está a punto de adentrarse en una tempestad, pero que se aferra a la esperanza como un salvavidas en alta mar.

Salgo del baño, envuelta en una fachada de calma que apenas consigo sostener. Mi silencioso custodio me espera afuera, y le ofrezco una sonrisa forzada, una que se desvanece antes de siquiera rozar la autenticidad. Moverme es un desafío; cada paso es medido, cada respiración, un intento de mantener la compostura ante lo que se me avecina. Con un hilo de voz, enmascarado por una curiosidad fingida, le pregunto por su nombre.

—Andrea —responde con una seriedad que corta el aire—, señorita Saavedra.

El sol empieza a ocultarse cuando nos dirigimos al coche, donde otro desconocido con el rostro bastante oculto nos espera. Mis pensamientos giran en torno a Dimitri, imaginando la purga silenciosa que debe haber iniciado tras descubrir mi relación con Emmanuel. Me acomodo en la parte trasera del vehículo, tratando de encontrar algo de consuelo en la familiaridad de mis propios miedos.

Andrea, sentado al volante, se gira hacia mí con una expresión severa, inquebrantable.

—Necesito tu móvil —dice con una voz que no admite negación—, son órdenes de Dimitri.

Una sonrisa amarga se dibuja en mis labios ante la ironía de la situación.

—Ya está intervenido —le respondo, intentando ocultar el temblor en mi voz detrás de una fachada de desdén.

Ambos se miran y sonríen. Insiste:

—Ya lo sé, pero es una orden de Dimitri.

Al extender su mano para tomar mi teléfono, un destello de la luz del interior del coche me hace fijar la vista en su muñeca. Un tatuaje, un medio diamante incrustado en un medio corazón en el dorso de su mano derecha. ¡¡Oh, nooo!!

La revelación golpea mi mente con la fuerza de un vendaval: Andrea no es quien dice ser. ¡Mierda! Es… ¡¿Es Leonardo?!

39

LA SALIDA ES HACIA DENTRO

—¿Qué es esto? ¿Quiénes son ustedes realmente? —logro decir, mi voz apenas un susurro, mientras las piezas del rompecabezas empiezan a encajar de manera alarmante.

El hombre al que he estado llamando Andrea me sonríe, pero es una sonrisa que no alcanza sus ojos, fríos y calculadores.

—Querida, me sorprende que no nos hayas reconocido antes. No somos los hombres de Dimitri. Mi nombre es Leonardo, y sé de sobra que ya has oído hablar de mí —dice con un tono que bordea la diversión y el desdén—. Has caído directamente en nuestras manos.

La confirmación sobre su verdadera identidad es como un puñetazo en el estómago, robándome el aliento. De repente, todas las historias que Emmanuel me contó sobre Leonardo y su banda adquieren un nuevo y aterrador significado. No se trata de una coincidencia o de estar en el lugar equivocado en el momento incorrecto; esto sí es un secuestro en toda regla, y yo soy la víctima.

Intento mantener la calma, recordar cada detalle, cada conversación que podría darme una pista sobre cómo salir de esta. Pero la revelación de que estoy en manos de Leonardo no cambia las reglas del juego.

A mitad de camino, detiene el coche para hacer una llamada. Sale con calma y se retira unos metros, y es entonces cuando observo al otro hombre, el silencioso compañero, ajustando el arma en su cinturón al salir del vehículo. Cuando regresan, el ambiente se tensa aún más si cabe. Se acerca a mi puerta, la abre:

—Tu astucia en el aeropuerto fue digna de nota, enviando ese mensaje antes de que pudiéramos interceptarlo —comenta Leonardo, su tono helado perforando la penumbra—. Pero no tardaremos en desentrañar tus secretos. Nuestros expertos están trabajando en recuperar tu mensaje. Será mejor que colabores. —Se dirige a su cómplice—: Alessandro, acompáñala en el asiento trasero. Asegúrate de que no cause más problemas, comprueba que no tiene ningún teléfono más y amárrale las manos.

El golpe de realidad me deja sin aliento. ¿Alessandro? ¿Cómo es posible? Mil preguntas me asaltan. ¿Será posible que él esté involucrado en esta trama? ¿Habrá traicionado también a Pietro? ¿O será que ha vuelto a colaborar con Dimitri, tal y como Emmanuel me contó aquella vez? Todo esto me hace sentir un nudo en el estómago. Sin embargo, las palabras de Pietro acuden a mi rescate, recordándome que Alessandro trabajaba como detective privado. ¿Podría estar infiltrado?

Con una destreza que delata años de práctica, Alessandro ata mis manos. A pesar de la situación, su proximidad involuntaria y su respiración controlada transmiten una extraña calma, un contrapunto al revuelo de mis pensamientos. Ahora, mirándolo fijamente, reconozco sus rasgos. La disfrazada apariencia con gafas de vista oscuras, barba y gorra había ocultado su verdadera identidad hasta ahora. Es él, sin duda.

—¿De qué va esto, Alessandro? —murmuro con disimulo, antes de que Leonardo se suba en el coche, la confusión y la sospecha tiñendo mi voz.

Evitando encontrarse con mi mirada, su voz intenta transmitir consuelo mientras dice:

—No es como tú crees. Mantén la calma, Katya, y sigue el juego, todo se resolverá.

En ese instante, Leonardo se sube al coche de nuevo y me lanza una mirada que casi me hace sentir que quiere matarme.

Las palabras son un escaso consuelo, pero algo en su tono me insta a aferrarme a una frágil esperanza. Una parte de mí se niega a creer que todo está perdido. Leonardo y su banda pueden haberme capturado, pero la presencia de Alessandro, aunque enigmática, me hace pensar en algo más.

A medida que el coche se adentra en la oscuridad, el pánico en mi interior se agita con fuerza. Mis pensamientos vuelan hacia Camelia, esperando que haya conseguido contactar a Emmanuel antes de que Leonardo y su banda descifren mi mensaje. La idea de arrastrarla a este peligro me llena de culpa y preocupación. Pero antes de que pueda hundirme más en esos pensamientos, Leonardo recibe un mensaje y su reacción inmediata cambia el rumbo de todo.

El coche se detiene de golpe y, con una sonrisa que no presagia nada bueno, Leonardo anuncia:

—¡Bien! Lo tenemos.

Acto seguido, da un giro acelerado y cambia la dirección. Leonardo me mira a través del espejo retrovisor, sus ojos revelando una mezcla de diversión y advertencia:

—Parece que vamos a hacer una visita a tu casa, Katya. Hay algo muy interesante que nos espera en el reloj de tu abuelo. Todo esto habría sido mucho más sencillo si nos lo hubieras dicho desde el principio. Ahora, te enfrentarás a las consecuencias. No estoy aquí para perder el tiempo —dice, llenando cada palabra con una amenaza.

El miedo me envuelve como una capa helada, y las lágrimas amenazan con romper la frágil barrera de mi autocontrol. Me siento atrapada, con los recuerdos de Pietro y su familia, Dimitri, Emmanuel, Matteo, Camelia, Mía… revoloteando en mi mente como mariposas en una tormenta. «Esto es el fin», me repito, mientras un nudo de angustia se forma en mi garganta, robándome el aliento.

La llegada a mi propia casa se siente surrealista, como si fuera parte de una pesadilla de la que no puedo despertar. Leonardo ordena a Alessandro que me saque del vehículo y nos preceda en la entrada. La ausencia de llaves no es un obstáculo para alguien con sus habilidades; su destreza para manipular la cerradura es casi artística, un visto y no visto fugaz que permite el acceso sin llamar la atención.

Al abrir la puerta, me encuentro con un espectáculo que jamás hubiera imaginado. Mi hogar, que había sido un verdadero campo de batalla la última vez, ahora luce impecable, como sacado de una revista de decoración. Cada rincón, cada estancia, resplandece con un brillo especial, y me quedo boquiabierta al descubrir adornos y detalles que, definitivamente, no son obra mía. Es como si alguien hubiese dado un golpe de varita mágica, transformando el caos en este oasis de paz. Un fuerte olor a antiséptico me descoloca sutilmente.

—Katya, acompáñame —me insta Leonardo con una voz que no admite réplica.

A mi alrededor, todo parece distorsionado, como si hubiese sido transportada a una dimensión desconocida. ¿Cómo es posible que todo haya cambiado de manera tan radical? Intento ganar tiempo, alegando sentirme indispuesta, una pequeña verdad amplificada por la urgencia de esta emboscada.

El reloj de mi abuelo, objeto de nuestra búsqueda, ya no ocupa su lugar habitual. Ahora reposa junto a la subida de las escaleras, una ubicación tan inesperada que mi corazón se acelera. Señalo, mi dedo tembloroso delatando mi miedo. Leonardo avanza hacia él y, con movimiento rápido, lo retira de la pared para apoyarlo en un escalón.

Un estruendo seco y brutal rompe la calma del momento, sacudiendo la puerta como si un trueno hubiera estallado en el interior. ¡¡Es Pietro!! Mi corazón palpita con miedo y sorpresa al verlo aparecer. Apenas puede sostenerse en pie. Su rostro está transformado en un mosaico desolador de cortes y moretones. Sus ojos, ardientes con una mezcla de rabia y desesperación, están tan cargados de intensidad que apenas doy crédito a que sea él. Antes de que mi mente pueda procesar completamente su llegada, Emmanuel emerge de la escalera como un espectro en una película de terror. Su pistola está desenfundada. Cada uno de sus movimientos es preciso y calculado. El aire se espesa, cargado de una tensión tan densa que cada respiración parece como si estuviera inhalando puro pánico. El silencio es abrumador, roto únicamente por el sonido de mi propia respiración fuerte y entrecortada. Pietro, con una determinación casi animal en su mirada, levanta su arma temblorosa y la apunta directamente a Emmanuel. Alessandro, con una frialdad glacial que lo hace parecer imperturbable, dirige su pistola apuntando a Pietro.

Con una mano firme, Emmanuel sostiene su pistola, el cañón apuntando sin titubear hacia Leonardo. Se acerca con pasos lentos y meticulosos, cada movimiento ejecutado con una exactitud determinada, como si su control absoluto pudiera imponer orden en la caótica situación. La tensión en el entorno se vuelve insoportable, y justo cuando el momento alcanza su punto más crítico, ocurre lo inimaginable: Leonardo, con una sonrisa torcida y cruel que retuerce sus labios en una mueca inquietante, desvía su mirada y su arma hacia mí. La pistola apunta directamente en mi dirección, y el terror se apodera de mí de manera implacable. Siento cómo el miedo me envuelve, como una capa pesada e inmovilizante que me arraiga al suelo. Cada inhalación se convierte en una lucha desesperada por el aire, cada latido se siente como una condena retumbante en mis oídos. La presión es casi física, un peso abrumador que me roba la capacidad de moverme. Mis músculos se congelan, paralizados por el pánico. El tiempo se ralentiza, cada segundo estirado hasta el límite…

Sin previo aviso, el frágil hilo de calma se quiebra. Un movimiento repentino desata el desorden; las armas, aún sin disparar, se vuelven aún más amenazantes en este instante cargado de tensión, ante la inminente posibilidad de un enfrentamiento.

Emmanuel da un paso decidido hacia adelante, hasta quedar frente a frente con Leonardo. Su voz, afilada y precisa, rompe el silencio.

—Tengo que informarte, Leonardo, de que el pendrive que tanto buscas, ese que contiene no solo la ubicación del huevo imperial, sino también un registro detallado de todos tus robos, delitos y vínculos con ciertas organizaciones, además de información comprometida sobre varios de los que están aquí, ya está en manos de la policía. Tu juego acaba aquí.

Su revelación incita a Leonardo, que en un acto de desesperación y manteniendo su arma dirigida hacia mí, destroza el reloj con un pisotón.

La búsqueda ha sido en vano. En un cambio de táctica, apunta ahora su arma a Emmanuel, amenazándolo con asesinar a su hijo Matteo, tal y como hizo con su querida mujer, si no recibe el *pendrive*. La respuesta de Emmanuel no se hace esperar. Encendido por una mezcla de ira y furia, se abalanza sobre Leonardo con la intención de neutralizarlo, dando inicio a un forcejeo violento y desesperado. Los sonidos del enfrentamiento llenan el espacio, golpes sordos y la respiración agitada de los dos entremezclados en una lucha por el control. Pietro y Alessandro, momentáneamente paralizados por el súbito cambio de eventos, pronto recalculan su estrategia, sus expresiones endurecidas por la decisión. Ambos saben que el próximo movimiento podría ser crucial, y se preparan para intervenir, listos para decantar la balanza en este tenso enfrentamiento que ha tomado un giro completamente inesperado. La tensión entre todos se dispara. Cada segundo se siente eterno, cada acción podría ser la diferencia entre la vida y la muerte.

Actuando por instinto, me lanzo hacia Emmanuel con la determinación de protegerlo y apartar a Leonardo de su lado. La escena se convierte en un caos en segundos, y en medio del tumulto, un disparo resuena con una claridad aterradora. El mundo parece moverse a cámara lenta, mi atención capturada por el brillo metálico de la pistola en la mano de Leonardo. El sonido del disparo todavía zumba en mis oídos cuando siento un impacto sordo y punzante en mi abdomen, como si me golpearan con la fuerza de un martillo invisible.

Por un momento, el dolor no se registra. Es solo cuando miro hacia abajo y veo mis manos, instintivamente movidas hacia la fuente del impacto, que la realidad de lo sucedido comienza a tomar forma. Están manchadas con algo cálido y húmedo, algo que no tardo en reconocer: sangre, mi sangre, brotando de una herida que no había sentido formarse.

El dolor llega entonces en oleadas. Cada pulsación, un eco del disparo que me ha alcanzado. Casi al unísono, Emmanuel irrumpe en escena, sosteniéndome con desesperación, cada llamado a mi nombre sacudiéndome con la misma intensidad de las ondas de choque que recorren mi cuerpo. Luchando por mantener la claridad entre el torbellino de *shock* y la creciente debilidad por la pérdida de sangre, me esfuerzo por mantener mi mente en la realidad. Mis piernas, traicioneras, ceden cada vez más, transformando cada intento de permanecer erguida en una batalla perdida. La estancia gira en un carrusel macabro, y un frío glacial invade mi ser, presagiando el velo del desmayo que amenaza con abrigarme.

A pesar del miedo y el dolor que me consumen, hay algo más fuerte que se abre camino a través del desbarajuste: la preocupación por mi embarazo. En ese lapso de terror absoluto, esa pequeña vida que llevo dentro se convierte en el centro de mi universo. Con lo último de energía que me queda, intento hablar, intento pedir ayuda, no por mí, sino por él, por asegurarme de que estará a salvo. Pero las palabras apenas si logran formarse, y mi voz se pierde en el tumulto, un susurro que quiere gritar para que Emmanuel salve a mi bebé.

40

Y AL FINAL

En los albores de una mañana que prometía ser como cualquier otra, mi vida se vio abruptamente sacudida, no por el estruendo de un ejército en marcha, ni por el clamor de una batalla épica, como en las novelas de Posteguillo que tanto me gustan, sino por un suceso mucho más cotidiano y, a la vez, devastador: el accidente que me sumió en un coma profundo durante cuarenta y un días. Este no era el inicio de una gesta heroica, sino de una lucha interna, una batalla por regresar de vuelta a mi subsistencia.

Era el amanecer de un nuevo día, de una nueva vida. Cuando finalmente mis ojos se abrieron, enfrenté un agudo dolor en el abdomen, testimonio tangible de la reciente lucha por mantenerme entre los vivos. No fue el estéril blanco de los techos del hospital lo que mis ojos alcanzaron justo al abrirse, sino la profunda mirada de alguien acogedor de mi propia y extraña realidad.

El día del cumpleaños de Bat estaba predestinado a ser el umbral de algo bonito, pero, irónicamente, se transformó en una espiral de infortunios que ni el más pesimista hubiera podido imaginar. Aquel día, para empezar bien la mañana, su mensaje cancelando nuestro encuentro para tomar café dejó mi meticulosamente planeada sorpresa de tiramisú suspendida en un limbo; la carta, escrita con la tinta de mi corazón y que, por caprichos del destino, quedó relegada en algún lugar que aún desconozco; el choque frontal con Celia tras la entrega de notas, una confrontación cargada de una tensión que me llenó de ansiedad; el descubrimiento que me dejó sin palabras o, mejor dicho, sin sentido, al encontrar a Pai y Demir juntos; y para coronar esta cadena de eventos desafortunados, para finalizar a lo grande, mi accidente de coche. Todo esto conformó un simple día de junio que, lejos de abrir las puertas a nuevos comienzos, decidió cerrarlas con un eco tenue, marcando el desenlace de lo que alguna vez fue y lo que nunca llegará a ser.

Todos estos eventos se tatuaron en mi alma, vibrando al unísono con cada latido de mi corazón y el dolor punzante que se apoderaba de mi estómago.

Ese mismo día, perdí a alguien a quien ni siquiera había tenido la oportunidad de conocer, un hijo que se esfumó antes de ser realidad, dejando un vacío que se mezclaba con la niebla de un sueño que parecía no tener fin. Y así, cuarenta y un día después, desperté de aquel letargo, con el eco de la pérdida aún zumbando en mi interior, como si un disparo hubiese perforado mi alma, no una, sino mil veces, en un dolor que el tiempo no parece capaz de borrar. Todo ello en el mismo sitio, pero como varios años más tarde.

En mi regreso a la realidad, que me situó en un agosto, cuyas temperaturas ardientes contrastaban con la frialdad de mi despertar, me vi inmersa en una contienda por encontrar sentido en un mundo que parecía haber perdido todo significado. Aunque los médicos diagnosticaron mi estado como un coma temporal, para mí fue un periplo a través de los intrincados laberintos de la mente, un viaje por un universo paralelo donde cada sueño se anudaba como un hilo en la vasta tela de la existencia. Cada esperanza brillaba como una estrella fugaz en la noche eterna, mientras que cada desilusión acechaba como una sombra insidiosa en la penumbra de mi conciencia, como si hubieran sido rodados durante largos años de semioscuridad y confusión, pero estrujados en un transcurso temporal en ese mes y medio, que parecía no tener fin. Diría que un interminable viaje a través de la máquina del tiempo. Era una danza en la sombra de la conciencia, donde la línea entre lo que era y lo que no me dejó totalmente fuera de mí.

Mi corazón, aun latiendo al ritmo de los recuerdos, en ese entonces seguía encadenado a él, a Bat. Aquel amor unilateral que había brotado en las profundidades de mi ser había sido tan real como ahora mismo la luz del día. Pero, como las sombras al atardecer, se desvanecía poco a poco, dejando atrás solo el eco de lo que nunca fue, haciéndome ver con cada caída que aquello no tenía ni un ápice de sentido. Cada encuentro y cada sueño con él había sido un espejismo, una ilusión fugaz que, aunque desesperadamente quería hacer realidad, sabía en lo más profuso de mí que estaba destinado a permanecer en el reino de las fantasmagorías.

Fue entonces, al abandonar los confines del hospital, cuando mi existencia se desplegó en un tapiz de posibilidades inexploradas, llevándome por senderos que jamás había contemplado. Los ensueños, cosidos con trenzas de fantasía, habían trazado una realidad paralela tan rica en matices, tan exuberante, que discernir entre lo vivido y lo soñado durante lo que para mí fue una eternidad se convirtió en un desafío enmarañado.

Los viajes oníricos a mundos remotos y experiencias extraordinarias se desvanecieron como neblina al recuperar poco a poco mi existir. En esa trama idealizada, Bat no ocupó ningún lugar persistente en mi historia; no existió, como tal, la difícil encrucijada entre su mujer y yo. Qué surrealista me resulta ahora. He de decir que Bat se ha convertido en un recuerdo distante, una pieza del pasado que, aunque dolorosa, me permite abrirme a nuevas posibilidades. Mi corazón se había enredado irremediablemente sin explicación. Él nunca compartió la intensidad de mis sentimientos. El amor que le profesé fue un monólogo emocional, una danza solitaria que, aunque apasionada, carecía de la reciprocidad necesaria para transformarse en certeza.

Tampoco hubo un verano en la Toscana, ni un segundo 31 de octubre. El anhelo de un romance épico siempre latió en mí, aunque nunca de la forma en que lo imaginé, ni tan cerca ni tan lejano, como en aquel supuesto cómic de mi sobrino, donde Batman y Catwoman se perseguían a través de mis fantasías. Quizá existía aquel hilo rojo que, según las leyendas, une a los destinados a encontrarse. Pero en mi caso, tanto el origen como el destino de ese hilo se aferraban a un solo corazón: el mío.

No se dieron robos de diamantes ni de rubíes, ni intrigas bajo cielos oscuros ni mansiones. Los peligros no eran reales, las sombras que perseguía no eran más que reflejos de mis propias dudas y anhelos. Todo formaba parte de una ensoñación, una de tantas expectativas tejidas en los rincones más oscuros de mi mente, donde el único ladrón de aquellos deseos imposibles era yo misma, tratando de atrapar lo inalcanzable, un amor imparable. Pietro, el amante fugaz de mis sueños, resultó ser una simple quimera, una fantasía creada para mitigar el dolor de la traición. Fue como una lección que necesitaba aprender para poder sanar y seguir adelante. Y, para añadir más agonía y tortura a la escena, estaba Emmanuel. A pesar de todos los peligros que me acechaban, él fue alguien muy especial y, sin entender cómo, terminé enamorándome perdidamente de él. Era el hombre perfecto, se convirtió en una parte esencial de mi vida y me ayudaba a olvidarme de Bat. Pero, al igual que todo lo anterior, no subsistió.

La verdad, sin embargo, se reveló en su simplicidad, aunque no por ello menos extraordinaria. Mi abuelo Arturo, cuya memoria había llorado en mis ensueños, seguía siendo un pilar de sabiduría y alegría en mi vida. Estaba perfectamente. A pesar del inesperado susto por mi percance, y todo lo que conllevó, mi familia se encontraba bien, y mi fiel perrita, Mía, en casa, llenando mis días con el amor que tanto había ansiado durante mis momentos más difíciles.

Cada día desde el accidente, mis padres venían a visitarme, alternando con mis hermanas durante las primeras semanas. Sin embargo, pronto ellas tuvieron que regresar a la península, viniendo algún fin de semana. Pero quien permanecía a mi lado durante horas y horas, como un misterio indescifrable, un enigma inaudito, era Darío.

En esta nueva encrucijada y como algo con lo que jamás habría ni imaginado, él fue quien se convirtió en el epicentro de mi universo reinventado, era el ancla que necesitaba para enfrentar la realidad. Su presencia, constante y reconfortante, se alzó como el faro que iluminaba mis días en esta realidad transformada. No era un reemplazo de amores pasados, sino el comienzo de una crónica aún por desvelar; una oportunidad para explorar el amor en su forma más pura y auténtica. ¡Quién me lo iba a decir!

Es más, al despertar y al verlo allí sentado agarrando mi mano, la primera palabra que escapó de mis labios fue, sin duda, «Emmanuel». Sin embargo, junto a mí estaba él, Darío. ¿Cómo era posible que se parecieran tanto?

Se acercó y besó mi frente, y con un susurro de alivio dijo:

—Gracias a Dios, has vuelto —antes de llamar rápidamente a los médicos.

Mientras tanto, voces apresuradas notificaban a mis padres, quienes habían salido de la habitación después de pasar toda la noche conmigo. Poco a poco, me contaron todo: Darío estuvo ahí, junto a mí, en el momento crucial del accidente, desde la excarcelación, hasta mi recuperación, mostrando un compromiso inquebrantable. Su causa era simple: se sentía en deuda conmigo por haber evitado que el accidente los afectara a él y a su hijo, quienes estaban justo detrás de mi coche. Pero con el tiempo supe que no, que esto era por algo más.

Ahora, con una claridad deslumbrante, revivo el tiempo en que, sumergida en sueños, di vida a las páginas de mi novela que escribí en mi memoria: *Inevitable*.

Contemplo con asombro cómo se entrelaza con la realidad en la parte que le compete. Debo haberlo escuchado contarlo a alguien, o tal vez Darío me haya susurrado su historia al oído, porque ¿cómo si no habría podido yo plasmar ese relato y la pérdida de su esposa? También el dolor que su hijo experimentó, que transformé en las vivencias de Matteo, aunque con una perspectiva distinta y motivos que aún desconozco, pero que estoy ansiosa por descubrir.

Y ya para añadir un poco más de enigma, ¿por qué entonces lo vi en aquel sueño con Leila, la hermana de Bat? Ese sentir de querer, pero no poder, porque algo así no estaría bien, para evitar dañar a su amigo. Quizás era yo, reflejada en ella, como si sus acciones fueran un espejo de mis propios dilemas, una representación anticipada de posibles conflictos. Era algo inimaginable, chocante, inconcebible y perturbador a partes iguales, impensable. Ese sueño podría ser una metáfora de mis propios temores, revelando las emociones complicadas que aún tendría que enfrentar.

Debo confesar, y esto es algo que aprendí de los médicos que me salvaron —a quienes les estaré eternamente agradecida—, que durante el tiempo que estuve en coma, mi mente funcionó como una esponja sedienta, empapándose de las conversaciones de mis seres queridos, quienes nunca abandonaron mi lado en el hospital. Sus voces, entrelazadas con el constante zumbido de la maquinaria hospitalaria, urdieron en mi consciencia dormida un mosaico vibrante de pensamientos e imágenes. Los fragmentos de libros que susurraban se colaban en mis sueños, mientras que las historias de sus vidas, narradas con esperanza junto a mi cama, se fusionaban delicadamente con mis propias ansiedades y anhelos.

Estas conversaciones, junto con mis propios sentimientos, pensamientos y emociones, se convirtieron en el material con el que construí mis sueños, creando mundos alternativos llenos de sutileza y significado, en un ciclo interminable.

Tras profundizar dentro de mí misma, y lo que al principio parecía la figura de terapeutas y psicólogos en mis sueños, he comprendido que no eran más que reflejos de mi propia voz interior, guías disfrazados de mí misma en distintas formas, revelándome lo que ya sabía pero no me atrevía a ver. Pero no solo esto.

Mientras dormía inconscientemente, navegaba en una montaña rusa de impulsos, desde la confusión más profunda hasta la forma de amar más fascinante, pasando por el miedo y la resiliencia. Sentía una intensa motivación de desentrañar los enigmas que mis alucinaciones me presentaban, y una conexión emocional intensa con los personajes y las situaciones que habitaban en ellos. Mis sueños se convertían en mi refugio, mi escape y mi manera de procesar todo lo que estaba experimentando mientras yacía en coma, hasta la necesidad de satisfacer mis deseos más íntimos.

Si pudiera plasmar estas experiencias en fotogramas, estoy segura de que tendría una historia cautivadora, repleta de intriga y emociones, o, más bien, una película por la que sin duda me nominarían para los Oscar. Solo espero, por lo menos, no haber gemido en mis sueños más lujuriosos, mientras dormía profundamente.

El proceso de desenredar las experiencias de mi coma de la realidad fue tortuoso, pero me dio una oportunidad única. Sin embargo, la existencia tiene una forma peculiar de seguir adelante, incluso cuando nosotros queremos detenernos. La vida, siempre en movimiento, me enseñó que el amor puede tomar muchas formas, y que a veces lo que consideramos un final no es más que el principio de algo especial.

Estoy más que preparada para abrazar este nuevo capítulo con todos sus matices y sutilezas, con Darío a mi lado y la promesa de un futuro en el que los sueños y las realidades se entrelazan de manera inextricable. Porque en medio de lo meramente arduo y confuso, encontramos la belleza de la existencia en todas sus tonalidades.

Y soy consciente de las complicaciones que enfrento en mi día a día; descubro que la vida tiene sus propios giros, especialmente sabiendo que Darío y Bat comparten una amistad, pero entre nosotros florece una conexión que va más allá de las etiquetas, que desafía toda lógica y los vínculos preestablecidos. Es como si él tuviera la esencia de Emmanuel, pero envuelta en su propia y única personalidad.

AÑO Y MEDIO DESPUÉS

La vida me sitúa ahora mismo, año y medio después, aquí y ahora, en un escenario inverosímil: la Navidad en la casa de Darío, con su hijo y mi perrita Mía. Me encuentro envuelta en una atmósfera que, en este momento, más parece un sueño distante que la cruda realidad.

Me extiende mi regalo de Navidad. Y ahí estoy, con esa cajita entre mis manos, debatiéndome entre la incredulidad y una curiosidad devoradora, preguntándome si por casualidad tiene el mismo patrón que la caja de mis sueños, cortesía de Emmanuel. La situación es tan surrealista que casi espero que al abrirla salga un genio y me conceda tres deseos, aunque, pensándolo bien, con Darío a mi lado, ¿quién necesita genios?

Al abrirla, la visión del medallón con las medias lunas invertidas me deja sin aliento, no tanto por su dorada luminosidad, sino por la revelación que trae consigo. Al desplegar la carta oculta en su interior, descubro de su puño y letra la misma historia de almas gemelas que Emmanuel me había legado antes de su partida. Increíble.

Este descubrimiento me abruma, esto ya lo he vivido, y no solo por la conexión palpable que sugiere entre Darío y Emmanuel, o cómo o de qué forma mi destino me estaba conduciendo a Darío a través de mis sueños, sino por lo que representa: un ciclo que se cierra y se abre simultáneamente, un lazo inquebrantable entre el pasado, el presente y lo que vendrá. Al leer esas líneas, escritas con tal delicadeza y amor, siento que el universo entero conspira para recordarme que el amor, en sus múltiples formas y manifestaciones, trasciende el tiempo y el espacio y, por encima de todo, los sueños.

¿Podría esto ser meramente obra del azar? En el entramado de la vida, donde cada hilo parece tejerse con una precisión casi divina, el encuentro de nuestros destinos en este preciso punto desafía la mera coincidencia. Tal vez, en la inmensidad del cosmos, no existan las coincidencias, sino puntos de encuentro predestinados, diseñados con un propósito que no entendemos.

Y es como, al borde del epílogo de esta historia, me inclino a creer que nada, absolutamente nada, es producto del azar, y que cada encuentro, cada desencuentro, cada risa compartida, cada lágrima derramada y, sobre todo, cada sueño, tal vez todo tenga su razón de ser. Cerrando este capítulo, el último de un episodio que jamás creí vivir, abrazo la certeza de que nada, absolutamente nada, es casual. Todo sucede por algo. Pues en este viaje desde la oscuridad del coma hacia la luz de una nueva vida, he aprendido que el colofón de un amor no es el fin del mundo, sino el principio de algo nuevo y, posiblemente, aún más hermoso, dando paso a comprender que la felicidad no se describe, se experimenta.

Y esta historia, mi historia, es un testimonio de la capacidad del corazón humano para resistir y recuperarse. Muestra cómo, incluso en los momentos más oscuros, el alma puede sanar y encontrar la luz. Es un recordatorio de que aunque el amor a veces trae dolor, y pese a sus desafíos, tiene el poder de transformar y traer felicidad.

Y mientras el brillo del medallón ilumina la habitación, comprendo que no existen los finales, solo nuevos comienzos. Este momento, efímero y hermoso, representa un cierre perfecto, no solo para mi fábula, sino para todas aquellas personas que, a pesar de las adversidades, logran encontrar el amor en los lugares más inesperados, incluso después de haber perdido toda esperanza.

41

MALDITO DUENDE

Dos semanas antes…

Un mensaje de Pai llegó como un rayo en un cielo despejado, inesperado y perturbador. Había pasado poco más de un año y medio desde aquel día en que la encontré prácticamente en la cama con el que en ese entonces era mi pareja, Demir.

Pero la última vez que su rostro se cruzó en mi vida fue en uno de esos sueños extraños durante mi estado de coma. En ese limbo, ella aparecía ante mí, me pedía disculpas, hablándome de Carla y cuánto me echaba de menos, pero eran palabras etéreas, tan frágiles como el humo, o eso creo recordar.

Me quedé mirando la pantalla del móvil, paralizada, como si el tiempo se hubiera detenido. Otro mensaje apareció, esta vez un audio. Respiré hondo y lo abrí.

—¡Hola, tata! Por favor, por favor, por favor, tienes que venir a mi cumpleaños. Por favor, ven, tata. Dime que vendrás… Quiero que vengas.

Era la voz de la pequeña Carla, y su cumpleaños, por supuesto, no se me había olvidado. Recordé cuando apenas hablaba, me llamaba «tata» casi antes de decir papá o mamá. Mi niña preciosa…

El nudo en mi garganta era tan grande que apenas podía respirar, y las lágrimas comenzaron a rodar por mis mejillas. Quería verla, claro que sí, pero el dolor de todo lo que había pasado era abrumador. Sin embargo, tras mi experiencia cercana a la muerte, había aprendido que el rencor es un peso innecesario. En mis sueños, había perdonado a Pai, y ahora tenía que hacerlo también en la realidad, por Carla. Ella no tenía culpa de nada.

Decidí enviarle un mensaje de voz.

—Claro que iré, cariño mío. Dime cuándo y dónde es.

Un minuto después, otro audio de Carla llegó.

—Es esta tarde a las ocho en mi casa. Vienen todos mis amigos, tata.

Me preparé emocionalmente en cuestión de minutos. Sabía que este paso era importante y que era el momento de dejar el pasado atrás, perdonarla y, sobre todo, perdonarme a mí misma. Respondí:

—Allí estaré.

Lo siguiente que escuché fue un audio lleno de gritos de felicidad, seguido de un mensaje de Pai compartiéndome la ubicación y un audio de ella: «Te comparto la ubicación. Ahora estoy viviendo con Carla en casa de mi madre, en Alayor».

Me sorprende cómo describe el lugar, que, por supuesto, ya conozco: es un antiguo rafal, una finca rural tradicional menorquina. La idea de estar en un entorno tan pintoresco me deja asombrada. ¿De verdad una tienda de ropa puede dar para tanto?

Extrañada y sin nada que opinar, respondo con un emoticono de pulgar arriba.

Ese día no estaba siendo nada bueno. Apenas había logrado dormir y un persistente dolor de cabeza martilleaba en mis sienes. La regla me había venido con fuerza, trayendo consigo un dolor abdominal tan intenso que apenas me dejaba moverme. No pude ni almorzar, así que me tomé un cóctel de analgésicos y antiinflamatorios y me acosté un momento. Cuando abrí los ojos, eran las siete de la tarde.

No sabía qué ropa ponerme. Me sentía tan hinchada como el muñeco de Michelin. Me duché rápido, sin tiempo para lavarme el pelo. Me pulvericé un poco de agua y traté de darle forma a mi cabello, intentando unos rizos ondulados. Pasable. Me puse unos pantalones blancos y una camiseta turquesa. Bastante pasable. Salí corriendo.

Mientras conducía, me miré en el espejo retrovisor y me di cuenta de que mi maquillaje apenas había surtido efecto. Me veía fatal. Nada pasable.

Hice una parada rápida para comprar un regalo y finalmente llegué a su puerta. El tiempo se me había echado encima. Toqué y Pai me abrió. Sin decir una palabra, me abrazó, y yo le correspondí. A pesar de todo, me había hecho un favor al liarse con Demir; me había quitado a un traidor de mi vida, mejor dicho, un auténtico mojón. Carla vino corriendo hacia mí gritando:

—¡Tata, tataaaa! —Y se lanzó a mis brazos, llenándome la cara de besos, como si no hubiera un mañana.

Le correspondí con la misma efusividad. Le entregué su regalo, un libro ilustrado con sus dibujos favoritos, y ella brillaba de alegría mientras me llevaba de la mano hasta su fiesta. Un montón de niños, padres y madres estaban repartidos por todo el patio de la casa, riendo y charlando animadamente. En un momento, Carla se fue con sus amigos a jugar y yo me acerqué a la mesa para servirme un refresco. Coloqué hielo en un vaso y vertí Coca-Cola, observando cómo las burbujas se acumulaban. Justo cuando estaba a punto de llevarme el vaso a los labios antes de que la espuma se desbordara, lo vi. Ahí, de pie, como un fantasma del pasado que pensaba haber exorcizado, estaba él.

Mis dedos se resbalaron y el vaso cayó al suelo con un golpe sordo. La Coca-Cola se desparramó, formando un charco ante mis pies. Solté un suspiro frustrado y me agaché para recoger el vaso. Mientras lo hacía, mis pensamientos se atropellaban unos a otros. No podía ser él.

Me esforcé por respirar normalmente, pero mi corazón latía con fuerza desbocada. Al levantar la mirada, nuestros ojos se encontraron. Él estaba ahí, mirándome con asombro y algo más que no podía descifrar.

Sin abrir la boca, me envolvió en un cálido abrazo.

—Me alegra verte, Catrona —carraspeó, mientras yo permanecía paralizada, con los brazos pegados a mi cuerpo y la mirada perdida en quién sabe dónde.

Dio un paso atrás y me plantó dos besos, y yo continué en el mismo estado de estupefacción.

—Bueno, ¿no vas a decirme hola? ¿Estás bien?

—Bat… —Me costaba hablar—. Per…, no… ¿Tú qué haces aquí? ¿Conoces a Pai?

—Claro, tú me la presentaste. Bueno, aquella noche, en Halloween. Te acuerdas, ¿no?

«Ya ves si me acuerdo… Como para no acordarme, todos los putos días de mi vida», pensé a mis adentros.

—Sí, cierto. Pero ¿por qué estás aquí? Perdona, bueno…, es que no sé…

CHENO G

—Luca está en el club de lectura de los miércoles con Carla. No me esperaba esta invitación porque lleva poco tiempo en el grupo. De hecho, no sabía que Pai era su madre porque no habíamos coincidido hasta ahora; siempre la lleva su padre —me explicó, mientras hacía una mueca señalándolos.

Me giré y, entre todos los niños, vi a Carla de la mano de Luca.

—¡Mira qué bien se llevan! Esto, Cat... ¿Quieres que te invite a algo fuera de aquí? Conozco una heladería increíble muy cerca. O, si prefieres algo más desafiante, siempre podemos intentar un nuevo truco de magia con la Coca-Cola y ver cuántos vasos más puedes hacer desaparecer —añadió riéndose tras haber sido testigo de mi torpeza.

Intenté sonreír, pero mis emociones estaban en caos. Voy a ser sincera, después de todo este tiempo, de alguna forma, él seguía perdido en mi laberinto mental. «Y ahora está aquí, complicando aún más mi vida». «¡Cállate, conciencia!».

Esbocé una mueca, finalmente relajándome un poco, y asentí. Me disculpé con Pai y le dije que volvía ahora. Ella me hizo un amago de apretarme la mano y me sonrió.

Salimos caminando por la calle hasta llegar a la heladería y nos sentamos en la terraza. Bat me recomendó el helado de pistacho, asegurándome que era su preferido.

Mientras saboreaba el helado, mi mente me llevó de regreso a un recuerdo escondido en los rincones más íntimos de mi memoria. En aquella ensoñación tan vívida, había ido a conocer su nuevo piso, y allí me presenté con una tarrina de helado de pistacho para merendar. Y tras una conversación llena de miradas cargadas de deseo, nos habíamos entregado el uno al otro con una intensidad desenfrenada. El mero pensamiento de ese encuentro hacía que, en este momento, mi piel se erizara y mi respiración se acelerara, y hasta me excitara.

Mientras lo observaba disfrutar de su helado, no podía evitar recordar cómo su cuerpo se movía con el mío, fuerte, duro; cómo sus manos trazaban caminos de fuego sobre mi piel. Jamás había experimentado una atracción tan intensa ni una conexión sexual tan arrolladora. Y su boca, joder, su boca…

No puedo quejarme de mi vida íntima actual, pero la forma en que él me hacía sentir era incomparable. Ya fuera en la realidad o en los sueños más oscuros, más perversos y seductores, despertaba en mí sensaciones máximas. Porque su forma de hacérmelo era única, con una intensidad que me dejaba temblando de deseo, era capaz de encender en mí un fuego que ninguna otra persona había logrado igualar. Sin duda.

Y ahora, sentado frente a mí, me encontraba de nuevo como atrapada en su hechizo. Bat me observaba mientras llevaba mi primera cucharada de helado a la boca, ajeno al tumulto de emociones que se arremolinaban dentro de mí.

De repente, Bat me estaba preguntando si merecía la pena o no este helado. Sacudí la cabeza, volviendo en mí, intentando que esto no me afectase, y pasando por alto alguna que otra humedad ahí… abajo.

—¿Qué opinas? —preguntó Bat, sacándome de mi encantamiento y mirándome con una sonrisa sutil—. ¿Merece la pena este helado de pistacho?

Intenté recuperar la compostura y esbocé una sonrisa.

—Sí, sí —respondí—. Me encanta. Más por el significado que por el sabor, diría yo.

No me di cuenta de que lo había dicho en voz alta hasta que vi la expresión divertida de Bat.

—¿Ah, sí? ¿Y cuál es el significado?

Me reí, buscando una respuesta rápida para desviar la conversación.

—Bueno, significa que puedo compartir este momento contigo. Eso ya lo hace especial. ¿No crees?

Bat asintió, sonriendo, pero sus ojos mostraban que sabía que había más detrás de mis palabras. Y si de verdad supiera…

Decidí no darle más vueltas y simplemente disfrutar del momento, sabiendo que, a pesar de todo, estar allí con él era lo que realmente importaba. Comenzamos a ponernos al día. Él, por supuesto, ya sabía de mi relación con Darío, su amigo, aunque era cierto que, en todo este tiempo, habían perdido mucho contacto.

Carolina había decidido distanciar a Bat de sus hijos, llevándoselos al pueblo de su hermana, y este no lo pensó dos veces: pidió una excedencia en el trabajo para poder dedicarle más tiempo a sus hijos y se volvió a mudar para estar más cerca de ellos.

En ese aspecto, Bat era extraordinario, incomparable. Su dedicación hacia sus hijos era excepcional; no había nada que no estuviera dispuesto a hacer por ellos. Al contarme sus historias, era como si estuviera presente en cada momento que describía.

Darío, por su parte, había dejado el voluntariado para dedicarse profesionalmente a luchar contra el maltrato infantil. Ahora solía viajar mucho, impartiendo conferencias por la isla y toda la península. De hecho, en ese momento estaba de viaje en Madrid.

—Vi tu vídeo, Cat —dijo rompiendo el silencio incómodo.

—¿Có… cómo?

—El vídeo que me enviaste por mi cumpleaños, con esas imágenes y frases tan bonitas…

—¿Lo viste? Pensé que lo habías borrado sin abrirlo, tras recibir tu simple y seco: «Gracias, Cat».

—Sí que lo vi, varias veces de hecho, con esa canción, *Acuérdate de mí* de Morat…

—Yo…

—Siento si alguna vez te he hecho sentir algo que no era, lo siento de verdad. Nunca fue mi intención. Aquella noche de Halloween fue bonito y especial para mí, pero luego tomé la decisión de comprometerme y formar una familia. De hecho, si no recuerdo mal, hablamos de ello cuando nos encontramos después de…

—Lo sé… Yo… —lo interrumpí, pero mis palabras se quedaban atrapadas en mi garganta.

—Ese mismo día, cuando me enteré de tu accidente, vine al hospital en cuanto pude. Darío me llamó para contarme lo ocurrido, y aunque estaba lidiando con Carolina en un momento en que mi vida se desmoronaba, no dudé en escaparme. Carolina, al borde de un parto prematuro, estaba histérica. A causa de una crisis de ansiedad, tuvo que ingresar en la clínica y le provocaron el parto horas después.

Sus palabras llegaron como un diluvio, inundando mi mente con un eco persistente. Me sentía como si ya hubiera escuchado esta historia antes, aunque era la primera vez que me la contaba. Su voz sonaba lejana al principio, pero poco a poco logré concentrarme en cada palabra, asombrada por lo que revelaba.

—Aquella tarde —prosiguió—, cuando nos encontramos en tu instituto cuando fui a recoger las notas de mi sobrino, el día antes de tu accidente, te mencioné que Carolina estaba embarazada. Quise dar la impresión de que fue algo buscado, una decisión planificada para darle un hermanito a Luca, pero debo ser honesto contigo, no sé por qué te mentí en esto: no fue así en absoluto. La verdad es que fue un giro inesperado. Ocurrió durante un breve intento de reconciliación entre Carolina y yo, un momento de vulnerabilidad y confusiones. Nuestra relación ya estaba rota, y esto solo lo empeoró todo aún más. A pesar de eso, hoy puedo decir con certeza que Jimena es el mejor regalo que la vida me ha dado, junto a Luca, y es lo que más valoro en este momento.

—Recuerdo que antes de eso, me hablaste un día sobre tu situación con ella y lo agotado que estabas. Después, cuando te vi aquella tarde, mencionaste lo del hermanito para Luca. No me lo esperaba. Pensé que tal vez estabas intentando resolver las cosas en tu matrimonio con un bebé, y supuse que no estabas bien. Bat, me acuerdo de que, al día siguiente, en tu cumpleaños, me enviaste un mensaje por la mañana diciéndome que habías discutido con ella la noche anterior, y por eso no pudimos encontrarnos. Me dijiste que ella se molestó porque llegaste a casa muy contento, lo cual desencadenó un problema. ¿Fue por mi culpa? ¿Se enteró de lo del café?

—No, en absoluto. Mi relación con ella siempre ha sido así. No estábamos bien, y siempre ha sido muy celosa sin razón aparente. Además, ella me engañaba con otro, algo que descubrí también en estos meses.

—No sé qué decir… —respondí con la voz entrecortada—. ¿Sabes qué? Yo, ese mismo día, descubrí a Pai y Demir juntos, y minutos después, mi trágico accidente.

Mientras le contaba esto, sentí un *déjà vu*, como si esta situación ya la hubiera vivido. Todo me parecía tan familiar y al mismo tiempo tan extraño.

—Lo siento mucho por eso, Cat. No te merecías nada de lo que te ha pasado —continuó, su voz cargada de una ternura y tristeza que me provocaban un nudo en el estómago—. Me sentía mal por todo y por eso fui al hospital en varias ocasiones. Darío siempre estuvo a tu lado, y yo lo acompañaba, relevándolo para que pudiera descansar un poco. Durante esos breves momentos, aprovechaba para ponerte música. Me acordé en ese entonces claramente de aquella noche, nuestra noche. Me hablaste de tus canciones favoritas: Bunbury, Queen, Héroes del Silencio... También mencionaste lo mucho que te gustaba Paulo Coelho, Marwan... Así que te colocaba los auriculares mientras estabas en coma, esperando que de alguna manera pudieras sentir la magia de la música y las palabras de Coelho. Siempre he creído en el poder de la música. Hay algo en sus melodías y letras que trasciende lo físico, que puede tocar el alma incluso cuando parece inaccesible.

»No sé si era imaginación mía, pero sentía que, de alguna manera, podías percibirlo. Observaba tus labios, buscando desesperadamente cualquier señal de respuesta, y a veces, solo a veces, creía ver una pequeña mueca de estiramiento. Era tan sutil, casi imperceptible, pero en esos momentos me aferraba a la esperanza de que, en medio de la oscuridad, pudieras sentir que no estabas sola, que todos estábamos esperando que volvieras.

No podía creerlo, ahora todo encajaba perfectamente. La canción *Entre dos tierras*, que confundí con mi tono de llamada durante aquel extraño sueño de la tormenta de arena en mi coma, también era él. Y luego el concierto de Queen, también fue él. En su coche, mientras lo hacíamos al ritmo de la canción *King of the Magic*, la música que resonaba en mi subconsciente cobraba vida.

—Desde el principio, siempre mantuve una fe inquebrantable. Estaba seguro de que no podías irte todavía. Aunque pueda sonar extraño, te bauticé con el nombre de Catrona, convencido de que eso te ayudaría.

—¿Ca… Catrona? —balbuceé, incrédula.

—Sí, proviene del gaélico, al igual que mi nombre —respondió él con serenidad—. Es parte de una antigua leyenda gaélica que describe a una diosa venerada por su habilidad para encarnar la fuerza interior y la transformación. «Hija de la noche y el amanecer», su existencia simboliza el paso de la oscuridad a la luz.

Sacó su teléfono y me mostró una imagen de la diosa. Alrededor de su cuello, sujeto por un hilo rojo como amuleto, colgaba un pequeño colgante de media luna. En el centro de la imagen, una piedra de cuarzo con forma de pájaro brillaba con una luz etérea. La figura me recordó instantáneamente a «los ahoras», especialmente al dije que veía cuando soñaba que él soñaba conmigo, el dije de las caricias que describí en *Inevitable*, otro trance de mi coma. Mientras tanto, yo, aún perpleja por la imagen, intentaba asimilar sus palabras.

Entonces, la revelación me golpeó todavía más fuerte. Recordé con una claridad asombrosa aquellos sueños íntimos durante mi comatoso, donde él me llamaba Catrona. En esos momentos, no solo era un nombre, era una llamada desde las profundidades de mi inconsciente, una invitación para despertar de la oscuridad hacia la luz de la conciencia.

El amuleto que ahora contemplaba lo había visto difusamente en mis visiones oníricas. En aquellos sueños tan íntimos —donde de alguna manera yo era la chica misteriosa—, Catrona, la diosa de la transformación, acariciaba su piel, con el mismo colgante que ahora brillaba en la pantalla de su teléfono. Todo cobraba sentido. En ese instante, comprendí que mi experiencia había sido una travesía hacia la luz para despertar a una comprensión más profunda de mí misma y del universo que me rodea.

Mientras seguía absorta en la imagen del teléfono, una sensación de asombro y perplejidad me invadía. ¿Habría sido capaz de ver más allá de la inconsciencia?

—Cat, siempre he visto en ti la capacidad de emerger fuerte, y tenías que resurgir de las cenizas como el fénix —dijo con una mezcla de admiración y ternura en su voz—. Por eso, cada vez que tenía la oportunidad de estar a solas contigo, te llamaba cariñosamente «mi Catrona» y rezaba a la misma diosa para que despertaras. Sentí una profunda angustia emocional por cómo sucedieron las cosas. Aún conservo tu vídeo y la imagen del detalle que preparaste: ese delicioso tiramisú, el pequeño bombero de Playmobil... ¡Ah! Y, por supuesto, guardo las cucharas doradas. No sabes cuánto significan para mí.

La emoción en su voz era perceptible, y sus palabras me llenaban de una extraña melancolía. Todo me parecía tan reconocible... Antes de que pudiera articular mis pensamientos y evocar más recuerdos, le respondí:

—¿Las... cucharas?

—Sí. Fui con Darío al depósito y vimos tu coche. Vi la bolsa, el postre, todo lo que habías preparado, esparcido por todas partes. Saqué la bolsa y me llevé las cucharas y el bomberillo. —Otra vez sentí que esto ya lo había vivido—. Y fue entonces cuando busqué el vídeo que me enviaste junto a la felicitación. De hecho, lo recuperé, lo había eliminado. Tuve miedo de que Carolina lo viera y todo empeorara. Vi entonces lo que significaba para ti, y eso me dolió. Cuando supe que habías despertado del coma, le pedí a Darío que, por favor, no te contara nada de que había estado en el hospital, no quería confundirte ni darte esperanzas. Darío estaba más que comprometido contigo, y sin apenas conocerte. Nunca lo había visto así, más aún después de lo de su exmujer, su hijo...

—Pufff, ¿sigo en coma aún o qué? Esto... Joder, Bat, eres increíble. Eres maravilloso, lo mejor que me ha pasado en la vida. Mantener el control contigo no es nada fácil, ni siquiera en sueños. No voy a negarte que, durante todos estos años, incluso en mi estado de coma, he pensado mucho en ti. Siempre he dicho que eras mi excepción, y puede que esto te parezca una locura, pero como dice una canción de Bunbury, «la locura nunca tuvo maestros». Por eso, Bat, mi perdición por ti.

»Incluso ahora me haces sentir como en un sueño surrealista, como los que he tenido tantas noches contigo. En esos sueños siempre es lo mismo: estás aquí, pero a kilómetros de mí. Es tan extraño y tan real al mismo tiempo que no puedo comprenderlo, y menos aún explicarlo. Esa sensación me atormenta, pero cuando recupero algo de cordura, también me encanta. Siento que esos momentos me dan vida. No te imaginas lo feliz que me haces, y si tú quisieras...

En ese instante, me interrumpió abruptamente, deteniendo lo que estaba a punto de decir. Menos mal.

—Cat, agradezco tus palabras, tu sinceridad, tus detalles, tu esencia. Respecto a mí, estoy en una etapa en la que no estoy para nadie, como diría una canción de Bunbury. Pero te lo digo de verdad, no estoy para nadie más que para la familia, los amigos y, sobre todo, para mis hijos. Hasta que no se me limpie el alma, creo que no. No sé, es como si se me hubiera congelado el corazón. Puedo estar a miles de kilómetros de mucha gente, que mi hielo no se derrite. Quizás no quiero, quizás no siento, o tal vez estoy cansado de dar y apostar tanto que ya es un cansancio abrumador. A eso se suma que me he sentido mal por dejarme llevar y permitir que alguna vez… alguien entrara, pero por dentro estoy vacío, sin nada que ofrecer. —Sus palabras eran como un balde de agua fría, devolviéndome a la realidad con una claridad dolorosa—. Esto me hace sentir mal, no soy así, y no puedo serlo, no es mi esencia. Hoy día se puede tener sexo, influencias rápidas, pero eso no me llena. He conocido gente estupenda que se merece lo mejor, pero estoy en un momento para mí de valorar cada espacio y llenar esas carencias que he tenido por no haber dejado que se fueran. Me resté a mí mismo por ofrecer. No voy a estar con alguien por estar, o al menos no quiero, no sería yo. Soy independiente y no necesito tener a alguien a mi lado para que me acompañe. Es más, no me pasa nada por estar solo; a veces hasta lo agradezco. Quizás sea una actitud egoísta, pero no puedo estar para nadie, porque ahora mismo no tengo hueco para nadie. Por eso rehúyo las intensidades, las malas interpretaciones o lo que simplemente se llama agobios. En fin, no sé si me he explicado, pero creo que me entiendes.

Lo escuché en silencio, absorbiendo cada palabra. Bat tenía esa capacidad de desnudar su alma con palabras. Sin embargo, esta vez, su sinceridad me dejó una sensación agridulce.

—Perfectamente —respondí.

Después del helado, decidimos pedir unas cervezas. En un rincón de la terraza abarrotada, tomamos los primeros sorbos en silencio. A pesar de la multitud, parecía que estábamos aislados del mundo.

Una punzada, pero a la vez era una tranquilidad que me hacía darme cuenta de que de alguna forma no era nada personal, sino que no estaba para nadie, como si ya me lo hubiese dicho en su momento. Era como una herida que me hacía un daño horrible, pero a la vez era liberador saber que no había nada que pudiese haber hecho, más que asumirlo, y con la misma respirar. Retomé:

—Ya que nos hemos sincerado y nos hemos puesto melancólicos —sonreímos a la vez—, quiero compartir contigo una reflexión de mi autor favorito, que considero muy importante y que, en parte, es de lo que me has hablado: es cierto que en la vida no necesitamos estar con alguien para ser felices. La felicidad verdadera comienza desde nuestro interior, desde el aprecio personal y la aceptación de quienes somos. Aprender a estar bien con uno mismo, a valorarse, respetarse y cuidarse, eso no es ser egoísta, es amor propio. Solo cuando nos sentimos completos y plenos como personas, podemos brindar lo mejor de nosotros mismos a los demás.

Clavé mis ojos en los suyos, dejando que mi mirada se sumergiera en la suya con una sonrisa cálida.

Inclinó su pecho hacia mí y me abrazó. Pude sentir cómo, a través de su piel, se traspasaba un sinfín de sentimientos que jamás podría explicar: nostalgia, cariño, incertidumbre, tristeza y, por mi parte, una profunda conexión que seguía latente a pesar de todo. Nos quedamos así, abrazados, por unos segundos que se sentían eternos, en silencio por un momento, disfrutando de la compañía del otro sin necesidad de más palabras.

La tarde avanzaba y seguíamos hablando, compartiendo otros recuerdos. La conversación fluía con una naturalidad que me hacía sentir nostálgica y agradecida al mismo tiempo. Al final, pagamos la cuenta y nos levantamos para volver a la fiesta de Carla. Antes de irnos, me detuve y lo miré con seriedad.

—Perdona si te he incomodado cuando te he dicho que eres mi excepción. —Esas palabras escaparon de mí impulsivamente minutos antes, revelando sentimientos que había tratado de ignorar—. No soy yo, o no debería…, pero te mentiría si te dijera que no lo pienso por muy incorrecto que sea, y solo me pasa contigo y nadie más. Si esto me hace ser mala persona, pues lo seré, pero a veces me siento fuera de mí misma y vuelvo a lo que mi corazón me dice que es felicidad, y justo ahí estás tú.

»Otra frase que me encanta también, ya sabes de quién es: «La felicidad es un instante que se convierte en eternidad». Y justo ahí, siempre, otra vez tú. Yo me siento muy feliz con un abrazo, un café, un saludo tuyo… En fin, no me hagas caso. Olvídalo, por favor.

Sostuvo mi mirada y no dijo nada, y vi en sus ojos una mezcla de emociones que reflejaba a millas de mí lo que yo estaba sintiendo.

El camino de regreso a la fiesta de Carla se sintió como un viaje introspectivo. Al llegar, la algarabía de los niños y el bullicio de los adultos me hizo volver en mí. Pai me miró con curiosidad y una ligera preocupación cuando regresé.

—¿Todo bien? —preguntó, con una sonrisa que intentaba disimular su inquietud.

Asentí, devolviéndole la sonrisa.

—Sí, todo bien. Solo necesitaba aclarar algunas cosas.

Se hizo de noche, y poco a poco los invitados comenzaron a irse. La casa se fue quedando en silencio, y el bullicio se transformó en calma.

Abracé a Carla una vez más, prometiéndole que nos veríamos pronto.

—Gracias por venir, Katya. Significa mucho para Carla y para mí.

—Gracias a vosotras por invitarme, Pai. Creo que esto es un buen comienzo. —Ella asintió.

No estaba dispuesta a permitir que el pasado nos definiera. Me acerqué a Bat, que estaba ayudando a Luca a ponerse su chaqueta, pero enseguida Carla vino y se lo llevó de la mano hacia dentro para mostrarle sus regalos nuevamente.

Aproveché ese momento para despedirme de Bat; de hecho, lo había dejado con toda mi intención para el último, como si quisiera retenerlo todo lo máximo posible. Lo miré a los ojos y me acerqué para darle un beso en la mejilla.

Justo antes de apartarme, mis labios rozaron su piel y, con voz quebrada por la emoción, susurré un «te quiero». Él respondió con un suave «yo también». Fue entonces cuando nos abrazamos con una intensidad que hizo latir mi corazón más fuerte que nunca, como si cada palpitar resonara con la promesa y la nostalgia de lo que podría haber sido. Sentí cómo mis sentimientos atravesaban mi ser hasta lo más profundo. Sus brazos rodeándome transmitían una sensación de complicidad, como si todo lo que habíamos vivido en la intimidad se concentrara en ese gesto. Echaba tanto de menos sus abrazos… Fue mágico.

En ese precioso instante, vino a mi mente la letra de la canción de Bunbury: «Transfusión de magia pura para el corazón, /

rímel de miel *pa* corregir la tristeza...». Así me sentía: envuelta en una dulce capa que aliviaba la amargura que aún me invadía por dentro, a la vez que experimentaba un chute de magia intensa. Sabía que el proceso de sanación seguiría su curso.

Me di cuenta de que Bat fue la amalgama perfecta de todas las experiencias que había soñado, la síntesis impecable de cada vivencia que había atravesado. Como Pietro, fluía con un amor a destiempo, con encuentros inesperados y tiernos, siempre atento a mi placer y a mis emociones más íntimas y más sutiles que habitaban en mi ser. Pero al mismo tiempo, como Emmanuel, destilaba un fuego interior, una audacia que desafiaba lo convencional y un espíritu arriesgado que me incitaba a saborear la vida en su plenitud y de forma brutal.

Bat era un poco de ellos y mucho de nada al mismo tiempo, era el anhelo de algo más, la encarnación de la búsqueda constante de la esencia misma del ser. Perseguía fragmentos de sí mismo, trozos dispersos de esa autenticidad. Simplemente, Bat era la verdad que en otros cuerpos buscaba.

Por supuesto, seguiría siendo una parte importante de mi historia: no había dejado de quererlo un solo día. Sin embargo, había llegado el momento de abrir nuevos capítulos centrados en mí misma y en las personas que realmente marcaban la diferencia en mi vida, aquellas cuyo amor y apoyo me inspiraban a explorar nuevas facetas y avanzar.

Subí a mi coche y encendí la radio. La voz de Bunbury llenó el espacio con una melodía familiar. Sonreí, feliz.

Mientras avanzaba por las calles, los pensamientos se arremolinaban en mi mente. Sí, todo encajaba perfectamente. Y es

443

que verlo hoy con la camiseta de Héroes del Silencio que se llevó de mi casa aquella noche me sorprendió mucho, ni me lo esperaba, y por unos minutos dudé si sería la misma o no. Preferí no mencionarle nada.

Un recuerdo largamente olvidado, sepultado en los recovecos más oscuros de mi mente desde el momento que salió por la puerta de mi piso, emergió de repente, inicialmente difuso. Tal vez fue por el efecto del alcohol en aquel momento, el paso inexorable del tiempo o, simplemente, porque opté por enterrarlo en el olvido aquel mismo instante cuando lo oí partir.

Aquella noche, en nuestro 31 de octubre, estábamos en mi habitación, envueltos en un momento de pasión desenfrenada. Después de voltearme, él deslizó una almohada bajo mi espalda baja, y ahí surgió, entre las sábanas asomó una camiseta de Héroes del Silencio que solía usar como pijama porque me quedaba enorme. La camiseta emergió como testigo silencioso de una de las mejores noches de mi vida. Yo fingía que dormía. Aún podía sentir sus besos de despedida, tiernos y dolorosos a la vez, fue lo más hermoso y desgarrador que he sentido nunca. Era el inevitable cierre de algo que había sido no solo hermoso, sino una verdadera epifanía en mi vida.

Sus pasos sigilosos por la habitación resonaban con una extraña tristeza que me negaba a reconocer. De reojo vi cómo recogía sus cosas y tomaba la camiseta que estaba entre las sábanas y mi cuerpo. Era como si al llevársela, se llevara también una parte de mí, una parte que no sabía si volvería a encontrar. Sin embargo, algo en lo más profundo de mí prefirió que aquel sentimiento se desvaneciera con él, enterrando el recuerdo bajo capas de tiempo y silencio, aunque dejando un eco de nostalgia que aún perduraba en el rincón más íntimo de mi corazón, bajo llave.

Lo recordaba como si acabara de suceder: después de haber echado un polvazo increíble —después de otros tantos—, me quedé mirándolo, medio adormilada, agotada…, mientras Bat tenía la camiseta en sus manos.

—¿En serio, Héroes del Silencio? —dijo, sosteniéndola frente a mí con una sonrisa incrédula en los labios.

—¿Te gusta? —le pregunté, aún intentando procesar la mezcla de cansancio que sentía.

—¡Me encanta! —exclamó, acariciando el logo. Se notaba que le fascinaba.

Entonces, sin pensarlo demasiado, solté una frase que lo dejó perplejo:

—Si tanto te gusta, podría considerar vendértela por un millón de abrazos y una caja de chocolates.

Su rostro se iluminó con una sonrisa traviesa, como si le hubiera ofrecido un regalo tan peculiar como valioso.

Y era en esos momentos, aunque solo fuera en mi subconsciente, cuando me permitía sentir una conexión que la realidad me negaba. Pero ahora estaba determinada a hacer las paces con mi pasado y a seguir adelante con mi vida.

Mientras conducía hacia casa, la canción en la radio cambió a *Maldito duende* de Héroes del Silencio, y no pude evitar sonreír, aún más. «¿Esto es verdad? ¿Coincidencia o destino?», me pregunté. En ese instante, sentí una mezcla de nostalgia y gratitud. Aunque Bat y yo no estábamos destinados a estar juntos, sabía que cada paso que había dado me había llevado a ser quien era hoy: **un hada felina de los sueños**, una metáfora que evocaba la magia y la irracionalidad de los encuentros pasajeros que, a pesar de estar basados en ficciones, revelaban verdades emocionales profundas y me permitían seguir soñando despierta.

Pero, a todo esto, ¿qué sucedería si apareciera en cualquier momento y me preguntase: «¿Estarías dispuesta a todo conmigo?»?
¿Mi respuesta?
Con decisión y sin titubear, un susurro desafiante:

«PONME A PRUEBA»

Así terminaría esta historia, o tal vez apenas empezaría...

En el enigma del amor imposible,
se esconde la magia de lo eterno.
Bat del Silencio

Somos solo una vez en la vida, un suspiro breve en el vasto tiempo, una estrella fugaz en la noche herida, un eco efímero en el viento. Somos el latido de un momento, la llama que arde con intensidad, el reflejo de un sentimiento, un sueño tejido de realidad. Somos la risa y también la lágrima, la alegría y el dolor compartido, un verso escrito en el alma, un amor que deja huella en el camino.

Ronald Rondon

Índice